Marianne Sägebrecht

Mein Leben zwischen Himmel und Erde

Für

Agnes
Daniela
Alina
Renate

Carpe diem!

Marianne Sägebrecht

Mein Leben zwischen Himmel und Erde

Zeichnungen von
Michael Heininger

Mit 85 Fotos

LangenMüller

Bildnachweis:

S. 5, S. 280, S. 285 Rainer Schwinge; S. 7, S. 346 Miroslav Mirvald;
S. 8, S. 364 Claire Reindl; S. 66 A. Irl (Hofphotograph); S. 72 Herlinde Koelbl;
S. 168 Fotostudio Herbert Abraham; S. 174, S. 365 Ingeborg Weiler;
S. 281 Oda Sternberg; S. 283 Ellen Volkmer, Guido Krzikowski, S. 284 Thilo Beu,
S. 285 Foto Bottequinn; S. 288, S. 345 Filmverlag der Autoren;
S. 286, 345 Island Pictures; S. 347 Twentieth Century Fox;
S. 348, S. 371 A. Canu; S. 350 Annette Thomas; S. 355 Moshe Shai;
S. 370 Liz Hörbarth und Andreas Jacobi; S. 379 Dennis R. Winitskowski;
S. 380 Michael McDermitt

Alle weiteren Fotos stammen aus der privaten Sammlung
von Marianne Sägebrecht, die Rechte liegen bei der Autorin.

Der Verlag konnte in einzelnen Fällen die Inhaber der Rechte an den
reproduzierten Fotos nicht ausfindig machen und bittet, ihm
bestehende Ansprüche mitzuteilen.

Besuchen Sie uns im Internet unter
www.langen-mueller-verlag.de

1. Auflage März 2007
2. Auflage August 2007
3. Auflage Dezember 2007

Umschlaggestaltung: Wolfgang Heinzel
Umschlagbild: Georges Pauly
Lektorat: Tanja Joyce Frei
Redaktion: Carlo Günther
Herstellung und Satz: VerlagsService Dr. Helmut Neuberger
& Karl Schaumann GmbH, Heimstetten
Druck und Bindung: GGP Media GmbH, Pößneck
Printed in Germany
ISBN 978-3-7844-3086-7

Inhalt

Feuer

»ANBETE DU DAS FEUER HUNDERT JAHR,
DANN FALL HINEIN, DICH FRISST'S
MIT HAUT UND HAAR.« *Goethe*

FEUERPAUSE – Verklungen sind die Fanfaren und Trommeln des Dritten Reiches. In den Städten, durch Feuer speiende Bombenteppiche in Schutt und Asche versunken, regieren Hunger und Krankheiten. Rachitis, Tuberkulose und Hungerödeme halten sich vor allem an Kindern schadlos, während ihre Mütter als Trümmerfrauen zum Ziegelklopfen verdonnert werden. Die Väter haben in diesem unseligen Krieg ihr Leben gelassen, darben in einem der unmenschlichen Gefangenenlager oder sind nach einem alten Kriegsbrauch als Spezialisten des besiegten Gegners zum Wiederaufbau nach Russland, England oder Frankreich abkommandiert.
FEUERPAUSE – In den brandgeschwärzten baufälligen Ruinen der geschundenen Städte werden die ersten Bretterverschläge errichtet. Man haust immer noch in den verschmutzten Luftschutzkellern, die ehemaligen Wohnblöcke grüßen als ausgebrannte Trümmerhalden. Kinder mit Wohnungsschlüsseln um den Hals treiben sich unbeaufsichtigt herum, formieren sich im Kampf ums nackte Dasein zu Diebesbanden, werden von gefundenen Blindgängern und weggeworfenen Panzerfäusten verstümmelt. Das Sperrfeuer von Sühne und Rache ist nun nicht mehr zu unterbinden. Wehrlose Überlebende werden von den Soldaten der Siegermächte ermordet und vielen Frauen werden durch schrecklichste Vergewaltigungen das eigene Selbstwertgefühl und Recht auf ihre menschliche Würde für immer im Keim erstickt. Für die geschundenen und gedemütigten Überlebenden der Konzentrationslager bedeutet das Kapitulationsabkommen der Kriegstreiber des Dritten Reichs vom 7. Mai 1945 Freiheit und Hoffnung auf ein zweites

Leben, aber die Bedingungen sind jetzt für alle unmenschlich. Hunger und Not schwingen ihr Zepter über das verelendete Nachkriegsszenario und über drei Millionen hungrige, bis zum Skelett abgemagerte Vertriebene und Kriegsgefangene passieren in den ersten Nachkriegsjahren das Auffanglager Friedland auf ihrem verzweifelten Versuch, ins zivile Alltagsleben zurückzukehren. FEUERPAUSE.

»Alte Frauen durchwühlen Mülltonnen, Kinder durchsuchen Abfallhaufen auf dem Großmarkt auf der Suche nach etwas Essbarem und eine Gruppe von Autofallen-Gangstern hat heute auf seiner Heimfahrt versucht, mich mit einem über die Straße gespannten Drahtseil zu stoppen und zu überfallen«, berichtet mein Großvater Franz-Xaver aufgewühlt seiner sich angstvoll zusammenkuschelnden Großfamilie. Von dubiosen Schwarzmarkthändlern, die in Bierhallen, dunklen Nischen und auf den Ruinengrundstücken umgeleitete Waren verschachern und einer überraschenden Polizeirazzia weiß er zu berichten.
Ja, ja die Leute mit Beziehungen für Carepakete, die Schieber und abgefeimten Betrüger und die spezielle Elitegruppe haben alle Herrlichkeiten der Welt: Kaffee, Zucker, Fett, Zigaretten, Schokolade, Sekt, Autos und Textilien. »Wir, die zerlumpten Heimkehrer, die Flüchtlinge, unsere Trümmerfrauen und ihre Familien, die Arbeiter ohne Arbeit, die Invaliden und Rentner müssen darben. Wir sollen uns wohl unsere restlichen Zähne in die Tischkante hauen«, meint sarkastisch Schwiegersohn Kurt, der als Heimkehrer des Russlandfeldzugs noch alle Körperglieder sein Eigen nennen darf.
»Diesen Krieg haben wir ja mitzuverantworten, warum sind wir nur wie die Lemminge hinter diesen finsteren Gesellen mit den schrecklichen Absichten hergelaufen, das Maß war doch schon durch die Gräuel und Strapazen des Ersten Weltkriegs voll«, erwidert Franz-Xaver lakonisch und zieht mit schelmischem Grinsen einen imposanten Karpfen aus dem Mantelärmel, den er durch ein

Tauschgeschäft in der Stadt ergattert hatte. Der Gärtner in der Familie hat heiß begehrtes, selbstgezogenes Gemüse dagegengesetzt. Ein kräftigendes, sattmachendes Essen stopfte wieder mal für einen Tag die hungrigen Mäuler.

Wir schreiben den Spätherbst 1946. Lachend und glucksend reite ich auf den Knien meines geliebten Onkels Kurt über Hügel und Täler meiner kindlichen Welten. Mein erster Schrei fand an einem sonnigen Nachmittag des 27. Augusts 1945 im geschützten Ambiente einer Hebammenwohnung in Starnberg statt. Mein Vater Georg hatte zu dieser Zeit schon das Zeitliche gesegnet. Er war am 7. April desselben Jahres seinen Kriegsverwundungen erlegen und in das Reich seines Gottvaters einberufen worden. Zum Zeitpunkt meiner glücklichen Ankunft waren Mutter und ich davon noch nicht in Kenntnis gesetzt worden. Wir waren beide immer noch guter Hoffnung, unseren sanften, wohlgestalten Kriegsheimkehrer und Gärtner aus Passion zum Kapitän unseres Lebenskutters zu nominieren. In eindringlichen Briefen hatte der kriegsmüde Gärtner seiner geliebten Sonnenblume Agneta angeraten, eine Kriegstrauung vollziehen zu lassen, um damit seiner Tochter – einen Sohn ließ er in seine Gedankenwelt gar nicht erst als Kanonenfutter eindringen – zusammen mit Mutter Agnes ein beschütztes Aufwachsen auf dem Bauernhof seiner Familie in den Nachkriegswirren zu gewährleisten. Agnes wollte Aug in Aug, Hand in Hand mit dem geliebten Mann vor den Altar treten, der schicksalhafte Feuerhagel aus einem russischen Maschinengewehr machte diese verständliche Sehnsucht zunichte. Ein Dumdumgeschoss radierte jeglichen Hoffnungsschimmer aus, und das einen Monat vor der großen Kapitulation. Zufall? Mich dünkt, das ist ein bedeutsamer Vorfall. Kurz vor seinem letzten Atemzug bat mein Vater die Krankenschwester, der ich ein paar Jahrzehnte später begegnen durfte, auf seine zu erwartende Tochter aufzupassen. »Mein Weg ist noch weiter, als ich dachte, es dauert noch, bis ich meine Frau und meine Tochter in meine Arme schließen kann. Versprechen Sie mir, sich um sie zu kümmern«, waren seine letzten Worte, wie mir der damalige schützende Engel meines Vaters übermittelte.

»Die grausamen Schmerzen konnte ich weitgehend durch hohe Gaben von Morphium mildern«, erklärte sie mir beruhigend und strich mir dabei liebevoll über meine tränenbenetzten Wangen. Eine Sternendeuterin, sprich seriöse Astrologin, versuchte durch eine ungeheure Aussage unentrinnbar schmerzhafte Rinnen in meine Seelenlandschaft zu ziehen. »Ihr Vater hat bewusst diese tödlich ausgehende Schusssalve auf sich gezogen in freier Willenskonstellation, um sich seiner Verantwortung vor dem heranwachsenden Leben zu entziehen.« Dieser Schuss war aus einer verdörrten Herzenswindung abgezielt und er saß.Und wie er saß! Gott sei Dank war ich zu diesem Zeitpunkt dreiunddreißig Jahre alt, lebte in Frieden mit mir und meiner Frauenlebensgemeinschaft, Mutter, Tochter, Schwester und Haustieren in Schwabing. Mein Geburtsdatum hatte ich nur zu Studienzwecken an die selbst ernannte Richterin zur Verfügung gestellt, und das im vollsten Vertrauen an die Verehrerin von Rudolf Steiner, dessen Gedanken und Richtlinien ich auch sehr stark zugetan bin. »Ich habe alles ausgerechnet: Sie haben ein vaterloses Horoskop, keine Vaterkonstellation, aber auch gar keine«, eröffnete mir da die große Schwarzsagerin.

»Na ja, beim Zeugungsakt muss er ja wohl anwesend gewesen sein, oder wollen Sie mir am Ende noch weismachen, dass meine Mutter ein unbeflecktes Laken vorzuweisen hätte und ich das neue Erlöserkind gewesen wäre, wenn ich nur früher ihre Wege gekreuzt hätte? Dann wäre also, in Ihren geschulten Augen, mein vermeintlicher Erzeuger, der Gärtner Georg im Zeitraffer der Moderne der ausgebootete Schreiner Josef gewesen und meine Mutter Agnes die auserkorene genetische Trümmerfrau der gesegneten Leibesfrucht Maria Anna… Mein Vater hätte sich also vorsätzlich aus dem Erdenstaub gemacht, um seine Alimente nicht bezahlen zu müssen? Machen Sie sich doch nicht lächerlich, Sie begnadete Bevaterte. Dann hätten sich also nach Ihrer These alle Väter, die in diesem sinnlosen Kriegsgemetzel gefallen sind, nur vor ihren Verpflichtungen als Väter und Ehemänner gedrückt und diesen Tod mit vollem Risiko auf sich genommen?« Ich spuckte Feuer und auf dem Heimweg brannte der Schmerz in meinem Herzen. Drei Jahrzehnte lang hatte ich mit dem tröstenden Bildnis meines gefallenen Vaters im Herzen, das sich aus liebevollen Beschreibungen meiner Mutter, Verwandten, vor allem aber auch seiner Mutter wie ein Puzzle zusammengesetzt hatte, so oft den Winden des Schicksals Stirn geboten. Er stand mir immer fühlbar zur Seite. Ich hatte einen Vater, der ohne zu zögern geduldig die wunden, offenen Füße seiner Mutter, die er liebte und verehrte, verband. Er liebte seine Blumen und Pflanzen, ihm gelang es mit geheimnisvollen Mondritualen, Obstbäume zu veredeln, Olivenbäume nach vielfach belächeltem, kreisrundem Schnitt bei Mondenschein zu Höchsterträgen zu motivieren, und sensibelste Pflänzchen streckten und reckten sich an seinen grünen Daumen hinauf zum Wolkenhimmel. Und nun das. Ich merkte, das eingeträufelte Gift nagte schon an meinem Herzen. Um meine Seelenruhe wiederzufinden, beschloss ich nun präventiv, ihm das »Sich-aus-dem-Staub-Machen« persönlich zu verzeihen. Gesagt, getan, und schon hatte die Tochterseele Ruh'. Wusste ich doch von meiner Mutter, dass ich ein echtes Kind der Liebe war. So verzieh ich auch gleich meiner Mutter, dass sie einer Kriegstrauung nicht zugestimmt hatte, ich verzieh auch der Astrologin, dass sie ihre Prophezeiungen so bitter in meinen Lebensfluss gekippt hatte und dann verzieh ich auch gleich mir, dass ich meine geheimen Daten, vor allem meine Geburtsstunde, an die hohe Herrin gegeben hatte und auch meine Tochter Daniela bekam eine Absolution, denn sie hatte mir gerade heute Mittag meine laute heavy, jazzy, metal Rockmusik auf kleinste Zimmerlautstärke heruntergedreht. Dann verzieh ich noch der Bauernkatze, dass sie eine Maus gefangen, dem Badegast eines Freibades auf dem Wege zum Plumpsklo, der gerade noch einen Regenwurm zertreten hatte, jetzt nach seinem verrichteten Geschäft schon wieder am Hungertuch nagte und unweigerlich essen würde, obwohl es in der Dritten Welt doch so wenig zum Verspeisen gibt.

So, jetzt fühl ich mich wieder in meiner Mitte. Hunger!, signalisiert mir da mein Magen. »Essen fassen, Mariannchen«, dringt da aus Kindertagen die vertraute Stimme meines geliebten Onkels Kurt an mein Ohr. Wir schreiben jetzt schon Januar 1947 und genüsslich lasse ich Omas und Tante Rosas Apfelstrudel auf meiner Zunge zergehen. Und Opas erfrischender Apfelsaft rinnt das plappernde Goldkehlchen hinunter. Hier im Schoße einer Großfamilie konnte Mutter Agnes die ersten beiden Jahre mit ihrer kleinen Tochter in der weitgehend geschützten Enklave einer Gärtnerei verbringen, die mein Großvater leitete. Dem Schicksal und dem Großvater und seinen Anvertrauten sei Dank. Nur hier konnte für mich diese einmalige Entwicklung zu dem ewigen Kind mit einem großen seelischen Vertrauensbonus für die Welt und ihre noch unentdeckten Geheimnisse beginnen und sich dann durch eine wunderbar schützende und tolerante Mutterkonstellation in ein aufregendes, bewegendes und schöpferisches Lebensmodell hineingießen.

FEUERTAUFE – so lautet nach Matthäus 3.11 die erste harte Bewährungsprobe des Lebens. Ich bin in meiner Erinnerung gerade zweieinhalb Jahre alt und eine kuschlige feuchte Schnute streift mein Pfirsichwängelchen. Eine raue Zunge kitzelt mich und macht mich lauthals lachen. Es riecht nach Heu und bis zum Hals habe ich mich in mein selbstgezupftes Heubett eingegraben. Den Körper meiner Mutter spüre ich warm an meinem Rücken. Mit einem wohligen Stallgeruch in meiner Nase und dem Weinen eines kleinen Säuglings in den Ohren schlafe ich mich in mein Traumland hinüber. Mein Großvater Franz-Xaver prüft zur selben Zeit gerade seine knospenden Bäume auf ihre Bereitschaft, auch im Jahr 1947 wieder Früchte zu tragen. Unserem Raben Jonathan, nach einem Beinbruch in fürsorglicher Pflege, spendet er wie immer seine Ration Mehlwürmer, Tante Rosa holt die gelungenen Dampfnudeln mit brauner Kruste aus dem Ofenrohr und Oma Margarete bringt gerade die Schüssel mit der wohlriechenden

Vanillesauce zur hungrigen Tischrunde. Mein verehrter Onkel Kurt hat schon wie immer den Tisch gedeckt, er wirkt heute sehr traurig und gedankenverloren. Tante Ursula ruft nach dem Großvater: »Essen fassen!« Aus den Eiern des eigenen Hühnerstalls, dem Mehl, der Butter und der Milch aus dem Reservoir der staatlichen Lebensmittelzuteilung für die Familienmitglieder haben die Frauen heute wieder ein satt machendes Essen gekocht. Heute wird der Magen nicht rumoren, aber was wird die Zukunft bringen?
»Bald gibt es wieder selbst geerntetes Gemüse aus unserem Garten«, beruhigt Opa die Gemüter und Oma stellt noch zwei Einmachgläser mit Zwetschgen auf den Tisch.
»Herr Jesus, sei unser Gast, und segne, was du uns bescheret hast«, betet die Tischrunde und ein stiller Seufzer steigt aus Opas Brust empor. Der Platz von Agnes und ihrer kleinen Tochter Marianne bleibt von heute an leer. Die Not leidende Familie musste sie schweren Herzens ziehen lassen, als sie noch einem kleinen Mädchen, meiner Schwester Renate, das Leben schenkte. Auf dem Ohr, das Kind in einem Kloster zur Welt zu bringen und dann zur Adoption freizugeben, war Agnes taub. Der Kindsvater war, seinen Schwüren und Beteuerungen zum Trotz, schon fünffacher Vater und einfach in den Wirrnissen der Nachkriegszeit, nach seiner Rückkehr aus der Gefangenschaft, nicht mehr zu seiner Familie zurückgekehrt. Alles neu macht der Mai, dachte er, aber an einen weiteren Nachkömmling hatte er nicht gedacht. Also drückte er sich einfach vor der Verantwortung und desertierte. Wir schreiben den 1. März 1948, es ist der Festtag der römischen Göttin der Fruchtbarkeit »Juno«. Hochzeit, Zeugung und Geburt stehen unter ihrem Schutz. Als Bewahrerin des häuslichen Friedens steht Juno vor allem reiferen Frauen zur Seite. So steht es geschrieben. Wie es scheint, hatte unsere Göttin in diesen Zeiten keinen Platz mehr unter ihrem schützenden Mantel für mich, meine Mutter Agnes und für unseren auf Fürsorge angewiesenen Säugling anzubieten, der Antragsstellerinnen waren wohl zu viele. Agnes hatte bei ihrem zuständigen Bürgermeister einen Antrag auf einen

Wohnbereich für sich und ihre zwei Kleinkinder gestellt. Als das neue Menschenkind unter ihrem Herzen das Licht der Welt erblickte, glaubte sie in dem kleinen Gesichtchen alle Züge ihres in den letzten Kriegstagen mit sechzehn Jahren gefallenen Bruders Xaverl wieder zu erkennen. Sie entschied sich ohne Wenn und Aber, dieser Frucht ihres Leibes alle Fürsorge der Welt angedeihen zu lassen.

Wieder zurück im Kuhstall, ist gerade die neue Erdenbürgerin, vom Trinken rechtschaffen ermattet, an der Mutterbrust eingeschlafen. Die Kühe brüllen dumpf auf, als sie von ihrer Bäuerin noch eine letzte Tagesration Heu vorgestreut bekommen. Meiner Mutter hat die »gute Haut«, wie man gern sagte, noch einen Krug mit Buttermilch und eine Schüssel mit gekochten Kartoffeln auf unser Heunotlager im Kuhstall gestellt. Der Göttin Juno sei Dank. »Ein gütiger Mensch ist der Liebe wert und ein Armer ist besser als ein Lügner«, hat meine Großmutter Theresa immer zu ihrer ältesten Tochter Agnes gepredigt. Das war ihr heute ein schwacher Trost. Meiner Mutter war wohl mit ihren Kindern eine Unterkunft zugewiesen worden, aber heute nur für eine Nacht und dann im Kuhstall. Die amtliche Wohnbereichszuweisung interessierte den Bauern trotz amtlichen Siegels nicht. »Bürgermeister hin, Bürgermeister her. Ich brauch koa Frau mit zwoa Bangerten, de ned arbeitn kon, i brauch a Dirn, de wo mit zuglanga kon, vastehst, ohne Anhang, host me?«, meinte der Bauer, während er genüsslich die gestempelte Wohnungszuweisung zerriss. »Dea soi no kemma, wenn eahm des ned passd, dann schiaß i eahm glei nieda mit meim Stutzn, ja eah war guad. Gib deine Kinda ins Heim, dann konnst wieda kumma.« Sagt's und will zur Türe hinaus zum Stammtisch. »Ja, aba de Frau kon i doch jetzt ned ind Nocht naus schicka mit ihra kloana Kinda. De is doch ganz alloa mit ihr'm Packl-Zeig a no«, meint die Bäuerin mit weitaufgerissenen erschreckten Augen und gestikuliert verzweifelt.

»Oisa guad, fü oa Nocht konns im Stoi schlafa, is ja vui z'koid draussn, host scho recht«, brummelt er und draußen war er. Neben unserer Ration hat sie natürlich heimlich dem Säugling noch eine angewärmte Decke gebracht und mir einen saftigen roten Apfel ins kleine Händchen gelegt. »Guad Nacht und nehmd's es eahm ned krumm, ihr wissd's ja, wia Mannaleid san«, tröstet sie und streichelt ungeschickt mit ihrer rissigen Bauernhand über die leergeweinten Augen meiner Mutter. Als wir alle drei schlafen, stellt sie uns für unsere Reise ins ungewisse Morgenland noch ein Proviantsäckchen mit Brot, Milch, Geräuchertem und Dörrobst neben das Schlaflager.

Das liebevolle Antlitz dieser Bäuerin, der ich später noch oft begegnen sollte, der beruhigende Duft des Heus, die feuchten Nüstern der Kuh, der für uns in diesem Moment so schützende Geruch des Stalls und die Sicherheit, ausgelöst durch die Körperwärme und Nähe meiner Mutter, haben sich als positive Metapher für immer in mein Unterbewusstsein eingegraben. Diese Feuertaufe war von den Göttinnen des Schicksals als Dreiakter angelegt worden. Noch einmal wurde meine geliebte Mutter Agnes zwei Tage später von einem Kleinhäusler mitsamt ihrem lästigen Anhang, wie er sich auszudrücken pflegte, trotz amtlicher Zuweisung, der Türe verwiesen. Flöhe und Wanzen hätte ihm das Gekreuch von Flüchtlingen aus dem Sudetenland hinterlassen. Den Kammerjäger müsste er erst zum Halali in diesem Jagdrevier blasen lassen. Das könne aber Monate dauern. Der Bürgermeister müsse da doch ein Einsehen haben.

Dem Bürgermeister ging die Odyssee der schutzlosen Mutter mit ihren Kindern sehr nahe. Ja, die Zeiten waren hart. Das Fünfte Gebot schien in den Herzen der Menschen ausradiert. Unser persönliches Schicksal schien jedoch das Herz dieses Mannes erweicht zu haben. »Du bleibst jetzt hier bei uns mit deinen Kleinen, bis ich für euch ein sicheres Quartier gefunden hab, ich kann mich nur für das Verhalten dieser Menschen entschuldigen«, meinte er fürsorglich nach unserem zweiten gescheiterten bethlehemschen Versuch, ein angewiesenes Dach über dem Kopf zu ergattern. Die Not in diesen Nachkriegszeiten war noch immer groß. Von Hamsterern, die über das Land zogen und den Bauern Perserteppiche, Klaviere, Gemälde, Goldschmuck, ja sogar den Tauftaler des vermissten Sohnes im Gegenzug für die begehrten lebensnotwendigen Naturalien wie Eier, Butter oder ein bisschen Mehl vor die Füße legten, wusste er zu berichten. »Wenn's so weitergeht, kann sich unser Nachbarbauer seinen Kuhstall noch mit Persern auslegen«, resümierte er lakonisch, während er meiner Mutter einen kräftigen Schuss von seinem selbstgebrauten Honigwein nachschenkte, damit sie wieder zu Kräften kam.

Die Not und der Hunger waren noch groß im Frühling 1948. Erst im Sommer dieses Jahres war man zusammen mit den Alliierten den Wiederaufbau und die Wiedervereinigung angegangen. Jetzt gilt es für Schwarzmarkthändler und Schieber, schnell noch das Geschäft zu machen. Während sich internationale Wohlfahrtsverbände zusammen mit der amerikanischen Regierung um die Not leidende Bevölkerung kümmern, sind den Schiebern und Dokumentenhändlern noch Tür und Tor geöffnet. So wird flugs aus einem ehemaligen Gestapo-Mann ein Chefarzt einer Klinik gebacken und gerade vor ein paar Tagen ist es aktenkundig geworden, dass sich ein seit 1946 emsig scharf verurteilender Richter wie Phönix aus der Asche eines zigmal vorbestraften Tischlermeisters mit SA-Armbinde auf einem respekteinflößenden, richterlichen Amtsstuhl niedergelassen hat.

Das hatte unser Retter von einem befreundeten Dorfpolizisten erfahren. Eine großzügige Apanage und eine pfiffige Druckermaschine machten in diesen Zeiten fast alles möglich. Ausweise, Nachweise, Persil-Scheine, Lizenzen und Doktordiplome konnten so erworben werden. »Bestellen Sie heute, bezahlen Sie kräftig, aber halten Sie Ihren Mund, sonst bezahlen Sie mit Ihrem Leben«, gab der Polizist sarkastisch aufgedreht den Marktschreier. Keine leichte Aufgabe hatte sich da unser Schutzpatron durch die Annahme des Bürgermeisteramts auf seine Schultern gehievt. In einer Nachbargemeinde wurde gerade dieser Tage ein kleiner Bahnbeamte an seinen feisten Ohren zur Verantwortung gezogen.

Laut US-Frachtbrief sollten mehrere Güterwagen, geladen mit 70 Tonnen begehrten Kaffees und 7 Tonnen nährender Schokolade, von ihrem vorgeschriebenen Zielbahnhof in Oberösterreich nach Bremerhaven gebracht werden. Ein Fingerzeig Gottes genügte wohl und die Güterwagensippe schwenkte mitsamt wertvoller Fracht »zu Befehl!« in Richtung Ost und steuerte angeblich von ganz alleine mit untrüglichem Instinkt auf das Zentrum eines Bogenhausener Schwarzmarkts in München zu.

»Ja, Gottes Wege sind undurchschaubar«, meinte damals der Angeklagte.

»Seine grauen Zellenwände waren später nicht zu übersehen«, amüsierte sich der Bürgermeister, während er meiner Mutter die neue amtliche Zuteilungsliste aus der 112. Zuteilungsperiode für den Monat März 1948 auf den abgegessenen Kuchenteller platzierte. Müde und blass ist sie heute, die Wangen eingefallen, während die Zahlen und Buchstaben vor ihren fiebrigen Augen verschwimmen. Immer noch scheint die ihr auferlegte Feuertaufe zur Bewährung ausgesetzt zu sein.

Für Otto- und Agnes-Normalverbraucher sind folgende Monatsmengen vorgesehen: 8,25 kg Brot, 170 g Fett, 450 g Fleisch, 1,4 kg Nährmittel, 62,5 g Käse, 1 kg Zucker, 125 g Kaffee-Ersatz, 9 kg Kartoffeln und 1 Liter entrahmte Milch. Für eine Zitrone, eine Schachtel Süßstoff gibt es eine Sonderzuteilung, ebenso Zusatzmilchrationen laut Gutscheinen für Babys und Kleinkinder. In langen Schlangen stehen sich die Frauen stundenlang die Beine in den Bauch. »Ich hab zwei kleine Kinder, ich brauche Milch, ich hab doch die Scheine und einen Bezugsschein für einen Kindernachttopf hab ich auch«, ruft Agnes immer wieder nach vorne. Als die rotbackige, feiste Lageristin viel zu früh, »die Bestände sind ja heute schon alle ausgelaufen«, resolut das Gitter herunterlässt, nicht ohne vorher noch einen durchtriebenen Blick auf die in beträchtlichen Mengen beiseite geschobenen, angeblich »verdorbenen« Warenbestände geworfen zu haben, zieht Agnes' Schutzengel für eine Weile den Schleier des Vergessens über die geplagte

Mutterseele. Sie fällt und fällt und landet bewusstlos auf dem harten Steinboden, die Augen offen und leer dem Himmel zugewandt. »Ich brauche doch noch meine Milch, hier sind die Gutscheine, ich habe zwei kleine Kinder zu ernähren.« Diese Worte kamen in ihrer letzten Stunde, vor dem Moment des gnadenvollen Hinübergehens auf die andere Seite ihres Daseins, immer wieder über ihre Lippen.

»Alles ist ja gut geworden, ist ja gut. Wir sind ja bei dir. Schau nur, was aus deinen kleinen Mädchen für kräftige Weibersleut geworden sind«, tröstete ich sie in ihrer letzten Stunde, die sie in einem sonnendurchfluteten Raum, im eigenen frischbezogenen Bett, den Körper eingeölt mit hawaiianischen duftenden Essenzen, in unseren schützenden Armen erleben durfte. Als das Ereignis plötzlich in unser Leben trat, deutete meine Mutter kurz auf ihre Herzregion. Ein tiefes Einatmen, ein ruhiges Ausatmen, ein Schließen der Augen und schon nach ein paar Minuten breitete sich ein stilles Lächeln auf ihrem friedlichen Antlitz aus. Das war eine geglückte Hausgeburt, wie ich es immer bezeichne, wenn ein Menschenkind im schützenden Ambiente seines Zuhause, im Kreise seiner Lieben sein Leben aushauchen und dann in die heiligen Hallen heimgehen darf. Meine Schwester glaubte zuerst, unsere Mutter wäre in einen zärtlich umfassenden Schlaf gefallen. Ich spürte jedoch sogleich, dass sie sich schon bald am lichtumfluteten Tor ihrer neuen Seelenheimat befand. Das Fegefeuer der Läuterung blieb dieser reinen Seele erspart. Sie musste nicht die Lemurien des alten Roms um Vergebung ihrer Sünden bitten. Wie eine Löwin hatte sie sich schützend und kämpfend für die ihr vom Ältestenrat des Kosmos anvertrauten zwei weiblichen Schützlinge eingesetzt und die ihr aufgelegten schweren Schicksalsschläge ohne Jammern und Klagen in ein lebendiges Lebensmodell umgemünzt. Nie entrang sich ihrem Herzen eine Lüge, nicht mal eine Notlüge war notgedrungen notwendig, auch nicht von uns Kindern. Nie ließ sie uns alleine, nie aus den Augen. Klar und blau blickten diese seelenvoll und liebend auf unsere kleinen Scheitel hernieder. Wir durften unsere jungen, bangen Herzen immer ganz und gar auf ihrem Küchentisch ausschütten. Angst vor Strafe, vor einem Nichtverstandenwerden, einem Nichtangenommensein gab es nicht. »Du bist willkommen, du bist wertvoll und schön. Du bist ein ganz besonderes Wesen.« Das signalisierte sie uns beiden tief in das Bewusstsein unseres Selbst, für immer in den Seelen verankert, für immer abrufbar. Aus einem schier unerschöpflichen Reservoir konnten wir beide von unserer Mutter pure Lebensenergie beziehen, uns täglich von ihrem Lebensmut anstecken lassen. Unterschiede, was persönliche Zuwendung für ihre zwei Mädchen betraf, wurden gar nicht erst angedacht. Wir revanchierten uns dafür früh mit dem »Ersten Lächeln« und erst jetzt waren wir auch im astralen Feinstoff der Milchstraße als polare *Ich-* und *Du-*Wesenseinheiten wiedergeboren worden. Mit dieser ersten positiven Spiegelung durch unsere Mutter wurde der Samen für das später gelebte »duale Lebensprinzip« in den Lebensacker unserer Existenzen hineingepflanzt. Das Gesetz des Ursache- und Wirkungsprinzips hatte sich so wieder im Reich von »oben ist gleich unten« als geheimnisvoller Auftrag eingelöst. Unsere Mutter Agnes hatte uns instinktiv *vor, bei* und *nach* der Geburt seelisch und körperlich nicht alleine gelassen. Und ihre Töchter haben sie *vor, bei* und *nach* ihrer Todesstunde nicht im Stich gelassen. So schließen sich bei jedem Erdenbürger zum Lebensende die geheimen Lebenskreise in logischer Konsequenz und sind hier nicht mehr durch das Bakschisch des alltäglichen Lebens beeinflussbar.

Im gemütlichen Wohnraum des Barons, der uns auf Bitte des Bürgermeisters damals im Mai 1948, nach einigen bangen Wochen des Wartens, in seinem umfriedeten Landhaus eine sichere Heimstatt gegeben hatte, standen jetzt im Sommer des gleichen Jahres die Zeichen auf Sturm. Gestern war mein dritter Geburtstag gewesen und unsere Mutter saß so still in sich zusammengesunken. Angstvoll nahm ich ihre fiebrigen Hände an meine kleinen Wangen. Seit Tagen rumorte mein Bäuchlein ahnungsvoll und auch der von Mutter gekochte Kamillentee mit Lakritze mochte dieses Mal nicht helfen. Für uns und den Baron hatte sie zur Feier des Tages einen wunderbar duftenden Kranzkuchen mit Haselnüssen verfeinert und mit Puderzucker bestäubt auf den Tisch gebracht und heute gab's meinen geliebten Grießpudding mit Apfel-Quitten-Gelee, aus den eingekochten und im Keller gelagerten Schätzen der Sommerernte aus den Beständen unseres Vermieters. Meine Mutter durfte sich für alle bedienen. Der im Dorf hochangesehene Baron hatte seinem Freund, dem besorgten Bürgermeister, versprochen, gut auf seine einquartierte Rasselbande aufzupassen. Freiwillig hatte der weitgereiste Doktor der Naturwissenschaften um Aufnahme der allein stehenden Mutter nebst Sprösslingen bei sich gebeten und uns noch seine eigene Wohnfläche im Parterre angeboten, damit meine geschwächte Mutter mit ihren beiden Kleinen nicht die steile, gefährliche Treppe in den oberen Wohnbereich zu benutzen brauchte. Übrigens waren wir schicksalhaft wieder in das Dorf unserer ersten missglückten Odyssee zurückbeordert worden. Hier waren wir jetzt herzlich willkommen und liebevoll aufgenommen. Freie Kost und Logis für uns alle drei gab es gegen abgesprochene Mithilfe meiner Mutter im Haushalt. Alles war gut und schien wieder heil zu werden. Heile, heile Segen, morgen gibt es Regen. Gerade gab mir der Hausherr noch einen herrlichen saftigen Apfel auf mein leergeputztes Tellerchen. »An apple a day, keeps the doctor away«, brabbelte der aus England zurückgekehrte Emigrant in seinen Schnurrbart. Noch verstand ich nur Bahnhof. »Dieser Apfel ist gesund und ungespritzt aus unserem Garten, kleine Prinzessin. Der hat Eisen, Kalium, Magnesium, Calcium, Kupfer und Zink, Jod und Panthotensäure, Gerbstoffe, Pektine, Flavonol und Quercetin«, warf mir der Hausherr gut gemeint an meinen kleinen Kopf und die mit Goldlack bemalte Maske eines japanischen Holzwerks, die als Mitbringsel aus fremdem Land die Wand schmückte, war jetzt auch nicht mehr angetan, mich in ein ruhiges Fahrwasser zu manövrieren. Ich will zu meiner Mama, weinte ich. In ihre schützenden Arme wollte ich flüchten. Wo war sie geblieben? Meine kleine Schwester hatte sich in dem antiken

Stubenbettchen aus Zirbelholz eingenässt und weinte, was das Bettzeug hielt.
Doch in die Arme meiner Mama konnte ich mich nun für einige Monate nicht mehr kuscheln. Agnes lag bewusstlos auf dem Küchentisch, die Arme weit in Richtung Tischrand ausgestreckt. In der einen Hand hielt sie noch krampfhaft den ausgelaufenen Milchtopf, der Brei für das Baby war über die gestickte Tischdecke ausgeschüttet. »Lungentuberkulose, begleitet von einer schweren fieberhaften Erkrankung«, hielt der Arzt Stunden später im Krankenhaus seine Diagnose auf der Karteikarte des Bettendes fest.
Tage später stellte man uns zurückgebliebene Kinder vor die Tore eines Kinderheims. Agnes' kleine Frechdachse, wie sie uns alle nannten, wurden getrennt und kamen in den Bau. »Das ist ja nur eine Trennung für eine bestimmte Zeit, bald ist eure Mami wieder zu Hause«, versuchte mich die Schwester zu trösten. Ein Kind aufs Töpfchen, ein Kind ins Kröpfchen – Ich schrie Zeter und Mordio, als man mir mein weinendes, geliebtes Schwesterlein, die gerade ihren einjährigen Geburtstag feiern durfte, von der Seite nahm und mit ihr hinter einem schmiedeeisernen Gitter verschwand. Das Bild dieses voluminösen Eisengitters kann ich aus dem Stand immer noch malen, dieses schreckliche Gefühl des Verlassenseins, kein beruhigendes, trautes Gefühl an Mutters Rockzipfel, nur die kahlen fremden Räume des Kinderheims, weinende Kindergesichter und die kriegsblinden, erkalteten Blicke einiger Schwestern kann ich auf immer und ewig von meinem Personal Computer abrufen. Sofort regt sich da eine ganze Kaskade von dumpfen Schmerzen und Ängsten in meinem Brustraum und meine Seele erzittert.

Entflammte Sonnenblumenscheibe, die du ans
Himmelsdach entrückt, hoch über meinem Scheitel
stehst. Gestirn des späten Jahres, bleibe!
Die Nacht, schon nah herangerückt, würde lang sein,
wenn du untergehst.

Mit diesen poetischen Worten von Stefan Waggerl kann ich diesen gravierenden Zeitabschnitt von sechs Monaten beschreiben. Meine Sonnenblumenmutter Agnes hatte gekämpft und war aber dem Sensenmann noch nicht in die Schneide gelaufen. Gott war's gedankt.
Nach einem Aufenthalt von einem halben Jahr in dem ihr zugeteilten Lungensanatorium konnten wir uns in der Schutzburg unseres adeligen Hausherrn bei einem großen Topf Szegedinger Gulasch mit duftendem Safranreis und mundigem Rhabarber-Birnen-Kompott in Rote-Rüben-Sauce und selbstgezaubertem Marzipan-Herzen, heute von unserem Mentor und Vermieter selbstgekocht und aufgetischt, den Bauch bis zum Rand voll schlagen. Für die nächsten drei Jahre waren wir von nun an geborgen. Diese Feuertaufe war bestanden. Meine Mutter war eine begabte Näherin. So wurde sie vom Herrn Baron befreundeten, adligen Familien mit feinen Manieren und großen Herzen empfohlen, um in deren Häusern Stör zu nähen, wie es damals so üblich war. Essen und Trinken waren frei, gehaltvoll und sättigend. Die beiden Kinder durften mit, das war gar keine Frage. Die Familie derer von den Rosenthal war die Hauptarbeitsgeberin meiner Mutter. Die Familie, vor allem deren Söhne, voran Philipp, der gebildete Menschenfreund und spätere vorbildliche Unternehmer und couragierte Sozialdemokrat, wurde für einige Kinderjahre eine Basis für meine seelische und geistige Entwicklung, Philipp selbst eine für mich stark prägende Bezugsperson. Jede Frage des neugierigen Mädchens wurde geduldig beantwortet. Klavierspiel auf zwei Fingern, ausufernde Malexkursionen und spannende kindgerechte Vorlesungen waren nun oft für mich im gemütlichen Kaminzimmer der herrschaftlichen Villa angesagt, wenn es der Zeitplan meines väterlichen Freundes einrichten ließ. Währenddessen zauberte Mutter Agnes mit geschickten Fingern feine Kleidungsstücke für die Herrschaften hervor, auch Herrenmäntel waren dabei, tageweise auch zig leinene Handtücher oder auch Bettlaken entsprangen ihrer ratternden Näh-Tretmühle. Von Untergang war keine Rede mehr,

eher von Übergang. Ihre und vor allem unsere gemeinsam zu verbringende Zeit unseres geplanten Lebensskripts sollte noch lange nicht abgelaufen sein.

Alles hat seine Zeit – Ein jegliches hat seine Zeit, und alles Vorhaben unter dem Himmel hat seine Stunde. Geboren werden hat seine Zeit. Sterben hat seine Zeit, pflanzen hat seine Zeit, ausreißen, was gepflanzt ist, hat seine Zeit. Töten hat seine Zeit. Heilen hat seine Zeit, abbrechen hat seine Zeit, bauen hat seine Zeit. Weinen hat seine Zeit, lachen hat seine Zeit, klagen hat seine Zeit und tanzen hat seine Zeit. Steine wegwerfen hat seine Zeit, Steine sammeln hat seine Zeit. Herzen hat seine Zeit, aufhören zu herzen hat seine Zeit. Suchen hat seine Zeit, verlieren hat seine Zeit, behalten hat seine Zeit, wegwerfen hat seine Zeit. Zerreißen hat seine Zeit, zunähen hat seine Zeit. Schweigen hat seine Zeit, reden hat seine Zeit, lieben hat seine Zeit, hassen hat seine Zeit. Streit hat seine Zeit, Friede hat seine Zeit. Was Gott tut, das besteht für ewig, man kann nichts dazutun und nichts wegtun. Was geschieht, das ist schon längst gewesen und was sein wird, ist auch schon längst gewesen – und Gott holt wieder hervor, was vergangen ist.
Da merkte ich, dass es nichts Besseres dabei gibt, als fröhlich sein und sich gütlich tun in seinem Leben, bei seiner Arbeit, denn das ist sein Teil und er habe guten Mut bei all seinen Mühen, das ist eine Gabe Gottes. *Salomon Kapitel 8* und *12 Psalm 31*

An der Zeit ist's

Da red'st dich jetzt aber leicht, Salomon. Du hast ja der Mühsal eines körperlichen Erdenlebens schon den Rücken gekehrt und reitest leicht und wortgewandt durch inhaltsschwere Seiten der Geschichtsbücher. Lass uns doch heute mal ein paar richtige traurige Tröpfe sein. So, jetzt lasse ich meinen Kopf mal mutig eine Zeit lang hängen und mein schweres Herz soll zagen und klagen, was das Zeug hält. Ommmmh … Ich habe gelernt, auch das Traurige sei eine Gabe Gottes, lieber Salomoni, zu den richtigen Gezeiten natürlich. Meinen Ulk habe ich heute gleich nach der umgeschütteten Tasse Morgenkaffee rigoros in die Nudelsuppenterrine verbannt und Mister Blues ein Kissen auf meiner blumigen Landhauscouch angewiesen. You're welcome, Misses Sippi. Ein Jäckchen gefällig, ein Cognacchen natürlich. Und heute lasse ich meine Tränen laufen, bis sie salzige, kalte Füße bekommen. »Lass meine Tränen laufen, sie laufen ja eh nur zu dir, du Reiter hinter den Wolken«, resümiert Ariadne in ihrem Klagelied an ihren Hohen Herrn. »Sei klug, Ariadne, du hast kleine Ohren, du hast meine Ohren, steck ein kluges Wort hinein. Muss man sich nicht erst hassen, bevor man sich lieben kann? Ich bin dein Labyrinth…th…t…t…h. »Von oben träufelt da Nietzsche eloquent eine Wortkaskade auf seine ergebene Ariadne herunter, um sich dann Wochen später feige und blutleer und in einen roten Faden verwickelt in Capri von einer Klostermauer zu stürzen. La Sforza del destino. War's denn überhaupt Capri? Habe ich im Rahmen meines genussvoll melancholisch zelebrierten Sadnessprogramms dem nihilen Friedrich an diesem Nieselmorgen gerne einen Platz an meiner Tafel angeboten, friert's mich plötzlich bis ans Herz hinan. Heute werde ich noch säckeweise Kohle aus dem Feuer holen müssen, um sie gegen Hunderte von Kilos verlorener Liebesglut, im erkalteten Kamin eines verlorenen Herzbuben in meine Waagschale zu werfen.

Ausgeträumt ist's

»FEUERPROBE, Mariannchen«, dringt da die Stimme meines Regisseurs Percy Adlon hinter einer heißen Wüstendüne Bagdads hervor und findet wie üblich die Ritzen der alte Holzbaracken in meinen klimaanlagengekühlten Garderobenraum »Fire-Exercise with Uncle Sam, Miss Seitchbräkt«, werde ich von unserem amerikanischen Aufnahmeleiter aus meinem triefigen, aber auch seelenreinigenden Szenario gerissen. Gerade zur rechten Zeit geht's hinaus in die heiße, klirrende, schwirrende Luft der Mojave-Wüste. Wir schreiben das Jahr 1987. Jack Palance wartet auf mich und gleich macht sich in meinem Herzen, wie immer, Feuereifer breit. Um unsere Nasenflügel streicht köstlicher Bratenduft. Der große Pott über der Feuerstelle war schon vor Tagen aufgebaut worden. Da muss heute eine Kannibalen-Szene in den Kasten gebracht werden und der gedachte Braten bin ich. Die herrlichen Essensdüfte werden heute von einem warmen Westwind zu unserem Drehplatz herübergetragen. Nach getaner Arbeit wollen uns die Wüstenbewohner, aus Dankbarkeit für die Bereitstellung von ersehnten Arbeitsplätzen, mit einem im Ganzen in der Erde gebratenen, mit wohlschmeckendem Gemüse gefüllten und knackigen Salaten kredenzten, herrlich duftenden, köstlich gegarten Schwein nach altem Indianerrezept überraschen.

Aber erst wartete unsere Dreharbeit auf uns. Die wüste Gerüchteküche hatte schon seit Tagen gebrodelt und keiner der männlichen Haudegen und Wüstenbewohner mochte sich das zu erwartende Schauspiel einer – man höre und staune – Frauenkannibalen-Zeremonie entgehen lassen. Als ich im Oben-ohne-Kostüm frierend im großen Pott kauere und auf meinen Einsatz warte, bis die Kannibalen-Kandidaten fertig bemalt, bekleidet und zurechtgezupft sind, glaube ich meinen Augen nicht zu trauen: Hunderte von Schaulustigen haben sich heute auf den Weg gemacht. Natürlich handelt es sich vorwiegend um die Herren der Schöpfung, und zwar um die herrlichsten Exemplare. Aber auch einige Kinder und

Frauen wollen sich den Spaß nicht entgehen lassen. »You maik ai moove ouva hia?« (Wird hier ein Film gedreht?) Kein einziger unserer Crew versteht diesen sonnenverblichenen Akzent. Derweilen tanzen sich die Kannibalen-Statisten um meinen Pott herum in Rage. Ihre Augen blitzen, ihre Körper zucken im Rhythmus, die Beine stampfen die Erde. Hunka-tschanka, Hunka tschanka. Mir wird's ganz klamm. »Action!«, schreit Percy. Die Tänzer nehmen ihre Rolle beim Wort und augenrollend und zähnefletschend umtanzen sie den Kessel mit dem begehrten Braten. »Action« – dieser Aufruf gilt mir. Habe ich mich doch jetzt, laut Anweisung, wie Isadora Duncan in meinem paradiesischen Zustand in Sichtweite der Kamera in die Höhe zu stemmen, was ich auch mit Galgenhumor tue. »Dramatisch, dramatisch«, denke ich, als ich die verzückten Mienen der versammelten Recken bei meinem nackten Auftauchen sehe. Ihr Klatschen und Toben samt frenetischen Ahs und Ohs hat sich als gesamte Lautkulisse logischerweise in das originale Tonmagnetband des Films mit einprogrammiert. Der Regisseur ist sichtlich verärgert, denn diese Klappe, wie es beim Film heißt, wär für ihn und für das Kamerateam in Bezug auf Ablauf und Ausdruck der aufgeheizten Protagonisten und meiner kalten Angst im Antlitz phantastisch gewesen.

»So, dasselbe noch mal, dasselbe Feuer, aber diesmal bitte ohne Gejohle und Geklatsche«, ordnet er jetzt bestimmt an, »sonst gibt es keine Gagen heute.« Das sitzt, denn der gute alte Dollar macht sich rar in dieser Region und von Arbeit und Jobs mag man heute gar nicht sprechen. Die sind als Mangelware angesagt, die Essensregale bleiben meistens leer in der Mojave-Wüstenregion. Ich muss mich also noch einmal im unschuldigen Zustand allen ausliefern, und noch einmal und dann bitte alles noch einmal. Dann ist es endlich im Kasten. Väterlich hilft mir mein wunderbarer Partner Jack Palance aus dem Riesenpott und legt mir fürsorglich einen Mantel über die frierenden Schultern. »Great girl, very professionell, very talented«, juxt er zu Percy hinüber, während es unsere Statisten nach Beendigung ihres gelungenen Auftritts plötzlich ganz eilig

haben. Sie haben sich zu einer Kannibalen-Kaffeeparty verabredet. Die Schminke, die Kostüme samt nachgebildeter Menschenknochen erbaten sie sich als Erinnerung, sprich sie behielten sie gleich an. Für mich ist das zuerst zutiefst befremdlich, dann bin ich doch erleichtert darüber. Hatte ich bei Drehbeginn die Geschichte der dunkelhäutigen Frau und der Dame im Bayernlook und den dabei auftauchenden Kannibalismus meinen dunkelhäutigen Mitspielern ganz vorsichtig nahe gebracht. »It is only a metaphor, you know«, erklärte ich befangen. »She's afraid of the strange foreigner, nothing inhuman against black people, do you understand?«
Alle lachten und nickten, verstanden hat man mein Englisch und meine Sorgen hier momentan in diesem Winkel der Erde kaum. Froh war man nach kargen Monaten, wieder reichlich Essen im familiären Topf zu haben und die vielen hungrigen Mägen beruhigen zu können. »Siehst du, Mami, deine Angst, man würde eure dunkelhäutigen Statisten mit dem kannibalischen Ansinnen diskriminieren und deren Menschenwürde verletzen, war unbegründet«, meint meine siebzehnjährige Tochter Daniela lachend, als sie, unsere bereits am ersten Drehtag adoptierte kleine Findelhündin Baggy auf dem Arm, um die Ecke bog, um mir beim fertig aufgetischten Erdschwein-Festessen, gewürzt mit heißer Cajun-Musik, live und vom Feinsten, Gesellschaft zu leisten. Für vier herrliche Ferienwochen würde sie an meiner Seite sein. Nach indianischem Ritual haben sich heute die Männer die ledernen Küchenschürzen umgebunden. In der Erdfeuerstätte hatte es bis zu vier Stunden geheimnisvoll gegurgelt, gezischelt, wohlriechend gedampft und gebrodelt, bis die starken Männer schreiend und schwitzend die fertig gebratene, voluminöse Schweinedame arg dunkel geröstet wieder ans Tageslicht beförderten. Die Schweinehaut ist bei diesem Ritual nicht mehr auf dem Teller zu platzieren, erklärt uns lachend der Einsatzleiter der Truppe. Mit blanken Fäusten und roher Gewalt wurde jetzt der riesige Teufelsbraten an heißen Eisenketten, mit dem wohlgefüllten Gemüsebauch nach oben, an Land gezogen, heureka, die Übung ist gelungen. Das wird ein Essensgelage.

Die Cowboys rangieren und tranchieren, dass es eine wahre Freude ist. Die Ehefrauen sind heute mal nur für die Salatbar, den Getränkefluss und den Service zuständig und genießen das, kokett gekleidet und beschürzt, mal ausgiebig. Das Feuer hatte man ganz nach alter Tradition vorher mit einem indianischen Feuerbohrer entfacht. Da kannte sich der alte Indianer Jack Palance noch aus. Ihm gelang es, den ersten Funken zu entzünden. Wie wurde da an diesem Abend gespeist, getanzt und gelacht near the Route 66. Square-dance-Formationen stolz vorgeführt und mit uns lovely germans eingeübt. Meine geliebte Tochter Daniela, in heißem wildem Zeugungsnebel zur Erde gefahren (das schwör ich, denn ich war ja mit dabei), amüsiert sich köstlich inmitten unserer großzügigen Gastgeber und umkränzt und geborgen im Kreise unserer lustigen und kameradschaftlichen Filmcrew. Sie tanzt und flirtet gerade mit Felix, Percy Adlons charmantem Sohn, der auch das ganze Team samt Mutter Sägebrecht mit wunderbar erzählten Bonmots um den kleinen Finger wickelt, wenn er nur will.

Es hat sich ausgebluest für die Sägebrecht alias Jasmin Münchgstettner. Kein bitterer Tropfen findet sich mehr auf dem Rand ihres Lebenskelchs, nur fließende Rinnsale von süffigem kalifornischem Rotwein und kleine Fettspritzer auf dem unschuldigen Dekolletee. Lebensfreude und Lebenslust sind wieder großgeschrieben. Dankbarkeit für ihren Schöpfer, ihre wohlgesonnene Schicksalslinie, für die gelungen ausgetragene Frucht ihres Leibes, für ihre geliebte Mutter, die zur selben Zeit in unserer beschützten Frauenkemenate in München zusammen mit Schwester Renate das gemeinsame Herdfeuer am Glimmen hält. Für ihren Mentor Percy Adlon und für alle Lebewesen auf Planeten hegt sie dankbare Gefühle vom rechten Engels-Flügel bis zum großen linken Zeh. Und wohlige Befindlichkeit stellt sich als dienstbarer Geist bei ihr ein, ohne natürlich Gehaltswünsche zu äußern, versteht sich. Ja, ja die Flaschengeister eines süffigen Rotweins lachen sich heute diebisch in ihre Fäustchen. Der kluge Menschenverstand wurde in den Urlaub verbannt. Auch mein verehrter indianischer Seelenbruder und

Filmkollege Aquilar, genannt der fliegende Adler Harley, hat heute oft und tief in den Glasrand seines Tequila-Kaktus-Gebräus geblickt. Auch nicht ein kleinstes Körnchen seiner angeborenen Tristesse hat sich bis jetzt in seiner wilden Lockenmähne verfangen und ist auch nicht in der Schuhspitze seiner selbstgezimmerten Wildlederstiefel, wie so oft, anzutreffen. Indianisch-englisch radebrechend ist er gerade dabei, mit meiner Tochter Daniela über die gerade eben genossene Cajun-Musik zu philosophieren, und das in seinen wunderbaren Sprachbildern, die ich während unserer gemeinsamen Arbeit schon so lieben gelernt habe. »Die Musik des Menschen kommt aus Instrumenten, die Musik der Erde kommt aus tausend Löchern, aus jeder Erdspalte kommen Stimmen, hast du diesen Sturm von Tönen noch nie gehört?«, fragt er Daniela, während er sich schützend abstützt. Das war sein Thema. »Ihr müsst nur horchen, sanfte Winde singen furchtsame Lieder, starke Böen posaunen ihre Nachrichten hinaus, dann hört ihr ein Muhen, ein Dröhnen und ein Pfeifen. Ein Ruf weckt den anderen zum Gespräch. Dann legt sich der Wind und alles zittert und verebbt. Eine Macht steht hinter allem und lässt Töne klingen und verklingen, kannst du's nicht hören, Daniela?«, versucht er nun meine sanfte, vor allem nicht alkoholisierte Löwenbändigerin zu fesseln, und zwar in lupenreinem Indian-English.
Sie aber zieht Reißleine, wie immer, wenn Mystik und Esoterik sich zum gemeinsamen Hüftschwung auf ein Lehrerpult gehievt haben. »Geister gibt es, ohne Zweifel, aber man soll sie nicht rufen, sie kommen schon, wenn es nötig ist«, sagte sie immer klar und deutlich, wenn es ihr in diesem beliebten Themenkreis ihrer Mutter zu bunt herging.
Enttäuscht versucht der trunkene Adler einen betrunkenen Cowboy in seine naturgeschwängerten Gedankengänge zu locken. Woher kommt die Musik des Himmels, frage ich still in mich hinein. Ja, ja, die Liebe ist eine Himmelsmacht. Ihr hatte ich vor achtzehn Jahren gerne das Kommando überlassen. Dem jungen wilden Galan Fritz und der noch unberührten Jungfer Marianne

hatte man dieses Mal das rosarote himmlische Gebräu eines Sommernachttraums in weiser Absicht auf die beiden jungen Scheitel gegossen.

Aus einem befohlenen Ringkampf zwischen Thanatos und Eros hat sich dann im Feuerstrahl einer großen Liebesbeziehung, übrigens der einzigen in dieser Art in meinem Lebenskarussell, meine heißersehnte Tochter als Siegerin für den Rest des Lebens an meiner Seite platziert. Den Moment der Zeugung spürte ich licht und klar und von Stund an wusste ich: Es wird mir eine Tochter beigesellt, ihr Name ist und war Daniela. Schon ab diesem Tag fing ich an, mit meiner Tochter zu kommunizieren. Ich war mir so sicher, dass mein Sonnenkind im Sternkreis des Löwen geboren, ein Mädchen sein würde und freute mich zusammen mit meiner Mutter Agnes und Schwester Renate unbändig auf ihre Ankunft. Der Kindsvater zog sich in den Zeiten der Schwangerschaft ängstlich zurück, konnte aber dieses Manko dann in ihren Kindheitstagen und vor allem jetzt in Zeiten einer eigenen glücklichen Mutterschaft bis heute bestens auffüllen und ausgleichen, auch als geliebter Fritz-Opa für Enkeltochter Alina, Daniela mitsamt Schwiegersohn Carmelo eine wunderbare Familienbeziehung aufbauen.

»Vielleicht hat sich deine Seele ja damals freiwillig für diesen schweren Einsatz entschieden, Schulter an Schulter zusammen mit mir und deiner Großmutter Agnes in einer liebevollen, aber nicht immer leichten und vielschichtigen Mutterkonstellation das Leben zu meistern«, so habe ich meine Tochter schon öfters gefragt.

»Ja, wer weiß«, antwortet sie dann geheimnisvoll. Gott sei Dank hat sich bis heute eine ganz einmalige vertrauensvolle Tochter-Mutter-Beziehung aufbauen und gestalten können. Sollte mein Verdacht stimmen, wird Daniela bestimmt für diesen mutigen Einsatz noch in diesem Leben belohnt. Diese kosmische Planstelle war ab dem geheimnisumflorten Zeugungstag im Dezember 1966 trotz weiterer Bewerbungen nicht mehr zu vergeben. Lieber Gott, Dein Wille geschah, wie im Himmel so auf Erden.

Rezepte

Selbstgemachte rote Grütze

nach einem Rezept aus Großmutters Kochbuch 1921

- 500 g Johannisbeeren
- 250 g Himbeeren
- 250 g Stachelbeeren
- Saft von 1/2 Zitrone
- 750 ml Wasser
- 150 g Kartoffelmehl
- 300 g Zucker
- 1 Handvoll abgezogene Mandeln

Die Beeren waschen, entstielen, zusammen mit Zitronensaft in Wasser weichkochen. Etwa einen Tasseninhalt des Beerenmuses abschöpfen und zur Seite stellen. Den restlichen Topfinhalt durch ein Sieb streichen. Das Kartoffelmehl mit etwas kaltem Wasser glattrühren und zusammen mit dem durchpassierten Beerenmus erhitzen und aufkochen lassen, erst jetzt den Zucker dazugeben!, und nochmals aufwallen lassen. Flamme, sprich Hitze nicht zu groß!
Kleine Schüsselchen mit kaltem Wasser ausspülen, mit Mandelsplittern ausstreuen (für Erwachsene einen kleinen Spritzer Himbeergeist zufügen), mit der warmen Grütze auffüllen, nach etwa zwei Stunden stürzen und mit Vanillesauce und den zur Seite gestellten ganzen Früchten garniert servieren.
Lass es dir schmecken, Mariannchen.

Das brauchte Oma nicht zweimal sagen. Schmatz.

Honigwein – Met

nach einem Geheimrezept von meinem Großvater Franz-Xaver

Stärker: 4 kg Honig, 5 l Wasser	evtl. 1 Prise Zimtpulver
leichter: 2 1/2 kg Honig, 5 l Wasser	1 Ballon-Flasche (10 l)
2 EL zerstoßene Nelken	1 Gärrohr mit Verschlusskorken
1 EL gemahlener Anis	1 Korken zum Abfüllen
100 g Reinzuchthefe	sterilisiert
evtl. 1 Gärsalz-Tablette	Flaschen zum Abfüllen,
5 Holunderblüten	ausgekocht und steril
1 Handvoll Lindenblüten	

Man nehme: Lindenblüten-, Tannen-, Heide- oder Imkerhonig.
Honig mit Wasser, Nelken und Anis vermischen, kurz aufkochen und unter Umrühren auflösen. Den Schaum abschöpfen. Wenn die Mischung nur noch lauwarm ist, in den Ballon geben. Reinhefe, Holunder und Lindenblüten mit dazugeben.
Zum Gären für 4–8 Wochen an einen warmen Ort stellen. Immer Korken mit Gärrohr (ist im Fachhandel erhältlich) nehmen, das mit Wasser gefüllt sein muss. Wenn sich keine Blasen mehr bilden, ist der Gärvorgang beendet.
Den Wein dann vorsichtig mit einem Schlauch abziehen. Achtung: Bodensatz nicht aufwirbeln.
Noch einmal in einen sauberen 10-l-Ballon zum Nachgären und Klären geben und jetzt für etwa zwei Wochen kaltstellen.
Wenn der Wein klar ist, mit einem abgekochten Schlauch in Flaschen abfüllen und gut verkorken! Tipp: Den Flaschenkopf in flüssiges Wachs tauchen.
Wohl bekomm's!

Frühlings-Freude-Sommerseligkeit. Es summt und brummt auf blühenden Wiesen in duftenden Hecken. Unsere fleißigen Bienchen schleppen, füllen, entladen den kostbaren Nektar in die lechzenden Waben der Bienenstöcke. Mehr als die Hälfte ihres Gewichts schleppen sie so in Tausenden von Anflügen klaglos, um unseren geliebten Honig den Blüten abzuluchsen. Befruchtung und Bestäubung werden zur Freude der Obstbauern kostenlos vollzogen – und das schon seit Millionen von Jahren, vor dem Erscheinen des Neandertalers, wie Archäologen aus Versteinerungen feststellen konnten. Bienchen, Bienchen, hol uns Honig! Damit wir unseren göttlichen Honigwein ansetzen können.

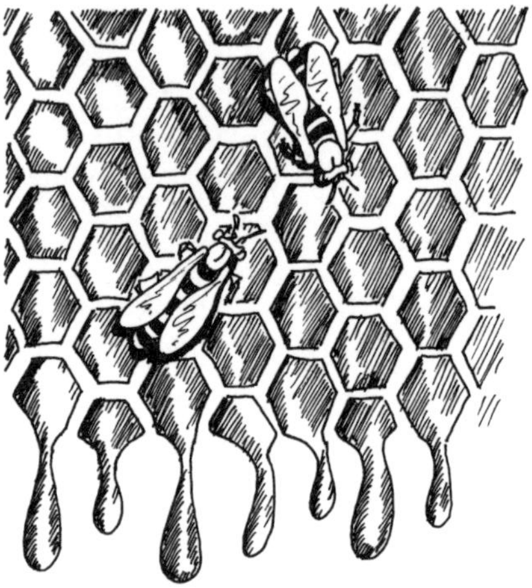

Viel Glück auf einen delikaten Götter-Wein
»Mete unt Win sint beide gut!
Vertreibt die Sorgen – löscht den Durst und macht uns Mut.«

Schon die Völker der Indogermanen labten sich vor ihrer großen Wanderung von Indien nach Europa an dem köstlichen Gebräu, das sie »Medhu« nannten. Auch die alten Griechen liebten ihren Nektar und ließen sich von ihm den Gaumen kitzeln und die Sinne betören. Als Medizin, natürlich in Maßen genossen, war er aus den täglichen Lebensritualen nicht mehr fortzudenken. Stärke und zuckerspaltende Fermente halfen, ein opulentes Mahl besser zu verdauen, so manches wunde Herz zu stärken und die Giftstoffe aus dem Körper zu leiten. Mineralien und Duftstoffe, vor allem auch die »Inhibine«, die das Wachstum parasitärer Bakterien hemmen, setzten dem Nektar noch das Krönchen auf. Davon profitierten auch schon unsere alten Germanen. Der Met war Leib-, Haus- und Hofgetränk und Medizin zugleich.

Die besten bayerischen Nachkriegs-Dampfnudeln

20 g Hefe	1 Ei
50 g Butterschmalz, flüssig	250 ml Milch
60 g Zucker	500 g Mehl
1/2 TL Salz	80 g Butter zum Ausbacken
etwas geriebene Zitronenschale	1 EL brauner Zucker
	1 Stück Vanillestange

Die Hefe wird mit 4 EL Wasser angesetzt, dann mit dem flüssigen Butterschmalz, Zucker, Salz, Zitronenschale, Ei, Milch und Mehl zu einem glatten Teig abschlagen. Davon drehen wir 12–16 runde Nudeln, geben diese auf ein bemehltes Brett, bedecken sie dann mit einem warmen Tuch und lassen die jungfräulichen Moppels für etwa 15–20 Minuten zu reifen Matronen aufgehen.

Jetzt gibt man in eine Bratreine oder Kasserolle etwa fingergliedhoch Milch, fügt die Butter, Zucker und die frische Vanillestange hinzu. Dann setzt man vorsichtig die Nudeln auf den Boden, die Milch darf nicht über den Nudelrand steigen.

Jetzt lässt man sie gut zugedeckt bei mäßiger Hitze gar werden. Der Deckel sollte gut schließen, sonst lege man ein feuchtes Tuch auf den Topfrand. Beim Anrichten legt man die resche, dunkle Kruste nach oben auf die Platte, sofort verzehren mit Vanillesauce und vielleicht mit einem saftigen Marillenkompott.

Herzwein selbstgekocht von Franz-Xaver aus dem Schatzkästlein der Natur

In bangen Nächten der Ungewissheit drückte die Sorge um meinen vermissten Vater Georg schwer auf das Herz von Mutter Agnes. An dem Tag, als ein unscheinbarer Brief den schussdurchfetzten Wehrpass des gefallenen Helden auf den Frühstückstisch der Großfamilie entließ, riet der Vater seiner vom Schmerz gebeutelten Tochter:

»Nimm mindestens drei Esslöffel am Tag von meinem Herzwein, das wird deinem wehen Herzen guttun!«

Sein selbstgekochter Herzwein aus Petersilie, Essig und Honig sowie aus Minze, Johanniskraut hatte den geplagten Herzen seiner Familienmitglieder in den schweren Kriegs- und Nachkriegszeiten schon öfter Linderung verschafft. Ein paar Wochen danach goss sich Opa den Herzwein mit zittrigen Händen in ein ganzes Glas – sein Sohn Xaverl hatte als Kindersoldat mit sechzehn Jahren sein Leben an der Front von Italien ausgehaucht.

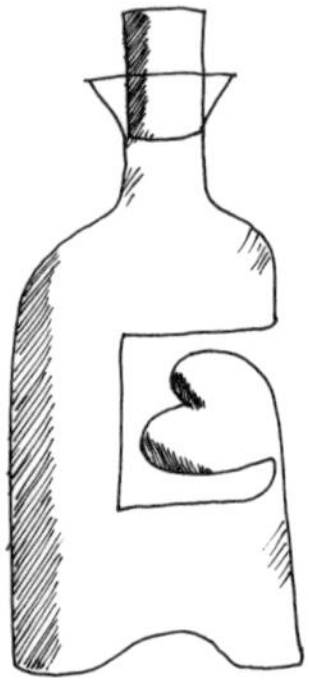

Herzwein

Nach Großvater Franz-Xaver

15 frische Petersilienstängel mit ihren Blättern	2 EL Zitronensaft
1/2 TL Johanniskraut, gehackt	350 g echter Waldbienenhonig
1/2 TL Zitronenmelisse, gehackt	etwa 7 Flaschen à ca. 200 ml
1 1/2 l trockener naturreiner Weißwein	etwa 7 EL 40%iger Alkohol

Die Kräuter werden mit Weißwein und Zitronensaft etwa 10 Minuten auf kleiner Flamme gekocht. Dann gibt man den Honig dazu, lässt alles nochmal etwa 5 Minuten aufkochen.
7 Flaschen kocht man aus und spült sie mit Alkohol aus (1 TL Rest kann pro Flasche enthalten bleiben).
Der fertige Herzwein wird durch ein Sieb gegossen und gleich heiß in die vorbereiteten Flaschen gefüllt. Man kann auch einen wertvollen Rotwein dafür verwenden.

Ein schwaches Herz erstarkt, ein wehes Herz wird wieder heil und das fleißig arbeitende Pumpsystem eines jeden Menschenherzens wird diesen Balsam freudig in sich aufnehmen und sich mit einem gleichschlagenden Takt bedanken.

Schlesisches Himmelreich

Hommage an Onkel Kurt: ein Eintopf-Rezept von 1946

50 g Butter	1 Prise Zucker
2 EL Mehl	1/2 TL Salz
1 TL Zitronenschale	Saft von 1 Zitrone
1 l Wasser (zum Einweichen)	1 Knoblauchzehe
1 l Apfelsaft (zum Zusammenkochen)	350 g geräucherte Rippchen
200 g Trockenbirnen	150 g geräucherter Schinken oder Speck
200 g Trockenpflaumen	1 l Wasser (zum Rippchenkochen)
200 g Trockenäpfel	30 g Mondamin

In einem größeren Topf wird aus Butter und Mehl eine Mehlschwitze gemacht, mit Wasser aufgegossen, Zitronenschale zugefügt und mit dem Liter Apfelsaft aufgefüllt und aufgekocht. Da hinein gibt man die über Nacht eingeweichten Dörrpflaumen sowie Trockenbirnen, Zucker, Salz, Zitronensaft.

Die Knoblauchzehe, die geräucherten Rippchen und der durchwachsene Speck füllt man mit dem Einweichwasser der Früchte und dem Fleischsud der Rippchen auf.
Nun kocht man das Ganze etwa 20 Minuten zusammen auf kleiner Flamme, für die letzten 10 Minuten gibt man noch die eingeweichten Äpfel dazu und bindet das himmlische Mahl mit einem kalt angerührten Mondaminteigchen.
Erneut abschmecken mit Salz, Zucker und Zitronensaft.
Dazu reicht man Mehlklöße oder Kartoffelklöße.
Ein schöner schlesischer Korn, vielleicht auch zwei waren von einem solchen Sonntags-Festmahl nicht wegzudenken.

Für die Kinder hatte man statt dem Korn eine wohlschmeckende Zitronenquarkspeise zum Nachtisch vorbereitet.

Zitronenquarkspeise

- 2 Eigelb
- 150 g Zucker
- Saft von 3 Zitronen
- 250 g Quark
- Schale von 1/2 Zitrone
- 125 g Sahne
- 2 Eiweiß, steif geschlagen

Schnell waren Eigelb, Zucker und Zitronensaft so gut verquirlt, bis eine schaumige Masse entstand. Der Quark wurde durch ein Sieb gestrichen, die Sahne, die abgeriebene Zitronenschale dazu, den steifen Eischnee darunter gehoben und verrührt – dann die fertige Creme in Baiser-Schalen gegeben und unsere Welt war wieder im Lot.

Mariannchens sechster Geburtstag
Mutter zaubert Menü aus dem Nichts

Wir schreiben den 27. August 1951. Mein Magen macht auf Knurrhahn, weigert sich aber nachhaltig, in den leeren Suppentopf zu springen …
»1 Pfund Suppenknochen mit etwas dran«, bittet meine Mutter die rotgesichtige, stramme Metzgersgattin liebevoll. »S'Mäderl hat

heut Geburtstag, wissen'S. Sechs Jahr ist's jetzt, d'Schule steht auch schon vor der Tür«, meint Muttern bedächtig.

»Ja, da braucht's was auf'n Teller, damit's Hirn im Saft bleibt«, sagt die Metzgerin schmunzelnd, während sie hurtig ein schönes saftiges Stück Suppenfleisch und zwei frisch gebrühte Leberwürste einpackt und hinter dem Rücken des Ehemanns, Herrn Kotteletta, wie wir das respekteinflößende schnaubende Etwas immer nannten, schnell in die offene Tasche meiner Mutter verschwinden läßt.

»Sie sind mir aber auch noch ganz schön bleich. Und schmal sind's g'worden seit Ihrer Lungenentzündung«, bemerkt sie sorgenvoll, während ihr Gatterich mit dem imposanten Vierkantschädel eine ganze Reihe fertig geräucherte Saftschinken über der Wursttheke aufknüpfte. Die sind natürlich für die bessere Kundschaft zum fetteren Preis bestimmt. Doch Muttern ist's zufrieden. In drei Tagen gibt's wieder Kriegswaisenrente fürs ältere Töchterchen und für die dreijährige Renate Alimente vom Vater Staat, denn der leibliche Vater der Kleinen hatte bei der letzten Taschenpfändung nur leere Hose anzumelden.

Ein Tag Stör-Nähen beim Bauern brachte 10 Mark, freies Essen auch für ihre Kinder, spielen und toben waren erlaubt. Abenteuerzonen gab's genug auf dem Bauernhof, während Agnes das Fußpedal der Nähmaschine zu Höchstleistungen antrieb und die Bäuerin war zufrieden wie immer. Akkurat mit flinken Fingern waren die beiden Samt-Sonntagskleidchen mit den kunstvoll gesmokten Oberteilen, den Schleifchen und Biesen für die Töchter des Hauses angefertigt worden. Allerliebst sahen sie darin aus. Das machte Agnes so schnell keiner nach. Selbst der wortkarge Bauer kriegte sich nicht mehr ein, seine zwei Rotzmadln so aufgemaschelt, wie er betonte, in der gut'n Stub'n auf und ab flanieren zu sehen. Vor lauter Vaterstolz und Mutterfreuden erbte unsere vaterlose Kleinsippe noch die übriggebliebenen Stoffreste samt Kleinmaterial. Da waren schon wieder zwei Kleider für das Geschwisterpärchen drin und Agnes schickte mal wieder ein Dankgebet zum Himmel hinauf. Ein schönes Stück Butter und eine Literkanne voll frischer Kuhmilch hatte der zufriedene Bauer seiner Hausnäherin noch mitgeben lassen, denn auch sein zerrissenes Sonntagshemd mit de paar Bluat-Spritzer, »des hät si hoid net so weit vorpreschn solln beim letzten Stammtisch-Diskurs«, hing wieder ganz gemacht und mit weißer Seel' in seinem Schrank drin. Dank Agnes hot d'Bäuerin nix g'merkt.

Das war ihm schon einen Extra-Bonus wert. Seine Kinder natürlich auch, seine Weiba, wie er sie nannte, »aber a Stammhalter muaß her, sonst kon i mein angestammten Platz am Stammtisch nimmer lang halten«, meint er, die pfiffigen Äuglein zum Himmel gedreht, während er mir eine Flasche selbstgemachte Holunderlimonade mit einem bisserl Alkohol zum heutigen Geburtstag unter die Achsel klemmt und mir a recht langs gsunds Leb'n wünscht. »Muaß'd hoid a bißerl mehr auf dein allerheiligsten Stamm halt'n und ned so vui schlucka, du Schluckspecht. Ned so vui Promille, dann hoid da scho Wort dein Stamm, du Stammes-Fürst«, schießt in Agnes nauf. »Nix für unguat«, meint sie lachend, als wir uns auf den Nachhauseweg machen.

»Passt scho«, ruft der Bauer hinterher.

Passt immer mehr!, geht es Agnes durch den Kopf, als sie zu Hause das rare Rindfleisch zusammen mit selbstgezogenen Karotten, Petersilien- und Selleriewurzeln, geschnittenem Lauch, Kohlrabi und Kartoffelstückchen zusammen mit einem Bündel aus Petersilie und Liebstöckel, alles aus eigenem Gartenbetrieb, für das Geburtstagsessen ansetzt.

Die Miete und Stromkosten hatte sie schon zusammen und nächste Woche wären ja wieder zwei Arbeitstage bei der Familie Rosenthal angesagt. Da wurde immer genäht und geflickt, was das Zeug hielt. Die Arbeit ging nie aus bei dieser großzügigen adeligen Familie. Der Baron, der Freund des Bürgermeisters, der uns so menschenfreundlich bei sich aufgenommen hatte, vermittelte meiner Mutter einige Arbeitsplätze, die ein existenzielles Überleben für sie und die beiden Schutzbefohlenen möglich machten.

Schnell noch ein paar kleine Tomaten in den Topf und die Palmin-

Leibniz-Torte, von Mariannchen selbst zusammengebaut, neben die schon gekühlte Holundersirup-Überraschung im geschenkten Vorsorge-Kühlschrank deponiert.
Jetzt musste die Lieblings-Suppeneinlage des Geburtstagskindes zusammengemixt werden. »Grüne Knöpfe« hatte ihr siebenschlaues Kind, das ihr wohl manchmal mit seinen tausend Fragen Löcher in den Bauch fragte, diese Kreation benannt. Wie gut, dass der junge Baron von Rosenthal diesen Naseweis sehr in sein Herz geschlossen hatte und um eine Antwort auf die über ihn hereinpurzelnden vielen Fragen nie verlegen war, ja diesen Austausch genoss und förderte.
Die Chefköchin des Hauses nahm sich nach getaner Arbeit ihrem speziellen Liebling, der kleinen Renate an, damit Agnes konzentriert ihrer Näharbeit nachgehen konnte, und das schon seit fast drei Jahren. Ja, Agnes hatte wieder Lachen gelernt und Vertrauen gefasst.
Man hatte ihr schützend unter die Arme gegriffen, als wir nach dem Tod des Vermieters wieder ein Quartier brauchten. Seit einem Jahr wohnen wir jetzt hier in der Zweizimmer-Gemeindewohnung. Alle haben zusammen geholfen, diesen neuen Frechdachs-Bau gemütlich einzurichten. Eine große Wohnküche, den vom Nachbarn handgezimmerten massiven Esstisch aus frischer Kiefer habe ich besonders in mein Herz geschlossen. Nach dem handfertigen Aufbau der Schoko-Keks-Torte lasse ich es mir nicht nehmen, die geliebte Suppeneinlage der »Grünen Knöpfe« auszustechen und eines nach dem anderen in die duftende Gemüse-Fleischbrühe plumpsen zu lassen. Die Zeit drängt, denn die beiden eingeladenen Nachbarskinder schreien immer lauter nach dem fertigen Essen. Als ich den von mir extra gewünschten Karotten-Rettich-Salat, bei dem der Rettich zwar nicht die erste Geige spielt, aber das Ganze musikalisch untermalt, dass es eine Wonne ist, auftische und meine Mutter gerade noch rechtzeitig, sie ist heute so gedankenverloren, scheint mir, das duftende Kartoffel-Dinkel-Brot »Theresia«, das sie nach einer Rezeptur ihrer Mutter

zaubert, aus dem Rohr hievt, bemerke ich befremdet, dass meine Mutter noch ein sechstes Gedeck aufgelegt hat. In der Pfanne brutzelten die beiden Leberwürste geduldig vor sich hin. Im Kühlschrank hatte ich schon gestern eine Flasche Bier aufgestöbert. Das war ein Geschenk der Nachbarsfamilie zum Geburtstag.
»Aber da ist doch so ein Wirbel drin, das dürfen wir Kinder doch gar nicht einnehmen«, meckerte ich, »und du magst doch dieses Wirbeln auch nicht, das sagst du doch immer«, versuchte ich Mutter etwas aus der Nase zu ziehen.
»Ja, aber heut zur Feier des Tages trink ich auch mal einen Alkohol«, sprach's und stellte gleich zwei Gläser neben die Flasche auf den Tisch. Jetzt aber hurtig, damit wir beizeiten fertig sind, befiehlt sie in mir fremdem Ton, während sie das Brot in Scheiben schneidet und die dampfende Suppenterrine auf das Schutzgitter in die Tischmitte platziert. Schnell noch die Kekstorte auf den Tisch samt kleinen Tellern, die Holunderlimonade in die Gläser, Mutter dreht noch bedächtig die beiden Leberwürste auf die ungebräunte Seite.
»Wer kommt denn noch?«, bohre ich Richtung Mutter, die sich gerade mit ihrem handgesägten Schildpattkamm einen Haarknoten steckt. Das Klo riecht nach 4711. »Kommt die Tante Fanny?« Das war meine Lieblingstante.
»Jetzt Hände waschen«, sagt sie und drückt eine neue Glycerinseife auf meinen Handteller. »Ruf die Kinder und deine kleine Schwester, das Gesicht auch noch waschen und unter der Achsel, du bist ja ganz verschwitzt.«
»Die Tante Fanny kommt, Renate hörst, kommt's schnell, s'Essen ist fertig«, rufe ich, gewaschen, gekämmt, geschneuzt und in ein frisches Blüschen und Röckchen zur Feier des Tages geschlüpft, aus dem Fenster des ersten Stocks in den Hinterhof zu den spielenden Kindern, die sich das nicht zweimal sagen lassen und sich auf den Weg nach oben machen.

Es klingelt Sturm. »Ich mach schon, Mama«, rufe ich und wir beide erreichen gleichzeitig die Tür. Da steht ein großer dunkler Mann mit einem grauen Mantel und einem kleinen alten Koffer. Ich hab ihn schon öfters im Dorf gesehen. Er arbeitet seit ein paar Wochen beim Ausser-Bauern. Meine Mutter hat da öfters mit ihm gestanden und gesprochen, bis ich sie immer von ihm weggezogen habe, denn diesen Mann mit den dunklen Augen mochte ich so gar nicht leiden. »Komm herein«, sagt da meine Mutter mit zittriger Stimme, »nimm doch Platz«, ermuntert sie ihn, sich am Kopfende unseres gedeckten Tischs niederzulassen, während sie hastig seinen klammen Mantel über die Jacken und Mäntel unserer vollgepfropften Garderobe wirft und den angestaubten Koffer mit einem Schwung auf die Kommode des Vorraums hievt.

Meine Schwester und die Nachbarskinder haben schon aufgedreht, mit hitzigen roten Backen ihren Platz am Tischesrund eingenommen. »Das ist Alois, Kinder, ein guter Freund von mir. Er wird ab heute hier mit uns wohnen, denn er hat kein Dach über dem Kopf. Und dann tun wir uns alle ein bisschen leichter. Der Alois arbeitet doch beim Bauern, wisst ihr, dann verdient er auch was dazu für unsere knappe Haushaltskasse«, versucht unsere Mutter den Hausgast schmackhaft zu machen.
»Dann soll er auch beim Bauern schlafen«, sag ich trotzig, »da hat er doch ein Zimmer. Sollen Renate und ich auf dem Schrank schlafen, Mama, wir haben doch nur zwei Betten?«, meckere ich weiter vor mich hin. Tief im Herzen fürchte ich um meinen warmen, sicheren Schlafplatz, der mir, an den Rücken meiner Mutter gekuschelt, nächtlich ein tiefes Gefühl von Ruhe und Geborgenheit vermittelt. Jetzt legt der Eindringling auch noch seinen Arm um die schmalen Schultern von Agnes, als sie ihm die beiden gebratenen Leberwürste auf den Teller legt und von ihrem gebackenen Kartoffel-Hefeteig-Brot noch zwei kräftige Scheiben dazu legt.
Mein Karottensalat stürzt von der Gabel hinunter. Von meiner Limonade hab ich einen tiefen Schluck genommen und nur ein paar Löffel der schmackhaften Suppe hinuntergeschluckt. Mein Hals ist zu, mein Herz brennt und meine blauen Kinderaugen ver-

suchen Alois zu durchbohren. Meine Kinderseele weiß. Die Vertreibung aus dem mütterlichen Rosengarten war von nun an beschlossene Sache der Schicksalsgöttinnen.
Renatchen und die Nachbarskinder balancieren sich gerade lachend die zweite Fuhre Tortenstückchen auf die Teller mit der Siebenzwergegravur, als Alois kumpelhaft versucht, meine kleine, geballte Kinderfaust zu tätscheln.
»Wir werden das Kind schon schaukeln, gell, Kleine«, tönt er versöhnlich über die Tischkante und jetzt drückt er seinen feuchten Mund samt Zahnlücke auch noch mitten auf das Gesicht »meiner« Mama.

Mit meinem Bärchen Gulliver auf dem Rücksitz meines Kinderrads, übrigens mein Geburtstagsgeschenk, fuhr ich an diesem Nachmittag bis zu meinem geheimen Refugium am Bach ohne Wiederkehr.

Auf das große Binsenboot, das Gulli und mich vom kleinen Bach zum großen Meer bringen sollte, warteten wir stundenlang. Vergebens. Erst am nächsten Morgen fand man uns mit klammen Gliedern, vor Erschöpfung zwischen den Binsen eingeschlafen. Agnes fand, dass Alois doch das Zimmer beim Bauern nehmen sollte. Alois fand das gar nicht gut. Nach einem Jahr heiratete er meine Mutter vom Fleck weg und wir bekamen eine neue Wohnung mit vier Betten.

In deiner Brust sind deines Schicksals Sterne.
Schiller

Mutter Agnes' Tipps für gekochtes Rindfleisch

Hat man zusätzlich Knochen als Suppenbeilage, setzt man sie mit einer guten Prise Salz mit kaltem Wasser auf und lässt sie etwa 1 Stunde vorkochen.

Man gibt dann erst das Fleisch in dieses kochende Wasser, das beim Hineinlegen stark kochen soll, damit gleich das Eiweiß der äußeren Schicht gerinnt.

Für die nächste Kochzeit von 1 Stunde sollte das Wasser nur leise sieden, da sonst das Fleisch hart und die Brühe trüb würde. Der Schaum, der beim Kochen austritt, ist gesundes Eiweiß und braucht nicht abgeschöpft zu werden.

Das Suppengrün kochte Agnes immer nur die letzte Stunde mit, damit die Aromastoffe erhalten blieben. Zwiebeln und Knoblauch wurden vorher in ein wenig Butterschmalz angeröstet und dazugegeben. Die letzte Viertelstunde gab Agnes ein olivengroßes Stück Edamer mit in den Kochtopf hinein und ließ das Fleisch nach dem Kochen noch mindestens 10 Minuten in der Brühe liegen, damit es saftiger blieb.

Gesamtkochzeit:
Knochen 1 Stunde
Fleisch 2 Stunden
Suppengrün 1 Stunde

Für unseren Geburtstagssuppentopf wurde das Fleisch in kleine Würfel geschnitten und zusammen mit der Suppeneinlage in der würzigen Brühe serviert. Das Ganze mit frisch geschnittenem Schnittlauch zur Höchstform gebracht.

Rezepte

Grüne Knöpflein – Suppeneinlage

- 2 gehäufte EL gewiegte grüne Kräuter, Petersilie, Majoran, Minze, Kerbel, Spinat
- 50 g Butter
- 100 g geriebene alte Semmel
- 2 Eier
- 1 Prise Salz
- 1 Prise Muskatnuss

Die gewiegten Kräuter in der Butter etwas durchdünsten, dazu gibt man die gleiche Menge der geriebenen alten Semmeln, die beiden Eier, Salz und Muskatnuss und mischt das Ganze kräftig durch. Der Teig muss fest sein. Davon sticht man Klöße ab, die in der kochenden Brühe gar werden.

Klein Mariannes Palmin-Kekstorte – Kalter Hund

Oft erprobt – wieder gelobt

- 250 g Palmin
- 2 Eier
- 200 g Zucker
- 100 ml Kakao
- 1 EL Kaffeepulver
- Butter zum Ausfetten
- 1 EL gemahlene Haselnüsse
- 1 oder 2 Packungen Leibniz-Kekse je nach Packungsgröße

Das Palmin ganz langsam zum Schmelzen bringen. Die Eier zusammen mit dem Zucker schaumig rühren. Den Kakao vorsichtig unterrühren, dann erst das Kaffeepulver dazugeben. Eine kleine Kastenform mit Butter einpinseln, dann mit Pergament auslegen. Auf dem Boden die geriebenen Haselnüsse verteilen. Darauf streicht man eine ca. 3 mm dicke Schicht Schokoladenmasse und darauf wieder eine Schicht nebeneinander gelegte Kekse legen. Dann wieder Schokolade. Nun immer im Wechsel. Mit einer Schicht Kekse beenden. Erkalten lassen – stürzen und in fingerdicke Scheiben schneiden.

Zitronenlimonade selbstgemacht

4 große Holunderblüten	1 TL Honig
1 + 4 Zitronen	80 g Zucker
1 gehäufter TL Zitronenschale	Eiswürfel

2 Tage vor Gebrauch die Holunderblüten zusammen mit dem Saft von 1 Zitrone, Zitronenschale und Honig mit 250 ml kochendem Wasser überbrühen – einmal kurz aufwallen lassen, dann abkühlen – und ab in den Kühlschrank.

Die restlichen 4 Zitronen werden 2 Tage später kräftig ausgepresst, durch ein feines Sieb gestrichen, mit dem Zucker und dem ebenfalls durch ein Sieb gegebenen Sud-Extrakt vermischt und mit 750 ml Wasser aufgefüllt. Die großen Leute nehmen eine Hälfte Wasser auf eine Hälfte trockenen Weißwein. In jedes Glas kommt eine Scheibe Zitrone, dann 1 Würfel Eis. Das wird mit dem gemischten Getränk aufgefüllt und mit einem Minzblatt dekoriert.

Mohrrübensalat mit Rettich

500 g frische Mohrrüben	1 Prise Kümmel gemahlen
1 Rettich ganz	125 g saure Sahne (bei Muttern war es gestöckelte Milch)
1 TL Zucker	2 EL Schnittlauch
1 EL Essig	

Die Mohrrüben und den Rettich waschen, die Außenseite schaben und dann gleichmäßig raspeln. Zucker und Essig zuerst unter die Karotten geben, Kümmel zufügen, vermischen, etwa 10 Minuten stehen lassen. Rettich untermischen. Dann die saure Sahne zugeben und vermengen. Kurz vor dem Servieren dem Ganzen mit dem Schnittlauch das Krönchen aufsetzen.

Kartoffel-Brot »Kolumbus«

Spezialität von meiner Mutter

Herstellung eines Hefeteigs de luxe handgeknetet

Für das Dämpfel:	100 g Butter
30 g Hefe	2 Eier
etwas Zucker	4 EL Zucker
5–6 EL lauwarme Milch	500 g Mehl
1–2 EL Mehl	1 gestrichener TL Salz
	2 Eigelb
	Zitronenschale
	125 ml Milch zum Abschlagen

Die zerbröckelte Hefe wird mit etwas Zucker und den 6 EL lauwarmer Milch angerührt.

Das Mehl gibt man auf ein großzügiges Brett oder eine weite Schüssel. In der Mitte des Mehls buddelt man ein Grübchen frei, gießt die angerührte Hefe hinein und verrührt sie mit dem sie umgebenden Mehl vorsichtig zu einem dickflüssigen Brei, den wir immer »Dämpfel« genannt haben. Die Schüssel decken wir mit einem Leinentuch zu und stellen sie an einen warmen Ort, damit das Dämpfel aufgehen kann. Das dauert meistens ca. 15 Minuten.

Nun rührt man die Butter schaumig, gibt dazu Eier, Zucker und Salz und vermengt diese Zutaten mit dem Dämpfel und verrührt alles mit dem übrigen Mehl. Das alles schlägt man mit der Milch ab und malträtiert den Teig kräftig, bis er Blasen wirft.

Stufe 2:

250 g Kartoffeln festkochend, gekocht und gepellt	**1 Messerspitze gemahlener Kümmel**
1 Messerspitze gemahlene Muskatnuss	**1 Eigelb zum Bestreichen**
	100 g Edamer geraspelt

Die gekochten Kartoffeln werden durch eine Presse gedrückt und gleich mit unter den abgeschlagenen Teig gemischt. Dazu gibt man die geriebene Muskatnuss. Alles kräftig durchmischen.
Daraus formt man jetzt Weckerl und Laibchen, gibt sie auf ein mit Fett eingepinseltes Backblech und lässt sie jetzt zwei Stunden aufgehen. Danach mit Eigelb bestreichen und mit Kümmel und Edamer bestreuen, dann ab ins Backrohr. Bei 175–200 °C für etwa 30 Minuten. Das Gebäck läuft auf zu schöner Farbe und durch den Kartoffel-Zusatz würde es sich für einige Tage frisch und lecker halten, wenn wir nicht alles schon aufgegessen hätten.
Schmatz!

Mariannchen lernt und hat mehr vom Leben!

Ja, das legte mir die Chefköchin und Perle des Hauses der von Rosenthals immer ans klopfende Kinderherz. Aber auch mein verehrter Baron sparte nicht mit feinsinnigen, humorvollen Lebenshilfen, wenn ich in den herrlich ausgestatteten Gemächern des Familiensitzes auf Entdeckungsreise ging oder andachtsvoll einer von ihm gespielten Klaviersonate von Mozart lauschen durfte. Meine Mutter wünschte sich dann immer, von den virtuosen Klängen des Privatkonzerts angelockt, die Träumerei von Schumann. Auch diese Bitte wurde erfüllt, wenn die Zeit des Barons es erlaubte. Zärtlich an meine Mutter gekuschelt, die kleine Schwester Renate auf meinem Schoß, genoss ich diese Momente. Diese Welt, diese wunderbaren Klänge und klugen Worte schienen mir

so sehr vertraut. Ja, Vertrauen war großgeschrieben in meinem siebenjährigen Lebenskalender. Die Mutter-Kind-Beziehung zu Agnes war von einem großen, tiefen Vertrauen geprägt. Ich fühlte mich von ihr geliebt, beschützt und verstanden, also liebte ich auch die ganze Welt, der ich lachend mit weitgeöffneten Armen und blauen Augen begegnete.
»Vertrauen ist gut, meine Prinzessin, aber du sollst nicht allen vertrauen! Aber wenn du niemandem mehr vertraust, bist du am Ende ganz alleine!«, resümierte der Baron, während er seine mit schmackigem Tabak aus Argentinien gestopfte Pfeife ausmachte und in den kunstvoll geschmiedeten Ascher aus Messing beiseite legte, denn er wurde zu seiner Mutter zitiert. »Ich und alleine, dass ich nicht lache«, moserte ich in mich hinein. »Der hatte wohl meine Mutter und meine Schwester nicht mitgerechnet«, dachte ich ganz erbost, der müsste nochmal nachrechnen.

Artig in die imposante Sitzfläche des Herrenschreibtischstuhls platziert, die lustigen Umdrehungen, von denen es einem ganz wuselig im Kopf wurde, waren heute nicht erlaubt, lauschte ich der warmen Stimme von Josefine, die mir heute am Nachmittag aus einem großen ledernen Buch »Die guten Sitten und der Anstand« vorlas. Übrigens unsere Josefine, ihr richtiger Name war Bernadette, kam aus dem Elsaß, sagte sie! Die französische Küche, sprich elsässische Küche war ihr »Metier«.

Aber jetzt war Vorlesung angesagt.

Die guten Sitten und der Anstand anno 1952:

Die Dame – Reicht dem Herrn zuerst die Hand. Bei älteren Personen wartet man, bis diese dem Jüngeren die Hand zum Gruße reichen. Wenn eine Frau sitzt, braucht sie nicht aufzustehen, es sei denn, eine ältere Respektsperson kommt an den Tisch zur Begrüßung;

Im Treppenhaus – Grüßt der höfliche Zeitgenosse immer den älteren, der ihm begegnet, und der Herr die Dame, ganz gleich, ob es bekannte oder unbekannte Personen sind;

Auf der Straße – Grüßen sie mit, wenn die sie begleitende Person grüßt oder gegrüßt wird; ganz gleich, ob sie die betreffende Person kennen oder nicht;

Der Handschuh – Wird schnell abgestreift, wenn man jemanden auf der Straße durch Händedruck begrüßt;

Die Jüngeren – Werden immer den Älteren vorgestellt und der Herr der Dame;

Den Älteren – Klopft man bei einer Begrüßung nicht vertraulich auf die Schulter und breitet nicht schon nach kurzer Bekanntschaft sein ganzes Seelenleben vor ihnen aus;

Mit Aufmerksamkeit und Höflichkeit – Kommt man viel leichter durchs Leben als mit Ruppigkeit und Dünkel;

Am Tisch – Und in Gesellschaft anderer frisiert man sich nicht; pudern und schminken geschieht dort, wo man sich auch die Fingernägel sauber macht;

Schuhe – Auch wenn sie noch so unbequem sind, zieht man nicht beim Sitzen am Tisch verstohlen aus;

Das Messer – Ist kein Freund von Klößen und Kartoffeln. Beide werden nicht geschnitten, sondern mit der Gabel »gerissen«.

O Gott, in meinem heißen Köpfchen rotierte es wie wild. Das konnte ich mir doch nicht alles merken. Der in sein Büro zurückgekehrte Baron legte beschwichtigend seine Hand auf meine kleine

Schulter. »Kommt Zeit, kommt Benimm oder er verkommt total«, meinte er belustigt und klappte das rote Lederbuch zu.

Los, los, Josefine, wir haben heute Abend Gäste. Die Arbeit lässt nicht länger auf sich warten. »Ja, ja, Tages Arbeit! Abends Gäste! Saure Wochen! Frohe Feste! Sei dein künftig Zauberwort. Das stammt von Goethe«, wirft sie ihr Lieblingszitat beim Abgang ihrem Chef ironisch über die Schulter. »Er dichtet und wir machen die Arbeit«, und weg war sie.
Für mich hieß es nun auch wieder einmal Abschied nehmen bis zur nächsten Woche, auf die ich mich schon wieder freute.
»Mon dieu, Mon dieu«, fegte da Josefine wieder um die Ecke, in den Händen die große feinbestickte Damasttischdecke, die für das abendliche Dinner ausgesucht worden war – sie war auf der Suche nach Wasserstoffsuperoxyd, denn die Beiköchin hatte das wertvolle Erbstück mit dem Bügeleisen versengt. Josefine, die übrigens eine heiße Vorliebe für Napoleon Bonaparte hatte, schimpfte dramatisch zum hohen Plafond der Bibliothek hinauf. In der einen Hand hielt sie eine Flasche ihres selbstgebrannten »Nussweins« nach einem Rezept aus Butten im Krummen Elsass. Diese Flasche mit dem Johannis-Nuss-Likör hatte sie der Beiköchin gerade wegziehen müssen. Mit der rechten Hand am Bügeleisen, mit der linken gerade das geheimnisvolle Liebeselixier in den Becher des Gärtners gekippt, hatte diese gerade versucht, dem schüchternen Hahn des Bediensteten Hofs einen kleinen Schicksalsstüber zu verpassen.
Ihre erhitzten Backen sprachen Bände, auch die Beiköchin Mechthilde hatte sich ein paar Gläschen hinter die Binde gekippt. Ein Probierfläschchen dieses Zaubermittels mit der geheimnisvollen Heil-, Liebes- und Verjüngungskraft hatte Josefine auch meiner Mutter anvertraut. In der rechten Schublade ihrer Singer-Nähmaschine wartete es auf seine große Stunde. Der Lebensweg von Agnes und uns beiden Kindern lag Josefine sehr am Herzen. Sie wünschte ihr einen Lebenspartner und im Oktober 1951 heiratete dann Agnes auch ihren Hausfreund Alois.

Josefine schaltete und waltete bei ihrer Herrschaft, wie sie es gelernt hatte, und das seit über zehn Jahren. Freies Wohnen und Verköstigung, anständige Entlohnung, ein Amourettchen zur rechten Zeit als Sirup des Lebens, löffelweise eingenommen. Ja, Josefinchen war mit ihrem Leben zufrieden und die Herrschaft war mehr als zufrieden. Kinder waren ihr halt nicht beschieden, »C'est la vie«, so verwöhnte und bemutterte sie jetzt gleich noch schnell ihre Herzensfreundin Agnes samt ihrer Töchter.
»Schlagt euch den Bauch noch voll, bevor ihr mit den Rädern noch den langen Weg nach Haus fahren müsst«, ermunterte sie uns, während sie, ohne links und rechts zu blicken, wunderbaren französischen Brie, luftgetrockneten Schinken, selbstgemachte Orangenmarmelade, gekochte Eier, beste Landbutter, zwei Stangen Baguette und für die Rangen zwei Tafeln Vollmilchschokolade mit Nüssen in Agnes' Rucksack und meinem kleinen Rucksäckchen verschwinden lässt.
»Esst, esst, mes cheries«, sagt sie noch einmal. Und auf dem Buffet des Speisezimmers standen Zwiebeltorten, »Tarte à l'oignon«, eine Spezialität Josefines. Ein Muschelragout mit Kalbfleisch und Leckereien »Ragout fin« wurde gerade auf die Backbleche verteilt. Aus dem Ofenrohr duftete die ganze angrenzende Küche bis zu uns herein. Backrainen voll mit Huhn in Riesling »Coq au vin«, wie die Perle des Hauses ihre Creation uns stolz vorstellte. Von allem durften wir essen, bevor es in die verwöhnten Mägen der feinen Gesellschaft wanderte.
Eine Tüte mit einem noch warmen Apfelkrapfen steckte mir die Beiköchin noch flugs in meine Manteltasche. Jetzt wurd's aber Zeit. Die gute Sonne hatte sich schon verabschiedet und unsere Drahtesel warteten schon ungeduldig an die Hausmauer gelehnt, um mit uns heimwärts zu reiten.

Mutter und ich traten die Pedale, Renate wurde immer auf den Gepäckträger gepackt. Jetzt musste man mich mal erst von meinem geliebten weißen Käse wegreißen, den Josefine nach einem

Rezept ihres Heimatdorfes aus lauwarmer Kuhmilch durch Zugabe von Lab aus einem Kälbermagen selbst hergestellt hatte. Die dabei austretende Molke trank sie und machte sich damit Packungen für ihr lieblich rundes Antlitz. Agnes ließ sich diesen Rat nicht zweimal sagen.

Schwapp, durch die Begießung des weißen Käses mit einem kräftigen Schuss klaren, duftenden Kirschwassers aus dem Schwarzwald war das Naschen am geliebten Käse, der übrigens als Nachtisch gereicht wurde, beendet und meine Götterspeise für mich tabu geworden. Aber nur für heute, meinte Josefine augenzwinkernd, als ihr Haus- und Kellermeister Alfons noch schnell eine Flasche Riesling unter die Achsel von Agnes schob. »Gehabt euch wohl, Gott schütze euch«, riefen die guten dienstbaren Geister des hohen Hauses hinterher. Die Flasche Wein kam nicht heil zu Hause an. Mariannchen platzte vor Glück und ließ bergabwärts den Lenker aus, um die ganze Welt zu umarmen. Aber das ist eine andere Geschichte! C’est la vie …

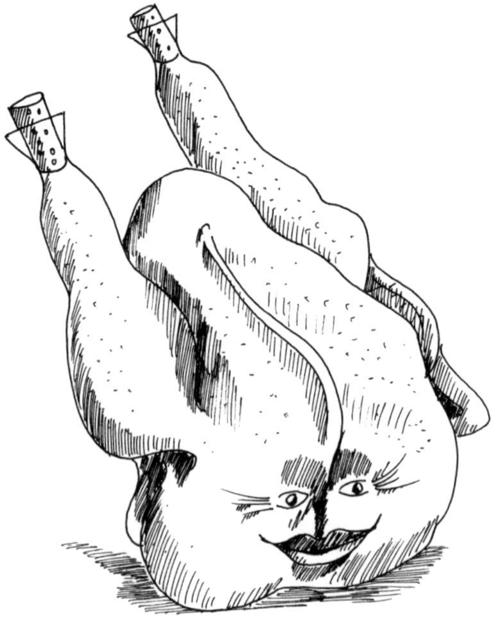

Ertrunkener Gockel im Wein

Coq au vin: Zugelassen ab 16 Jahren

1 junger kräftiger Gockel vom Markt	2 EL Karotten, geschnitten
2 Schalotten	2 EL Petersilie, gehackt
80 g Butter	4 cl Cognac
3 EL Öl	250 ml trockener Riesling
Pfeffer	1 EL gekörnte Brühe
Salz	200 g Champignons
5 Frühlingszwiebeln	1 Prise Muskat
2 Knoblauchzehen	1 EL Mehl
2 EL Sellerieknolle, geschnitten	250 g Sahne
	1 Eigelb

Den Hahn kurz bedauern, sich bedanken, die Innereien ausnehmen, in gleiche Teile tranchieren. In der Hälfte der Butter, gemischt mit dem Öl, erst leicht anbraten lassen, dann mit Pfeffer, Salz (evtl. Selleriesalz) würzen und dann von allen Seiten etwa 10 Minuten goldgelb braten lassen. Frühlingszwiebeln, Knoblauch, Sellerie, Karotten und Petersilie kleingehackt darüber geben und leicht andünsten lassen. Cognac darübergießen, vor allem über den Gockel, mit Riesling und der aufgelösten gekörnten Brühe aufgießen.

Jetzt lassen wir den Gockel in ca. 30 Minuten bei mittlerer Hitze vorsichtig schmoren. Die zerkleinerten Pilze werden in der übrigen Butter angebraten, mit Salz und etwas Muskat gewürzt und dann in den großen Topf dazugegeben. Kurz vor dem Servieren nehmen wir den Gockel heraus. Dann mischen wir das Mehl mit Sahne und Eigelb und geben diese Sauce in den Topfgrund, vermischen alles und betten nach dem Abschmecken die Fleischstücke in das herrliche Gesamtgebräu ein. Alles darf jetzt nur noch sieden, nicht mehr kochen.

Mit knackigen Nudeln oder selbstgemachten Spätzle serviert, wie Josefine es liebte, wird Ihr Gaumen wahre Purzelbäume schlagen.
Bon appétit!

Coq au cognac

PS: Jetzt trau ich mich doch, Ihnen, liebe Leser, trau ich's jetzt einfach zu!

Wenn Sie den gerupften, gebeutelten schön goldgelb gebratenen Gockolo mit Cognac übergießen, müssen Sie ihn auch – so hat's Josefine immer zelebriert, da kannte sie keinen Pardon – flambieren.
Mit dem Alkohol übergießen, aufflammen, nur kurz, etwa eine halbe Minute, lichterloh brennen lassen, dann sofort löschen, am besten mit Hühnerbrühe von einem guten, kräftigen Suppenhuhn, hihi, na ja, Wasser tut's auch. Und aufpassen, dass nichts anbrennt. Sie werden den Hahn schon verschaukeln.
Glückauf!

Zwiebeltorte à la Josefine

Tarte à l'oignon

Mürbteig:
- 250 g Mehl
- 125 g Butter
- 2 Eigelb
- 125 g Zucker
- 2 cl Dornkaat

Belag:
- 250 g Zwiebeln
- 100 g Räucherspeck
- 75 g Butter
- 2 Eigelb zum Bepinseln
- 50 g Mehl
- 250 g Sahne
- Pfeffer
- Salz
- Muskat
- 1 EL Weinessig
- 1 TL brauner Zucker

Aus Mehl, Butter, Eigelb, Zucker und Dornkaat einen Teig rühren, am besten in kalter Schüssel, Teig auf keinen Fall kneten. Teig kühl stellen und für etwa 1 Stunde ruhen lassen.

Für den Belag Zwiebeln und Räucherspeck in Butter glasig dünsten. Aus Eigelb, Mehl, Sahne, Pfeffer, Salz, Muskat, Weinessig und Zucker eine weiße Sauce herstellen, über die Zwiebel- und Räucherspeckmasse gießen und alles vermengen.
Eine runde Tortenbodenform mit dem Mürbteig ausfüllen und diesen mit der Zwiebelmischung bedecken und mit Eigelb bestreichen. Ca. 20 Minuten bei Mittelhitze backen, das gibt eine herrliche Kruste.
Dazu gibt es einen schönen trockenen Sylvaner oder ein perlendes Mineralwasser.

Ragout fin

Jakobsmuscheln à la Bonheur

250 g gekochtes Kalbfleisch	2 gehackte Sardellen
200 g Kalbszunge	2 EL Zitronensaft
200 g Kalbshirn	2 Eigelb
1 Bund Suppengrün	150 g gekochter Schinken
1 Knoblauchzehe	50 g Champignons aus der Dose
40 g Butter	Salz
	Pfeffer
Für die Sauce:	2 EL Petersilie
40 g Buttter	2 EL Semmelmehl
40 g Mehl	2 EL geriebener Edamer Käse
500 ml Fleischbrühe	
1 TL Kapern	12 Jakobsmuschel-Gehäuse

Kalbfleisch, Kalbszunge und Kalbshirn werden zusammen mit dem Suppengrün und dem Knoblauch etwa 35 Minuten gekocht. Herausnehmen und in Würfel schneiden.
Nun für die Sauce die Butter auslassen und darin das Mehl kurz anrösten, Fleischbrühe dazu. Ebenso die Kapern, die feingewiegten Sardellen, den Zitronensaft. Dann wird die Sauce mit 2 Eigelb abgezogen. Jetzt gibt man das kleingeschnittene Kalbfleisch, die Zunge und das Hirn sowie den Schinken dazu, ebenso die kleingeschnittenen Champignons und mischt alles unter die weiße Sauce. Mit Salz und Pfeffer abschmecken, ganz zum Schluss die gehackte Petersilie darunter mischen.
Etwa 12 Jakobsmuscheln streicht man mit Butter aus, füllt die zusammengefügte Masse hinein, überstreut sie mit Semmelbrösel, gibt den

geriebenen Käse darüber und überbackt diese bei mittlerer Hitze für ca. 10 Minuten.
Dazu reicht man Zitronenscheiben und frisches Baguette und natürlich spritzigen französischen Landwein.
Merveilleux, Monsieur Bonaparte!

Josefinens Johannis-Nuss-Wein, der Liebestrank

Zauberei war auch dabei

- 24 grüne Walnüsse, am Johannistag aufgelesen
- 1 l Himbeergeist
- 1 kg Johannisbeeren
- 1 kg Kristallzucker
- 2 l feiner französischer Rotwein trocken

Die Walnüsse vierteln, in den Himbeergeist geben und mit 5 EL Zucker versetzen. Verschließen und etwa 2 Tage an einen warmen Ort stellen. Die Johannisbeeren von den Stielen befreien, zerdrücken, mit 5 EL Rotwein versetzen, 2 EL Zucker in ein Einmachglas geben und 2 Tage gären lassen (Deckel schließen).

Nach 2 Tagen:
In eine 4-Liter-Gallone (verschließbar) zuerst den restlichen Rotwein geben, den restlichen Zucker zusetzen, auch Himbeergeist, die angesetzten Johannisbeeren und die eingelegten Nüsse, beides samt Marinade, gut umrühren und dann verschließen. Das Zaubergebräu jetzt für etwa 4–6 Wochen an einen Platz bei Zimmertemperatur stellen. Gären, ziehen, schmunzetteln, unken und sich vermählen lassen. Dann durch ein Sieb vorsichtig in Flaschen, Kännchen und Flachmännchen (immer präsent) füllen, verschließen und weitere 2 Wochen kühl lagern.
Ein Mannsbild oder ein Weibsbild herausfischen, ein gefälliges natürlich, und zum Trinken animieren. Wenn das Experiment nicht gelingt und sich dieser Adam oder diese Eva als harter Brocken herausstellt, der ihnen schwer im Magen liegt, dann wird ihnen, meine Damen und Herren, ein kräftiger Schluck von ihrem gebrauten Zaubertrunk helfen, diesen Brocken leichter zu verdauen und er wird sie durch seine heilkräftige und verjüngende Wirkung für einen weiteren Versuch in eine berückende Startposition bringen.

Josefines weißer Käse »Wochenglück«

1 l Milch, lauwarm, nicht gekocht	4 EL Zucker
2 cl Lab (vom Kalb, Reformhaus)	4 cl Kirschwasser
250 g Sahne	

In eine Steingutschüssel mit 1 1/2 – 2 l Fassungsvermögen gibt man die lauwarme Milch, dazu gibt man das Lab und rührt vorsichtig um. Dann lässt man das Ganze etwa 1 Stunde ruhen, damit die Milch fest wird. Nun schneidet man die Masse in Stücke und gibt sie in feste Formen aus Spanholz oder Ton, die mit Öl ausgepinselt werden und lässt den Käse mindestens einen Tag ruhen.
Kurz vor dem Verspeisen wird die Kreation mit etwa 3 EL Rahm bedeckt, gezuckert und mit einem Schuss Kirschwasser beglückt. Die Portionen für die Kinder vorher abzweigen, versteht sich doch von selbst.
Das wird ein Gaumenkitzel!

Von Josefine erprobt und gelobt
Tipps und Tricks bei der Geschirrpflege

Aluminiumgeschirr wird durch Auskochen mit Apfelschalen oder Rhabarberresten wieder hell. Abreiben mit einer Lösung von 30 g Borax und 1 TL Salmiakgeist in 1 l warmem Wasser hat die gleiche Wirkung.
Soda aber macht Aluminium grau, und grober Sand oder grobe Stahlwolle zerkratzen die weiche Metalloberfläche.

Backbleche werden nach Möglichkeit nicht gewaschen. Am besten reibt man sie in heißem Zustand mit zusammengeknülltem Seidenpapier ab. Bei längerer Aufbewahrung schützt Einfetten mit einer Speckschwarte vor Rostbildung. Sind die Bleche so stark verschmutzt, dass eine Reinigung nicht zu umgehen ist, dann werden sie mit warmer Seifenlauge abgewaschen und nach gründlichem Nachspülen und Trocknen beiderseits mit Speckschwarte eingerieben.

Dunkle Eichenmöbel erhalten einen schönen Glanz, wenn man sie dünn mit Olivenöl einreibt und dann mit einem weichen Poliertuch nachreibt.

Chromüberzüge werden mit käuflichen Metallputzmitteln behandelt. Auch Schlämmkreide, mit Spiritus befeuchtet, vermag den alten Hochglanz wieder hervorzuzaubern. Nachpoliert wird kräftig mit einem weichen Wolltuch.

Emaillegefäße putzt man am besten mit einem Brei aus Kochsalz und Essig, wenn sie fleckig sind. Soda und Putzsand lieben Ihre Emailletöpfe nicht.

Fliesen in Küche und Bad dürfen nicht mit Salzsäure behandelt werden, sonst werden sie matt und stumpf. Kräftiges Salmiakwasser reinigt die Fliesen meist schnell und gründlich.

Glaswaren, mit Ausnahme von bemaltem Glas, vertragen fast alle Reinigungsmittel, und Ihren Jenaer Glasschalen schadet auch Soda nicht. Nur bei feinen Gläsern lässt man Soda weg, damit das Glas keinen trüben Schimmer bekommt. Dem Spülwasser für Kristallgläser fügt man etwas Borax oder Salmiakgeist bei. Flecke auf Kristall lassen sich meist mit einer Zitronenscheibe leicht wegreiben.

Kesselstein aus Wasserkesseln, aus dem Schiff der Herdes und auch aus Glasgefäßen wird mit etwa 15%iger Salzsäure herausgelöst. Da die Säure aber auch Metall angreift, ist darauf zu achten, dass sie sofort nach Auflösen des Kesselsteinbelages ausgeschüttet wird. Anschließend wird gründlich nachgespült.

Nickel wird wie Chrom geputzt.

Pfannen sollte die Hausfrau nie mit Wasser spülen, sondern in heißem Zustand eine Handvoll Salz hineingeben und dann mit zerknülltem Seidenpapier gut ausreiben.

Porzellan kommt in ein Bad mit fettlösendem Spülmittel. Vorsicht bei bemaltem Porzellan. Soda kann den Farben schaden.

Rostige Töpfe aus Eisen lassen sich mit einem Kochsalz-Essig-Brei entrosten. Will man derartige Töpfe längere Zeit unbenutzt aufbewahren, dann reibt man sie gut mit Fett ein.

S'Mariannchen hat's gelernt, und die Marianne lernt immerdar

Mein Vater, der Soldat Georg Deil, gefallen am 7. April 1945 – so ein schöner Mensch.

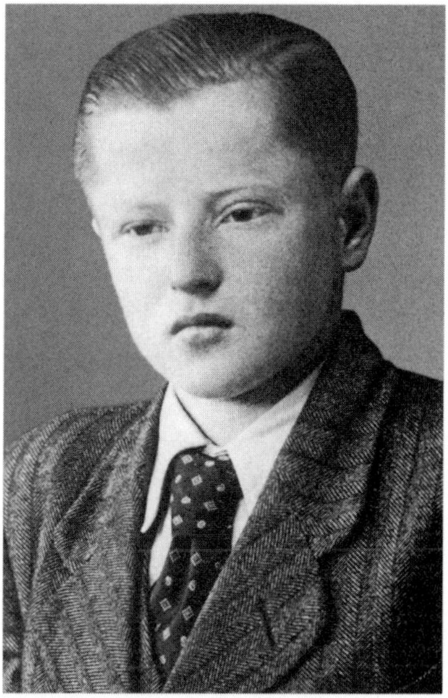

Xaverl, gefallen am 6. Mai 1945, der traurige junge Soldat und Bruder meiner Mutter.

Seite 66, oben links: Theresia, meine schmucke Großmutter mütterlicherseits, vor der Fotostudiowand in Holzkirchen.

Seite 66, oben rechts: Franz-Xaver, mein geliebter Opa mütterlicherseits – wie er leibt und lebt.

Seite 66, unten: Mein Großvater, Gott hab ihn selig! Gärtner, Kräuterschamane, Weltenbummler und Pferdenarr.

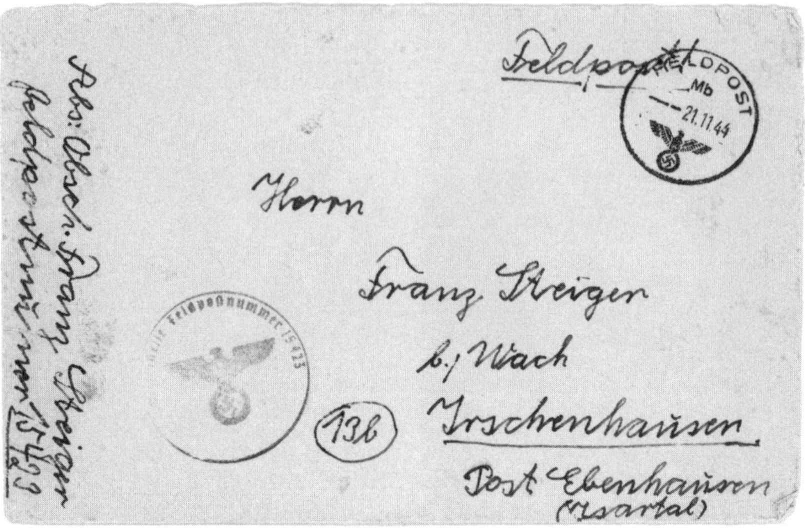
Feldpost
FELDPOST
Mb
21.11.44
Herrn
Franz Steiger
b./Wach
Irschenhausen
Post Ebenhausen
(Isartal)
136

Das kleine Mariandl – ein Kind der Stunde Null?

Meine geliebte Mutter Agnes mit uns beiden Töchtern und Hund Bella in friedlicher Dreisamkeit.

Seite 68, oben: Xaverls letzter Feldpostbrief

Seite 68, unten: Agnes heiratet Alois – ab jetzt wird für uns alles anders.

Oben: Gemeinsam sind wir stark – Daniela und ich kurz vor der Geburt meiner Enkeltochter Alina.

Seite 73, oben: Daniela – sie ist nicht nur schön, sie riecht auch gut, meine rechte Hand, auch hat sie ihr Herz auf dem rechten Fleck.

Seite 73, unten: Alina – mit sizilianischem Feuer im bayerischen Blut.

Seite 70: Jung gefreit hat nie gereut! Marianne, 19 Jahre, und Fritz, 21 Jahre, 1964 am Tage ihrer Hochzeit.

Seite 71: Dani, meine Tochter – die Essenz einer großen Liebe.

Wasser

»DIE MEISTEN WASSER LAUFEN INS MEER.«
Prediger Salomon 1,7

Der Kalender brüstet sich mit dem Jahr 1954 und heute steht Sonntag auf dem Speiseplan in Mutters Küche. Im Bratrohr unseres dienstbaren guten alten Küchenherds, der auch schon bessere Zeiten gesegnet hatte, dämpfelt ein schmackiger Sauerbraten ergeben im Lorbeer-Nelken-Sud. Ein vorsichtiger Schuss Rotwein aus dem Burgenland, immer nur an Feiertagen zelebriert, macht unseren raren Braten lustig. Schon bald würde er in die hungrigen Mägen abtauchen und seine abenteuerliche Reise durch die Gänge, Höhlen, Rohre und Kanalisationen seiner Herrschaften antreten müssen. Wer wird ihn denn in diesen Verliesen gleich bespringen, angreifen, zerteilen? Er beschließt errötend und unter wohligen Schauern, seinem Schicksal dieses Mal nicht zu entrinnen. Millionen von Artgenossen waren ihm schließlich tapfer zu den Flora-Auen von Darmregionen vorausgewandert, auf Nimmerwiederkehr. Schwupp, wird er ruppig von einem Rote-Rüben-Duscher aus Mutters Keramik-Kanne auf den Bratentopfboden zurückgeholt. Agnes legt nämlich ihren Sauerbraten neben den Gewürzen noch in einen Rote-Rüben-Sud, der mit Kümmel, Majoran, Zwiebeln, Zucker und Essig vorher aufgekocht wurde. Eine halbe Tasse saure Sahne kippt sich noch rotzfrech über unseren armen Braten-Tropf drüber und ein Schnaps-Stamperl voll von einem Mehlschwitzchen, wie es sich nennt, versucht heute wieder alle Mitwirkenden gebieterisch aufzumischen. Na ja, die Agnes kennt ihre Pappenheimer und ungerührt klappt sie den schweren Gussdeckel über den duftenden Topfinhalt. So, jetzt wird noch für eine gute Weile geschmort, und das ohne Widerrede. Eine kleine ganze

Knoblauchzehe wird noch mit dem Geheimauftrag »Anzettelung zur Verschmelzung« in den Topfgrund befördert. Die arg hergehackte Petersilie muss noch hingemäht auf das alte Küchenholzbett auf ihren letzten Gang warten.
Jetzt sind die kugeligen Semmelknödel dran. Aufgereiht warten sie auf ihren Sprung ins Wasser und der Gurkensalat in Kompanie mit den Dillspitzen-Ensemble zieht langsam Wasser. Die Familienangehörigen ziehen ein langes Gesicht, denn das Wasser läuft schon im Mund zusammen . »Wo bleibt denn des Madel wieder«, mault der hungrige Familienvater und Schwester Renate stibitzt sich noch schnell einen pausbackigen Apfel, um den Knurrhahn im Magengrund zu besänftigen. Das neunjährige Mariannchen steht gerade wie an jedem Sonntag mit klopfendem Herzen vor der Pfarrgemeinde.

»Jesus, ich vertraue auf dich«, perlt da über ihre kleinen, herzförmigen Lippen. Sonntag für Sonntag tritt sie so mutig mit glühendem Herzen vor die Kirchgänger. Einige davon wären in die Kategorie scheinheilig einzureihen. Das stört aber unsere kleine Predigerin wenig, denn verschmitzt weiß sie, dass man zu diesen Zeiten und aus dem scharfen Blickwinkel der Dorfgemeinschaften in die Kirche gehen muss, um kein Dorfgehader und -gezeter in Kauf zu nehmen. »Jetzt kommt ihr mir nicht mehr aus im Kirchenrund, ihr bekennenden Christen«, denkt's Mädchen froh. Ja, mit dem praktizierenden Christentum haben sie es nicht so. Das hat ja Mutter Agnes damals mit den zwei Kindern an der Hand praktisch schmerzhaft erfahren dürfen. Heute habe ich euch wieder am Seelenschlafittchen, heut kommt ihr mir wieder mal nicht aus. Der Herr Pfarrer, mein großer Fürsprecher, vertraut auf mich und so hat er mir schon seit geraumer Zeit die sonntägliche Lesung der Apostelbriefe anvertraut.
Heute ist eine Novene zur Barmherzigkeit Gottes über die Worte seines Sohnes Jesus dran. Mit klaren blauen Augen einer wachen, alten Kinderseele blicke ich in mir ruhend in die Menschenrunde.

Der alte Pfarrer wacht auf den Stufen des Altars über mich, meine Mutter fühle ich, wie immer, schützend meine Existenz bejahend, in meinem Herzen bei mir. Ja, und mein großer Seelen-Bruder Jesus ist jetzt über mir, der geliebte Sauerbraten muss warten. Jetzt fließen die Gleichnisse von Jesus Christus aus meinen Kindermund. Die Augen der Kirchenbesucher werden weit, eine tiefe Stille breitet sich im kühlen, bauchigen Rund des Kirchenschiffes aus. Ich lese die Worte unseres Heilands des Neunten Tags der Novene. »Bringe mir heute die l a u e n Seelen. Tauche sie ein in das Meer meiner Barmherzigkeit. Diese Seelen verwunden mein Herz am schmerzlichsten. Vor ihnen ekelte mir am meisten im Ölgarten. Sie entrissen mir die Klage: ›Vater, lass diesen Kelch an mir vorübergehen‹. Jedoch nicht mein, sondern dein Wille geschehe. Für sie ist meine Barmherzigkeit die letzte Rettung.«
Ein lauer Sünder, der die Frau eines Dorfmitbewohners mit wildem schniefendem Ungestüm an einem morschen Gartenzaun geliebt hatte, zieht langsam sein schnupftabakbesudeltes, weißes Taschentuch hervor, um sich seine schweißtriefende Stirn zu wischen. Das ihnen allen so befremdliche Mädchen mit den blauen Augen, die sich jetzt ganz gerade und still auf ihn heften, hatte die beiden dabei ertappt, wie der Zaun sich dem Gestöhne und Gestammel mit ergab und zusammenkrachte. Marianne wird weiter schweigen wie ein Grab. Sie ist doch kein Verklaghaferl, was man aber sonst von euch Bigottischen nicht so sehr behaupten kann, schießt mir da blitzig durch den Sinn. Sakra, jetzt hab ich mich auch noch verlesen vor lauter Sündertum. »Vater im Himmel, taue auf die eisige Kälte dieser Seelen im Feuer deiner reinen Liebe, damit sie auf Erden und in Ewigkeit sich in deiner Barmherzigkeit finden. Lasset uns beten!«

»Erst wenn der Brunnen trocken ist, schätzt man das Wasser, doch bei denen schlägt dazu noch Hopfen und Malz zu Buche«, verabschiedet mich Herr Hochwürden, den anschließenden Besuch der männlichen Kirchgänger am Wirtshaus-Stammtisch des nebenste-

henden Gasthauses mit einem Augenzwinkern tolerierend. Mit mir sei er heute wieder sehr zufrieden gewesen, versichert er mir lachend. »Du bist mir vielleicht eine, du hast ja nicht ein Quäntchen Angst, wenn du da vor unsere Gemeinde trittst.«
»Tue recht und scheue niemanden, das sagt mein Opa immer«, kontere ich verschmitzt und mit einem erschreckten Blick auf meine Kommunionsuhr muss ich mich flugs verabschieden und hurtig auf meinem himmelblauen Drahtesel nach Hause zum gemeinsamen Mittagessen eilen. Mein kleiner Magen grollt mit mir und zu Hause wird hoffentlich kein Gewitter aufziehen, wenn ich vor so viel heiligem Eifer wieder mal zu spät an den Sonntagsmittagstisch komme. Meine Mutter ist mal wieder eine exzellente Dramaturgin. Gerade eben sind die bereits oben schwimmenden Knödel tischfertig geworden, wie sie sagt, als ich mit glühenden Backen die Treppen nach oben stürme. Eine Backpfeife meines Stiefvaters hat sie mir damit heute erspart, aber ich erspare ihm nicht meine begeisterte Berichterstattung über meine Lesung und über die Fürsorge und Förderung, die mir unser beliebter Pfarrer angedeihen lässt. Das zaubert, trotz der schmackhaften Speisung, kein Licht der Freude in sein Antlitz. Gerade hatte er die Bitte unseres Oberlehrers, mir wegen einer speziellen Helligkeit meiner geistigen Kapazitäten den Besuch eines Gymnasiums zu ermöglichen, abgeschmettert. »Kommt Zeit, kommt Rat«, meinte meine Mutter dazu, die mir gerade übermittelt, dass heute Nachmittag meine geliebte Nachbarin, eine Freundin meiner Mutter, vertrieben aus dem Sudetenland, zum Kaffee mit einer Flasche angegorenem Wein, sprich Federweißem, zu uns kommt und wir noch zusammen einen Käsekuchen zaubern müssten. Da braucht sie nicht zweimal zu bitten. Ich erbitte mir noch eine kleine Auszeit und esse einen saftigen Apfel in meinem Baumhaus, das ich mir in mühevoller Arbeit nicht weit von unserem Wohnhaus gebaut hatte: wie eine Amsel-Mutter auf der Gabelung eines imposanten, alten Buchenbaums in zweieinhalb Meter Höhe. Hier war ich frei und sicher vor der Unbill der Welt. Muttern wusste immer, wo ihre

wilde, bäumekletternde Liane zu finden war. Hier lasse ich die letzte so erfüllte Zeit noch einmal Revue passieren.
Ja, die Zeit der Carepakete ist jetzt passee. Mutter Agnes ist stolz auf eine feste Arbeit, die sie in der Nähstube eines Krankenhauses in einem Nachbarort ergattern konnte. 1951 hatte sie ihren Freund Alois geheiratet und zusammen mit uns beiden Töchtern eine Wohnung bezogen. Auch Alois hatte eine feste Arbeit als Maurer vorzuweisen. Der Kochtopf war nun nie mehr leer, die monatliche Miete gesichert und ein neues Schlafzimmer hatte auch schon Einzug in die Wohnung gehalten.

Verklungen sind die selbstverliebten Fanfaren und die durchdringenden Trommeln des Dritten Reiches. Das Leben nach der Währungsreform 1948 versöhnt nun mit Arbeit, Brot und Spielen. Seit den Roaring fifties hat das rückhaltlose materielle Denken im seidigen Glanz des Wirtschaftswunders die diktatorische Oberhand gewonnen. The United States of America haben, gebunden an den Marshall-Plan, dem gebeutelten Deutschland auf der westlichen Seite beide Hände zum Tanz um das »Goldene Kalb« einer sozialen Marktwirtschaft gereicht. Volks-Papa Ehrhard schwingt mit glimmender Zigarre den Taktstock, Volks-Großpapa Adenauer beginnt im Jahre 1955 schicksalhaft das Deutsche Volk in zwei Kuchenhälften zu splitten. Deutschland wird ein souveräner Staat und man höre und vergesse nicht zu staunen: »Nato-Mitglied«. Die »Deutsche Demokratische Republik« war unter streng sowjetischer Kontrolle zu einer sozialistischen Gesellschaftsordnung getrimmt worden. Und das hat ihnen die eiserne Planwirtschaft beschert. »Die armen Arbeiter dort können sich jetzt zu Tode plagen. Man verlangt ja immer mehr von ihnen bei gleichem kargen Lohn, während die Westbürger den Hals nicht genug voll kriegen vor lauter Statussymbolen. Waschmaschinen, Radios, Fernsehapparate, Swimmingpools, Frisöre, Whisky, Schokolade, Kosmetika, Autos, Flüge zum Strand von Rimini und der Costa Brava, bravo, great old American way of life!«, schimpft der Bäcker Maurus Graf, übrigens der blitzgescheite Bruder unseres berühmten bayrischen Literaten Oskar Maria Graf, in seiner legendären Backstube in Berg über das bemehlte Backblech hinüber zu seinem Bäckergesellen. Seiner mundigen Biskuit-Backphantasie, nach unserer verehrten Kaiserin Sisi benannt, gibt er noch aufgewühlt einen letzten Stüber und fertig ist die Roulade aus Eiweiß, Eigelb, Zucker und selbstgemachtem Himbeergelee nach einem alten Rezept seiner unvergessenen Mutter Elisabeth. Schnell habe ich dem Bäckermeister noch was von dem herrlichen Vanille-Eischnee und der Marmelade stibitzt, Nervenfutter für ein zwölfjähriges gestresstes Schulkind, was mit einem kleinen Schmunzeln meines Gastgebers abgesegnet wird. Hier habe ich im Jahr 1957 seit einigen Monaten zusammen mit interessierten Schulkindern eine Oase und Tränke für seelische und herzliche Broteinheiten gefunden. Nach seiner getanen Bäckerarbeit dürfen wir Kinder mit heißen Wangen und spitzen Ohren den literarischen Worten aus Maurus' Mund lauschen, und das zweimal die Woche, nach Schulschluss versteht sich. Ich war nach der Schule zuerst den Schulberg westlich hinab zur Votivkapelle gewandert, um am Kreuz seiner Todesstelle mit meinem über alles verehrten König Ludwig II. wie immer Zwiesprache zu halten.

»Ja Madl, unsern Kini homs daschossn, und zwar ganz hinterlistig in Ruck'n«, sprang mir da eine männliche Stimme in meinen arglosen Rücken.

»Mei, Herr Graf, vor Schreck wär ich heut beinahe in den See gesprungen und gleich auf die andere Seite nach Starnberg rüber zu meinem Geburtshaus, dem Haus von Gustav Meyrink mit der Laterne, geschwommen, wo ich ja hundert Jahre nach dem Tod vom König Ludwig das Licht der Welt erblickt hab«, machte ich mir später meinem verängstigten Herzen in der Backstube Luft. »Stell'n Sie sich nur vor«, berichtete ich ganz aufgeregt, »das war ein Ludwigs-Treuer, wie sich g'nannt hat. Ein Fischer aus Leoni und der hat g'sagt, dass man den Ludwig wegputzt hat, weil er ein Pazifist g'wesn ist, das heißt kein Krieg anfangen hat woll'n gegen den Bismarck und zu viel Phantasie g'habt hätt er auch und die einfachen Menschen hätt er so gern g'habt. Die Reichen, die Politiker und die Adeligen hätt unser Kini ned verputz'n können, außer seiner Mutter Agnes und der Kaiserin Sisi. So hat der Fischer heut vielleicht g'schimpft wie ein Rohrspatz«, platzte es jetzt ängstlich aus mir heraus. »Sag'n Sie mal, Herr Graf, ich schlepp doch auch so viel Phantasie mit mir rum. Weiß oft gar ned wohin damit. Und als Kriegswaise von meinem armseligen gefallenen Vater Georg bin ich doch fuchsteufelswild gegen den Krieg. Werd'n die mich jetzt auch erschieß'n, die Politiker?«, fragte ich ihn mit weitem ängstlichem Blick.

Maurus Graf war nach seiner Tirade gegen die Amerikanisierung Deutschlands für mich heute ungewöhnlich gedankenverloren. Gerade machte er sich, nachdem er die heute etwas knotig verschlungenen und versalzenen Brezenzöpfe noch in den Backofen verladen hatte, auf den Weg in die Umkleidekammer, um sich für die baldige Lesung für uns Kinder in der Kaffeestube frisch zu machen. Heute war eine Episode des Dichters Rattengift, dem kein Text mehr aus seiner Feder floss, von Christian Dietrich Grabbe »Scherz, Satire, Ironie und tiefere Bedeutung« angesagt. Von Eduard Mörike bis Friedrich von Schiller wurde uns vorgetragen.

Heute war Grabbe dran, das war mit einer der Favoriten-Künstler von Maurus. Der Schiller und der Tolstoi waren das große Vorbild von seinem Bruder, der ja immer noch in New York lebte und ihm im Wiederaufbau des Nachkriegsdeutschlands nichts anderes übrigblieb, als die Stellung des Familienbäckereisitzes zu halten. Er glühte genauso im Teenageralter wie sein Bruder Oskar Maria und seine Schwester Nanndl vor Begeisterung für die großen Dichter Schiller, Lessing, Goethe und Mörike. Jeder Pfennig ihres sauer verdienten Taschengeldes wurde von dem heimlichen Triumvirat unter dem anspornenden Auge der fleißig arbeitenden, bescheidenen Mutter in den Aufbau einer eigenen Bibliothek gesteckt. Nach dem Tod des Vaters übernahm der erstgeborene Sohn Max das Regiment über den Familienbetrieb. Cholerisch und amusisch sei er gewesen und hatte seine entarteten Geschwister so lange gepiesackt, bis man die heiligen Buchschätze in ein sicheres Versteck bei einer befreundeten Familie untergebracht hätte. Bruder Oskar Maria verließ das nun untraute Heim und ging nach München. Auch die Schwester machte sich auf zu neuen Ufern in die Großstadt. So blieb Maurus in der Backstube neben seinem herrischen

Bruder sprichwörtlich kleben, vor allem um seiner geliebten Mutter noch über zwanzig Jahre schützend zur Seite zu stehen. Seinem Bruder, der so schnell von zu Hause ausbüxte und in einem offenen Brief in einer Arbeiterzeitung seine Solidarität mit den Dichtern der Bücherverbrennung vom 10. Mai 1933 ausdrückte, war er nicht immer gut gesonnen. »Stellt euch nur vor, Kinder, mein Bruder Oskar Maria hat in seinem Solidaritätsbrief geschrieben, man soll seine Bücher auch verbrennen, aus Scham, weil er nicht mit auf der Liste stand. Das gibt's doch nicht, das glaub ich einfach nicht. Seit der mit dem Thomas Mann so viel hin und her geschrieben hat, ist er damals ganz durcheinander kommen. Unsere Mutter hat immer so viel Angst um ihn g'habt, aber das war ihm damals so was von wurscht. Jetzt sitzt er in New York und hat so viel Angst vor einem Dritten Weltkrieg und vor einem weiteren Einsatz der Atombomben. Aber jetzt, wo ja bei uns alles amerikanisiert ist, jetzt 1957, wo uns amerikanische Manager teachen, was Public Relation bedeutet, wo uns Flutlicht, Neon und Leuchtreklamen around the clock nicht mehr aus den Augen lassen, wo's wieder Boulevard-Theater, Kinos und Konzerte gibt, da könnt er doch langsam wieder heimkommen«, sagte er uns wie so oft und in seinen Augen glitzerte es dann immer ganz verräterisch feucht.
»Sag'n Sie mal, Herr Graf«, frag ich ihn heute, »kann es sein, dass Ihr Bruder jetzt 1957 immer noch nicht heimkommt, weil er auch so viel Literatenphantasie hat und wie ich Angst hat, dass man ihn auch erschießen würde, wie man das damals mit dem König Ludwig gemacht hat'?«
»Papperlapapp, Marianne, was sinnierst denn da schon wieder zamm. Jetzt machst deine Dominoschnitten fertig und dann kommst raus ins Café, die andern Kinder sind auch schon da. Um vier Uhr fangen wir an, aber pünktlich. Ja, ja, die meisten Menschen verdunsten wie ein Wassertropfen in der flachen Hand, wenn sie keinen Krieg mehr zu bekämpfen haben«, sagte Maurus resigniert und verschwand hinter der handgeschnitzten Toiletten-Tür der guten Kaffeestube.

Mit zerfurchter Stirn versuche ich diesen Ausspruch in meinen jungen Gehirnwindungen zu entschlüsseln, während ich noch flink die letzten Linien und Punkte mit weißem Zuckerguss mit Zitronensaft auf die vom Meister vorgebackenen Teigschnitten platziere. Diese Erfindung war meine Idee und wurde vor ein paar Monaten von unserem Mentor und Bäckermeister mit Freude in sein Programm mit aufgenommen. Ehrfürchtig und erwartungsvoll saßen wir Kinder, drei Mädchen und zwei Jungen, alle zwischen zwölf und vierzehn Jahre alt, in der gemütlichen Nebenstube des kleinen Cafés des Hauses Graf. In antiken Regalen waren Bücher um Bücher aufgereiht. Kein großer Bruder Max war zu sehen weit und breit, er hatte wohl schon das Zeitliche gesegnet. Der gemütliche Bullerofen spendete wohlige Wärme und ich durfte jetzt nur nicht an meinen langen Nachhauseweg bei klirrender Kälte denken. Ich tauchte meine Lippen in einen aromatischen Minztee mit Zimtstange, öffnete alle Poren und saugte die Worte von Dichter Grabbe über den Dichter Rattengift auf, die aus dem Munde unseres verehrten Dichterfreundes in unsere Köpfe reisten, in den Herzen kreiselten und in unserer Phantasie zu Visionen mutierten. Jedenfalls bei mir war das so, dem Himmel und Maurus sei Dank!

Liebe Leser, ich hab das verblichene Reclam-Heftchen aus dieser Zeit in meinen alten Schulsachen aus der vierten Volksschulklasse zu meiner Freude wieder gefunden und gebe Ihnen hiermit aus dem 2. Akt die zweite Szene, über die wir uns Kinder damals vor Lachen ausschütten wollten, über die unglaublich komödiantische und feinsinnige Übermittlung von Maurus Graf mitsamt der ironischen Betrachtung eines Literaten-Genies. Auf meinem Heimweg ließ ich selbst aber auch einige abenteuerliche Schlussfolgerungen zu. Jetzt lasse ich aber Ihnen, liebe Leser, den Raum, um selbst nach Einverleibung dieses Aktes ein eigenständiges Resümee zu ziehen.

Scherz, Satire, Ironie und ihre tiefere Bedeutung
v. Christian Dietrich Grabbe – 2. Akt 2. Szene

Rattengifts Zimmer

(Dichter Rattengift sitzt an einem Tisch und will dichten)

»Ach die Gedanken. Reime sind da, aber die Gedanken, die Gedanken!

Da sitze ich, trinke Kaffee, kaue Federn, schreibe hin, streiche aus und kann keinen Gedanken finden, keinen Gedanken! –

Ha, wie ergreife ich's nun? Halt, halt, was geht mir da für eine Idee auf?

Herrlich, göttlich! Eben über den Gedanken, dass ich keinen Gedanken finden kann, will ich ein Sonett machen?

Und wahrhaftig dieser Gedanke über die Gedankenlosigkeit ist der genialste Gedanke, der mir einfallen konnte!

Ich vermache gleichsam eben darüber, dass ich nicht zu dichten vermag, ein Gedicht! Wie pikant! Wie originell!

(Er läuft schnell vor den Spiegel)

Auf Ehre, ich sehe doch recht genial aus.

(Er setzt sich an einen Tisch)

Nun will ich anfangen!

(Er schreibt) Sonett

Ich saß an einem Tisch und kaute Federn. So wie …

Ja was in aller Welt sitzt nun so, dass es aussieht wie ich, wenn ich Federn kaue?

Wo bekomme ich hier ein schickliches Bild her?

Ich will ans Fenster springen und sehen, ob ich draußen nichts Ähnliches erblicke.

(Er macht das Fenster auf und sieht ins Freie)

Dort sitzt ein Junge und kackt. Ne, so sieht es nicht aus!

Aber drüben auf der Steinbank sitzt ein zahnloser Bettler und beißt auf ein Stück hartes Brot. – Nein, das wäre zu trivial, zu gewöhnlich!

(Er macht das Fenster wieder zu und geht in der Stube umher)

Hm, hm, fällt mir denn nichts ein? Ich will doch einmal alles aufzählen:
Was kauet? Eine Katze kauet! Ein Iltis kauet! Ein Löwe halt ein Löwe!
Was kauet ein Löwe? Er kauet entweder ein Schaf, eine Ziege, er kauet einen Ochsen oder ein Pferd,
Halt, ein Pferd!
Was dem Pferd eine Mähne ist, das ist einer Feder die Fahne!
Also sehen sich beide ziemlich ähnlich.
Triumph, da ist ja das Bild! Neu, calderonisch. Ich hab es.

(Er jauchzend)

Ich saß an meinem Tisch und kaute Federn!
Sowie der Löwe eh der Morgen grauet!
Am Pferde seiner schnellen Feder kauet!
So eine Metapher gibt's doch gar nicht! Ich erschrecke mich vor meiner poetischen Kraft. Oh, ich muss noch einmal vor den Spiegel laufen!

(Er läuft vor seinen Spiegel)

Bei Gott, was für ein höchst geniales Gesicht! Zwar ist die Nase etwas kolossal. Doch das gehört dazu!
EX UNGUE LEONEM, an der Nase erkennt man das GENIE!

Der Abschied von meinem verehrten Bäcker-Dichter-Konditor-Meister fiel mir heute besonders schwer ins Mädchenherz. Ob dieses schon ahnte, dass wir uns für einige Monate nicht mehr sehen würden? »Du bist ja ganz fiebrig, Mädchen, und willst jetzt noch den langen Weg heimgehen? War heut ein bisschen viel für dich, gell! Erst der siebengescheite Fischer, dann die Arbeit in der heißen Backstub'n und der kalte Zug auf'm Gang. Ja und dann hast ja noch die alt'n G'schicht'n von unserer Mutter und mei'm untreu'n Bruder um deine jungen Ohren g'wascht kriegt. Und der Teufel in meiner G'schicht vom Dichter Rattengift? Hat euch der vielleicht Angst g'macht? Das nächste Mal gibt's wieder eine Märchenstunde zum Aufatmen. Da hab ich ganz was Rares für dich, ein schwäbisches Märchen von der Jungfer Kümmernis, einer wunderschönen Prinzessin aus Lauingen, die man auf Befehl ihres heidnischen Vaters ans Kreuz genagelt hat, weil sie die Hand des alten reichen Grafen weggeschlagen hat und heimlich eine Braut Christi geworden war«, ergießt sich sein Redeschwall auf mein fieberndes Haupt, während er mir für mich und meine Familie eine Tüte duftenden Gebäcks in die Armbeuge drückt. Eine Extraration noch ganz warme Laugenbrez'n, die mein Vater so gern verzehrt, gesellen sich heut auch noch dazu.

»Dank Ihnen für alles, Herr Graf«, verabschiede ich mich brav, »wissen'S, Herr Graf, vor'm Teufel, der dem Dichter Rattengift seine Ideen verkaufen und ihm seine aberwitzigen G'schicht'n aus seiner Höllerei um seinen eitlen Nasenkolben rumschmieren will, hab ich keine Angst. Der Luzibazi käm mir grad recht, mit mir tät der immer den Kürzeren ziehen.«

»Ach Madl, Madl, du traust di was, du bist schon was ganz Besonderes. Wo soll denn des noch hinführ'n mit deiner Helligkeit«, jammert er, während sich seine vorher noch so freundliche Miene blitzartig besorgt zum Himmel wendet. Auch in meine heiße Stirne gruben sich nun zwei kleine Falten, als ich ihn jetzt ganz bestimmt darum bat, uns die Geschichte von der Jungfer Kümmernis, die er uns immer wieder draufdrücken wollte, hinfort zu ersparen. Vom Vater verflucht, mit dessen Bart im Gesicht, mit einer goldenen Krone auf dem jüngferlichen Scheitel samt zwei goldenen Schuhen an ihren leblosen baumelnden Füßen am Kreuze darben zu müssen, bloß weil man einem Mannsbild einen Korb gibt, das kann einer Jungfer der Fünfzigerjahre schon Angst einjagen. Sie wurde übrigens erst begraben, als ihre erschlaffenden Beine auch noch den zweiten goldenen Schuh für den herbeieilenden Bürgermeister freigaben. Der Geiger spendete freilich seinen ersten gefundenen Schuh der gesamten Gemeinde, bekam dafür lebenslang freie Verköstigung, der Bürgermeister behielt den zweiten, versteht sich, und die gesamte Gemeinde bekannte sich hinfort zum Christentum! Die Jungfer Kümmernis war's auch zufrieden, denn sie konnte nun doch im Himmel eine wirkliche hohe Zeit als Braut Christi feiern, Hosianna.

Jetzt war ich erst auf halbem Berg und meine sonst so springlebendigen Füße drohten heute schlapp zu machen. In meinem heißen Kopf brummte es wie in einem vollen Bienenstock. Heute war nicht mein Tag. »Stipendium kann ich mir nicht leisten, wo kämen wir denn da hin«, schnarrte jetzt auch noch eine Frauenstimme an meiner klopfenden Stirn entlang. Jetzt gesellte sich auch noch ein Tränenschwall auf meine Brezenzöpfe, die vorwitzig aus der Tüte lugten und denen der Heimweg einfach viel zu langatmig wurde. Zipp, sprangen sie hinunter auf den gefrorenen Straßenboden. Beim Aufsammeln kam's mir wieder in den Sinn!
Meine Ballettlehrerin hatte mir heute ihr letztes Trainings-Stündlein vermacht. Für den neuen Monat konnte meine Mutter noch nicht im Voraus bezahlen. »Begabt bist du ja, mein Mädchen, das kann ich schon feststellen nach drei Unterrichtsjahren und nach unseren bewunderten Tanz-Aufführungen in der Schule – aber wo es keine Mittel gibt, gibt's auch keine Titel, hahaha.« Sie lachte sich fast kringelig über meine traurige familiäre Bewandtnis. Sie lachen jetzt bestimmt auch in sich hinein, stimmt's? Die runde Sägebrecht beim Elfen-Reigen, hihi. Darf ich Ihnen versichern, lieber Leser, ich war kein »dickes Kind«. Rank und schlank tanzte ich mich in dieser Lebensphase fast bis in meinen Wolkenhimmel hinauf. Kein Dachfirst, der nicht mir gehörte. Das war das Schönste, ganz oben auf dem Dachstuhl mit ausgebreiteten Armen entlang zu laufen. Da konnte ich unseren Dorfbewohnern so einen richtigen Schrecken verpassen. »Schnell, Agnes, lauf, lauf und hol dein Madel vom Dach runter, um Himmels willen, Vater unser und alle Heiligen, dass ja nix passiert«, kam die Nachbarin schnaubend um die Ecke. Muttern Agnes nahm's gelassen, wie so oft. »Passiert scho nix. De Marianne muaß ma fliag'n loss'n, des hob i schon lang begriff'n. De hod ihre Schutzengel, glaub ma's.« Gesagt – und schon lief sie wieder treppauf, um ja ihr Abendessen nicht anbren-

nen zu lassen. Kopfschüttelnd und vor sich hin meckernd watschelte Frau Alleswisser zurück in ihr verplüschtes Wohnzimmerle. Platsch, thronte sie schon wieder vor ihrer Schwarz-Weiß-Glotze, begleitet von den schneidenden Tönen einer Kreissäge. Das Ehegespons der Frau Nachbarin musste für den kommenden Winter das Holz in der Hütte bereiten. Das Mädchen auf dem Dach störte sie sehr oft mit seiner Lebendigkeit, die plärrende Säge ihres Mannes hingegen blähte sie auf vor Stolz. Sie hatten ja die Kohle, um das Holz zu bezahlen, die ja in diesem Falle unsere feine Dame in Liebesdiensteinheiten einem betuchten Bauern unseres Dorfes gegenrechnete. Das war selbiger Herr, der sonntags vor Gottes Angesicht immer so ins Schwitzen kam. Der Gatterich trug's mit Nachsicht. Ja, die Zeiten waren im Aufbruch zu besseren Gezeiten: die Kriegsheimkehrer und -versehrten, die Arbeiterfamilien, die Trümmerfrauen samt Witwenrente konnten sich trotz Rohstoffen en masse und Autorudeln immer erst nur ein kleines Scheibchen der Mortadella McMarshalls abschnippeln. Augen zu und durch, sagten sich da die unsauberen Nutznießer, wozu wartete schließlich der Beichtstuhl mit seinen samtenen Vorhängen und dem harten Bankerl auf seine Sünder – mit Vergebung, versteht sich. Bei mir daheim wartete derweilen Mutter Agnes auf ihre Tochter und schob grad mit bangem Herzen zwei rare Kohlebriketts in den Ofen, damit der vor dem Schlafengehen nochmal seine ganze Wärme auf die kleine Wohnung verteilen konnte. Nachts ging der Ofen aus und wenn draußen die Kalte Sofie noch so ums Haus rumspukte. Gegessen war auch schon. »Wenn sie nicht rechtzeitig heimkommt, kann sie sich ihr Essen malen«, moserte Stiefvater Alois in den unschuldigen Holztisch hinein. Er war gereizt und aufgewühlt. Während der Abendnachrichten, die von den letzten Kriegsheimkehrern wissen ließen.

Zehntausend Gefangene hatte unser guter Konrad Adenauer 1955 durch ein engagiertes Abkommen freigeeist und unser Radio gab seinen Geist auf. Unser Haushalt hatte nur diese eine Informationsquelle aufzuweisen, um über die Ereignisse, die sich um die Schattenreiche des Wirtschaftswunders rankten, zu berichten, oder uns wieder einmal schadenfroh die wieder nicht getroffenen Lottozahlen vorzubeten. Mit einer Telemattscheibe war damals in unserer Arbeiterfamilie noch kein Staat zu machen. Agnes hatte schon fleißig Markl für Markl in eine kleine Blechdose zur Seite gelegt. Die Weihnachtsansprache würde der Bundeskanzler diesmal direkt auf die alljährlichen Weihnachts-Weißwürst mit Senf und Kartoffelsalat mit draufgeben – aus dem Fernseher raus, direkt auf den Tisch. Da werdn's staunen, die ihrigen, denkt sich die Mutter und schaut schon wieder unruhig vor die Haustür, um die der eisige Wind nur so pfeift. »Wo's nur bleibt«, ihr wuide Feder, ihr siebeng'scheits Madel. Wenn nur da nix passiert ist. Hoffentlich haben's die andern Kinder ned wieder irgendwo nei'g'sperrt. War das eine Aufregung, als sie die Bub'n und Mad'l ihrer Klasse die Marianne vor ein paar Wochen übers Feld gejagt, gefangen und an einen Baum hingebunden haben. Und dann ist sie auch noch doktorspielmäßig untersucht worden, ob's überhaupt eine Frau mit allem Drum und Dran wär. So haben es dann auch später die Kinder begründet, als der aufgebrachte Pfarrer den selbsternannten Frauendoktor vor der grölenden Kindergang in flagranti erwischt hatte. Der war bis dahin der heimliche, heiße Bewunderer seiner von ihm jetzt gedemütigten Mitschülerin. Deshalb überließ man ihm, nach sauberer Abstimmung, den intimeren Teil des Übergriffs. Wie des Madl tagelang geweint und geweint hat, da ist die Agnes aber rauf zum Schuldirektor und hat ihnen allen die Hölle heiß gemacht. Sogar eine Kriminalerin hat der Herr Pfarrer kommen lassen. »Die ist uns halt fremd«, haben die Täter und Täterinnen lapidar erklärt. »Sie macht ja nie bei unseren Doktorspielen mit, meint ja, sie sei was Besseres mit ihre langen blonden Zöpf und ihrer Kirchenleserei. Außerdem hat sie lauter Einser und weiß alles, die Streberin«, haben die Kinder, die meisten kamen aus Berg und Allmanshausen, eiskalt ins Protokoll eingegeben, erinnert sich Mutter Agnes jetzt gerade, während sie nervös zur Straße gegangen ist, um dort ihrer Tochter schon mal entgegenzukommen. Da hatte es auch gar nichts geholfen, dass der Hauptschullehrer die Kinder auf die schwierigen Lebensumstände der Marianne, ausgelöst durch die seelische Erkrankung ihres Stiefvaters als Folge eines Kriegstraumas, hinwies. Auch als Mariannes beste Klassenfreundin Franziska, aus ihrem Dorf Bachhausen, eine couragierte Fürsprache für sie vom Stapel ließ, blieben die Herzen der Fünfer-Gang kalt. »Sie kommt ja aus Surinam, das sagt sie doch immer«, höhnte wieder ein Mädchen, das es anscheinend besonders auf das offene Wesen und das damals schon so große Herz ihrer Tochter abgesehen hatte. Nur gut, dass diese gleich im nächsten Jahr in die Realschule nach Wolfratshausen kommen sollte, dafür hatte der Oberlehrer Rothenfußer schon gesorgt und dem Stiefvater bei einem Hausbesuch klaren Wein eingeschenkt. »Die Marianne kommt auf eine höhere Schule, basta. Sonst werde ich dafür sorgen, dass sie ihre mittlere Reife in einem Internats-Betrieb in Ruhe absolvieren kann.«

Dafür würde dann auch die Kriegswaisenrente des Kindes für die anfallenden Gebühren des Internates vom Jugendamt eingezogen, klärte er klar die Fronten. Das saß. Dem war nichts mehr zuzufügen. Agnes war wohlgemut über diesen Etappensieg und der Stiefvater gab sich erst einmal geschlagen. Das Herz von Agnes wurde schwer und schwerer in der letzten Zeit, wenn sie an das angespannte Verhältnis dachte, das zwischen ihrem Mann und den mit in die Ehe eingebrachten Kindern herrschte. Besonders ihr so sensibler Sonnenschein, die ältere Tochter Marianne, schien seinen Unwillen anzufachen und seine Ungerechtigkeiten aus dem Nichts sprichwörtlich auf sie zu projizieren. Die ersten beiden Jahre verliefen ja noch harmonisch. Er erwies sich als guter Freund der Kinder und hatte sich immer um ein abwechslungsreiches Familienprogramm bemüht. Schmalhans war Küchenmeister, aber Agnes war sehr einfallsreich, trotzdem täglich ein schmackhaftes, aber bescheidenes Essen zu kochen. Sonntags durfte reichhaltiger auf-

getischt werden. Durch ihre Beförderung zur Nähstubenleiterin war es ihr möglich, mehr und mehr für die Haushaltskasse beizusteuern, vor allem was die Neuanschaffungen betraf.
Die Mitbewohner des Orts mochten ihren gastfreundlichen und lebenslustigen Alois und konnten noch Jahre darauf seine stetige psychische Veränderung, die in eine absolut schizophrene Sackgasse führen sollte, schwer mit nachvollziehen. Als klar wurde, dass seine Zwangssterilisation im Konzentrationslager das Puppenspielverbot für uns Kinder zur Folge hatte hatte, war die Seele Alois, wie die so vieler Kriegsheimkehrer, schon einige Zeit Amok gelaufen und sollte sich mehr und mehr verdunkeln. Wie schön waren die ersten beiden Jahre für Mutter Agnes gewesen. Jetzt hatte sie einen starken Arm gefunden, der ihr Halt versprach im täglichen Lebens- und Existenzkampf.
Seit der Todesnachricht 1946 des Gefreiten Georg Deil, ihrer großen Liebe und dem Vater ihrer großen Tochter, die zu dieser schicksalshaften Zeit gerade mal ein halbes Jahr alt war, hatte sich Agnes bis zum Jahre ihrer Hochzeit 1951 alleine, mit der Verantwortung für zwei anvertraute Wesen in der schweren Nachkriegszeit durchkämpfen müssen. Doch sie wurde körperlich immer schwächer und kränklicher, bis sie eine Lungenentzündung auf das Krankenlager eines Sanatoriums warf, und das für einige Monate. Zum ersten Mal musste sie damals ihre zwei Mädchen mit drei und einem Jahr in ein Kinderheim geben. So erschien es ihr tröstlich, nach sechs schweren Jahren der Alleinerziehung eine kleine Familie zu gründen, über deren Firmament sich jetzt, durch die unberechenbaren, cholerischen und mit Logik nicht nachvollziehbaren Eskapaden ihres Mannes, die tägliche Sonne mehr und mehr zurückzog. Ein vor Schmerz brüllendes Magengeschwür, faustgroß, war unserer Familie nicht gut gesonnen, vor allem wenn es mit klarem Hochprozentigen zur Räson gebracht werden sollte. Dann entsandte es seine diabolischen Morse-Botschaften direkt ins Gehirn des armen Kriegsopfers. »Feind am Tisch, an meinem Tisch sitzt ein blauäugiges Hexeneinmaleins, das durch die Hilfe

der Geisterwelt heute früh meinen alten Radio-Volksempfänger kaputt gemacht hat!« Er meinte mich! Agnes versuchte ihn heute schon ein paar Mal zu beruhigen und ihm klarzumachen, dass das von ihr gemachte Bett samt Wärmflasche und morgen ein harter Arbeitstag auf ihn warten würde.

Aber der Dämon in ihm beschließt heute auf seine Stieftochter zu warten, sie wegen der Spätheimkehr zur Rechenschaft zu ziehen und sie wegen der anstehenden Reparatur seines Radio-Empfängers in die alleinige Verantwortung zu nehmen. Als es Agnes schließlich, mit Hilfe ihrer Freundin Gerda, gelingt, ihren besoffenen Sorgen-Mann ins Bett zu hieven, wo er sofort in einen bleiernen Schlaf fällt, dauert es nicht lange und das Mariannchen kommt endlich auch vorbei. Der Fahrer des Rotkreuz-Sankas bittet die Mutter für ihre Tochter, die, hochfiebrig und schwer krank, auf eine Liege geschnallt in das Krankenhaus gebracht werden muss, die notwendigsten Utensilien zu packen. Doch da kennt man Agnes noch immer nicht. Frau Schweiger nimmt das verschlafene Schwesterchen Renate mit in ihre gemütliche kleine Wohnung im ausgebauten Dachstuhl des Nachbarhauses und verspricht, morgens rechtzeitig Vater zu wecken (der bis dahin wieder bestimmt alle Sinne beisammen haben wird) und nach dem Frühstück zur Arbeit zu komplementieren. Mit der Renate wird sie morgen früh gleich bis zur Schule mittippeln, und zwar pünktlich. Ihr Mann ist ja als Kriegsheimkehrer noch etwas schwach auf der Brust, aber eine gute Haut, wenn's um Nachbarschaftshilfe geht. Im Sudetenland, wo man sie beide ihres ganzen Hab und Guts beraubt und vertrieben hat, sind helfende Nachbarschaftshände eine Selbstverständlichkeit, was ihr mitgebrachter Zwiebelkuchen, der auf seinen Verzehr wartet, nur bestätigen kann. Ihrer Vermieterin, unserer Lebenskünstlerin und sorglosen Ehefrau, wir sind ihr ja schon ein paar Mal begegnet, ist der lärmende Automotor des Krankenwagens in die müden Glieder gefahren. Doch bis sie sich ihr aufgelöstes Haar nach oben steckt

und sich in ihren goldbedruckten Bademantel schmeißt, man weiß ja nie, um dramatisch aus dem Fenster zu keifen, hat sich Agnes schon mit in den Krankenwagen geschmissen, um ihrem kranken Mädchen heute Nacht die Flanken zu stärken. Und so hält sie die fiebrige Hand und kühlt mit einem eisgetränkten Beutel die brennende Stirn, hinter der sich ganze Filmkaskaden aus Surinam Bahn brechen.

Duftende Blumenmeere, fliegende Blütenschäume, wippende Baumkronen, perlende Wasserfälle, grüne und blaue Lichter wechseln sich ab im Wettspiel mit einem nicht enden wollenden Regenbogen. Bunte Schmetterlinge so groß wie Menschen tauchen in türkisfarbenen Lagunen und Delphine mit großen Augen aus violettfarbenen Amethysten und goldenen Schwänzen und silbernen Flossen fliegen durch die Lüfte dem Mond entgegen. Menschenkinder mit goldbrauner Haut zaubern Lächeln um Lächeln in ihre Gesichter. Sie tanzen elfengleich im Kreis und singen wie Meerjungfrauen. Grüne Töne und Wellen legen mein reales Gedächtnis lahm. Und plötzlich verspüre ich den heißen Atem meiner Löwenmutter, die mir ihre kühle Pranke auf meine verschwitzte Backe legte. Ich war wieder in Surinam. Und keiner bis auf meine

Mutter hat es mir je glauben wollen, dass ich daher komme. Außer dem Herrn Hochwürden. Er wollte mir dafür immer seinen Garten Eden schmackhaft machen. Zwar die Kleinere, aber die Klügere hat dann klein beigegeben.

Dann eben Garten Eden – halt nur in Surinam. Meiner Mutter gegenüber war Surinam klare Sache – ohne Frage, und das seit meinem fünften Lebensjahr. Ich hatte ihr auch bei Vollmond-Ehre zu meiner Volljährigkeit eine gemeinsame Abenteuerreise dorthin versprochen. Wie freudig überrascht war ich nun plötzlich, Maria Sybilla Merian, Malerin und die Tochter des berühmten Kupferstechers Merian aus Augsburg, durch die Dschungellüfte reiten zu sehen.

Die junge Marianne in ihren surinamischen Fieberträumen ist ja jetzt zeitgleich bei Agnes und den Notärzten auf dem Wege ins Krankenhaus Starnberg in guten Händen. Von ihren späteren Wege-Gefährtinnen weiß sie ja noch nichts, ist vielleicht besser so für den Moment. Die Agnes nimmt ihrer Tochter noch ein großes gedrucktes dickeres DIN-A4-Heft aus der Hand, das das Mädchen ganz fest an die kleine weinende Brust gedrückt hat. Agnes guckt ganz verschämt in die Innenseiten und findet ein Theatermanuskript von einem anonymen Autor aus Telfs in Tirol, von dort auch unser Tiroler Volksdichter Felix Mitterer seinen ersten Federkiel in die blaue oder schwarze Tinte getaucht hat.

Das ist ein Theaterstück über den Verrat von Judas an Jesus Christus. Die übrigen elf Apostel, Maria, Josef, Maria Magdalena und ein dreimal krähender Hahn spielen auch alle mit. Davon hat mir das Dirndl schon aufgeregt erzählt, denkt Mutter Agnes in sich hinein.

»Das hat unser Herr Pfarrer meiner Tochter gegeben. Der hat ja samt seiner Köchin einen Narren an meiner Kleinen gefressen. Meine Tochter will das Stück selber zusammen mit ihren Freunden inszenieren und zur Premiere die Eltern der Mitspieler, die Lehrer und den Bürgermeister einladen. Der Herr Pfarrer und seine Köchin Käthe werden dann Ehrengäste und Paten sein. Ja, stellen Sie sich so was mal vor. Woher hat denn mein Kind diesen Mut und dieses Theaterblut? Das frage ich mich so oft«, berichtet Agnes jetzt aufgelöst dem Notarzt, der ihrer Tochter gerade konzentriert eine Dosis Kochsalzlösung in die kleine feine Armvene rinnen lässt. Das Fieber steigt und steigt und Agnes beschließt das Manuskript über den »untreuen Seelenbruder« Judas in ihrer alten Kommode für Stoffreste vor den suchenden Augen des Stiefvaters in Deckung zu bringen. Vielleicht war das noch eine Mitgift ihrer Urgroßmutter Therese Niederreiter vom Samerberg, die doch in ihren jungen Jahren bis zu ihrer dramatischen Enterbung so gern Theater gespielt und auf ihrer Ziehharmonika musiziert hatte. Die Kostüme aus alten, aber sauberen Bettlaken für diese Theaterproduktion zu nähen war für Mutter Agnes Ehrensache. Aber jetzt gab's erst mal andere Prioritäten, die an einem guten Ausgang interessiert waren.

Erinnern Sie sich, halb auf'm Berg nach Aufkirchen haben wir vor einiger Zeit unser trauriges müdes Mariannchen zurückgelassen. Bis der Transport im Krankenhaus angelangt ist, kann ich noch schnell auf die Reihe bringen, was sich in der Zwischenzeit noch alles auf ihrem Heimweg ereignet hatte. Ich mach mir richtige Vorwürfe, dass ich die Kleine da auf'm Berg mitsamt ihrem Schüttelfrost und ihren schwachen Beinen so lange allein gelassen habe. Aber jetzt ist es schon zu spät zum Nachtrauern. Der Aufkirchner Kirchturm, der so gradlinig runterg'schaut hat, wie das Kind auf einmal auf den Boden zusammengesackt ist, hat sie dann doch väterlich das letzte Stückerl den rutschigen Berg hinauf gezogen. Sie musste ja noch zum Herrn Pfarrer und seiner Köchin. Das war heut noch auf ihrem Plan. Versprochen war versprochen. Obwohl sich grad noch ein Mordshustenanfall wichtig machen wollte, kam das ausgekühlte, vor Fieber glühende Mädchen grad noch bis zur Tür vom Pfarrhaus und streckte sich mit letzter Kraft, um mit klammen Fingern die eiserne Klingel zu ziehen. Schon kam die Köchin angelaufen. Im Gang duftete es nach heiligen Bimbams, die von der Köchin als Extrawurst für den erwarteten Gast auf den heutigen Speisezettel kommandiert worden waren.

BimBam war die Leibspeise der wissensdurstigen Schülerin. Für die emsige Köchin, die schon über zwanzig Jahre im geheiligten Hause schaltete und waltete, waren die Bimbams eigentlich als Fastenspeise für den Hausherrn gedacht. Es tat dem Herrn Hochwürden immer gut, wenn ein Tag, lieber natürlich eine Woche, mit enger geschnalltem Gürtel daherkam. So spukte es selbstverständlich nur im dicken Köpfchen der Köchin herum. Der Herr Pfarrer liebte nämlich nicht nur die sonntägliche Salbung und den Messwein, selbstredend sein edler Veltliner, das war er doch seinem Heiligen Herrn schuldig. Den heiligen, erdgeweihten Speisungen war er ebenfalls sehr zugetan, kein Wunder bei dieser Köchin, einer wahren Meisterin des Siedens, Garens, Backens und Brutzelns, das in den ehrwürdigen Küchengemächern des Pfarrhauses stattfand. Das war eine wahre Wonne, vor allem in erster Linie für die Schaffenskraft des Herrn Hochwürden. Die Gemeinde war von seiner Präsenz nach sieben Jahren immer noch nicht übersättigt und hungerte von Woche zu Woche nach seinen Vergaben: Gütige, gnadenvolle, vor allem zeitsparende Bußgebete, ohne diese seine gegebenen Absolutionen ja null und nichtig gewesen wären. Der Duft der »heiligen Bimbams«, wie sie durch blitzartige Eingebung von Marianne am Tag ihrer Schöpfung genannt worden waren, holte ihn wieder von seiner hohen Gedankenwelt herunter. Diese weltlichen Magentröster bestanden aus einem Teig mit Mehl und Buttermilch, wurden dadurch luftiger und leichter verdaulich. Wie ihre berühmten Verwandten, die als »Ausgezogene« die Kirchweih-Feiern krönten, mussten die Bimbams ebenfalls in Butterschmalz herausgebacken werden. Dann durften diese sämigen Luftikusse noch warm, vielleicht heute kredenzt mit einem erfrischenden Holunderkompott, den Gaumen eines Verspeisers erfreuen, seine Lebenskraft stärken und die Säfte wieder zum Fließen bringen.

Heute hatte 's Madel gar keinen Appetit, musste Käthe traurig zur Kenntnis nehmen. Um ihrer älteren Vertrauten die Freude an der Bescherung nicht zu verderben, aß die malade Marianne gleich eine halbe Nudel bis zur Taille auf. Vom Holunderkompott hatte sie schon gleich zu Anfang ein Schüsselchen heimlich weggeputzt, ein zweites war herzlich willkommen. Das stillte ihren fiebrigen Durst, der vom Herrn Pfarrer zum Schrecken der Köchin gleich zu Anfang mit einem abgeschaumten Weinderl, natürlich vom Hausherrn als naturmedizinisches Elixier fabriziert, in den Griff genommen werden sollte. »Mein Gott, Herr Pfarrer, Sie können doch dem Kind keinen Alkohol einträufeln«, ereiferte sie sich, »das ist doch vor unserem Herrn nicht zu verantworten«, schimpfte das dominante Faktotum auf den lichten Scheitel ihres Lebenskameraden hinunter. Himmel Donner! Das dampfende Gemisch, gebraut nach einem Rezept seiner verehrten Hildegard von Bingen, Seherin, Heilerin und Päpstin des Mittelalters, hatte sich schon auf den Weg gemacht. Wohlig und warm suchte sich das Rinnsal seine Bahn in einem jetzt von Schüttelfrost heimgesuchten Körper. »Da ist nicht mehr eine Spur Alkohol drin. Der Wein wird doch aufgekocht«, sagte Hochwürden hochnäsig und drückte seiner Käthe eine kleine Karaffe mit der gerade gestern hergestellten Wacholderpaste aus Wacholderbeeren, Honig, Weinessig und Süß- und Ingwerwurzel in die Hände, denn die Erkrankte schüttelte seit ein paar Minuten ein Hustenanfall, der sich gar nicht mehr einkriegen mochte. Jetzt musste ich mich hinlegen, denn das im Mund stakende Fieberthermometer hatte gar keine guten Nachrichten zu melden. Sicher und gewandt strich mir meine gute Fee Käthe den Brustkorb mit der Wacholder-Essenz ein – auch nach einem Rezept von Frau von Bingen zusammengemischt – und legte mir ein kleines, sauberes Leintuch mit klarem Augentrost-Wasser auf die müden Augen. Rückzug in die inneren Schlafgemächer war angesagt. Beim Einreiben von Brust und Rücken des Mädchens hatte der Herr Pfarrer natürlich respektvoll die Stube verlassen, damit seine Köchin ruhig und geübt ihre fürsorgliche Behandlung ausführen konnte. Er machte sich derweilen in seiner Bibliothek auf die Suche nach dem versprochenen Theatermanuskript. Er war sich gar nicht mehr so sicher, eine zwölfjährige Mädchenseele einem Weltendrama über den Glaubensverrat eines Bruders vor dem Herrn aussetzen zu wollen. Die Konfrontation mit dem Symbol einer Judasseele in einem Theaterstück aufzuarbeiten, erschien ihm doch plötzlich zu radikal für ein so junges Wesen. Dieses wollte auch noch dem Manuskript durch die Übernahme der Regie seine eigene Handschrift aufdrücken.

»Versprochen ist versprochen, heiliger Bimbam«, sagte er sich und steckte dem Mädchen das Judas-Manuskript aus Telfs, da hatte er das Licht der Welt erblickt, in das Seitenfach ihrer Schultasche. Er war ein Tiroler, aber das ging niemanden was an. Seinen Akzent hatte ihm die Gefangenschaft bei den antichristlichen Grauen Eminenzen des Dritten Reichs abgeschliffen. Nur seine Köchin und seine Lieblings-Schülerin wussten davon. »Die Marianne ist ja stark und bibelfest, die macht da schon was ganz Spezielles aus dem Manuskript«, meinte er zuversichtlich, als Käthe gerade die Wohnstube betreten hatte.

»Tja«, antwortete Käthe traurig, sie trug das jetzt totenblasse Mädchen mit der schweißkalten Stirn und dem fieberheißen Körper von der wuchtigen Diele auf die einladende Chaiselongue des Wohnraums, dem ein bullernder Kachelofen von seiner angenehmen Wärme abgab. »Jetzt hab ich richtig Angst, dass unser Sonnenkind gar nicht mehr auf ihre geraden Beine kommt. Sie hat grad über der Kloschüssel gehangen und alles wieder von sich gegeben. Ihren aufgeschäumten Wein, meine halbe Portion Bim-Bam, den Pfefferminztee mit Thymian und Blutwurz, den ich sie noch hab trinken lassen. Sie, Herr Pfarrer, ich glaub, da war Blut mit dabei. Heilige Theresia steh uns bei. Was ist denn nur in das Mädel reingefahren? Holen Sie nur schnell den Herrn Doktor, das schaut mir nicht gut aus«, bekniete sie jetzt ihren Arbeitgeber, der, schon die Türklinke in der Hand, gerade die gleiche Überlegung getätigt hatte. Während Käthe liebevoll eine von ihr handbestickte Decke über dem kranken Kind ausbreitete und den wackeligen heißen Kopf vorsichtig auf ein frischbezogenes, weißes Leinenkissen platzierte, resümierte der Herr Hochwürden noch einmal mitleidsvoll. »Es war halt in der letzten Zeit noch ein bisschen zu viel Rumori im jungen Leben von der Marian.« Jetzt hatte er vor Aufregung tirolerisch akzentuiert. »Die leidige Sache mit den wilden Rackern und ihrem Haberfeldtreiben. Die zwei Mädchen waren ja die Rabiatesten. Man möchte's ja gar nicht glauben. Die schwierige Sachlage mit dem nervenkranken Stiefvater der Marianne interessierte die Bagage gar nicht. Seit er seiner angeheirateten Tochter vor dem Kirchgang zur Kommunions-Messe als Premiere in das Gesicht geschlagen hat, weil sie keine dicke Strickjacke unter das weiße Spitzenkleid tragen wollte, rutschte ihm danach die schwielige Hand immer öfters aus. Wir haben schon deshalb zusammen mit dem Hauptlehrer der Marianne private Geschichtsunterrichtsstunden über das Schreckensszenario und die Opfer des Dritten Reichs, vor allem der Konzentrationslager, zukommen lassen, damit sich die wache Schülerin besser in die Stimmungslage ihres vom Schicksal so gebeutelten Stiefvaters einfühlen kann«, wusste der Hausherr zu berichten, während die Patientin in eine unruhige Schlafphase geglitten war, die nun von tiefen Seufzern eskortiert wurde.

»Wo soll das noch hinführen, bis sie endlich volljährig ist«, erwiderte die Köchin traurig und ein Paar verdrückte Tränen sickerten jetzt doch talwärts. »Sie verzeiht ihm ja immer wieder und betet für ihn und nimmt dann seine Entschuldigungen am nächsten Tag an, wenn er wieder nüchtern und klar bei Verstand ist. Vor ein paar Wochen, als er sie wegen eines Radsturzes wieder mal gemaßregelt und in des liabe Gsichterl reingeschlagen hat, hat sie sich vor ihm aufgebaut und ihm mitten ins Gesicht gesagt: ›Du darfst mich nie wieder schlagen. Du bist nicht aus meinem Fleisch und Blut. Mein Vater aus der Seligenwelt und mein Beichtvater werden dafür sorgen, dass du erblindest, wenn es noch einmal passiert.‹ Dabei hat sie ihm ganz unverblümt in sein wutverzerrtes Antlitz geschaut. Stellen Sie sich vor, der Mann hat seitdem seine Hand nicht mehr gegen das Mädchen erhoben, so hat sie es mir bei ihrem letzten Besuch berichtet. Des Dirndl ist erst zwölf Jahre geworden und hat schon so eine Kraft und Eigenständigkeit«, holte nun Käthe die ihr anvertraute Geschichte aus der geheimen Schatzkiste einer Freundschaft der besonderen Art.

»Dafür war ein paar Tage danach ihre Mutter Agnes fast blind vor Aufregung und musste ins Krankenhaus, weil ihm jetzt seine unkontrollierte Hand auf der Mutter ihrem Gesicht zum ersten Mal ausgerutscht war, vor den Augen der Kinder, der Saukerl. Das hat mir die Marianne vor einer Woche berichtet«, redete sich Herr Pfarrer jetzt in Rage, während er immer noch zwischen Tür und Angel stand. »Die Mutter ist ja Gott sei Dank wieder zu Hause. Es war der durch die vielen Aufregungen schlecht durchblutete Augenhintergrund. Den Alois werd ich mir mal wieder vorknöpfen. Ich hab ja Respekt vor ihm und fürcht ihn nicht. Vor mir wird er dann immer ganz kleinlaut und verspricht Besserung. Leider hält das nie lange vor. Töchter und Mutter haben eine tiefe Vertrauensbeziehung über die Jahre aufgebaut und stützen sich gegenseitig in dieser schwierigen Situation. Die ältere Tochter Marianne würden wir am liebsten in ein Internat in Sicherheit bringen. Dort könnte sie gefördert und ihr immenser Wissenshunger gestillt werden, da bin ich mir mit ihren Lehrkräften einig«, warf er den beiden Zurückbleibenden noch im Hinausgehen über die Schulter.

»Nix da, die Familie bleibt erst mal z'amm. Jetzt holen Sie nur ganz schnell unseren Herrn Dr. Luyken, sonst können wir am End unsern Zögling noch am Friedhof beweinen vor lauter verplemperter Zeit mit unseren sinnlosen Redereien«, konterte Käthe jetzt erbost und schob den Herrn Pfarrer vehement zur Tür hinaus.

Der griff sich noch schnell ein paar meiner mitgebrachten Domino-Schnitten, die unschlüssig auf der Hutablage der Dinge harrten, die da kommen würden. Ein paar der mundigen Zahlen-Häupter hatte er Gott sei Dank für Käthe übergelassen und so verschwanden sie gleich bis zu einem günstigen Schnabuliermoment in ihrem dunklen Schürzengrund. Die erfahrene Küchenmeisterin kannte meine Leckerei-Erfindung noch nicht und hatte sich über dieses Geschenk ganz unbändig gefreut, wie sie es nannte. Die Rezeptur aus dem Geheimfach des Bäckermeisters Graf und seiner Kreativ-Assistentin Mari Bisquitta, wie ich mich als Mitarbeiterin in der Backstube scherzhaft betitelt hatte, war natürlich schön gefaltet mit beigesellt.

Ich war aufgewacht und mir war heute nicht nach Scherzen zu Mute. Elend fühlte ich mich, fiebrig und jetzt fing auch noch die rechte Bauchseite zu zwicken an. Ich musste doch nach Hause. Das heutige Drama um den Zerberus des Hauses mochte und konnte ich mir erst gar nicht ausmalen. Meine Mutter fehlte mir jetzt gerade so sehr, obwohl ich am liebsten in dem friedlichen Pfarrhaus sesshaft geworden wäre, natürlich zusammen mit meiner geliebten Mutter Agnes und meiner zehnjährigen Schwester Renate. Wir wären bestimmt eine ergiebige Verstärkung für die schon sechzigjährige Käthe geworden. Da würde der Herr Pfarrer als Hirte arg ins Gerede kommen bei seinen gläubigen Schäflein und betwütigen frommen Lämmlein, die sich ja schon über die Wohngemeinschaft mit der guten Seele Käthe die unschuldigen Mäulchen zerrissen, vor allem die weiblichen. Durch meine pochende Stirn klopfte sich penetrant ein Gedanke. Kein Wunder, dass ich heute so flach lag. Noch konnte ich es meinen Gastgebern nicht berichten, dass ich mir schon vor einer Woche eine fieberhafte Erkältung zugezogen, aber wieder weggejagt hatte, als ich versucht hatte, auf Jesu Spuren über den leicht vereisten Dorfweiher zu schreiten. »Genezareth, ich komme.« Nach jedem Schritt war das Eis mehr gebrochen. Meine Busenfreundin Bärbel, wir hatten bloß beide noch keinen Busento, hatte es ob dieser hirngespinstigen Idee vorgezogen, sich in das warme Innere ihres Zuhauses schmollend zurückzuziehen. Aber ich ging wie in Trance, nur dieses Mal nicht auf einem Dachfirst. Die Dorfkinder schrien vor Angst. Das war mir gerade recht, denn Angst, außer vor meinem Stiefvater, war mir zu dieser Zeit fremd. Ich sah mich als ein wiedergeborenes Kind einer Zirkusfamilie, die ich aber weit weg in einem anderen Sternenreich vermutete. Meine Mutter sah ich auserkoren, um als lebensbewahrende Gärtnerin dieses seltene Pflänzchen, das ihr geheimnisvoll in die Wiege gelegt worden war, artenzuschützen, zu hegen und zu pflegen, was sie auch lebenslang ohne Wenn und Aber, sozusagen als symbolische kaukasische Amme, in die Tat umsetzte. Um die Ehre meiner fernen Zirkusfamilienmitglieder zu retten und ihren Stolz auf ihre abwesende Weltenreisende zu wecken, wollte ich den Kindern in der Mitte des Sees eine vor kurzem eingeübte Pirouette zum Besten geben, als ich wie in Zeitlupe vor den Augen der Freunde verschwand. Mein brauner Teddy-Mantel sog wollüstig die braune Brühe in seinen Pelz und hinunter ging es zum eisig heißen, lichtdurchfluteten, schlammigen Weihergrund. Schimpfend und murrend zog mich der Bauer, übrigens Besitzer des Wassertümpels, aus dem Verlies zurück ans Licht der Welt. Doch nach Hause ließ sich Lehrling Petz heute nicht bringen und er hoffte nur, der Bauer würde beim nächsten Stammtisch-Treffen nicht bei meinem Vater petzen. Bis zum Abendläuten musste ich aber zu Hause sein. Noch kroch ich förmlich in den Buller-Ofen im Elternhaus meiner Freundin, die sich außer einem kleinen schadenfrohen Lächeln alle möglichen ironischen Kommentare heute lieber auf der Zunge verbiss. Das Herz schlug mir bis zum Hals, als ich mich heimwärts durch die klirrende Kälte schlug. Das klamme Strickkleid war nicht trocken geworden und klebte anhänglich am frierenden Körper. Mein neuer Teddy-Mantel war total zerknirscht und feucht und lastete schwer auf meinen jungen Schultern. Er machte das Beste aus seiner Situation und trug versnobt Raureif, während ich ihn durch das Dorf tragen durfte. Die noch nassen Schuhe waren die Uneinsichtigsten des ganzen Spektakels. Es machte ihnen auch noch eine diebische Freude, saftige, schmatzende Geräusche von sich zu geben. Die Kälte hatte ich gar nicht mehr wahrgenommen, ich lief wie auf heißen Sohlen. Das heißt, ich hatte meine Sohlen plötzlich verloren, die Schuhe waren ganz aus dem Leim gegangen und ich hatte doch nur dieses eine Paar! Mutter steckte mich noch ganz schnell in den heißen Samstags-Badezuber und schmiss die feuchten Klamotten in den Wäschepuff. Den ramponierten Teddy-Mantel schnell auf den Speicher-Boden zum Aushängen gebracht, ob er mochte oder nicht. »Wer lange fragt, geht lange irr«, meinte Mutter und schmiss hurtig die Restbestände der Schuhe, oder was sich mal so genannt hatte, in den Abfalleimer auf Nimmerwiedersehen. Vom Speicher kam sie schon mit neuen Schuhen, die sie jetzt schnell eindreckte, dann wieder bedingt durch die zwingenden Umstände reinigte, basta. Die modischen Abtreter sollten doch erst am Weihnachtsabend meinen Gabentisch bereichern. Bis dahin würde sich Mutter schon eine schlaue Lösung einfallen lassen, um die entstandene Geschenkeslücke wieder aufzufüllen. Alois saß derweilen am Stammtisch und posaunte im Chor mit einigen Schürzenjägern und Gaststub'nhockern ein hochprozentiges Jägerlateinum zur Freude aller in das Gasthausrund. Mein mitanwesender Lebensretter war so verschwiegen wie sein undurchsichtiger Weihergrund. Dafür bin ich ihm heute noch dankbar.

Meine triefende Nase hatte sich die beiden Flügelräume schon mit ihrem flugs eingetroffenen Hausgast Herrn Schnupferich zu teilen. Er dachte gar nicht daran, wieder das Weite zu suchen, sondern bestellte gleich noch ein Husten-Gespenst dazu, und das, ohne Madam Nase um Erlaubnis zu bitten. Gespenstisch ging es zu später Stunde jetzt im total überhitzten Pfarrhaus zu.

Stellen Sie sich das mal vor: Hui-Bui, ein weißgekacheltes Schlossgespenst, drückte mir gerade ein kaltes Eisenstück an einem ekligen Gartenschlauch auf den Rücken und befehligte mich jetzt auch militant, das Husten-Gespenst nachzuäffen. Na bitte, aber auf Eure Verantwortung, Herr Merkwürden. »Hust, hust«, bitte, Sie haben es nicht anders gewollt. Plötzlich flog ein neonstrahlender Aktenordner durch das Zimmer und schubste das halbvolle Weinglas des Herrn Pfarrers auf meine kalte Felldecke. Zur Strafe drückte mir jetzt das bleiche Hui-Bui-Gespenst eine kalte Knochenhand auf meinen armen Bauch, der nun wimmerte vor Schmerzen und legte

schnurstracks ein Kettenschloss samt rostiger Rasselkette um mein dünnes Ärmchen herum.
»Da rumort der Wurmfortsatz, mein Burgfräulein, den wollen wir jetzt aber mal mit einer Wasserpistole unkenntlich machen«, beschloss Hui Bui jetzt ganz bestimmt.
»Das ist der Blinddarm, nennen Sie ihn doch einfach Blinddarm, Sie Lykener«, schimpft Frau Käthe Holle und legt mir meine Schulmappe mit auf die nassgeschwitzte Schlossbahre, auf der man mich jetzt zum großen Hörsaal des mitternächtlichen Vampirtreffens bringen möchte. Graf Dracula, der die Soutane von unserem Herrn Pfarrer trug, war im Gefolge mit dem gespenstischen Hui-Bui-Knochenmann mitgekommen, um sich sein nächstes Blutgebräu sicherzustellen. Das Schlossgespenst erkundigte sich, wer denn von der Gruppe mein Blut in den Saal hinübertragen würde? Der Graf fuchtelte enthusiastisch. Jetzt wurde es eng in meinem miefigen Käfig. Meine Löwenmutter kann mich doch hier bei diesen muffigen Gruftis nicht finden. Sie suchte mich bestimmt draußen in der Steppe. Ich rief und rief nach ihr und war rettungslos verloren. Meiner Frau Holle konnte ich auch nicht mehr vertrauen. Gerade hatte sie mir mein weißes Kissen gestohlen und bestimmt in einer Höhle der Grufti-Gruft versteckt. Schnell holte ich noch mein schon brennendes Theatermanuskript aus der Aschentonne. Meister Luzifer warf mir eine stachelige Pferdehaardecke auf meinen wehen wimmernden Bauch und verschloss meinen offenen Mund mit einem großen protzigen giftgrünen Gummibärchen. Das Manuskript ist versteckt und mein Gedicht von Werfel, das ich heute beim Bäckermeister aus einem Buch herausgeschrieben hatte, um es heimlich in einem Schuh meines Stiefvaters zu verstecken, wird der Teufelsbraten mit seiner Gefolgschaft nicht orten. Nun blieb mir nichts anderes mehr übrig, als mich einfach tot zu stellen.
Tauchte meine Löwenmutter auf, würde ich ihr schon ein bestimmtes Duftzeichen geben, damit sie diese Meute angreifen und mich befreien könnte. Nein! Diese treulose Frau Holle, die ließ

doch gerade diese Grusel-Gang einfach mit mir abziehen. Da half kein Flügelschlagen und Augenrollen. Der Herr Pfarrer thronte bestimmt gerade in seinem Beichtstuhl und hörte sich mit offenem Ohr die abgesegneten Verfehlungen der sündigen Nachbarin an. Er hatte mich am heftigsten enttäuscht. Die biblische Geschichte vom reichen Abraham und seinem missgünstigen Gefährten Lot, der immer mehr von Abrahams sorgsam gezüchteten Vieh und seinen angewachsenen Gütern haben wollte, war ja heute noch als Absprache für die morgige Sonntagslesung vorgesehen gewesen. Wie sagte da Abraham so klug: »Lass uns doch nicht streiten, mein Lieber, denn wir sind Brüder.« Und machte ihm einen Vorschlag zur Güte, auch wenn Abraham dabei den Kürzeren gezogen hatte. Wie gerne hätte ich dieses Gleichnis den Kirchengängern übermittelt. Meine Entführung vereitelte nun alles. »Wenig sind die Friedfertigen«, predigte nun Luzifer und drückte mir schmerzlos ein glühend heißes Eisen in die geballte Kinderfaust. Gott sei Dank in die rechte, denn in der anderen hortete ich tapfer das edle Stück Papier mit dem ergatterten Gedicht. Mein Beichtvater hatte mich heute schmählich verlassen, wie mein Vater, der einfach nicht mehr vom Krieg heimgekommen war. »Er ist zu den Seinen heimgegangen«, stand auf seinem Sterbebild, das ich zu meiner Kommunion geerbt hatte. »Bei mir daheim habe ich ihn aber nie zu Gesicht gekriegt«, kam es mir gerade siedendheiß in den Sinn, während sich die Türen der überhitzten Pferdedroschke sang- und klanglos hinter mir und dem Höllenbaron verschlossen hatten.

Herr Doktor Hui Bui, Herr Pfarrer Graf Dracula und Pfarrersköchin Frau Holle winkten uns aufgelöst und fassungslos hinterher. Also startete doch kein ängstlich erwarteter blutspritzender Vampir-Event. Ich war in die Hände einer satanischen Medizin-Mafia gefallen. Man wollte mir bestimmt mein altkluges Gehirn heraustrennen und meiner Muter und den Lehrern endlich Bericht erstatten, um welche Spezies Mensch es sich bei dieser befremdlichen Erdenbürgerin mit den sensiblen Antennen handelte. Die brauchte ich doch, um meine besorgten Brüder und Schwestern in den spirituellen Reichen unserer Andromeda-Heimatgefilde ratsuchend zu kontakten. »Andromeda melden, Andromeda, melden Sie sich!« Mein außerirdisches Morsealphabet hatte schon die Fliege gemacht. Sehr pfiffig und vorausschauend, dachte ich mir. Doch was geschieht jetzt mit eurer Seelenschwester? Die da oben haben mich glatt abgenippelt. Ich durfte nur nicht weinen, sonst würde der neunmal schlaue Luzifer, der übrigens einen weißen Arztkittel trug, ja merken, dass ich gar nicht tot wäre, das fehlte mir jetzt noch.

Als meine Mutter an diesem besagten Samstagabend erleichtert und schweren Herzens ihr Löwenkind wieder aufgespürt hatte und zu mir in den Krankenwagen gestiegen war, standen die Sterne erst mal nicht gut für ihre Tochter. Mein untrügliches Gefühl hatte mir wieder ein Mal Recht gegeben.

Das Schutzengelgeschwader konnte sich gerade nicht einigen.

Sollte man das junge Sternenkind nicht heute schon vorab zurück zur Basis-Station schicken? Nur durch die innige Zuwendung von Mutter Agnes und der echten Trauer von Stiefvater Alois, Schwesterlein Renate und der inständigen Fürbitte des Herrn Pfarrers und seiner Köchin waren sie zu überzeugen, dass die junge Weltenwanderin das dann geschenkte Leben noch einmal am Schopf packen durfte. »Da wären jetzt erst mal erdschwerere Voraussetzungen zu schaffen. Die fliegt uns immer wieder auf die Dächer und Bäume hinauf, will auf und davon«, gab da Erzengel Gabriel zu bedenken. Na ja, das ist euch ja mit dem einschneidenden Übergriff eures gecasteten alkoholvernebelten Chirurgen bestens gelungen, bleibt da nur der Marianna im Hier und Heute des Überlebensjahres 2006 zu resümieren. Herr Doktor Schwert, das ist der blanke Name und kein Hohn, hatte das Operationsschwert in diesem Notfall als wilder Künstler Marke Freistil geführt. War das noch ein Zufall oder ein Vorfall, der es auf etwas abgesehen hatte? Hatte Erzengel Gabriel nicht gar mit einem Cocktail Lumumba die Hand des Chirurgen zum Zittern gebracht, um das

wild bäumekletternde und saltoschlagende Mädchen an das magnetische Prinzip einer Erdschwere ursächlich zu binden.
Jetzt müssen wir uns an dieser Stelle trennen. Herr Doktor Schwert lässt gerade gemächlich den Operationssaal für eine Wurmfortsatzresektion auf Vordermann bringen. Doktor Luzifer hat sich wieder aus dem Lavastaub gemacht und Agnes weicht nicht mehr von meiner Seite, wie weise. Mit dem untrüglichen Instinkt einer Mutter ahnt sie die Anwesenheit der dunklen Schicksalsgöttinnen, Assistenten von Luzifer und Dr. Faustus, der gerade wieder einmal im Begriff zu sein schien, seine Seele zu verscherbeln. So ein junges blauäugiges Geschöpf mit blondem langem Haar und noch unbefleckter Seele bekam man nicht so leicht vom Operations-Gabentisch in das frischgeknüpfte Netz des Sündendorados der gierigen Seelen-Fischerinnen. Da duftete ja ein köstliches Sonntagbrätchen, gäbe es da nicht dieses unbefleckte Seelchen. Keine Chance, dieses Wesen noch heute auf die sündigen Pfade des schaurigen Domizils ihres Hohen Herrn zu locken. »Daten speichern und sich zukünftig an diese Fersen zu heften«, drang nun die klirrende Stimme der Schicksalsamazone Viktoria durch die sterilen OP-Räume. War da nicht gerade eine Schwefelfahne durch den Saal gezogen? Bevor mich die ersten Tropfen der injizierten Narkoseflüssigkeit in ein Land hinter dem Regenbogen bugsierten, vernahm ich ein Getuschel, ein Gewusel und ein Klirren der Operationsbestecke. Der selbstvergessene Chirurgenhaudegen machte sich gerade mäkelnd und donnernd über die nach ihrer Einliefe rung vergessene Patientin und ihrem jetzt durchgebrochenen Blinddarm Luft. Mutter Agnes musste sich nun an dieser Stelle von ihrem Kind verabschieden. Gabriel, Gabriel, dieses Planquadrat aus dem Schnittmusterbogen eines verfahrenen Chirurgen sollte hinfort für viele Lebensjahre ein stählernes Korsett für mich und mein Lebensmuster bedeuten. Ausbüxen war jetzt nicht mehr drin, Einlösung eines Kapitels meines abenteuerlichen Lebensplans war angesagt! Übrigens, das Totstellen hab ich gleich nach dem Wiederschauen meiner Mutter im tatütata-sirenenden Kran-

kenwagen aufgegeben. »Mei, Mad'l, des is schon ein Kreuz mit dir«, seufzte sie und drückte mich ganz fest. »Aua, aua«, das war schon mein tobender Bauch. Wenigstens hatte sie mich gleich erkannt und mein entlassenes Lüftchen hatte seinen Zweck erfüllt. Ich saugte den Eigengeruch meiner Mutter, den ich kleines Kälbchen wie die tägliche Milchration zum Leben brauchte, tief in meine Lungen ein. Das war meine beste Narkose, das wusste ich, denn jetzt musste ich meine zurückbleibende Familie, meine Freunde, meine Förderer und Paten für einige Zeit verlassen, wenn nicht für immer, wogte es da traurig in meinem Herzen. Das kleine Gedicht von Franz Werfel hatte ich meiner Mutter zum Abschied aus meiner kleinen Faust heraus mit auf den Weg nach Hause gegeben, in der stillen Hoffnung, es würde den Weg zum scheinbar versteinerten Herzen meines Haushaltsvorstands finden.

Ich bin ja noch ein Kind
Und wage doch zu singen
Und nenne dich mein Freund
Und sage von den Dingen
Ganz so wie sie sind
Ich bin ja noch ein Kind

F. Werfel

Rezepte

»Immer nur Sonntags« – Sauerbraten in Rote-Rüben-Sud

Aus Mutter Agnes' rotgewandetem »Rezept-Büchlein«

Für den Sud:
- 1 große Zwiebel
- 1 Petersilienwurzel
- 1 Karotte
- 2 Stangen Staudensellerie
- 1 große rote Rübe, geschält
- 1 EL Butter
- 2 Nelken
- 2 Lorbeerblätter
- 5 Wacholderbeeren
- 1 TL Zucker
- Salz
- Grüner Pfeffer
- 1/4 l Rotweinessig
- 1 1/2 l Wasser

Für den Braten:
- 500 g Ochsenfleisch (aus der Schulter)
- 1 TL Bienenhonig
- 1 gehäufter TL Zucker
- 40 g Butterschmalz
- 40 g Mehl
- 200 ml Rotwein
- 3 EL saure Sahne

Zwiebel, Petersilienwurzel, Karotten, Staudensellerie und rote Rüben klein schneiden, in Butter kurz anrösten, dann Nelken, Lorbeerblätter und Wacholderbeeren zugeben, mit 1 TL Zucker, einer kräftigen Prise Salz und grünem Pfeffer aus der Mühle ergänzen und danach mit Rotwein und Wasser auffüllen. Etwa 10 Minuten aufkochen, dann vom Herd ziehen und das rohe Stück Fleisch später in die noch handwarme Beize samt Gemüse legen. Deckel drauf. Jetzt geht's für 3 Tage ins dunkle rotgrundige Verlies. Täglich nach dem Rechten schauen und das eingelegte Stück öfters auf den Rücken befördern. Am 4. Tage das von der Beize trunken gemachte Ochsenfleisch herausnehmen. Den Sud mit der Gemüseeinlage aufkochen, den Bienenhonig, eine Prise Salz zuge-

ben, das marinierte Fleischstück wieder einlegen und für die nächsten 1 1/2 Std. gar köcheln lassen – wenn nötig Flüssigkeit nachfüllen.
Zum großen Finale in einem extra Topf den Zucker leicht karamellisieren lassen, mit dem Butterschmalz anbräunen, das Mehl darüber stäuben und hellgelb bräunen, mit 1 1/2 l von dem bereits aufbereiteten Sud ablöschen, den Rotwein hineingleiten und die Sauce nochmals 10 Minuten aufköcheln lassen. Kurz vorher mit der sauren Sahne beglücken.
Wenn der Tisch gedeckt ist, Feld-, Gurken-, Rote-Rüben-Salat und Semmelknödel schon strammstehen, geht's bei unserem Sonntagsbraten gleich ans Eingemachte.
Was lange währte – wird gleich richtig gut!
Wir sieben jetzt das wohlriechende Saucen-Elixier ab, vielleicht noch ein Prischen Salz, ein Spritzerchen Zitronensaft zum Abschmecken, Schneiden das warmgestellte Fleisch hurtig in Scheiben, um es mit der krönenden Sauce übergießen.
Und ab geht's in die sehnsuchtsvoll wartenden Mägen Ihrer zu verwöhnenden Sonntagsgäste.

Semmelknödel à la Bavaria

10 Semmeln, geschnitten	1 Bund Petersilie
150 ml warme Milch	200 g durchwachsener Speck
2 Eier	100 g Butter
1/2 TL Salz	1/2 Zwiebel
1 Prise Muskat	1 Prise Kümmel

Die geschnittenen Semmeln mit der Milch übergießen, Eier, Salz, Muskat und die gehackte Petersilie kräftig untermischen. In einer Pfanne den kleingeschnittenen Speck mit der Butter und der gehackten Zwiebel andünsten, mit dem Kümmel und einem Quäntchen Petersilie würzen. Einen größeren Topf mit Salzwasser zum Sieden bringen – kleiner Trick: geben Sie einen Schuss Sonnenblumenöl hinein –, jetzt wird der Knödelteig in Angriff genommen: Dazu aus dem angebratenen Speckgemisch eine kleine Portion in die Mitte geben und außen herum die Semmelmischung zu runden Bällen formen. Kurz aufkochen lassen und dann für etwa 20 Minuten im Siedezustand halten.
Einmal an der Oberfläche aufgetaucht, ist das Schicksal der schmackhaften Kerlchen alsbald vollmundig besiegelt.

Original bayrischer Gurkensalat mit Schnittlauch

2 Gurken	4 EL saure Sahne
1 TL Salz	1 kleiner Bund Schnittlauch
4 EL Salatöl	1 großzügige Prise Pfeffer
6 EL Weinessig	

Die Gurken fürsorglich schälen. Im Eigenversuch prüfen, ob diese mit Bitternis behaftet sind. Nach biologischem Freispruch mit Salz bestreuen, die Kaltblütler für eine halbe Stunde zudecken und ungerührt ein Tränenbad nehmen lassen. Damit werden sie geschmackvoller und leichter verdaulich. Kurz vor dem Anrichten mengt man Öl, Weinessig und saure Sahne darunter, streut den kleingeschnittenen Schnittlauch darüber und vollendet die altbeliebte bayrische Machart mit einem kräftigen Hauch Pfeffer aus einer dienstbaren Mühle.
Das wird Ihnen schmecken!

Nicht ratsam: Den angemachten Gurkensalat auf keinen Fall in Ihrem Kühlschrank, schon gleich gar nicht in Ihrer Speisekammer nächtigen lassen. Schon manchem vertrauensseligen Gatten nicht ganz so gut bekommen!

Mariannes Domino-Schnitten – eins a

Für die Schnitten:
- 125 g Butter
- 50 g Zucker
- 1 Päckchen Vanillinzucker
- 1 Ei
- 4 Tropfen Zitronenöl
- 250 g Mehl
- 1 Päckchen Schokoladenpudding
- 2 TL Backpulver
- 30 g Kakao
- 150 ml Milch

Für die Domino-Gestaltung:
- 2 Päckchen Schokoladenguss
- 2 Päckchen Weißer Guss
- 2 TL Zitronensaft

In eine große Schüssel gab ich Butter, Zucker, Vanillinzucker, Ei und Zitronenöl und schlug es mit meinem Schneebesen schaumig, dass es nur so spritzte. Dann vermischte ich, gegen den wohlweislichen Rat des Bäckermeisters Graf, zuerst all die pulverisierten Zutaten untereinander, denn ich war ein schlaues Kerlchen. Allez-hopp, stürzten sich Mehl, Puddingpulver, Backpulver und Kakaopulver im Kollektiv hinunter in den leeren Schüsselgrund. Ich mischte, was das Pulver hielt. Jetzt kam als Zugabe die Milch in die Schüssel mit den ersten aufgeschäumten Zutaten und alles wurde zu einer sämigen Masse verrührt. Das zärtlich durch ein Sieb gemixte Vierer-Pulver gab ich dazu. Ich »fleißiges Lieschen« vom Dienst verarbeitete dann diese Zutaten alle zu einem geschmeidigen, dunkelbraunen Rührteig. Da staunte Meister Graf nicht wenig und

schwupps hatte er sich meinen Geistesblitz hinter seine bemehlte Binde geschrieben. Meinen stolz präsentierten Teig durfte ich nun auf eines der Backblech-Bataillons der Stube ausstreichen. Doch »Stop!«, rief der Meister aus dem Backstubengrund. Da hatte ich Naseweis doch vergessen, das Backblech mit kleinen Butterflöckchen zu bestreichen. Hm… »Der pappt doch an, Madl, wo hast'n wieder deine Gedank'n«, meckerte der vom Himmel gefallene Meister und führte routiniert die restlichen Handgriffe aus. »Den backen wir uns gleich aus. 20 Minuten bei etwa 185 Grad, dann darfst du dir davon deine Schnitten zurechtschneiden. Nicht vergessen: Vier mal acht Zentimeter müssen sie groß sein«, ermunterte er mich wieder fröhlich. Ich schnitt und pinselte den Schokoguss über meine Dominos. In den weißen Guss gab ich heimlich einen Esslöffel Zitronensaft. Pünktlich auf dem Punkt fing ich an, meine weißen Punkte zu spritzen.
Trau'n Sie sich auch!

Mutters Käsetorte »Potz-Blitz«

Für den Boden:
- 150 g Löffelbiskuits
- 120 g Butter
- 2 EL Honig

Für die Füllung:
- 1 Päckchen Götterspeise Zitrone
- 200 ml Wasser
- 200 g Doppelrahm-Frischkäse
- 125 g Zucker
- 1 Päckchen Vanillinzucker
- 3 EL Zitronensaft
- 500 g Sahne

Für den Belag:
- 50 g Mandelstifte
- 50 g Haselnüsse
- 30 g Löffelbiskuits
- 2 cl Williamsbirne klar

Sonntagnachmittag war ohne Kaffee und Kuchen nicht zu denken. Meistens machte das sympathische Nachbarehepaar aus dem Sudetenland seine Aufwartung. So saßen wir alle gemütlich um den Küchentisch mit der ornamentbestickten Tischdecke herum. Ein leichter, duftender Kaffeegeruch stieg aus der bauchigen Melitta-Kanne. Auf dem Tisch thronte wieder Käsekuchen-Madam Potz-Blitz, saftig und mundig im Geschmack. Mutter zauberte diese meine Lieblingstorte in etwa 20 Minuten ohne Backvorgang aus den Küchenlüften hervor. Abrakadabra – leicht und luftig. Eine berufstätige Hausfrau und Mutter kannte das Kücheneinmaleins der flotteren, aber schmackhaften Gangart. Probieren Sie's doch mal!

Lassen Sie 150 g Löffelbiskuits in einer Plastiktüte verschwinden, zerkrümeln Sie diese z. B. mit einem Suppenlöffel auf einem Schüsselboden. Klingt grausam, aber was sein muss – muss sein! Erhitzen Sie die Butter, mischen diese mit dem Honig und lassen Sie die Melasse über die Biskuitbrösel laufen und verrühren! Die verdrückte Mischung wird jetzt auf dem Springformboden verteilt und ordentlich angedrückt.
Die Füllungszutaten warten schon ungeduldig auf ihre Berufung. Ja, ja, Geduld, Geduld, jetzt geht die Post ab, potz!
Die Götterspeise mit dem Wasser verrühren und diese Mixtur für 10 Minuten zum Quellen in der Ecke stehen lassen. Danach zum Rapport und unter Rühren erhitzen, bis sich das göttliche Sekret gelöst und hingegeben hat. Jetzt geht's zum Abkühlen gleich wieder ab in die Ecke. Ganz schön taff, das Rezept unserer Mutter.
Und weiter geht's. Zeit war damals und ist heute knapp, stimmt's? Jetzt geben Sie in blitzartiger Reihenfolge Frischkäse, Zucker, Vanillinzucker und Zitronensaft zu der lauwarmen Götterspeise und verrühren Sie alles so lange, bis kein Schüsselianer mehr das letzte Wort haben will. Agnes feuerte damals ihren Schneebesen zu Höchstleistungen an. Sie werden natürlich Ihren fernseherprobten Multi-Maxi-Mixer die Turbo-Umdrehungen abliefern lassen. Jetzt kommt's ganz dicke. Ihre süße Sahne zittert schon vor Wonne. Schlagen Sie die Cremige steif und heben Sie nun die aufgeputschte Sahnehaube gleichmäßig unter das Götterspeisen-Kompott-Pourri. Jetzt schön gleichmäßig verteilen, schnell noch einen Probefinger-Dip, schleck, lechz, und die bibbernde Masse zärtlich glatt streichen. Für den Belag habe ich immer die Mandeln und die Haselnüsse zerkleinert, mit den restlichen Biskuitkrümeln vermengt und mit dem Williamsbirnen-Heilschnaps versetzt. Pst, es war ja nur 'ne kleine Dosis. Hihi. Den aromatischen Belag flink on top platziert und ab ging's in den neuen, in Raten abzustotternden Bauchknecht-Kühlschrank. Aber nicht für lange! Der wurde alsbald ratzfatz, blitzpotz weggeputzt.
Das wird Ihrem ungebackenen Käsekuchen, sollten Sie sich an einen wagen, nicht anders ergehen.

Maurus' Biskuit-Rouladen Kaiserin Elisabeth

Zutaten:	
8 Eigelb	20 g Speisestärke
100 g Zucker	50 g Butter, um das Backblech zu bestreichen
4 Eiweiß	200 g Sahne
80 g Mehl	50 g Puderzucker

Die Eigelbe zusammen mit den ersten 50 g Zucker taumelig schaumig rühren. Die übrigen 50 g Zucker zusammen mit den Eiweißen flaumelig schaumig schlagen.
Den steifen Eischnee auf die willige glitterige Eigelb-Masse hieven. Das Mehl und die Speisestärke darüber sieben und »last not least« vorsichtig unterheben und vermischen. Schnell ein Quick-Dip, o là, là. Ein Backblech mit Butter einpinseln und mit Pergament ausstaffieren, damit das erotische Sisi-Süßspeiserl nicht anpicken kann.
Der Biskuit-Teig wird nun auf dem Backblech flachgelegt und im bereits angetörnten Backrohr 15 Minuten bei 175 Grad fertig gemacht, ich meine fertig gebacken. Handtuch auslegen und den erschöpften Teig auf den Rücken befördern. Pergament abziehen und der angehenden Kaiserin-Roulade mit einem feuchten, sauberen Küchentuch eine leichte Abkühlung verschaffen. Wieder bei Räson, den lauwarmen, aufgebackenen Teig-Corpus mit entzückendem Himbeergelee und der geschlagenen, leicht zuckergepuderten Sahne bestreicheln. Ab geht die Post! Das Ganze mit Hilfe unseres ausgeruhten Küchentuchs dominant zusammenrollen, die sich wohlig räkelnde, bärenstarke, sahnetriefende Biss-Quick-Roulade mit einer himmlischen Wolke von Puderzucker bestäuben und sofort gnadenlos in Scheiben schneiden – Elisabeth sei uns gnädig – und genüsslich verzehren.
Just fantastic!

Zu Risiken und Nebenwirkungen befragen Sie Sisis, König Ludwig, seinen Leibarzt oder Apotheker. (Nix für ungut – am Dip lag's – kleiner Spaß am Backblech-Rande.)

Selbstgemachtes Himbeergelee à la naturale

350 g Himbeeren	450 g Zucker
1 Minzezweig	$^1/_4$ l Wasser
150 g Johannisbeeren	2 EL Zitronensaft

Die reifen Himbeeren presst man durch ein Tuch oder man benutzt eine Saftpresse. Zu dem ertrutzten Saft gibt man einen Zweig Minze und stellt das Ganze für zwei Tage in den Kühlschrank. Die entstielten, geduschten Johannisbeeren werden nach dem Abtropfen auf dem Feuer ohne Zusatz von Wasser zum Platzen gebracht. Den freigewordenen Saft lässt man über Nacht durch ein Leinentuch laufen. Am nächsten Morgen wird die erbeutete Saftmenge dem kühl gehorteten Himbeersaft zugesellt. Bei der Gelee-Gewinnung jagen wir dem Gel bildenden Stoff Pektin hinterher. Wir finden es z. B. heute in unseren assistierenden Johannisbeeren. Diese pektinieren reichhaltiger und werden deshalb von uns oft beigesellt, vernimmt mein Ohr, die Anweisung von Maurus an seinen Bäckergesellen, dem er gerade die Prozedur einer Gelee-Gewinnung naturale ohne Opekta-Schock-Traumata ans Herz legt. »So wird das in der Backstube Graf seit Eröffnung durch seinen Vater Max seit Jahrzehnten gehalten«, meint der Nachfolger voll Stolz. *Meine Neugier ist schon wieder geweckt. Hausaufgaben ade!*

»Weißt du, Madl, für unser g'schmackiges Himbeergelee Royale sind wir bekannt, da kannst weit laufen, bis du des noch mal findst«, meldet sich grad der sonst so wortkarge Bäckergeselle ironisch zu Wort. »Schau, Maryann, dafür versetz ich jetzt den Zucker mit $^1/_4$ l Wasser, gib den Zitronensaft, den geklärten Himbeer- und den Johannisbeersaft dazu – mit Geduld und Spucke, verstehst? Des Safterl kocht ein paar Mal auf, bis die Schaumperlen nach oben blubbern. Zwanzig Minuten tun wir ihn noch zudecken und warm halten. Ja, wo ist denn jetzt der Deckel wieder, sakra, s'ist wieder ein langer Tag heut. Wenn man immer schon um fünf Uhr in der Früh anfangen muss«, schimpft er in seinen nichtvorhandenen Bart hinein. Und wie später abgeschäumt wurde, dank meiner Hilfe. Jetzt war die Gelee-Probe dran. Einige edle Tropfen der heißen Sulzmasse müssen, in Vertretung ihrer Kollegen, auf einem kalten Porzellan-Teller vor den kritischen Augen des Gesellen erstarren, was sie vor Schreck auch tun. Die trockenen, angewärmten Gläser, nicht zu groß, habe ich schon in Reih und Glied auf dem Sims des Backtisches zum Appell bereitgestellt. Sie werden gerade mit dem herrlich duftenden und wohlschmeckenden Gelee aufgefüllt – ich Naschkatze weiß, wovon ich schwärme. So, jetzt noch alle vollen Gläser mit einem robusten, luftdichten Pergament-Papier verschließen und mit bunten Rips-Bändchen abbinden! »Stop, baby«, bald hätt ich's vergessen!! Vorher noch ein $^1/_2$ Teelöffelchen klaren Himbeergeist in jedes Glas auftröpfeln. »Got it, Mr. Tschortsch«, antworte ich kess auf Englisch, während sich schon kleine Schweißperlen auf meiner Stirn versammeln. Die kleine Entlohnung für meine große Leistung macht alles wieder wett.

»Schimmelpilz Adieu«, maunzt der vom vielen Arbeiten müde Bäckergeselle, als er dem gerade fertiggestellten Himbeergelee-Gläschen beim Abbinden fast den Kragen zudreht. Den Letzten beißen die Hunde. Für Georg war nun wirklich Feierabend angesagt. »So long, boss«, und schon geht's in Richtung Parkplatz. »We don't need evolution, we need revolution«, singt er lauthals und trotzig in Richtung seines Chefs, der gerade den Hof auskehrt und über den amerikanischen Slang nicht sehr erbaut ist. Durch einen kräftigen, lederbestiefelten Tritt spornt er sein altes umgebautes Wehrmachts-Motorrad zu einem aufheulenden Abflug an. Eine abgegriffene schwarze Lederjacke hat gerade eben eine mehlbestäubte Bäckerkluft des Platzes verwiesen. A Marlboro-cigarette geht in Flammen auf. »Hold on, Mr. Goodman, can you please give me a ride. I do need protection in this time-step section!« Heute, eine Woche vor dem großen Blinddarm-Ausbruch, darf's Mariannchen wieder mal auf dem Rücksitz des höllisch abgehenden Motorcycles Platz nehmen. Der vorschriftsmäßige Bäcker-Pferdeschwanz hat sich schon in eine schulterlange gelbe Löwenmähne verwandelt. Easy Rider Schorschi lieferte die aufgekratzte, dankbare Spätheimkehrerin nach einem funkensprühenden Sauseflug

»brave and brotherly« bei Muttern ab. Square-dance Company Footloose wartet schon ungeduldig auf ihren enthusiastic Master of ceremony.
Schnell steckte ich Schorschi zum Dank noch eine Tüte meiner *CANDY BAR DREAMS* in seine abgegriffene Jackentasche. Meinen Mitschülern hatten sie heute schon gemundet. »Stell dir vor, unser verehrter Herr Bäckermeister wollte vorhin von meiner neuen Erfindung nicht mal kosten«, erstatte ich traurig Bericht.
»Du weißt schon, warum«, meint Schorschi, »der kann doch die Marshmallows nicht ab – american stuff, you understand.« Aber mein edler Ritter vertraut mir und die erste Praline verschwindet »flups« in seinem Mund. Ein anerkennender Pfiff, ein Daumen hoch, ein Reifen durch und weg is er – unser verhinderter Backstuben-Cowboy!

Candy Bar Dreams

You need:	1 Msp Zimt
3 Tafeln Milchschokolade mit Mandeln	200 g Sahne
$^1/_4$ l Milch	12 Marshmallows
	1 Packung Leibniz-Kekse

Schmelzen Sie die Schokolade in einer feuerfesten Keramik-Schüssel, rühren Sie ganz liebevoll die Milch und den Zimt mit hinein und sieden diese Zaubermischung für ein Weilchen auf dem springenden Punkt. Mischen Sie die Hälfte der Schlagsahne unter und tauchen Sie die Marshmallows quickly rundherum in die wartende Schokoladen-Mischung. Hops, schon haben die Leibniz-Kekse Besuch, der gar nicht mehr nach Hause will. Die schokobemäntelten Mallows sitzen jetzt, dank Ihrer flinken Hände, on top auf den überraschten Keksen auf. Bis zum genüsslichen Verzehr der Gaumenkitzler müssen sie noch eine Weile zum Antrocknen auf die Wartebank. Gut Ding will Weile haben. Die übrige süße Sahne wird geschlagen und kann sich kurz vor dem Verzehr, als »Tüpferl auf dem i«, zusammen mit zwei fruchtigen, eingelegten Feigen zu den gut aufgelegten trojanischen Candy-dreams gesellen.
Wäre das nicht eine pfiffige Überraschung zum nächsten Kindergeburtstag?

Eine Aphrodisiaka-Version, von mir im Jahre 1994 rezeptlich ergänzt, verwöhnt Sie, Ihren Partner, Nachbars Oma – warum nicht auch Opa – mit der weihevollen Zugabe von einer kräftigen Prise geriebener Muskatnuss, dazu 1 TL mit eingelegten grünen Pfefferkörnern und, nicht zu vergessen, ein großzügiger Schwapp klaren Kirschlikörs.

Die heiligen Bimbams

nach einem Rezept von Pfarrersköchin Käthe

- 1 kg Roggenmehl
- 3/4 l Vollmilch lauwarm
- 1 Hefewürfel
- 1 TL gestoßene Anis-Körner
- 1/2 TL geriebene Zitronenschale (ungespritzt)
- 1/2 l Buttermilch
- Zimt und Puderzucker

Die Zugaben wurden von Käthe zum Abendglockenläuten zusammengerührt.
Dafür machte sie in die Mitte des Mehls eine Grube und gab eine kleine Tasse warme Milch in die Mitte. Darin wurde die Hefe aufgelöst und etwa 10 Minuten in Ruhe gelassen. Das danach aufgegangene Teigerl wurde von der Zeremonien-Meisterin freudig mit einem innigen Deus Pater, Deus Filius und Deus Spiritus sanctus in Empfang genommen und mit dem Anispulver und der geriebenen Zitronenschale beglückt. Nun gab sie nach und nach die restliche Milch und die Buttermilch dazu und rührte, was der Kochlöffel hielt.
Der ganze Teig wurde nun mit einem blitzsauberen weißen Leinentuch aus Käthes Jungmädchen-Aussteuer, Monogramm war Ehrensache, zärtlich abgedeckt und für eine Nacht in die Speisekammer verfrachtet.
Mit vollem Elan ging es am nächsten Morgen nach der Andacht ans Eingemachte und ehe man sich's versah, waren noch 1 kg Weizenmehl und 2 EL Meersalz in der Schüssel verschwunden. Jetzt krempelte sie die Ärmel hoch und knetete und walkte mit wogendem Busen, dass Gott seine wahre Freude an ihr haben musste.

Dabei beten ging ihr leicht von den Lippen. »Gott hat erschaffen das Wasser und den Wein, auch dieser Laib soll gesegnet sein«, tänzelten ihre Worte durch den Backraum, während sie aus dem Teig Vierecke abriss und zu länglichen Halbmonden formte. Fünfundvierzig Stück und ein kleines Blinddarm-Double hatte Käthe auf einem Blech ausgebreitet. Sie konnten alle noch mal etwas gehen – der freie Wille war ihr heilig –, bevor die Bimbams in dem heißen Butterschmalz-Urgrund einer voluminösen Eisenpfanne ihrer schicksalhaften Bestimmung zugeführt wurden, und zwar von Käthchen höchstpersönlich. Von allen Seiten goldbraun gebraten, bestäubt mit Zimt, Zucker und den inbrünstigen Worten aus Käthes Mund: »Ich bitte euch, Gott Vater, Sohn und Heiliger Geist, der du die Wahrheit selber bist, so wahr unser Herr Jesus Christus von dem Tode auferstanden ist, dass ihr mir die Richtung zeiget, wo das Gold im Graben liegt«, räkelten und streckten sich die hiermit frischgetauften Bimbams sendungsbewusst in einem mit rotem Samt ausgeschlagenen Weidenkörbchen. Jetzt konnte das Mädchen kommen, ging ihr da freudig durch den Kopf.
Das Mädchen war schon da und lugte schon seit geraumer Zeit um die Ecke. »Heilige Dreifaltigkeit! Hoffentlich hatte das Kind ihre heilige Besprechung nicht missverstanden?«, raste es da durch Käthes Hirnkammer. Mariannes verschmitztes Lächeln sprach ganze Bibel-Bände. »Herr Pfarrer hütet gerade seine Herde zur Abendmesse«, wusste die vor Scham jetzt rotwangige Köchin zu vermelden.

Heute war das Patenkind auf der Durchreise. Das Motorrad-Team hatte nur einen Zwischenstop gemacht. Für die übergelaufenen Bimbams gab's genügend Platz in meinem Brotzeitbeutel und auch Käthe beerbte Georg mit ein paar herrlich duftenden Exemplaren. Das ausgelieferte Geheimrezept dazu, nach Anfrage aus beruflichem Interesse, war Ehrensache für meine Käthe, den guten Geist des Hauses.

Käthes gerade frisch gekürtes Hollerkompott

Und zwar zwei große Einmachgläser davon mussten heute mit dem Platz auf dem Motorrad-Rücksitz vorlieb nehmen, natürlich angekuschelt und beschützt auf meinem Schoß. Diese Feinspeise war von allen Kompotten mein Lieblings-Elixier. Mein Großvater Franz-Xaver hatte mir in jungen Jahren viel von der Göttin Holla erzählt, die aufgerufen war, die Menschen zu beschützen. Na, das war Wasser auf meinen Mühlen. Die Köchin Käthe mit ihren feinen, gütigen Gesichtszügen und dem feingekämmten grauen Haar war der Inbegriff meiner Frau Holle. Der Holunder sucht die Nähe der Menschen. Bis zur Sonnenwende fangen die Blüten des Baumes das Licht ein und speichern es. Bei der Zubereitung gießt sich das aufgesparte Licht in die Körperzellen ein. Die Holunderbeere strotzt nur so von Vitamin C.
Liebende Paare setzen sich oft intuitiv auf eine Bank vor einem Holunder-Baum. In früheren Zeiten hat man vor diesem Baum den Hut gezogen, wenn man ihn passiert hat. Mein Großvater wusste so viel über diesen Baum, der schon in der germanischen Mythologie Wurzeln schlagen durfte, zu berichten und ich darf Ihnen hiermit das hundert Jahre alte Rezept von meiner Frau Käthe Holle übermitteln:

1 kg schwarzer Holunder	$^3/_4$ l Wasser
3 Birnen	4 EL Zucker
10 Zwetschgen	2 Zitronen
1 Zimtstange	1 EL Kartoffelmehl

Die Hollerbeeren werden kurz gewaschen und dann abgezupft. Die Birnen schält man und schneidet sie fein auf. Die Zwetschgen finden sich entkernt wieder. Käthe gab die feingeschnittenen Früchte mit der Zimtstange in einen Topf, übergoss den Fruchtinhalt mit dem kalten Wasser und wärmte langsam an.
Kurz vor dem Aufkochen gab sie Zucker, ausgepressten Zitronensaft und $^1/_2$ TL geriebene, unbehandelte Zitronenschale dazu. »Einmal darf Frau Holle im Hollerkompott kurz aufwallen, dann muss sie sich mit

einem 20-minütigen leisen Köcheln zufrieden geben«, kommentierte die Kompott-Köchin versonnen. Dann zog sie den Melting-Pot von der Herdplatte, um die neue Fusion erst mal zu sich kommen zu lassen.
Nach ein paar Stunden Bedenkzeit wurde der Topf mit seinem aufregenden Inhalt wieder auf die heiße Platte zurückbeordert. Nach der Zugabe eines Mehlschwitzchens war nun der Bund für alle besiegelt. Ein letztes, temperamentvoll erhitztes Aufbäumen setzte den Schlussakkord.
Man verspeist das Hollerkompott noch warm zu unseren heiligen Bimbams, zu Palatschinken oder gießt es erkaltet über ein Vanille-Eis. Ich schüttete es auf den Bauchnabel von George Clooney. Das war aber in der Traum-Fabrik, Marianne! Na ja, es ist noch nicht jeder Tage Abend.
Ja dann, gute Nacht.

Herrn Pfarrers Wacholder-Honig-Essenz, handgemixt

40 g Wacholderbeeren	15 g Pulver von Süßholzwurzel
1 l Wasser	25 g Ingwerpulver
200 g Bienenhonig	3 EL Weinessig

Die Zutaten alle zusammen in 1 l Wasser ansetzen, unter Umrühren mit einem Holzkochlöffel bei mittlerer Hitze langsam aufkochen. Etwa 10 Minuten köcheln lassen, leicht abkühlen und mit einem feinen Sieb abseien.
In eine ausgekochte Flasche abfüllen. Die altgedienten Wacholderbeeren sind wieder auf dem Vormarsch. Die in ihnen versteckten ätherischen Öle entkrampfen die überstrapazierten Bronchien, besänftigen die Brustregionen und desinfizieren Leber und Lunge.
Trinken Sie täglich davon ein Zahnputzglas, oder zwei, wenn Sie das Hustengespenst nicht in die Gänge kommen lässt.

Gelöschter Wein

nach einem Geheimrezept des Herrn Pfarrers

900 ml Weiß- oder Rotwein	1 Msp Zimt
1 kleiner Rosmarinzweig	90 ml Mineralwasser

Wird ein Menschenkind von Zorn und Trauer getrieben, soll es rasch Weiß- oder Rotwein auf dem Feuer erhitzen, diesen mit einem kleinen Rosmarinzweig, einer Messerspitze Zimt bestücken und das Ganze kurz und kräftig aufkochen. Vorsicht, heiß! Jetzt ist der Löschzug angesagt. Rein mit dem Wasser, raus mit dem Zweig und ab in die Thermoskanne.

Vorher noch einen kräftigen Schluck. Wie das wieder die Kehle hinunterzischt. Eine wahre Wohltat und immer Beistand, um gleich bei der Beichtstunde für seine Kirchengemeindemitglieder einem schwarzgalligen Zornesausbruch die Schranken zu weisen. »Die Kanne muss mit in den Beichtstuhl, es wird schon keiner was mitkriegen«, versucht Herr Pfarrer sein hochwürdiges Gegenüber im Garderobenspiegel zu überrumpeln.

»Die Kanne bleibt da«, widerspricht Köchin Käthe lakonisch, während sie dem Braumeister das Getränk entwendet und auf spitzen federnden Zehen auf die Hut-Konsole hievt. In der Kanne vermutet Käthe den unaufgekochten Seelentröster Dr. Veltlin, der sich in der Gunst des Herrn Pfarrers über die letzten Jahre arrogant bis zum Messwein emporgerankt hatte. Heute aber hat sein aufgekochter und dadurch alkoholfreier Seelenklempner Veltlino, nach einer Heilrezeptur der weisen und vom Hausherrn hochverehrten Hildegard von Bingen, seine Trauben im Spiel. »Trinke den gelöschten Wein, wenn weißer Zorn und Trauer anfangen in deinen Gallengängen zu randalieren, das hat schon Hildegard angeordnet«, verteidigt Herr Pfarrer sein flüssiges Scherflein.

»Ja, ja, ich weiß, hüte dich vor einem Zorn, der in Kompanie mit der Schwarzgalle daherkommt, im Gefolge der diabolischen Schwester Gelbe Galle. Dieser weiße Zorn wird die Farbe aus deinem Gesicht jagen, dich krank machen auf einer Spur von Rache

und Grausamkeit, schrieb Ihre Frau von Bingen vor 800 Jahren«, kontert Käthe ironisch-theatralisch. »Da singe ich mir ein Loblied auf den gesunden roten Zorn, der mein Blut zum Kochen bringt, alsbald den heiligen Zorn ins Feuer gießt und meine heftige Wut-Glut zum Erlöschen bringt. Schwamm oder Ei drüber! Auch darüber hat Hildegard berichtet. Ich hab in dem Buch Causae et et der klugen Dame geschnüffelt, da staunen Sie, Hochwürden, was?«, packt sie ihm selbstbewusst auf den vollgelagerten Schreibtisch.
»Causae et curare«, verbessert das studierte Priesterlein. Er war rotgesichtig und zappelig. Weder bei seinen heutigen nachmittäglichen Bibelstudien noch tief auf dem Urgrund seines Mess-Weinglases konnte er ein Geheimnis Jesu wieder nicht entschlüsseln, das ihn schon seit seinen Studienjahren peinigte. »Ich frage Sie, Käthchen, was hat Jesus in den verschwitzten Sand geschrieben, als die junge Ehebrecherin vom aufgebrachten Pöbel, aufgehetzt von den Hohen Priestern, für ihren Ehebruch gesteinigt werden sollte?«
»Der unter euch ganz und gar ohne Sünde ist – in Gedanken, Worten und Werken – der werfe den ersten Stein!«, komplettiert die Köchin altklug. Der Priester hört gar nicht richtig zu. Aufgekratzt tanzt er um seine alte, schon leicht angedörrte Stechpalme herum. »Dann schrieb Jesus etwas in den Sand. Es dauerte und dauerte. Was schrieb er? Ich suche diese Worte seit meiner Studienzeit. Die Bibel gibt mir keine Antwort«, monologisiert er gequält.
»Hauptsache, der überführte Volkshaufen ließ nach den wilden Worten Jesu die Steine fallen und verließ abrupti den Platz, überführt von ihrem Gewissen! Das langt doch, Herr Pfarrer. Da quälen Sie sich jetzt jahrzehntelang, denken's an Ihre lauernde Schwarze Galle«, versuchte ihn Käthe jetzt zu besänftigen.
Seine Gedanken waren nicht ansprechbar, tagten extern. Das Gleichnis von der verhinderten Steinigung der Ehebrecherin durch die Gnade und Weisheit von Jesus Christus würde er der jungen Marianne für die nächste sonntägliche Epistel-Lesung vorschlagen, ans junge mutige Herz legen, entschied er für sich und

nahm vor seinem beschwerlichen Gang zum Beichtstuhl noch einen tiefen Schluck seines gelöschten, alkoholfreien Weins. Er würde wieder mal helfen, seine melancholische Stimmungslage in eine ausgewogene Bahn zu transformieren. Mist, jetzt hatte er aus Versehen doch glatt die Veltliner-Privat-Bottl gegriffen. Na, dann gab's halt noch einen Nachschlag aus der Thermosflasche, und zwar alkoholfrei.

»Die heilige Pflicht ruft, Zeit, Herr Pfarrer«, ermahnte nun Käthe das abgetauchte Ohr ihres Vorgesetzten. »Machen's doch schnell noch eine Meditation mit unserem alten Buchsbaum im Garten vor Ihrer anstrengenden Beichtabnahme. Der Baum steht zurzeit voll im Saft und bringt mich immer dazu, dass ich den Glauben an das Leben wiederfinden kann. Das hat meine Mutter selig auch schon zelebriert.« Sagt's und steckt ihm noch ein Packerl geröstete Mandeln als Nervenfutter und Wegzehrung in die Manteltasche.

DER BUCHSBAUM steht für Befreiung und Beständigkeit

Nach einem Ratschlag von Käthes Mutter

In der Nähe eines Buchsbaums sollte man sich täglich niederlassen, sich dort erholen und meditieren. Menschen, denen Zweifel im Herzen nagen, die gegen Ängste und Sorgen in der täglichen Arena des Überlebenskampfes antreten müssen, überwinden durch Bezug zu einem Buchsbaum ihre Krisen leichter. In seinem Einflussbereich fühlt man sich wohl und aufgehoben. Allergien und Hautkrankheiten werden einem Heilungsprozess zugeführt. Vor allem das daraus gewonnene Öl tut sensiblen Hautstellen besonders wohl, lindert Migräneschmerzen und mildert leidige Ekzeme. In alten Zeiten fand man das feine Buchsbaum-Öl in den Kloster-Apotheken vor. Heute bestellt man das Öl in der Apotheke. Die Buchsbäume brauchen die gute Mutter Zeit, um zu wachsen und zu werden. Es gibt Exemplare in Klostergärten, die man auf schon fast fünfhundert Jahre schätzt. So kann der archetypische

Baum als ein Symbol der Unsterblichkeit betrachtet werden. Ihrem Buchsbäumchen können Sie auch auf dem Balkon eine wintergeschützte Besuchs- und Beratungsecke gestalten.
Es wird sich bei Ihnen dafür für das eine oder andere Orakel erkenntlich zeigen.

Graf Draculas fever-cocktail bloody marian

Zutaten für 2 Personen

200 ml Tomatensaft	1 EL Zitronensaft
200 ml Karottensaft	1 kräftige Prise Cayennepfeffer
2 cl Wodka	1/2 TL getrockneter, geriebener Basilikum
1/2 rohe Salatgurke	1 Prise Knoblauchsalz nach Gusto
1 Schuss Tabasco	Basilikumblätter zum Dekorieren
1 Schuss Worcester-Sauce	

Tomaten- und Karottensaft vermischen. Proteste bleiben ungehört. Wodka, Tabasco, Worcester-Sauce und Zitronensaft zugeben und mit einem Holzstäbchen verrühren. Cayennepfeffer und Knoblauchsalz zuerst mit dem getrockneten Basilikum vermischen und den Cocktail für mindestens 20 Minuten in den Kühlschrank stellen, um den Geschmack der Würzstoffe erblühen zu lassen.
Geben Sie in jedes Glas 2 Eiswürfel, nun schenken Sie den süffigen Cocktail in die Gläser, platzieren an den Gläserrand 1 Gurkenscheibe, zum Finale ein paar frische Basilikumblätter on top! Mr. Frankenstein zieht Leine und Frau Holle hängt daran die saubere Wäsche der Gemeinde auf.
Life goes on. Cheers!

DAS SCHUTZGEBET von Pfarrersköchin Käthe

Zum Abtransport von Schulkind Marianne
Zu einer einschneidenden Lebensveränderung

Weihrauch und Myrrhe, der Duft der Götter,
in einer Schale entzündet

Gebet:
Ich bitte dich, o heilige Dreifaltigkeit, o heilige Mutter Maria, dass für Marianne Steiger alle Schmerzen nachlassen, wie sie heißen mögen; und aus welchen Gründen sie auch gekommen sind.
Jesus Nazaremus Rex Iudaeorum

Mitgift:
Als Balsam für die Seele und Schutz gegen böse Geister steckte Käthe in meine Manteltasche einen kleinen Bund getrocknetes Johanniskraut. Omm, omm... Im Krankenhaus fand ich in einem selbstgenähten Leinenbrustbeutel einen kunstvoll geschliffenen Bergkristall, der mich als Lichtträger und Mittler des Kosmos beschützen und bestrahlen sollte. Käthchen hab Dank.

PANTA RHEI*

Im Fluss der Zeiten und des Lebens
sind die Leidenschaften
Kieselsteine nur,
die, schwächer oder stärker
Strudel bildend
seinen Lauf beleben.

Der Fluss der Zeiten und des Lebens
rollt stetig vorwärts sie
und reibt und feilt,
wo Kanten waren,
alles glatt –

und bricht so
bald den Widerstand,
als hätte es
nie Leidenschaft
gegeben.

Rose Deroussas

Da dung, da dung, da dung. Mein Herz klopft im Gleichtakt mit dem monotonen Stampfen der rührigen Lokomotivräder aus Kruppstahl.

In den letzten Juli-Tagen des Jahres 1961 hab ich mich, ohne Begleitschutz, auf eine abenteuerliche Fußmarsch-, Bus-, Bahn- und Straßenbahn-Reise in die große Stadt München aufgemacht. In meiner Schultasche wartet ein Bombenzeugnis ungeduldig auf seine Enthüllung. Die Einser sind in der Überzahl, eine Zwei und eine verschämte Drei kuscheln sich demütig in die Seiten. Ein

* Panta rhei (griech. = alles fließt, ist im Fluss)

handgeschriebener Brief meiner Berufsberaterin sorgt sich um die zuckersüße, klebrige Befleckung, die mein kleines Mitbringsel, eine von mir selbstgezauberte Kürbis-Orangen-Marmelade, auf seinem Umschlagrand hervorgerufen hat. In knapp zwei Wochen werde ich sechzehn Jahre alt und in zwei Stunden die Gewissheit haben, deren sich meine Förderin so sicher war.

Meinem Wunsch, nach dem erfolgreichen Abschluss der höheren Schule in ein paar Wochen, Hebamme zu werden, setzte sie nach unserem intensiven Gedankenaustausch ihr klares Resümee entgegen: »Mädchen, Mädchen, du denkst und assoziierst ja wie eine Buddhistin. Nix ist mit Hebamme. Ich kenne da einen deutschen Medizinmann, der im letzten Jahr seine Kenntnisse in China vervollkommnet hat und dort auch praktizieren konnte. Gerade vor einem Monat ist er in seine Heimatstadt zurückgekehrt, um eine internistisch ganzheitliche Praxis aufzumachen, homöopathische und psychologische Kenntnisse mit einbezogen. Marianne, du brauchst die Möglichkeit, deine vielfältige Innenwelt durch Spiegelung mit einem seelenverwandten Menschen in eine lebendige existenzielle Erfahrung zu transformieren!«

Ich guckte wie ein vom Donner gerührtes Eichhörnchen und versuchte mit meinen rollenden Augen und rudernden Armen dagegen zu argumentieren. »Ich bin doch nicht krank, gnädige Frau! Für meinen siebten Sinn, der mir wohl in die Wiege gelegt wurde, wie mir mein geliebter alter Pfarrer immer predigte, kann ich doch nichts. Ja, und wenn ich halt hie und da siebengescheit daherrede, wie eine ungnädige Mitschülerin, übrigens die Verräterin des unglückseligen, in die bayrische Bergwüste geschickten Kaplans, vor versammelter Gruppe immer zu sagen pflegt, brauche ich doch keine Verarztung. Wohin soll er mich denn transformen? Sie machen mir Angst. Ich bin Katholikin mit Leib und Seele und Jesus Christus ist mein guter Freund und Begleiter, nicht Buddha«, ereiferte ich mich, während ich meine von einer liebevollen Massage öligen Hände an einem bereitliegenden Handtuch abwischte und gleich danach einem gebrechlichen alten Mütterlein eine Schna-

beltasse mit Kamillentee ganz vorsichtig an ihr vertrocknetes Mündchen führte.
Mein Berufsberatungsgespräch fand nach Schulschluss in einem Krankenhauszimmer statt – meine zur Verfügung stehende freie Zeit war seit einigen Monaten knapp bemessen. An den Wochenenden kümmerte ich mich, manchmal auch mit Unterstützung von überzeugten Freundinnen, um sterbenskranke Patienten des Städtischen Krankenhauses, die von unserem Religionslehrer, mit der Letzten Ölung versehen, geduldig und einsam auf den Abruf zum Heimgang in Gottes lichte Räume warteten. Es gab mir ein tiefes Glücksgefühl, als Folge unserer von den kirchlichen Schwestern pflegerisch abgesegneten Dienstleistungen und Vorlesungen, die zusprechenden Augen glänzen und das eine oder andere kleine Lächeln in den vergreisten Kinderantlitzen aufblitzen zu sehen. Die sanften Berührungen meiner jungen Hände schienen wohlzutun und meine Stimme vermochte die aufgewühlten Seelen vor ihrer großen Reise ohne Wiederkehr zu beruhigen. Freunde und Familienmitglieder waren für diese Kinder Gottes in diesen berührenden Momenten zu meinem großen Entsetzen nicht auszumachen. Angst vor dem entscheidenden Moment der Wahrheit auf der Brücke zwischen Leben und Tod kannte ich nie. Auch das schien mir geheimnisvoll mit auf den Lebensweg gegeben worden zu sein. Wie es unser Religionslehrer im Unterricht so ausdrucksstark dargestellt hatte, ging es bei seiner theologischen These der Todeserfahrung darum, den zu Lebzeiten im freien Willen, aber schicksalhaft vorgezeichneten, durchwandelten Lebenstunnel, mit all seinen Freuden, Leiden und Sünden, im Zeitsprung des Lebensendes noch einmal rückwärts durchzutauchen. Es gab in dieser philosophischen Sichtweise nicht die geringste Chance für den Sterbenden, Entschlüsse und Handlungsabläufe seines gelebten Lebens wieder rückgängig machen zu können. Diese schwergewichtige Phase des Lebensrücklaufs, von unserem Priester, je nach Schuldschwere, das Fegefeuer- oder Höllensyndrom genannt, führe aber als Katharsis bei jedem Sünder am Tunnelende durch

Schuldvergebung des verzeihenden Gottvater-Prinzips und durch die Fürbitte des zum Menschen gewordenen Sohns Jesus Christus zur Erlösung und dadurch zum Einzug einer der so gereinigten Seele in den kosmischen befreienden Lichthimmel ohne Wenn und Aber. So war uns Schülern von unserem Religionslehrer ein freigeistiger Blick, aber immer noch katholisch, auf das unabänderliche Ende unseres Lebensbandes gewährt worden. Bei den älteren Priesterkollegen stieß er dabei auf Ablehnung: Sie ließen sich ihre jahrhundertealten Höllen-Inszenarios von Schuld und Sühne, mit teuflischem Instrumentarium wie glühenden Zangen, giftigen Schlangen, Feuersbrunst, Pech und Schwefel, von so einem Dahergereisten nicht einfach wegretuschieren. Da waren wohl schon einige Beschwerden auf den Schreibtisch des wohlgesonnenen Schuldirektors eingegangen, denn diese philosophischen Auslegungen sollten keine Schule machen, meinte eine Graue Eminenz. Doch uns, den in diesem Fall vom Schicksal begünstigten Schülern, waren diese theologischen Auslegungen von Herzen willkommen. Bei einer begangenen Sünde legte uns der Kaplan vor der Beichte eine persönliche Gewissenserforschung ans Herz. Fanden wir keine Beschuldigung an die eigenen vier Seelenwände geheftet, gab's für uns nichts zu beichten, zu bereuen und so mussten wir auch keine Buße tun. Sein Vertrauen in unsere ehrliche Abwicklung war grenzenlos. Das war eine große Befreiung.

Eine Mitschülerin, verwöhnte Tochter aus gutsituiertem Haus einer Brauerei-Dynastie, hatte vielleicht daraus resultierend auch kein schlechtes Gewissen dabei gefunden, diesem für sie so begehrenswerten Mann, der sich freiwillig dem Zölibat unterworfen hatte, den mehrmaligen Versuch einer körperlichen Annäherung zu unterstellen. Es war unglaublich, man glaubte ihr! Und mein unverzichtbarer Mentor, der uns in den letzten drei Jahren einfühlsam und mit brillierendem, freiem Geist gelehrt, gefördert und geleitet hatte, wurde von seinem bischöflichen Ordinariat in ein fernes Bergdorf strafversetzt, das aus einer uralten Kirche und einem einsamen Pfarrhaus bestand. Dieser Verlust riss für uns eine

große Lücke in das tägliche Leben und war für mich kaum zu verkraften. Von diesem Lehrer hatte ich mich ganzheitlich angenommen und verstanden gefühlt, was für mein Sein und Werden damals so viel bedeutete. All mein angeborener Wissensschatz und meine intensive Vorstellungskraft wurden wahrhaftig durch die Bekräftigung dieses charismatischen Propheten. Auch unser Kaplan hatte Studienzeiten in China verbracht und war von der alten chinesischen Kultur und Philosophie sehr angetan. Ihm konnte ich auch meine Visionen aus Kindertage-Träumen beichten, die mich inmitten von satten, grünen, blühenden Dschungelpflanzen, schützend umsäumt von zufrieden lächelnden menschlichen Antlitzen in einem scheinbar chinesischen Ambiente ausmachten. Ich nannte es Surinam.
»Ich komme aus Surinam, ich bin nicht wie ihr«, versuchte ich meinen Dorfmitbewohnern mit fünf Jahren noch zur besseren Völkerverständigung zu vermitteln, nahm aber diesen Dringlichkeitsantrag auf den gütigen Ratschlag meines damaligen Religionslehrers mit sieben Jahren wohlweislich vom angestaubten Pult des Dorfältesten wieder zurück.

Eine weise Parabel von Konfuzius legte uns Jahre später unser weitgereister Seelentröster und Kaplan ans Herz und ich hielt sie stolz in meinem Poesie-Album fest:
»In fließendem Wasser kann man sein eigenes Bild nicht sehen, wohl aber in ruhendem Wasser. Nur was selber ruhig bleibt, kann zur Ruhestätte all dessen werden, was Ruhe sucht.« (Konf. II.)

Dieser Ruhepol stand mir nun nach seiner Suspendierung nicht mehr beratend und beschützend zur Seite. Das wurde mir im Moment meiner Zukunftsangst und der abwehrenden Haltung gegenüber der von der Schulleitung für uns herbeizitierten Berufsberaterin, einem Menschen, der es nur gut mit mir meinte, sehr bewusst. Nicht Schauspielerin, wie vom Deutschlehrer der Realschule vorgeschlagen, nein, Hebamme wollte ich werden. Dem

Sprössling, der monatelang unter einem Herzen getragen wurde, und seiner tapferen Mutter, die in Kompanie eines ersten Schreis, ihrem Kind, einem neuen Weltenbürger Leben schenkte, wollte ich mit meiner ganzen Kraft und Liebe beistehen und damit dem Sensenmann auf der anderen Seite des Hades ein Schnippchen schlagen. Das Schauspielern, das mir in der Theatergruppe der Schule eine so große Freude bescherte, war an diesem Dreh- und Angelpunkt meines Lebens nicht mehr relevant für mich. Zu tief hatte mich der fehlende seelische Beistand in den Sterbeprozessen der einsamen alten Menschen und auch die oft noch ethische Verweigerung der letzten Ehrerbietung durch ihre Angehörigen bis ins Knochenmark getroffen. Diese daraus gezogene Konsequenz versuchte ich nun meiner Beraterin auf die Nase zu drücken.

Sie hatte mich schon begütigend in den Arm genommen. »Hab einfach Vertrauen zu mir, Marianne, das ist kein Zufall, dass mein Freund, ein Arzt und begnadeter Menschenkenner, gerade jetzt seine neue Praxis eröffnet. Du sollst sein Zauberlehrling werden und bei ihm eine Ausbildung zur medizinisch-technischen Assistentin antreten. Dein Abschlusszeugnis ist so unglaublich gut«, fuhr sie ungerührt fort.

Sollte ich ihr beichten, dass ich sowohl in der Hauptschule als auch in der gerade abgeschlossenen Realschule immer das Gefühl gehabt hatte, den jeweiligen Schulstoff schon zu kennen und deshalb diese guten Noten ja gar nicht zu verdienen glaubte?

Ein scharfer Ruck und ein metallisch quietschender Ton holen mich da zischend und pfeifend aus meiner Gedankenwelt in die Realität zurück.

Gerade hat der Zug in Planegg Halt gemacht, um die paar Wartenden auf dem Bahnsteig aufzunehmen. Die Mauerwände des abgehalfterten Bahnhofsgebäudes sind bepflastert mit Werbeplakaten jeder Couleur. Allianz-Versicherungen, Vorwerk-Kühlschränke, Jägermeister-Spirituosen, Marlboro-Zigaretten und Persil vom Nil. Würden die Leute allen Aufforderungen nachkommen, müssten wir pausenlos Waschmittel testen, Schnäpse trinken, uns

immer wieder neu einkleiden, ein immer noch komfortableres Auto lenken, ein größeres Haus bauen, Genussmittel und Kosmetika in Hülle und Fülle lagern und verbrauchen. Urlaubs-Flugreisen, jetzt im Radius schon bis zur Costa Brava. Zusätzlicher Weihnachtsurlaub auf Mallorca oder Gran Canaria, immer im Blickwinkel auf die neidvolle Nachbarfamilie.
Unser immer noch schmalbrüstiger Familiengeldbeutel hatte gerade mal das notwendige Kühlaggregat, einen Schwarz-Weiß-Fernseher, eine Singer-Nähmaschine für Muttern und für jedes Familienmitglied einen Drahtesel ausgespuckt. Was wollten wir mehr.

Ja, den kleinen Leuten geht's wirklich gut Anfang 1960, aber sie sind immer mehr unzufrieden. Da kann auch ein Zweitwagen nicht punkten. Der ist schon selbstverständlich im Visier. Mit Nachtbar- und Striptease-Lokalen- und Bordell-Besuchen im Angebot kann man niemandem den Rang ablaufen, denn dorthin geht man ja heimlich. Dort braucht man sich die kollektive Neid-Messlatte ja nicht mit anlegen lassen, es sei denn …?
Pfui, Marianne, was tummelst du dich denn schon auf erotischen Gedankenpfaden mit deinen sechzehn Lenzen, du, die eine Braut Christi sein möchte.
Ich werde Ihnen, meine lieben Lebenszugbegleiter, auf den letzten Kilometern bis zu unserer Zielstation, dem Pasinger Bahnhof, noch schnell erzählen, wie ich mit Mutters Einverständnis mein Trinkgeld für mein schon erwähntes Abschlusszeugnis auf den Kopf gestellt habe. Zwei Eintrittskarten für mich und meine Freundin Bärbel für die Bravo-Otto-Verleihung waren drin, und zwar im Kongress-Saal des Deutschen Museums. Auch die Bahnfahrt Icking-München und zurück konnten wir legal antreten. Ein paar Orangensäfte sprangen auch noch heraus. Trinkgeld bleibt Trinkgeld. Lediglich ein über einstündiger Fußmarsch zum Bahnhof musste als Mutprobe, Rückmarsch in kolossaler Dunkelheit gewährleistet, kostenfrei angerechnet werden. War das eine

Wonne, im lichterflirrenden, musikdurchtränkten, tobenden Saal bis zu meiner heißverehrten Schauspielerin Karin Baal mit dem slawischen Augenschnitt und den neckischen Lachgrübchen vorzudringen. Zusammen mit dem dunkelhaarigen, attraktiven Teenager- und Kaffeekränzchen-Idol Horst Buchholz durfte sie eine Otto-Auszeichnung für den Kult-Film »Die Halbstarken« entgegennehmen. Rank und schlank mit meinen sechzehn Jahren, die langen strohblonden Haare zu einem fetzigen Pferdeschwanz zusammengebunden, sah ich meinem Idol ähnlich und wurde in meinem Umfeld schon öfters darauf angesprochen. Meine Augen bestrahlten die Welt in intensivem Blau, Karin Baals Augen changierten in geheimnisvollen Grüntönen, konnte ich erspähen, als sie mir bei der innig erbetenen Autogrammübergabe zärtlich über meine heiße Wange strich. Auch bis zum stattlichen Curd Jürgens konnte ich mich durchschlagen. Die persönliche Widmung für meine Freundin Bärbel, von mir kameradschaftlich angefragt und eingelöst, ließ für meine ersehnte »für Marianne-Widmung« nur noch ein müdes »M« übrig. Der ebenfalls Ausgezeichnete musste auf die Bretter, die damals für uns die große Welt bedeuteten. Meine Autogramm-Sammlung konnte sich sehen lassen. Von Dieter Borsche bis Romy Schneider, von Annie Rosar bis Brigitte Bardot, von meiner glühend verehrten Giulietta Masina bis zu Sofia Loren. Von Jayne Mansfield bis zu Marilyn Monroe. Da gab es keine Faksimile-Stempel. Wie gelingt dir das nur, fragte mich meine Freundin ungläubig, wenn als Resultat auf eine glühend formulierte Anfrage wieder ein Brief mit handsigniertem Autogramm per Postillion in unsere gute Stube flatterte. Jetzt stürzten wir uns erst mal in den nie gekannten Trubel. Potzdonner, die Zeit hatte uns ganz vergessen. Auf zum letzten Zug um elf Uhr nachts! Er hatte gerade noch zwei Plätze frei. Ein Anruf zu Hause war wegen fehlender Telefonanschlüsse Fehlanzeige. Nach einem langen dunklen Heimweg Hand in Hand durch dunkle Wälder, bestückt mit Schemen und Geistern, über einsame Wege und glitschige Stege, verfolgt von den Huhuu-Lauten der Nachteulen und

Schakale, beschloss ich völlig entnervt, eine Einladung durch die Eltern meiner Freundin, die auf eine erste Schimpfkanonade folgte, anzunehmen und diese angebrochene Mitternacht gleich in der schützenden Herberge zu verbringen. Ich mochte mir in meinem müden, durchgefrorenen Zustand das sich abzeichnende Strafgericht meines Stiefvaters gar nicht erst ausmalen. Keine Angst, Mutter Agnes hatte mich für diese Nacht wieder einmal gewieft bei der Familie meiner Freundin zum Schlafen angemeldet. Von der Youngster-Kultur-Tour hatte sie ihn erst gar nicht unterrichtet, wie mir meine Gastgeber bei einer heißen Milch mit Honig vor dem ersehnten Kuschelschlaf zu verstehen gaben. Ein warmes dankbares Gefühl für meine Mutter durchströmte wie so oft mein Herz, das meinen schwindeligen Kopf mit all den neuen Sinneseindrücken doch nach einer guten Weile dazu überreden konnte, endlich dem Nachtstrom und den ausbalancierenden Traumsequenzen das Energiefeld zu überlassen.

O jeckerle, jetzt habe ich mich vor lauter Sinnieren verfahren und der Zug ist schon am Hauptbahnhof eingefahren. Jetzt heißt es ruhig Blut, wie es uns unser Kaplan immer ans Herz gelegt hat. So, die Schultasche mit dem wichtigen Inhalt greifen und flugs hinübereilen auf das richtige Bahngleis, hinein in den nächsten richtigen Zug und um eine Station zurück nach Pasing fahren! Was für ein Schreck. Hat aber geklappt. Schon sitze ich in der Straßenbahn der Linie 8. Dieses Lied des bayerischen Kabarettisten und Unikums Weiß Ferdl geht mir nicht mehr aus dem Sinn, während die Stadtbahn gemütlich die letzten Kilometer in Richtung München-Laim zuckelt. Mein vom Schicksal bestimmter nächster Mentor, Lehrer und Vaterersatz wartete schon nervös und besorgt auf mich, wie er mir später berichtete. Wird fast 'ne Stunde zu spät. O Gott, hab ich einen Hunger! Mein leerer Magen verschafft sich Gehör und wird noch schnell im Wartehäuschen an der Agnes-Bernauer-Straße mit einem Stück Butterbrezel getröstet, die von Muttern vorsorglich im Doppelpack mit einer Tüte Trink-Kakao ins Reisegepäck gesteckt worden war. Ja, das aktiviert den Blutzucker und mein Gehirn geht gleich darauf in seine Startlöcher für mein aufregendes Vorstellungsgespräch. Ausgelöst durch meine Wegzehrung rast mir glatt wieder meine Mittlere-Reife-Koch-Prüfung, die ich ebenfalls vor ein paar Wochen ablegen musste, durch den Sinn. War das ein Schlabazz.

Durch Zettelwahl aus einer Schale mit möglichen Nummern stellte sich das verlangte Menü in Dreier-Abfolge zusammen. So traf es sich, dass ich zweimal den letzten Zettel im Pott vorfand und sich mein Menü, das ich kochen und auftischen sollte, in zwei Folgen aus langweiligen Innereien-Gerichten zusammensetzte. Eine Milzsuppe mit Mehlschwitze, die mir am Schluss nummernlos zugeteilt worden war, setzte sich an den Speisen-Anfang. Saure Kutteln (Saumagen), mit Mehl und Margarine aufgeschmelzt und saurer Sahne veredelt, wie es in der Anweisung so schön hieß, eroberte sich für die Prüfung der Schülerin Sägebrecht die Hauptgangs-Position – dank Schluss-Nummer 22 !!, die mir persönlich übergeben worden war. Eine Rhabarber-Nachspeise, deren Nummer 7 ich mir gleich zu Anfang geangelt hatte, wollte zu einem mundigen Schlussakzent drapiert werden. Ging das alles wohl mit rechten Dingen zu? Vor allem was den undiplomatischen Innereien-Crash betraf. Meiner Lehrerin für Kochen und Haushalt war heute Morgen eine pampige Laus über die ältliche Leber gelaufen. In meinen Prüfungs-Abfolgeplan wurde von mir höchstpersönlich, ohne Erlaubnis, schnurstracks eine Lebensmittelergänzung-Taktik installiert. Die einfache Milzsuppe würde ich mit Madeira, Basilikum und gerösteten Pinienkernen, einer kleinen, aber feinen Zimtprise und einem mutigen Schuss süßer Sahne in eine Zaubertunke verwandeln. Die Kuddeln in Mehlschwitze in reiner Butter anbraten, mit phantasievollem Gemüse- und Nuss-Zusatz, orientalischem Gewürze-Push und heimlichem Weißwein-Aufschwapp zu einer unglaublichen Delikatesse hochzwirbeln. Der Rhabarber-Nachtisch hatte sich wohl rezepturmäßig aus Versehen bei mir eingenistet, denn die Tochter eines Brauerei-Besitzers, übrigens der

Liebling unserer Kochlehrerin und meiner Person, der sichtbar trauernden Hinterbliebenen unseres ausgebooteten Kaplans, gar nicht mehr wohlgesonnen, hatte schon lauthals für dieses Rezept Vermisstenanzeige proklamiert. Meine Ohren, aber auch die meiner Mitschülerinnen, machten zu, wenn die blecherne Stimme dieses eingebildeten Geschöpfs über unsere Köpfe strich. Seit der Vertreibung unseres Religionslehrers, unsere Haushaltslehrerin hatte für die letzten Monate zu unserem Entsetzen diesen offenen Posten einfach so mit übernommen, war dieses verzogene Gör bei uns allen unten durch. Nur gut, dass die gemeinsame Schulzeit sich alsbald zur Neige senkte.
Uih, jetzt muss ich mich aber sputen. Der Herr Doktor wird mich heute für meine Bewerbung bestimmt schon abgeschrieben haben. Schon ist das naseweise Mädchen aus dem kleinen, aber feinen Dorf Bachhausen, das sich an einen springlebendigen Bachlauf schmiegt, mit klopfendem Herzen und zitternden Knien auf ihrem neuen Lebenspfad und setzt zaghaft Schritt für Schritt auf den Fußgängerweg der Gotthard-Straße, um so zum ersehnten großen weiten Ozean ihrer Kindheitsträume wieder zurück nach ihrer Seelenheimat zu gelangen.

Darf ich Ihnen noch ein kleines Geheimnis verraten? Auf einer großen Tischfläche waren für unsere Kochprüfung alle erforderlichen Lebensmittel aufgebaut, die wir für unsere Rezepturen bargeldlos einkaufen mussten. Dieses Mal war ich flink zur Stelle. Keiner merkte erst einmal, dass ich meine Gerichte so sinnlich aufgepeppt hatte. Die Lebensmittelvorräte waren wohl sehr großzügig bemessen, oder meine Mitschülerinnen hatten die eine oder andere Zutat schlichtweg vergessen. Mir sollte es nur recht sein. Bei der Beurteilung nahm dann doch die gestrenge Frau Prüferin davon Notiz, dass ich durch Eigeninitiative andere Geschmacksrichtungen, zwar delikat und mundig, aber eben »eigenmächtig« verändert hätte. Der zweite Prüfer, ein angesehener Profikoch und Mitglied der Handelskammer, war über meine individuelle Handhabung und von dem Resultat begeistert, von den Geschmacks-Nuancen entzückt. Bei Frau Lehrerin gab es dann zur Strafe für meine Eigenmächtigkeit eine glatte Vier, die sie gleich mit süffisantem Lächeln als negatives Fallbeispiel vor unserer sich das Lachen verbeißenden Gruppe präsentierte – aber später zusammen mit ihrem Prüfungskollegen alles ratzeputz vertilgte, schmatz. Woher ich das weiß? Den Kollegen traf ich nämlich nur eine Woche später am Krankenbett seines sterbenden Vaters, dem er wegen einer benötigten Unterschrift ausnahmsweise seine Aufwartung machte. Ja, die Welt ist manchmal klein.

So, nun bin ich schon an der Eingangstüre meines neuen Studienplatzes angekommen. Meine Schultasche versucht sich ängstlich aus dem Staub zu machen und platscht auf das Pflaster hinab. Beim Aufheben streifen meine Augen verschreckt die wie immer reißerisch aufgemachte Meldung einer großen Tageszeitung, die mit nur einigen Restexemplaren auf die letzten Käufer wartet. SCHWARZER TAG DURCH MAUERBAU prangt da in großen Lettern auf dem Titelblatt der Zeitungen, von denen ich mir natürlich sofort eine durch Münzeinwurf mit zittrigen Fingern zu eigen mache. Herr Doktor wird mir den kurzen Blick in das aktuelle Weltgeschehen bestimmt verzeihen. Am gestrigen Tag, dem schicksalhaften 13. August 1961, wurde, nach drei Millionen geflüchteter DDR-Bürger, die schon in Versatzstücken vorhandene durch Stacheldraht und teilweise Bemauerung festgelegte Grenze rigoros durch einen wohl schon länger geplanten, jetzt kompletten Mauerbau geschlossen. Die alliierten Westmächte reagieren wohl nicht, denn ihre Interessen werden dadurch nicht gestört und Willy Brandt konnte gestern nur hilflos zusehen – so steht's geschrieben. Hatte Konrad Adenauers Nato-Eintritt der westlichen Bundesrepublik als souveräner Staat im Jahre 1955 über dem Kopf der DDR-Minister hinweg dieses Debakel langfristig herbeigerufen? Denn als Reaktion darauf gründete damals die DDR-Regierung zusammen mit Russland den Warschauer Pakt. Nun wandelte sich das ehemals freibestimmte Leben zu einer strikten, sozialistischen Gesellschaftsordnung mit einer Planwirtschaft unter streng sowjetischer Kontrolle und immer beschwerlicheren Bedingungen für die Arbeiterkollektive, vermutet da in eigener Logistik ein schlauer Journalist und endet seine polemischen Betrachtungen mit einer Schluss-Schlagzeile. DER MAUERBAU, EIN SINNBILD DES BEGINNENDEN KALTEN KRIEGES?

Das für mich so rare Zeitungs-Exemplar stecke ich schnell in meine Manteltasche. Das Hineintauchen in diese radikalen Tagesnachrichten hat meiner Seele gar nicht gutgetan und wieder eine gute Viertelstunde Zeit verschlungen – tut mir leid, Herr Doktor. Frierend trotz Sommerhitze und stotternd vor Aufregung begehre ich nach einer zaghaften Klingelattacke Einlass, genau zwei Stunden nach unserem vereinbarten Termin.

»Steck deine Ungeduld in des Schwertes Scheide –
und lass kaltes Wasser fließen auf deinen wilden
Zorn.«

Dieser sinnige Spruch von William Shakespeare aus dem Theaterstück »Die lustigen Weiber von Windsor« hängt eingefasst in einem alten Teakholzrahmen an der Wand des Arztsprechzimmers, als ich reuiger Spätzünder von der unnahbaren Arzthelferin gleich auf ein bequemes, bauchiges altes Ledersofa in eine berechtigte Warteschleife komplimentiert werde. Ein großer, respekteinflößender Schreibtisch, aus Mahagoni vielleicht?, baut sich imposant vor mir auf. Das lichtdurchflutete Zimmer bietet einer vor Gesundheit nur so strotzenden Zimmerpalme Asyl, von der eine stille, beruhigende Kraft ausgeht. Umsäumt wird diese Pflanzenkönigin von vielen anderen großblättrigen, mir unbekannten, aber im besten Saft stehenden Blattgewächsen. Ein altgedienter, fein abgestaubter Gummibaum macht mir buckelig seine Aufwartung und ein ganzes Fenster von in zarten Farben blühenden Orchi-

deen, die mich wieder an meine intensiven Surinam-Visionen erinnern, lassen mein Herz vor Freude einen Hüpfer machen. Das war doch hoffentlich keine Extra-Systole, wie sie unser Hausarzt in letzter Zeit des Öfteren bei meiner Mutter Agnes hatte feststellen müssen. Mein Herz wird gleich noch schwerer bei dem Gedanken, dass ich sie in Zukunft nur noch an den Wochenenden besuchen werden kann, sollte ich mir hier eine Lehrstelle ertrutzen. Ich schicke meiner Mutter gleich ein ganzes Strahlenbündel von guten und segnenden Gedanken und werde plötzlich von einem großflächigen Gobelinbild an der Zimmerrückwand über dem Schreibtisch magisch angezogen, das mit einer Fülle von filigranen chinesischen Motiven, untermalt mit zierlich beschwingten, gepinselten Schriftzeichen aus meinem geliebten Land des Lächelns zu überraschen weiß. Meine Kürbis-Orangen-Marmelade habe ich schon auf dem kleinen Beistelltischchen abgestellt, meine Zeugnisse der etwas angepichten Mappe entwendet und sie schon mal auf dem Schreibtisch des Hausherrn in Stellung gebracht. Beim Zurücktreten entdecke ich in den Bücherregalen, demütig aneinandergereiht, die mir von meinem guten alten Pfarrer schon bekannten Buchausgaben von Hildegard von Bingen.
»Liber Scivias« ist das erste wegweisende Buch über eine heile Beziehung zwischen unserem Schöpfer und seinen Geschöpfen. »Liber Vitae Meritorum« beschreibt eine psychotherapeutische Abhandlung über die Erlangung unseres seelischen Gleichgewichts in der Balance zwischen Körper und Geist. »De Operatione Dei« berichtet über die Erschaffung des Universums, die der Mystikerin und Prophetin Hildegard von Bingen in einer großen Vision zur Übermittlung an uns offenbart wurde. Zu guter Letzt haben wir hier die große Ausgabe der »Causae et Curae«, das die wahren Zusammenhänge der Krankheitsursachen aus prophetischer Sicht beurteilt und in biochemische Zusammenhänge transformiert.
Ahnen Sie etwas, lieber Leser, horchen Sie einmal, wer da spricht. Der Herr Doktor med. höchstpersönlich. Er ist urplötzlich in sein Behandlungszimmer eingetreten und besticht mich mit seiner

warmen, sonoren Stimme. Erst jetzt, am Ende seiner Offenbarung, traue ich mich, durch eine mutige Drehung dem ganzheitlichen Menschen hinter mir in die Augen zu schauen. Meinen artigen Vorstellungsversuch macht meine jetzt kollabierende Stimmritze nicht mehr mit. Nein, als wäre das nicht schon genug, stürzt diese mich auch noch in einen so heftigen Hustenanfall hinein, der sofort den Arzt und Helfer in seiner raumgreifenden Ganzheit zu einer nervösen Suche nach Notfalltinktur aus Thymian, Ingwer, Zimt, Nelken und Honigessenzen antreibt. Gesucht, gefunden und, o Wunder, gleich gewirkt. Inmitten einer Fülle von selbstgebrauten Rezepturen aus Mutterkraut gegen Migräne und Entzündungen, Rosinen-Weinen gegen Nervenschwäche, Ingwer-Tinkturen zur Blutreinigungs- und Kreislauftherapie, Lavendel-Tees gegen innere Unruhe und Kopfschmerzen, Salbei- und Augentrost-Tinkturen gegen Mundentzündungen und Augenmüdigkeit, selbst hergestellten, krampflösenden und Wohltat spendenden Badezusätzen, eigenkomponierten Placebo-Tabletten in Plätzchenform, aber auch neben einem speziellen weißlackierten Medikamentenschrank mit aktualisierten Mitteln aus dem Programm der Akutmedizin, unterschreibe ich vor Aufregung fast blind meinen Ausbildungsvertrag, der auch ein freies Zimmer im Stadtteil Pasing mit beinhaltet. Mein Zeugnis wurde noch gar nicht in Augenschein genommen. Die physiotherapeutische Abteilung mit den Kneippschen Wasseranwendungs-Anlagen, das große Labor mit der EKG- und Röntgen-Abteilung habe ich schon kennen lernen dürfen. Eine eigene Sternwarte wird mich in Kompanie mit meinem neuen Lehrherrn, der unseren Vertrag als Internist, Homöopath, Astrologe, Astronom und Humorist mit unterzeichnet hat, geduldig in die von mir noch nicht gelüfteten Geheimnisse einweihen. Das hat man mir heute hoch und heilig versprochen und, last but not least, mit einem unvergessenen Abendessen besiegelt. Thailändischer Couscous-Salat, versehen mit einer geheimnisvollen Kräutermischung, angereichert mit vollmundigen, auf der Zunge fast zergehenden Shrimps in Knoblauch-Sauce, bereichert mit Curcuma und Koriander-Samen, wurde durch die Anwesenheit eines köstlichen Ingwer-Orangen-Champagner-Aperitifs, garniert mit einer Zitronenscheibe und Petersilienblättern noch gekrönt. Ein neues aufregendes Kapitel meines Lebensskripts drängte auf seine Einlösung und ich war offen und bereit.

Himmel und Erde verneigen sich
Und der süße Regen fällt –
Jenseits der Menschengewalt –
Und doch gleichmäßig
AUF UNS ALLE

Laotse 119

Rezepte

Sit tibi terra levis – möge dir die Erde leicht sein

Mariannes Blütenmassage-Öl

4 EL Rosenblätter	1 EL Thymian (Wilder Quendel- oder auch Garten-Thymian)
1 EL Lavendelblüten	500 ml feinstes Sonnenblumenöl
1 EL Johanniskraut, Blüten und Stängel	100 ml Kürbisöl

Rosenblätter, Lavendelblüten, Johanniskraut und Thymian mit einer Schere in kleine Stücke schneiden und in einem Mörser verreiben, um die ersten Öle schon austreten zu lassen. Das Kürbisöl zum Sonnenblumenöl geben und gut vermischen. Dann etwa 100 ml von dieser Mischung langsam und zärtlich dem Kräuterbrei zufließen lassen, mit guten Gedanken und einem stillen Gebet versetzen und das Ganze in einer lichtunempfindlichen braunen oder grünen Literflasche vereinigen. Verschließen Sie die Flasche mit einem Korken und bieten Sie Ihrem home-made-product einen stillen, dunklen Platz in Ihrem Kleiderschrank an. Nach drei Wochen hat Flaschengeist Ginny bestimmt das ihrige dazugetan, um aus den ätherischen Essenzen, mit Hilfe von Feenkönigin Morganas geheimnisvollen Naturkräften und der Assistenz eines respekteinflößenden Zauberstabs, ein wohltuendes und heilsames Massageöl hervorzubringen.

Die Lavendel- und Johanniskraut-Essenzen lichten unsere düsteren Seelengänge auf und beruhigen die aufgedrehten Nervenbahnen.
Die Rosenblätter-Extrakte fördern die Durchblutung, aktivieren die Gehirnströme und bereichern unsere Imaginations-Zentren durch ihre betörenden Duftboten. Der Lebenssaft der Sonnen-

blume wirft einen wärmenden, schützenden Lichtmantel über unsere Körperoberflächen. Das Kürbisöl hält die Kanalsysteme der Ausscheidungsorgane in Balance, wässert, was trocken ist – und trocknet, was wässrig ist! Der wilde Thymian-Haudegen erfrischt unseren Geist und überzeugt den verkrampften Magenpförtner, heute mal alle viere gerade sein zu lassen. Die abgehalfterten Muskelwracks kommen an seinem Stimulans nicht vorbei und starten wieder durch.

In früheren Zeiten wurde unser forscher Quendolin auch schon mal der Fromme genannt. Unsere heilige Maria hatte sich bei der Verfolgung durch einen bösen Wolf in einem blühenden Thymian-Hag in Sicherheit gebracht. Dieses Untier konnte den Geruch unseres edlen Ritters Thymi einfach nicht ab, ließ von Marias Spur ab und verschwand jaulend und klagend im Fichtenwald. Zum Gedenken setzte sich Maria bei ihrer Verlobungsfeier mit Josef ein selbstgeflochtenes Thymian-Kränzchen auf das jüngferliche Haupt! – *Das als kleinen Tipp für heiratswütige Damen, um noch vor dem Traualtar einen ehewilligen, bösen Wolf im Schafspelz durch dessen zwangsläufige Fluchtbemühungen enttarnen zu können!!!*

Sorgen Sie bei der ausgeführten Massage – allein oder zu zweit – für eine intime Lichtgestaltung, vervollkommnen Sie die Stimmung durch eine empfindsame musikalische Untermalung. Ich benütze oft nur musikalisch improvisierte Naturklänge, Reproduktionen von Meeresrauschen oder einem Concerto naturale aus der Fülle der Vogelstimmenwelt.

Fangen Sie mit der Rückenseite des Körpers an. Massieren Sie ganz leicht in kreisförmigen oder länglichen Bewegungsabläufen – ohne das übliche Sport-Gewalke. Betrachten Sie die Nierengegend als zentrale Mitte. Massieren Sie von den Fersen ausgehend bis zur Körper-Taillenmitte. Dann nehmen Sie sich die Schultern vor und legen nun den Weg von dort wiederum zur Körpermitte zurück und tragen symbolisch alle Ausscheidungs-Stoffe zur Niere zurück. Bei der vorderen Körperseite startet man bei den Zehen und geht über die Einbindung des gesamten Fußes und der Fußsohlen langsam nach oben, immer in Richtung Herzkanal. Hier massiert man nur in eine Richtung, von unten nach oben! Der Stirn- und Schläfenteil des Kopfes, nur mit Zeigefinger und Mittelfinger in kleinen, leichten Drehbewegungen in sitzender Haltung ausgeführt, stellt den Schlussakkord dar und wird mit einer stillen Bitte um Seelentrost an die heilige Maria, Buddha, Allah oder auch mit einem intensiven nonverbalen Liebesbekenntnis für den zu Behandelnden abgeschlossen. Dabei legt man die rechte Hand leicht und schützend über die Vorderstirne des sich vertrauensvoll Hingebenden. –

Leicht gesagt, etwas schwerer getan. Hoffentlich klappt's – nur Mut! – Auch die indische Göttin AMBA würde uns bei Anrufung auf dem gemeinsamen Weg über die Brücke BAKTHI Gott ein Stückchen näher bringen, lässt sie mich gerade wissen. Om, om.

Heiße Milch mit Honig à la sum sum

Mariannes Schlummer-Trunk

Man nehme für 2 Gläser:

- 1 Zimtstange
- 1/2 l Milch
- 1 gehäufter EL Zucker
- 1 Eigelb
- 2 EL Honig
- 4 cl Hennessy-Cognac (huch, Usus rituale der Gastgeberin)
- 1 TL Vanillinzucker
- 125 g Sahne
- einige Minzeblätter

Die Zimtstange gibt man in die Milch und kocht sie kurz auf. Inzwischen vermischt man den Zucker mit Eigelb und Honig, gibt von der heißen Milch eine halbe Tasse dazu, löst alles auf. Meine Gastgeberin gab vor Ort gewohnheitsmäßig einen doppelten Cognac mit hinein, passiert ist passiert! Man zieht die Milch schnell von der heißen Platte und vermischt sie mit den süßen Ingredienzen. Dafür mit Schneebesen beackern. Man rührt den Vanillinzucker unter das Eigelb, vermischt es mit der süßen Sahne und schlägt alles schaumig. Die warme Milchmixtur ergießt sich in zwei Gläser. Obenauf geben wir von der geschlagenen Ei-der-Daus-Sahne-Mischung einen kräftigen Dip. Zwei dekorierte Minzeblätter sind bereit, zuerst den Gaumen zu küssen.

Danach erwartet Sie ein Traum von Schaum.

Mariannenchen fiel nach dem Trinken, wen wundert's, in einen tiefen Schlaf und dirigierte als Bienenkönigin die Blaskapelle von Oberammergau über die österreichische Grenze in Richtung Zillertal und Markgraf Hennessy lachte sich in seinen verschwitzten Fäustling.

Höhere Prüfung einer Koch-Abiturientin im Jahre 1961

VORSPEISE aus dem Lehrbuch

Milzsuppe mit Einbrenne

200 g Milz	$1\,^1/_2$ l Fleischbrühe
1 TL Zwiebel, klein gehackt	1 Eigelb
20 g Margarine	2 EL Milch
2 EL Mehl	Salz und Pfeffer

Die Milz wird gewaschen, ausgeschabt und mit der Zwiebel fein verwiegt. Dann bereitet man mit der Margarine und dem Mehl eine helle Einbrenne, dünstet die Milz kurz mit und füllt mit der Fleischbrühe auf. Man kocht die Suppe etwa $^1/_2$ Stunde auf halber Flamme. Dann gibt man die Suppe durch ein Sieb, fügt das Eigelb und die Milch dazu und schmeckt sie mit Salz und Pfeffer ab.

Mariannes Resultat:
Milzsuppe »Tochter Courage« – psst!

Ja, ich habe die Milz gewaschen, ausgeschabt und mit einer kleinen halben Zwiebel fein verwiegt. Dann habe ich 30 g Butter ausgelassen, mit 100 g feingehackter Petersilienwurzel und 1 gehäuften EL Lauch angedünstet, mit dem Mehl angestäubt, leicht angeschwitzt und mit der Fleischbrühe angegossen. Dann gab ich die mit der Zwiebel vermählte, geschabte Milz, 1 Lorbeerblatt, $^1/_2$ kleine Knoblauchzehe, präpariert in kleinste Teilchen, 1 Prise Salz, 1 Prise grünen Pfeffer,

gemahlen, 1 kleinen Schuss Weinessig dazu und köchelte mein Geheimkonzentrat etwa 1/2 Stunde, wie vorgeschrieben, auf halber Flamme.
Dann gab ich das Ganze, wie befohlen, durch ein mittleres Sieb (Lorbeerblatt wurde vorher entfernt), füllte noch etwas mit restlicher Brühe auf, bis die Suppe schön geschmeidig wurde, gab 1 Prise braunen Zucker, das mit 4 cl süßer Sahne verquirlte Eigelb dazu und schmeckte meine »Creation Courage« mit 1 Schuss Madeira ab. 1 EL gehackte Petersilie machte den krönenden Abschluss. In einem bereitgestellten Schüsselchen warteten noch klein geschnittene, kurz in Butter angebräunte Toast-Würfel darauf, beigesellt zu werden.

Dieses Ergebnis war eins a und konnte sich sehen und schmecken lassen. Die Note lautete vier … wegen Eigeninitiative, wie schon berichtet.

HAUPTGANG aus dem Lehrbuch

Kuhmagen-Schnittchen in saurer Tunke mit Semmelknödeln

500 g Kuhmagen vorgekocht	2 EL Mehl
1 l Wasser	1 Stückchen Zitronenschale
3 EL gekörnte Brühe	1 kleine Zwiebel
100 ml Weinessig	5 Nelken
50 g Margarine	1 Prise Muskatnuss

Der Kuhmagen wird nochmals kurz in Wasser mit gekörnter Brühe zum Kochen gegeben, nach 10 Minuten herausgenommen und in 3 cm breite Streifen geschnitten. Man übergießt diese mit dem Weinessig und lässt sie über Nacht ziehen. Am nächsten Tag bereitet man eine mittlere Einbrenne und füllt diese mit dem Essigstand und 300 ml der Kochbrühe auf, gibt Zitronenschale, Zwiebel, Nelken, etwas Muskatnuss dazu und kocht das Ganze kurz auf. Dann fügt man die marinierten Kuhmagen-Streifen dazu und lässt das Ganze noch etwa 15 Minuten leicht köcheln.

Mariannes Resultat:
Kuttel-Muttel à la Surinam – psst!

Jawohl, ich habe den Kuhmagen nochmals kurz in 1 l Wasser mit 3 EL gekörnter Brühe und ¼ l Apfelsaft zum Kochen gegeben, nach 10 Min. herausgenommen und in 3-cm-Streifen geschnitten. Dann habe ich 100 ml Weinessig mit 1 TL Honig, 2 Gewürznelken, 3 Wacholderbeeren und 100 ml abgekochtem Brühsud einmal kurz aufgekocht, über die Kutteln (Kuhmagen-Schnittchen) gegossen und zusammen mit 1 kleinen Thymianzweig, Deckel drauf, für etwa ½ Stunde ziehen lassen. Die Nacht musste ich ja aus Zeitmangel überspringen, Frau Prüfungskommissarin! In der Zwischenzeit stürzte ich mich mit Wonne auf die Zubereitung der astrein gezogenen Rhabarber-Nachspeise Nr. 7 (folgt sogleich). Nach einer Dreiviertelstunde bereitete ich aus 50 g Butter und 2 EL Mehl eine mittlere Einbrenne, wie angeschafft, füllte diese mit meinem Übergieß-Sud auf, gab dazu ¼ kleingestiftelte Sellerie-Knolle, 2 klein gewürfelte Karotten, hihi, 1 ganze, in feine Ringe geschnittene Zwiebel, die zerkleinerte Zitronenschale, wie rezeptorisch angeleitet und ½ Stange Lauch, in Scheiben

geschnitten; musste einfach sein! 1 Lorbeerblatt, 1 kräftige Prise schwarzer Pfeffer aus der Mühle, die restlichen 3 Nelken, 1 Prise Salz, 1 imposante Knoblauchzehe im Ganzen, das jetzt zurechtgezupfte, durchnässte Thymianzweiglein und halt! Beinahe hätte ich es verschwitzt; 1/2 roher, geschälter Apfel und 1/2 rohe Kartoffel, in kleinste Stückchen zerteilt, setzten jetzt dem »Kuttel-Muttel« noch das i-Tüpfelchen auf. Jetzt gab ich von dem Brühsud noch einmal 500 ml dazu. Ich kochte diese Zauberbrühe samt Gemüse-Inhalt für ca. 15 Minuten auf, ließ dann den abgetropften, in Streifen geschnittenen Kuhmagen mit hineingleiten, versah das angehende Festessen noch mit 1 guten Prise Muskatnuss, handgerieben natürlich, und ergänzte den verdunsteten Flüssigkeitsrest – schwups – mit 1 Quäntchen (war ja höchstens 1/8 Liter – keine Sorge) feinsten Rieslings aus einem Flaschenrest, den das Prüfungs-Duett auf der Fenster-Wartebank zurückgelassen hatte.
Jetzt musste die abenteuerliche Mixtur noch einmal kräftig aufwallen und danach noch etwa 10 Minuten genüsslich vor sich hin sieden und wurde mit Salz und Pfeffer mundig abgeschmeckt.
Auf den Teller setzte ich 1 wohlgeformten Semmelknödel, der mit 1 Häubchen von angebräunten Zwiebeln und mit 1 Spritzer Honig veredelt worden war. Um ihn herum gruppierte ich die gerade erfundene, unglaublich duftende Kuttel-Delikatesse, der ich mit einem kleinen Dip saurer Sahne und mit einer frisch gehackten Prise Petersilie den letzten Schliff verpasste.

Resultat: »Einfach göttlich«, so urteilte der Gastprüfer des Komitees und verschlang gierig die Hälfte der offerierten Götterspeise, wie er sie benannte.
Meine Lehrerin und Prüferin gab mir eine mächtige Abmahnung: Ignoranz, Eigenmächtigkeit und Aneignung von überstehendem Lebensmittel-Potenzial – für diesen Teil der Prüfung gab sie mir eine glatte Sechs –, dann verschlang sie, wie ich später hörte, nach Prüfungsende die zweite Tellerhälfte meines delikaten Kuttel-Muttel-Gerichts – lauwarm – mir nix, dir nix!

Buttermilchnocken mit Rhabarberkompott

Für die Buttermilchnocken:	Für das Rhabarberkompott:
50 g Zucker	450 g Rhabarber
1 Packung Vanillinzucker	70 g brauner Zucker
1/2 l Buttermilch	1 Zimtstange
anno 1961: 2 Päckchen Dr. Oetkers Regina-Gelatine, gemahlen weiß.	1/2 Zitrone
anno 2006: 6 Blatt Gelatine	350 g Sahne
350 g Sahne + 2 Prisen Zucker	100 ml Apfelsaft

Man mische den Zucker mit dem Vanillinzucker und verrühre die beiden in einer Keramik-Schüssel mit der Buttermilch. Gelatine in kaltem Wasser ansetzen, mit wenig warmem Wasser verrühren und in die Buttermilch einrühren. Für etwa 1 Stunde im Kühlschrank andicken lassen. Die Sahne schlagen, zuckern, unter die eingedickte Buttermilchmasse heben und für 1/2 Stunde kühl stellen.
Mittlerweile das Rhabarberkompott herstellen: Rhabarber schälen, in etwa 4 cm lange Stücke schneiden und im Wasser, mit dem braunen Zucker, der Zimtstange und dem Zitronensaft versehen, zugedeckt für etwa 5–7 Minuten köcheln lassen. Beiseite stellen. Die gekühlte Buttermilchsahne mit einem Suppenlöffel in eine Nockerlform abstechen, zwei davon auf einen Teller geben, mit dem noch lauwarmen Rhabarberkompott umranden und mit Kokosraspeln leicht bestreuen.

Diesmal hatte ich aber alles brav nach Anweisung unseres Lehr-Rezept-Buchs gekocht, was ich der Herrin unserer Küchenmeile nun auch geläutert übermittelte. Die Note für den Hauptgang saß mir noch schreckhaft in den Gliedern. Die Herrin nahm meine Fügsamkeit mit Genugtuung zur Kenntnis. Ihrem Kollegen, der sich interessiert nach einer wieder möglichen, phantasievollen Abwandlung dieses Nachtisches bei mir erkundigte, fuhr sie gleich energisch über den Mund. »Herr Kollege, ich bitte Sie um Loyalität. Dieses Mädchen muss man auf seinen Platz verweisen, wo kämen wir denn da hin«, mäkelte sie in ihren verschwitzten Spitzenkragen hinein.

»Ich wollte Sie doch nur freudig überraschen mit meinen Rezeptideen«, entgegnete ich zaghaft, während die schon von mir zitierte Lieblingsschülerin, die schadenfroh unser Gespräch belauschte, plötzlich mit einem Aufschrei ihren Topf mit kochendem Reis zu Boden fallen ließ! »Na, ja wenigstens hat sich das eigendynamische Fräulein Steiger bei dem Nachtisch an die Rezeptanweisung gehalten.«
»Dann geben wir dafür… eine V… sagen wir eine Drei«, entschied Madam am offenen Mund ihres Kollegen vorbei, der wieder eine andere Meinung gehabt hätte. Dann eilte sie flugs zu ihrer Favoritin, um dieser bei der anstehenden Aufräumungsaktion zur Seite zu stehen.

Schreck in der Nachmittags-Stunde! Da hatte ich doch mit der Zimtstange, dem braunen Zucker und den Kokosraspeln wieder notorisch drei kleine Kuckucks-Eier im Rhabarber-Nest versteckt. Keiner hatte es gemerkt, nicht mal ich, das schwör ich hoch und heilig.
Aber Sie sollten es vielleicht ausprobieren, denn es hat einfach tierisch gut geschmeckt.

Mariannes Mitbringsel – Kürbismarmelade mit Orangen

Nach einem Rezept der Guten Seele Gerda

Zutaten für etwa 6 Gläser	2 Vanilleschoten
1 kg Kürbis ohne Schale	1 Zimtstange
1 EL Zitronensaft	600 g Gelierzucker
3 schöne Navel-Orangen, ungespritzt	

War da nicht gerade Walter Ulbricht durch das Zimmer gegeistert und hatte bei flackerndem Kerzenlicht mit hoher Fistelstimme von real existierendem Sozialismus, gesicherten Arbeitsplätzen und von Geborgenheit im Kollektiv berichtet? Walter sitzt im Kasten, Gott sei Dank, im Fernsehkasten, während ich den Samstagabend wieder mal bei meiner Herzensdame, unserer liebenswerten Nachbarin aus dem Sudetenland, verbringen darf. Auch eine Schlafplatzkarte ist bei meiner heutigen Einladung mit eingeschlossen. Hier unter einem Mansardendach hat es sich das befreundete Ehepaar im Nachbarhaus gemütlich gemacht. Der Mann der Familie hatte sich um acht Uhr abends schon in das Schlafzimmer zurückgezogen. Er war schwach, ausgemergelt, konstant müde, aber nicht verbittert, als er von Bundeskanzler Adenauer aus den menschenverachtenden Kohle-Bergwerk-Frondiensten in Weißrussland, zusammen mit weiteren fast 15 000 Kriegsgefangenen, freigekauft worden war. Wie war meine Gerda glücklich, ihren Angetrauten damals am Münchner Hauptbahnhof, ein Namensschild umgehängt, wieder in die Arme schließen zu dürfen. Heute war ihre Freude über meine Nachricht groß, dass ich bald eine Lehrstelle bei einem Ganzheitsmediziner in München antreten könnte – vielleicht! Ob sie wohl schon ahnte, dass wir uns danach nur an den Wochenenden sehen würden?

Wir verbannten Herrn Ulbricht auf eine andere Sendewelle und holten uns den vielgeliebten Peter Frankenfeld mit seinem Show-

Programm in die Fernseh-Bratenröhre. Der heutige Plan besagte, eine Kürbismarmelade mit Orangen zu kreieren, deren Rezept Gerda hinter einem nostalgischen Seitentürchen ihres Küchen-Buffets vor ein paar Tagen wieder aufgespürt hatte. So war ein Mitbringsel als Überraschung zu meinem Vorstellungstermin schon gebongt. Eine selbstgemachte Marmelade, hergestellt unter der liebevollen Assistenz meiner Freundin, wollte ich meinem angehenden Chef auf dessen Schreibtisch packen.

Während der Ofen kuschelig blubberte, obwohl es erst auf Mitte August zuging, teilten wir einen Kürbis in zwei Hälften, entfernten die Außenschale und schnitten den nackten Kürbis in Würfel mit einem Durchmesser von etwa 1 $^{1}/_{2}$ Zentimeter. Die Orangen wurden gewaschen und abgetrocknet. Die Schalen wurden abgeschabt und in feine kleine Stifte geschnitten. Dann in einem kochenden Wasser für 3 Minuten blanchiert und zum Abtropfen auf ein Tuch gelegt. Das Fruchtfleisch der Orangen wurde zu Saft ausgepresst, die Vanilleschoten längs aufgeschnitten und in vier Stücke geteilt.
Jetzt wurde der Zucker in einen großen Topf auf den Boden gegeben, zuerst leicht karamellisiert, dann Orangen- und den Zitronensaft sowie Wasser dazugegeben und alles bei leichter Hitze eingeköchelt, bis eine geleeartige Konsistenz erreicht wurde. Jetzt gaben wir die kleingeschnittenen Kürbiswürfel und die vorbereiteten Orangenschalen samt Zimtstange dazu. Ich war für die Zuführung des ausgekratzten Marks der Vanilleschoten zuständig. Jetzt ließen wir alles vorsichtig kochen, bis die Kürbiswürfel durchscheinend und die Orangenwürfel glasig wurden. Mit einer kleinen Kelle schöpfte Gerda vorsichtig den aufsteigenden Schaum vom Topfrand ab. Ich hatte schon die blitzsauber ausgekochten Marmeladegläser aufgestellt. Auf dem Boden derselben wartete in jedem Glas ein Minzeblatt auf das, was da noch kommen würde. Gerda gab jetzt mit einem großen Löffel die garen Kürbiswürfel, Orangenschalen gleichmäßig in die Gläser, kochte den entstandenen Sirup für etwa 3 Minuten auf und verteilte ihn dann gleichmäßig auf die Gläser mit den schon wartenden Einlagen. An die Oberfläche gab sie 1 kleinen TL Grand-Marnier-Likör und verschloss alles mit einem Deckel. Die neugekürte Marmelade musste nun erst mal abkühlen.

Wir beide stürzten uns in ein quirliges Halma-Spiel. Für mich gab es eine große Tasse heißen Kakao mit Sahnehäubchen, in Kompagnia mit knirschenden Leibniz-Keksen. Gerda durfte ihre Nase in ein schön geschliffenes Rotweinglas stecken, das mit feinem Chianti aus Italien gefüllt war.
War das schön! Auf der gemütlichen Couch schlief und träumte es sich so gut, neben der glimmenden Kohleglut des alten Eisenofens. Meine Mutter gönnte mir diese Wochenendbesuche immer von ganzem Herzen, was in mir eine große Ruhe und Dankbarkeit anklingen ließ. In dieser Augustnacht 1961 wurde ich öfters durch eine innere Unruhe wachgerüttelt. Mein Lebensfluss war auf dem Wege zum großen Meer, im Begriff, schon bald sein neues Delta zu erreichen. Würde ein Boot auf mich warten? Ich will rudern, was das Zeug hält, versprach ich mir und eine schnurrende Katze war Zeuge. Was ist, Kater Carlo, wenn das Boot dann gar keine Ruder hat? Da wurd mir schon arg bang ums Herz! Mein Katzenfreund schien ungerührt und Gerda schon zur Stelle. Sie befestigte den im Wind schlagenden Fensterladen, zog mir die heruntergerutschte, flauschige Wolldecke bis ans Kinn, gab mir einen herzlichen Kuss auf die Wange und flüsterte mir ins Ohr:

»Hab keine Angst, Marianne,
du nimmst das Leben, wie es ist,
dann nimmt dich das Leben, wie du bist.«

Ja dann, Gerda, wenn das so ist!

Frau Doktors Einladung zum »Lunch Asia«

»Der Name Jungfrau rührt, nach dem griechischen Dichter Hesiod benannt, von der Göttin Dike her. Das ist die jungfräuliche Göttin der Gerechtigkeit, die aus Enttäuschung über die sündige Menschheit die Welt verließ und hinfort als Sternbild am Himmel aufzog.

Nun betrachtet sie aus ihrem himmlischen Schmollwinkel argwöhnisch die Erde«, werde ich humorvoll von einer männlichen Stimme unterwiesen, während staunende Augen und die bibbernde Nase einer Landpomeranze die weibliche Form und den frischen, zitronenartigen Geruch einer Ingwerwurzel erschnuppern. Das ist eine Premiere in meinem jungen Leben. Ich bin sehr aufgewühlt, habe ich doch gerade vorhin den frisch vorbereiteten und gleich zu verzehrenden, köstlichen Couscous-Koriander-Salat, so benannte ihn sein Erfinder, kosten dürfen. »Ui« – jetzt ist aber der spezifische Gusto des Koriandergrüns in meine sieben Sinne gefahren. Die Mixtur des Kreuzkümmel-Gewürzes in Kombination mit dem geschälten, saftigen Ingwer und dem weitgereisten Koriander lässt Schauer über meinem zur dieser Zeit noch ranken Rücken rieseln. Es scheint, als kenne ich diese Geschmacksrichtungen schon tausend Jahre. Eine Keramik-Platte mit Seetang ausgelegt, bestreut mit gebackenen, essbaren Lilienblüten und in Erdnussöl gebratenen Krabben mit Kokosflocken weckt jetzt mein Interesse.

»Huch!« Zerknirscht und mit rotem Kopf bitte ich um Entschuldigung. Habe ich doch vor lauter Aufregung bei meinem hektischen Aufsprung auf dem Weg zur anziehenden Lilien-Delikatesse meiner Nachbarin den exotischen Ingwer-Orangensaft-Aperitif zwischen die Beine gekippt. »Macht nichts, eine kleine Laboranten-Dusche, ist auch gelb, wenigstens kein Urin«, bemerkt die Besudelte trocken, während sie sich gelassen in Richtung Badezimmer auf den Weg macht, um das Malheur zu beheben. Als Nachtisch-Ersatz wird mir gar noch die Bestimmung meiner Jungfrau-Jupiter-Neptun-Verbindung – im Radix des kosmischen Energie-Feldes – angedroht. Mit Nachhausefahren war es heute nichts mehr. Das Gästezimmer meines angehenden Mentors wartet schon frischgemacht auf mich. Meine Mutter war schon überredet, dank Telefonverbindung zu ihrer Arbeitsstelle. In fröhlicher Runde tafele ich mit Herrn Doktor neben seiner Ehefrau: physiotherapeutische Abteilung und einer Kollegin: Labor und medizinische Diagnostik, die später meine strenge Ausbilderin werden sollte. Ich war ja heute schon auf dem Bahnsteig Richtung Heimat, hatte aber vor lauter Freude über meine ergatterte Lehrstelle mein kleines Geldbörschen samt Bahnfahrkarte auf dem Patienten-Stuhl des Sprechzimmers liegen gelassen. Rückwärtsgang wurde eingelegt und als Überraschung dieses ominösen Tagesablaufs breiten sich jetzt vor mir nie gekannte Gaumenfreuden aus. Die beruhigende, krampflösende und verdauungsfördernde Heilkraft der Ingwerwurzel verscheucht meine von Stress beflügelte Übelkeit. Auch der seriösen Astrologie, neben den neuen Heilmethoden, einer weiteren Passion des Hausherrn, wird Platz am Tisch gewährt. Ich öffne alle Poren und Chakren, sauge auf und ziehe rein. Für die nächsten fünf Jahre hatte ich nun eine sprudelnde Quelle gefunden, um meinen wachsenden Wissensdurst zu stillen. Nun aber der Worte genug – wir kommen zum Aperitif:

Ingwer-Orangen-Aperitif

250 ml Wasser	250 ml Orangensaft, frisch ausgepresst
1 Ingwerwurzel etwa 3 cm	50 g Petersilie, gehackt
1 TL Honig	

$^{1}/_{4}$ l Wasser aufsetzen und kurz aufkochen lassen. Einstweilen die Ingwerwurzel schälen, in Scheiben schneiden, zugeben und 10 Minuten sieden lassen, Honig darin auflösen und das Ganze abseihen.
In ein Glas eine Hälfte des gerade hergestellten Ingwertees geben, mit Orangensaft auffüllen und mit einer kleinen Portion gehackter Petersilie garnieren.
Salute!

Couscous Fernost

Das Rezept zu diesem leckeren, fernöstlichen Gericht war auf Frau Doktors Humus gewachsen. Die pure Erinnerung an dieses Geschmackserlebnis treibt mir heute noch sofort das Wasser im Mund zusammen. Über die Jahrzehnte hab ich damit schon oft meine Gäste begeistert. Wohlwollend weihte mich damals die Schöpferin dieses delikaten Abend-Lunchs, wie sie es nannte, in ihre Kräutergeheimnisse ein. Mein dafür benützter Merkzettel musste erneuert werden, denn der alte war schon mit Skizzen von astrologischen Erkenntnissen übersät, die man mir in den letzten Stunden auf meinem jungen Haupte ausgeschüttet hatte. Frau Doktor, neben ihrer Berufung zur Physiotherapeutin eine glühend heiße Fürsprecherin der seriösen Astrologie (Herr Doktor frönte der Astronomie und zog sich beizeiten in die Schutzzone seiner selbst erbauten Sternwarte zurück), war mit den errechneten Ergebnissen aus Geburtstag und -Stunde meiner Lebensvita mehr als zufrieden. Meine Jupiter-Neptun-Verbindung entdeckte sie in einer Waage-Konstellation, also in Konjunktion zueinander, wie ich mir gleich einprägen konnte. »Deine übersinnlichen Kräfte sind ungewöhnlich stark ausgeprägt«, prophezeite mir die Rednerin. Wem sagte sie das! Das angeborene Hinter-die Dinge-Sehen machte mein Leben nicht leichter.

Von vielen Mitmenschen war ich deshalb bisher oft misstrauisch in Augenschein genommen worden, aber nicht von allen, wie Sie ja bereits wissen, liebe Leser. Vor meinem heutigen Dilemma, dem stilbrüchigen Verspeisen einer gedünsteten Artischocke, hatte mich wohl keine seherische Gabe entbinden können. Anstatt die Blätter der im Ganzen gedünsteten, mir unbekannten Gemüsefrucht auszureißen, in eine luftige Mayonnaise-Sauce zu tunken und nur die Enden abzuzuzzeln, arbeitete ich mich mutig von Blattmitte zu Blattmitte vor, um dem unbekannten Objekt forsch mit dem Messer auf den zähen Leib zu rücken. Mein Teller füllte sich, zur Belustigung meiner Tischnachbarn, immer mehr mit ungenießbaren Artischockenblättern. Mein Magen war hungrig und rebellierte lautstark, in meinen Augen standen Tränen. Da machte Herr Doktor dem Jux ein Ende und absolvierte eine Zuzzel-Aufmunterungs-Runde. Erst als sich die Runde gruppendynamisch anschloss, traute ich dem Frieden. Meinem Gaumen war's ein Kitzel, genauso wie die anfangs probierte Lilien blüte, die in mit Rohrzucker versetztem Tempura-Mehl paniert und in Erdnussöl frittiert worden war, wie ich gleich neugierig erfragt hatte.

Das Landkind mit der alten Seele war in ihrem Traumschiff schon weitgereist, doch da gibt's ja noch so viel zu lernen und zu üben im Manegenrund der interessanten Erdbewohner, zog's mir durch den wieder freien Kopf, während ich mich nun genüsslich auf den Koriandersalat stürzte, dessen Gewürze, seltsam vertraut, mir gerade wonnige Gefühle in meinem Innenreich bescherten.

»Deine Aura macht dich geheimnisvoll, souverän und stark. Du bist ein spirituelles Menschenkind. Du hast doch bestimmt Wahrträume?«, überfiel mich die Astro-Logikerin plötzlich. »Lebe dieses seherische Talent, darin findest du dein Glück. Kämpfe nie mit Vernunft gegen deine Intuition. Studiere Geheim-Wissenschaften,

bereise die Welt und sage wahr«, beschwor sie mich und mit funkelndem Blick ihren gegenübersitzenden Angetrauten, zeichnete dabei nervös mit nackter Gabel marsianische Kreise in die astrogeschwängerte Luft.
»Liebe Marianne, meine Vernunft sagt mir gerade, dass die Intuition deiner Berufsberaterin, übrigens meine Seelenschwester, richtig war, dich meinem Wirkungskreis anzuvertrauen. Ich freue mich auf deinen ersten Arbeitstag – Quot homines, tot sententiae« (So viel Menschen, so viel Ansichten)«, entgegnete Herr Doktor souverän und entwand seiner schmallippigen Gattin mit sanftem Nachdruck die missbrauchte Gabel.
»Der Kosmos hat mich doch durch ein Sonne-Mond-Merkur Tirgon mit einer großen Lebenskraft ausgestattet, so Ihre Recherchen, Frau Doktor! Und durch den von Ihnen ausfindig gemachten Pluto im 8. Haus wäre ich ja in der Lage, mir zugefügte Schmerzen zu sublimieren und in kreative Handlungen umzusetzen. Außerdem hat sich, durch meine Jupiter-Neptun-Konjunktion im 10. Haus, die Sie ebenfalls aufdeckten, eine starke soziale Komponente schon schicksalhaft eingegossen. Was sagen Sie denn dazu, Frau Doktor?« Ich holte noch mal Luft. »Ja, und Opfer muss man seinen Göttern einfach bringen, sonst werden sie von diesen erzwungen. Einer persönlichen Planetenkon – kon, kon, Konstellation, natürlich – und dem Gesetz von Ursache und Wirkung kann man doch nicht entkommen, Frau Doktor. Also stellt man sich besser seinem Schicksal und entwickelt sich, wie alle Lebewesen, zu einer bereits vorgegebenen Form hin – als dienstbarer Geist der großen Evolution sozusagen. Wissen Sie, das hat mich ein guter Freund, unser Religionslehrer, die letzten drei Jahre gelehrt«, hielt ich nun mit brüchiger Stimme und tapferem Blick auf meinen angehenden Lehrherrn eine kleine, aber engagierte Rede. Die Tafel-Runde war verstummt und staunte nicht schlecht.
Mein neuer Mentor lächelte wissend in sich hinein. Ich war vielleicht erschrocken über meinen Redefluss, der sich da ganz autonom Bahn gebrochen hatte.

»Herzlich willkommen in unserer Praxis, Fräulein Steiger«, stotterte Frau Doktor daraufhin und entschwand, die Stochergabel in der nichts ahnenden Hand, leise durch die Küchentüre. Meine Nachbarin und angehende Lehrmeisterin hatte ihre Sprache wiedergefunden.

»Ja, ja, nur eine verletzte Auster gebiert eine Perle, sagt schon Heinrich Heine«, zitierte sie plötzlich ganz gefühlvoll.

»Auf die Evolution«, prostete der Herr des Hauses mit seinem allerfeinsten Lieblings-Chianti in die Runde und ich schloss mich selbstbewusst an – so auch Frau Doktor. Sie hatte dem Küchenkühlschrank zur Feier des Tages ein Fläschchen Champagner abgezwackt und schien bei bester Laune.

»Sursum corda« (Hoch die Herzen), salutierte die kleine Meerjungfrau Marianne noch einmal mit schwerer Zunge auf ihr neues irdisches Ziel. »Ibidem«(ebenda), antwortete mein neuer Chef gelassen, um klarzumachen, wer in Zukunft das letzte Wort haben würde. I B I D E M !

Wie an dem Tag, der dich der Welt verliehen,
die Sonne stand zum Gruße der Planeten,
bist also bald und fort und fort gediehen,
nach dem Gesetz, wonach du angetreten,
so musst du sein, dir kannst du nicht entfliehen,
so sagten schon Sybillen und Propheten;
und keine Zeit und keine Macht zerstückelt
geprägte Form, die lebend sich entwickelt.

Goethe

PS: Liebe Leser,
da habe ich doch noch den zweiten Zettel mit dem Zubereitungsablauf des Couscous-Salates meiner Frau Doktor gefunden, schwitz, die mir übrigens in den Ausbildungsjahren liebevoll und engagiert zur Seite stand und mich auch in ihr Metier, die Physiotherapie, meine Nase tief hineinstecken ließ.

Couscous-Salat

Etwa für 6 Personen

200 g Couscous, vorgekocht	2 EL Pinienkerne, gehackt
Saft von 1 Orange	1 gehäufter EL Kaviar deutsch
4 EL Olivenöl	
1 TL Zucker	Salatsauce:
4 EL Koriandergrün, gehackt	200 g Joghurt natur
1 kräftige Prise Salz	1/4 l Orangensaft
1/2 TL Pfeffer grün, aus der Mühle	Saft von 1 Zitrone und etwas geriebene Zitronenschale
300 ml kochendes Wasser und 1 EL gekörnte Brühe	1/2 TL Zucker
3 ganze Orangen	2 Knoblauchzehen, zerdrückt
1/2 Salatgurke	4 EL Olivenöl
5 Tomaten, geviertelt	2 EL Koriandergrün, gehackt
4 Eier, hartgekocht und geviertelt	1 Prise Koriander, gemahlen
1 Dose Sardellenfilets	1 Prise Kreuzkümmel, gemahlen
15 Oliven gefüllt	Salz und Pfeffer

Die Couscous-Körner in ein Sieb geben und zuerst zügig mit kaltem Wasser überspülen. Lange genug abtropfen lassen und in eine geräumige Schüssel geben. Orangensaft mit Olivenöl, Zucker und dem Koriandergrün vermischen, nach Gusto mit Salz und grünem Pfeffer abschmecken, etwa 10 Minuten ziehen lassen und dann über die gewaschenen Körner gießen. Das Ganze dabei intensiv vermengen.

Das inzwischen mit der gekörnten Brühe versetzte, kochende Wasser langsam zugeben, dabei gut umrühren und etwa 15 Minuten quellen lassen. Noch einige Male durchmischen. Die jetzt durch das Quellen erhaltene doppelte Menge Couscous schön auf einer Servierplatte verteilen.

Die Orangen werden jetzt geschält, filetiert und nochmals in Scheiben geschnitten. Die Gurke wird ebenfalls geschält, in Scheiben portioniert und mit den Orangenscheiben auf dem Couscous gleichmäßig verteilt. Die geviertelten Tomatenstücke, die Eierviertel, die in Streifen geteilten Sardellen und die Oliven werden in

einem imposanten Rautenmuster auf die Oberfläche verteilt – und last not least die Pinienkerne darüber gestreut.
Nun die Komposition mindestens für $^1/_2$ Stunde in den Kühlschrank stellen.
Für die Sauce benötigt man in einer extra Schüssel zuerst den Joghurt, dann gibt man Orangensaft, Zitronensaft, Zucker, 1 Prise geriebene Zitronenschale, Knoblauch, Olivenöl sowie das gehackte Koriandergrün dazu (ein paar Zweiglein zur Dekoration aufheben). Nun alles mit dem gemahlenen Koriander und dem Kreuzkümmel vermischen und mit Salz und Pfeffer abschmecken.
Mariannes Auftisch-Ritual: Der Salat wird vor dem Auftragen mit frischen Korianderblättern und einer größeren, essbaren Kapuzinerkresseblüte garniert. 1 gehäufter EL deutschen Kaviar auf eine Zitronenscheibe in Tellermitte angerichtet. Das stand beides nicht auf meinem Merkzettel, hat sich aber schmackhaft etabliert.
Guter Rat: Die mundige Sauce wird in einer Sauciere extra serviert und vor dem genüsslichen Verzehr von der Köchin gerecht über die einzelnen Teller gegeben, sonst sitzen die restlichen Gäste nach der zweiten Portion im trockenen Couscous-Land.

GUTE REISE – Je reviendrai (ich komme wieder)

Oben: Mutter Agnes verdient sich ein kleines Päuschen.

Seite 166: »Die Marianne muss auf die höhere Schule«, sprach der Lehrer Rothenfußer und das Schicksal nahm seinen Lauf.

Seite 168, oben links: Hoppe, hoppe Reiter – bei meiner Mutter lässt sich's gut sitzen.

Seite 168, oben rechts: Au Backe! An meinem Kommunionstag fiel der Watschenbaum um.

Seite 168, unten: Schranken auf und hinein ins Bergwerk – Zugführerin Sägebrecht nebst anvertrauten Klassenkameradinnen der Realschule Wolfratshausen.

Seite 169: Sah ich der jungen Karin Baal etwa nicht ähnlich?

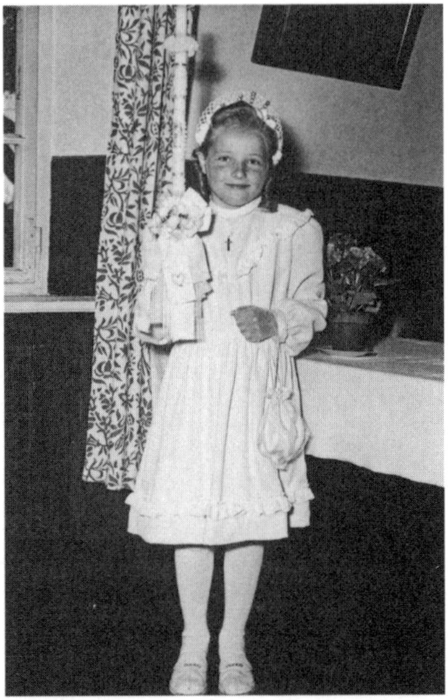

6.7.60
86

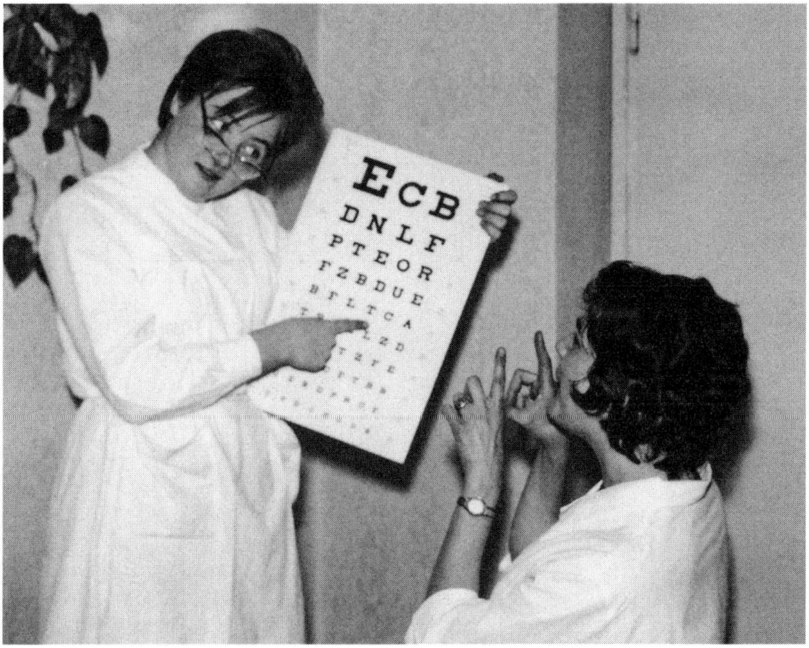

Alpha, Beta, Gamma – Mariannes Lehr- und Wanderjahre beim großen Ganzheitsmediziner.

Seite 170, oben: Ein rankes Skihaserl war ich schon!

Seite 170, unten: Das sind nicht »Die Drei von der Tankstelle«, sondern die drei reckigen Hallodris, die meine erste große Skitour zu Bruch gehen lassen wollten, aber: Bayerische Madl ham a Kraft in die Wadl. (Einer von den dreien war meine erste Liebe – raten Sie mal!)

Carmelo, mein bayrisch-sizilianischer Schwiegersohn, gibt mir die Ehre und trägt meine Tochter nach 15 Jahren Ehe immer noch auf Händen.

Meine Schwester Renate, die gute Seele – all die Jahre immer an meiner Seite.

Seite 173: Meine Enkeltochter Alina – wenn sie lacht, ist immer ein Stück Himmel dabei.

Seite 174, oben: Alles ist gut, Alina – oh, das war eine schwere Geburt!

Seite 174, unten: Marianne, Daniela und Alina – drei aus einem Holz geschnitzt.

Seite 175, oben: Michael Heininger, der wilde Maler und gute Freund. Keiner versteht es wie du, die alte, runde Sägebrecht nach 30 Jahren immer noch in den Himmel zu heben.

Seite 175, unten: Detlef, mein Seelenbruder: Auf ein Wiedersehen – du bist schon einmal heimgegangen.

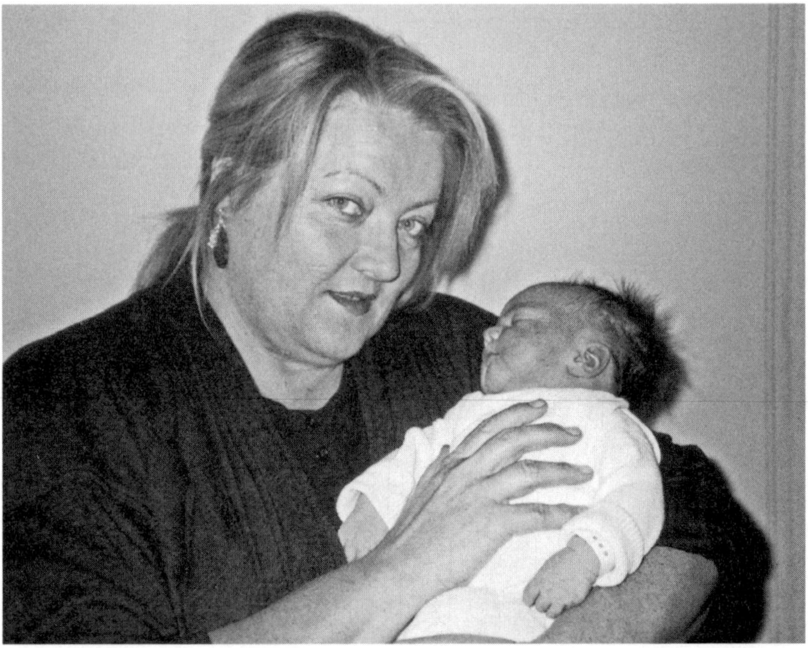

Cäsi, warum sind die Menschen so kalt im Herzen? Wir müssen uns gleich ein Feuer anmachen.

Seite 177: »Rosalie goes shopping« und Agnes staunt Bauklötze über ihre Tochter, die Weltenfahrerin.

She's smart
she's tough.

Erde

O WIE WUNDERSCHÖN IST GOTTES ERDE
UND WERT, DARAUF VERGNÜGT ZU SEIN.
L. H. C. Holty

Werdezeiten haben Schwierigkeiten. Es ist wie eine Erstgeburt.
Aber diese Schwierigkeiten entstehen aus der Fülle dessen, was nach Gestaltung ringt. Es ist alles in Bewegung begriffen, darum ist trotz der vorhandenen Gefahr Aussicht auf großen Erfolg da, wenn man die Beharrlichkeit hat. Wenn solche Anfangszeiten als Schicksal kommen, so ist alles noch ungestaltet und dunkel. Darum muss man abwarten, denn jedes vorzeitige Zufassen könnte Misserfolg bringen. Ebenso ist es von großer Wichtigkeit, dass man nicht allein bleibt. Man muss Gehilfen haben, um gemeinsam mit ihnen das Chaos zu bewältigen. Das heißt aber nicht, dass man selbst untätig den Vorgängen zuschauen soll, sondern man muss Hand anlegen, anfeuernd und leitend bei allem dabei sein. –
»I Ging« vom 4. August 1967 – 10 Uhr

Ich bin ja dabei – und wie ich dabei bin. Dabei bin ich jetzt, am 4. August 1967, um 19 Uhr, immer noch bei den Eröffnungswehen, die anfeuernd und leitend von einer strammwadeligen, altdeutschen Hebamme, wenn Sie wissen, was ich meine, kommentiert werden: »Haben Sie sich ja nicht so! Reißen Sie sich gefälligst am Riemen! Sie sind nicht die Erste und die Letzte, die da durch muss! Keinen Mucks wollen wir hören!«, um nur einige Fallbeil-Beispiele zu übermitteln.

Eine junge Hebammenkollegin, meine erste Schutzpatronin, hatte mir, hier in der Klinik-Geburtsstation, seit meiner Ankunft nachmittags um 15 Uhr fürsorglichst zur hochschwangeren Seite gestanden. Ich hatte mir ein lauwarmes Vollbad erbettelt, das ich mit einem über die letzten Monate heißerprobten, selbst hergestellten Extrakt aus der blühenden Frauenmantel-Heilpflanze, auch Herrgotts-Mäntelchen genannt, ergänzen wollte. Dieses kommentierte sie lediglich mit einem ermunternden »Ja freilich, das gute alte Frauenhilfkraut hat uns schon unschätzbare Dienste erwiesen!«. Gleich nach meiner Ankunft hatte ich schon der geweißelten Krankenhausbadewanne, Wehen hin, Wehen her, mein herrlich duftendes, nährendes Badeöl anvertraut, das ich mir aus Lavendel- und Mandelölen, Milch- und Honig-Extrakten, ergänzt durch ein kleines Döschen von alkoholischem Klaren, präventiv für mein angehendes Unterfangen hergestellt hatte. Die kleine neue Erdenbürgerin (diese weibliche Komponente war für mich klar wie Kloßbrühe) sollte doch bei ihrer Ankunft eine wenn auch schweißtriefende, jedoch ebenso wohlriechende Mama vorfinden. Das Frauenmantelkraut, im Volksmund auch Weiberkittel genannt, hatte ich mir seit meinem dritten Schwangerschaftsmonat einverleibt. Durch braves Teetrinken und als heilsame Beimischung zu meinen Badezusatz-Variationen konnte ich danach ganze Bäume ausreißen, was ich natürlich als bekennende Ökologin nicht tat, meine Tochter ist meine Zeugin. Dafür riss ich dann die eine oder andere Tapete von der Wand, um die gesamte Wohnung im Zuge der anstehenden neun Monate in ein von pfirsichfarben bis himmlisch blauen Azurtönen schimmerndes Kuschelnest umzuwandeln. Saisonunabhängige Lichterketten und der wärmende Schein von Kerzenlichtern machten aus dem Verweilen ein Vergnügen.

Der Frauenmantel war schon im Mittelalter das Lieblingskraut der Äbtissin Hildegard von Bingen und war mir schon früh von meinem medizinischen Ausbilder ans Herz gelegt worden. So konnte jetzt auch das werdende Menschenkind unter meinem Herzen

davon profitieren. Wie sich da die Bänder der Gebärmutter nach einer Einreibung mit dem selbstgebrauten Elixier strafften! Dazu wurde noch eine große Oma-Tasse, aufgebrüht mit den getrockneten Blättern meines Frauenmantel-Heilkrauts mit Lavendelblüten im Verhältnis 1:1 vermischt getrunken. Die angehende Mutter und ihr ungeborenes Kind schliefen daraufhin wie die Murmeltiere – Herz und Herzlein schlugen gleich im Klang!
Das konnte man von der zeternden Schreckschraube und Nachtwachen-Hebamme, die vor kurzem meine Herzensfavoritin, nach fünf bereits gemeinsam durchgekämpften Stunden, abgelöst hatte, wirklich nicht behaupten. Hatte sie mich doch gleich nach Amtsantritt aus der wohligen Badewanne verbannt – wenn die gewusst hätte, dass das schon die zweite Sitzung war – und die jüngere Kollegin mit eisenschneidendem Ton in ihre selbstgezimmerten Schranken verwiesen. Eine Hochschwangere in einer gefüllten Badewanne, das war ihr in den letzten vierzig Jahren ihrer Tätigkeit noch nicht ins preußische Auge gestochen. Das fachliche Argument der jüngeren Fachkraft, »solange die Fruchtblase nicht geplatzt ist, wirkt das lauwarme Wasser samt Kräutereinlage ja nur entkrampfend und fördert mit der besseren Durchblutung die anstehende Geburt«, ging der Vorsteherin mit dem Topfschnitt wirklich am Vierkant-Arsch vorbei. Schweren Herzens musste mich mein Schutzengel dieser Kraft-durch-Freude-Sonder-Ausgabe-Mensch überlassen. O Gott, ich merke, ich hab ja immer noch unfassbare Wut in meinem Bauch auf diese unterlassene Hilfeleisterin. Das kriegen wir gleich zu fassen. Diesen alten Schimmel-Rauch blase ich jetzt, nach gut neununddreißig Jahren, zum alten Kamin hinaus: »Husch, husch, husch, hexus, hexus fidebus, peace and forgiving, my strictly Brunhilda. Du hast doch bestimmt schon das Zeitliche gesegnet und bist hoffentlich nicht immediately in eine neue Inkarnation als Schnaube-Krokodil am Amazonas gestolpert. Diese Vision tauchte nach Aussagen der Kollegen über deine unsäglich verwerfliche Einbindung in die Untaten der Herrenriege des so genannten Dritten Reiches auf.« Entschuldigen

Sie, liebe Leser, ich kenn mich so im Sarkasmus gar nicht wieder. Ab in den Gully mit den Vergeltungsgedanken und Friede sei mit ihr!! Bin ich doch mit meinem Kind auf allen Zweien aus Brunhildas Zwickmühle lebend herausgekommen.
Die Zeit heilt alle Wunden, sehn Sie, dank Alchemilla vulgaris, womit wir schon wieder beim guten Frauenmantel wären, auch Tränenschön genannt. An Fronleichnam bindet man in Altötting dem Herrgott damit ein Kränzchen um das erschlaffte Haupt.
»Aua, aua!!!«, hör ich mich da lauthals von meinem Bette aus in einen leeren Raum rufen. Seit einer Stunde jagt nun am 4. August 1967 in der Frauenklinik um 20 Uhr eine Wehe nach der anderen durch meinen verkrampften Körper. Kein Mensch ist weit und breit zu sehen, geschweige denn zu hören, keine Leidens- und Freudensgenossin befindet sich mit mir auf der Station. An Allerheiligen und Allerseelen, vor neun Monaten, um den 4. November herum, hatten wohl die befruchtenden und fruchtbaren Einwohner unseres betörenden Landkreises Starnberg keine Lust auf einen folgentragenden Liebesakt. Meine Eltern schon, denn ich wurde während eines Bombenangriffs in einer kalten Novembernacht des Jahres 1944 gezeugt. Wenn wundert's da noch.
Die alte Hebamme, die in der letzten Stunde nur einmal kurz auf Patrouille zu sehen war, zieht mir gerade die Decke herunter, schiebt das kurze, hinten offene Nachthemd nach oben, ignoriert völlig meine geplatzte Fruchtblase, die unter meinem schlotternden Korpus schon eine nasse Pfütze auf der Gummimatte gebildet hat und greift mit rauer Hand in meine völlig verwachsene, von Herrn Dr. Säbel, wie früher berichtet, verstümmelte Blinddarmnarbe, die mir seit einer Stunde so unsägliche Schmerzen bereitet und dem nach unten tauchenden Köpflein meiner Tochter den Weg versperrt. Meinen drängenden Einwand, der sich auf eine bereits abzeichnende Muskelkatatonie bezieht, ignoriert sie abgebrüht: »Sie sind doch eine kräftige Person, pressen müssen Sie, pressen! Was, glauben Sie, haben wir Frauen damals bei einer Geburt während der Bombenangriffe im Münchener Bunker

getan? Da mussten wir auch pressen, was das Zeug hielt!« Die Hebamme schwankt sichtlich und eine alkoholgeschwängerte deutsche Fahne weht da siegestrunken an meinem verschwitzten Gesicht vorbei. Mit tränenerstickter Stimme bitte ich die Angeschickerte, doch den im Hause anwesenden Stationsarzt, der mich eingangs ganz rührend und ernsthaft untersucht hatte, zu verständigen. Er hatte wegen des Narben-Handicaps schon auf die Möglichkeit eines Kaiserschnitts hingewiesen und um sofortige Benachrichtigung bei der leisesten Schwierigkeit, wie er es formulierte, gebeten. Die Muskulatur meines Kinns beginnt nun auch schon zu erstarren und ein letzter wilder Schrei aus trockener Kehle dringt laut durch die abgedunkelten Räume.

»Ja, und das Schnaufen dürfen wir vor lauter Pressen und Schreien aber nicht vergessen«, schnaubt das Monstrum und ein nicht enden wollender Lachanfall ob ihrer eigenen sarkastischen Bemerkung, der von einer gefährlich ausufernden Verschluckattacke abgelöst wird, mäht alles andere nieder. Die hustende und prustende, bereits blau anlaufende Matrone greift in ihrer Not zum großen Alarmknopf neben der Zimmertüre, den ich nicht erreichen kann, um ihre gute Haut zu retten.

Der Stationsarzt, der sich in seinem Zimmer seit einer Stunde ein Nickerchen genehmigt hatte, kommt mit zwei weiteren grünbekittelten Ärzten angerast, zwei Krankenschwestern und eine Hebamme aus der Privatstation im Gefolge. Das Hustenwrack wird auf eine Bahre geschnallt, mit einer Sauerstoffmaske beschallt, von den Chirurgen schnurstracks in den OP überführt.

Der Frauenarzt erschrickt über meine erstarrte Mimik, aus der sich gerade noch ein Hilfeschrei, ausgelöst durch eine zurückgeworfene Presswehen-Welle, in den nichtssagenden Raum zwängt. Ein fürchterlich ziehender Schmerz – und das gesamte Narbengebäude unter meiner Bauchbindehaut ist abgerissen. Mein Bauch färbt sich sofort über und über blau und die anrollenden großen Presswehen spüre ich in Relation zu diesem letzten großen Schmerz nicht mehr. »Jetzt kann und muss ich pressen und atmen,

pressen und atmen, damit mein Kind sich auf den Sprung in den Geburtskanal machen kann«, rast es dennoch ganz sachlich durch meinen Kopf. Ich kann mich nun nicht mehr bewegen, nicht mal mehr den kleinen Finger. Der Arzt hat die Notlage sofort erkannt. Für einen Kaiserschnitt ist es jetzt zu spät, denn der Kopf des Kindes steckt schon im Geburtskanal. Mein Körper ist bereits gänzlich erstarrt. »Bringt mir Calcium, Sauerstoffmaske, Strophantin …!« Jetzt ziehen mir alle Stimmen weg. Ich versuche nach meiner Mutter zu rufen, die zusammen mit meiner Schwester Renate das Haus hütet und auf meinen kleinen Dackel Felix, samt meinem Goldschatz, dem Kapuzineräffchen Fipsi, aufpasst. Mein Angetrauter bekam heute keinen freien Abend, konnte mir also nicht zur Seite stehen, was in den Sechzigerjahren auch nicht Usus war.
Die Geburtsstunde unseres Kindes kündigte sich fast um eine Woche früher an. Heute Mittag hatte ich noch für meine Schwester zur nachträglichen Geburtstagsfeier und für die Arbeitgeber meines Ehemanns, gemeinsam mit meiner Mutter und meiner besten Freundin ein herrliches Mahl gezaubert. Es schmeckte fantastisch, fast außerirdisch, wie meine Freundin begeistert, aber etwas ironisch anmerkte. Seit ich nach meiner Hochzeit auf meinem eigenen Herd schalten und walten konnte, war mein surinamischer Einfluss, was die Auswahl der Gerichte und die Verwendung fremdländischer Gewürze und Zutaten betraf, nicht mehr zu bremsen. Meinem Gatten schmeckte es vorzüglich, meine Schwester hatte sich über die Jahre in ein kleines Schleckermäulchen verwandelt und ließ sich von mir gerne lukullisch verwöhnen. Mutter Agnes, die sich zu unserer aller Freude endlich von ihrem psychisch kranken Gatten getrennt hatte, machte ihre Geschmacksnerven mutig mit meinen Gerichten bekannt.
Heute hatte es eine Birnensuppe mit Croutons und Estragon gegeben. Dann hatte ich meinen Gästen in Blätterteig gehüllte surinamische Fleisch-Gemüse-Spezialitäten als Frühlingsrollen angeboten und mit einer Orangen-Pfeffer-Feigen-Sauce gekürt. Als Hauptgang gab es »Pesce espagnol« mit Gemüse, Knoblauch, Ana-

nas und Calvados im Tontopf gegart, begleitet von Duftreis. Davon mochte auch Fipsi probieren. Der handgemahlene Bohnenkaffee gluckerte gerade durch die Maschine und ein herrlicher Williamsbirn schlängelte sich duftend durch die Kehlen der Gäste. Ich bückte mich vor der geöffneten Kühlschranktür, mein anhängliches Äffchen auf meiner Schulter balancierend, um der illustren Tafelrunde mein duftendes Zitronen-Minze-Parfait mit Orangensauce als Nachtisch zu offerieren, als mich ein erster stechender Schmerz in die Knie zwang und eine Reihe von Wehenschüben in Gang setzte. Mein kleines Mädchen, mit dem ich schon während meiner Schwangerschaft innig kommunizierte, hatte die Klingelschnur gezogen. Denn dass ein Mädchen unter meinem Herzen heranwuchs, das spürte ich wie die Stunde ihrer Seeleneingießung ab dem dritten Schwangerschaftsmonat. Oh, meine Freude über das Start-Signal war riesengroß. Aufbruch war angesagt. Meine Schwester kümmerte sich um das gelungene Zitroneneis sowie den kleinen Dackel Felix, meine Mutter bestand darauf, mich samt Äffchen Fipsi zu meinem abenteuerlichen Exkurs zu begleiten. Ehemann Fritz saß schon nervös qualmend am Steuer seines selbst aufgepeppten Automobils, einem russisch grünen Borgward Modell 1961. Agnes packte meine nötigsten Siebensachen und ich verstaute noch seelenruhig selbstgebraute Kräuter-Elixiere, meine Augentropfen »Augentrost«, Aroma-Öle, eine Rosen-Creme, meine getrockneten Frauenmantel-Blätter für Tee und Badewannen-Aufguss in einem extra dafür vorbereiteten kleinen Reisekoffer. Auch Honig-Gebets-Plätzchen und ein Hopfen-Rosen-Lavendel-Schlafkissen durften nicht fehlen. Die Akupressur-Skizzen mit den eingezeichneten Meridianen, die ich von meinem verehrten Doktor geerbt hatte und seitdem wie wertvolle Goldschätze hütete, steckte ich vor unserer Abfahrt noch schnell in meine Manteltasche. Mit Ratschlägen aus der asiatischen Heillehre wollte ich in der Klinik meiner Hebamme eine Freude machen, so dachte ich in diesem Moment, ich Naiverl!

Mein Äffchen auf die Fahrt zum Krankenhaus mitzunehmen,

erwies sich als keine gute Idee, denn Fipsi weigerte sich hartnäckig, alleine im Auto zu bleiben und machte Radau. Dann mochte er mich auch nicht aussteigen lassen und verkroch sich, flugs wie immer, mit klagenden Lauten unter meinem großen, weiten T-Shirt. Das Kapuzineräffchen wurde zum Klammeraffen. Von Mutter Agnes ließ er sich endlich nehmen und wieder beruhigen. Das Scheiden von meinem kleinen Äffchen, das mir so ans Herz gewachsen war, tat weh, natürlich auch das von meinem ins Herz eingewachsenen Ehepartner.

Aber der brauchte mich ja zurzeit nicht so dringend wie mein kleines Äffchen, das ich vor einem Jahr, halb verhungert und vor Angst schlotternd, für ein Monatshonorar meiner medizinisch-technischen Assistentinnenstelle bei einem Internisten aus dem verdreckten, verrosteten Käfig eines Tierhändlers herausgekauft hatte. Meine Mutter erklärte sich bereit, während meiner Abwesenheit das Haus zu hüten. Sie würde das Pferdchen samt Ehegespons und Tiermenagerie schon schaukeln, versprach sie mir hoch und eilig, denn Ehemann Fritz, der mein Gepäck in das Erlebnis-Zimmer, wie ich es nannte, gebracht hatte, war geistig schon wieder auf dem Rückweg. Er verabschiedete sich nervös mit einem festen Kuss und fuhr mit der nicht minder aufgeregten Agnes wieder zurück nach Hause.

Die Gäste hatten sich derweil, verwöhnt von meiner Schwester, die Zeit bei Eis, Kaffee und Cognac vertrieben. Abends musste Fritz als Bar-Mann in einem Lokal seiner besten Freunde Heidi und Bürschi die vollen Gläser tanzen lassen. Von seinen Gästen und Freunden, vor allem weiblichen Geschlechts, wurde der Charmeur für seine artistische Servierkunst und seinen Humor geliebt. Diese Passion machte dem attraktiven Schwerenöter für einige Jahre, Kommunikation inklusive, einen Riesenspaß.

Seit sich ab dem fünften Monat meiner willkommenen Schwangerschaft mein Bäuchlein merklich rundete, war Fritz nur wenig zu Hause und hatte sich, was die sexuellen Bedürfnisse anging, merklich von mir zurückgezogen.

»Diesen Umstand kann man bei jungen Vätern sehr oft feststellen, vor allem, was die freudige Erwartungszeit der letzten Monate ausmacht«, wusste mich die junge Hebamme zu trösten.
War es der Respekt vor dem kleinen Lebewesen, das da an der dunklen Pforte auf sein gleißendes Lebenslicht wartete? Für mich war es in dieser Zeit wichtig, von meinem Lebenspartner in den Arm genommen, gehalten und gestreichelt zu werden. Fritz freute sich ganz unbändig auf sein Kind, wie er alle Mitmenschen wissen ließ, was sich auch heute noch durch eine intensive liebevolle Verbindung zu seiner Tochter bestätigt.
Ab der zweiten Hälfte meiner Schwangerschaft, als das Kind anfing, sich mehr und mehr zu bewegen, war ich mit meiner Tochter immer tiefer verbunden und verwurzelt. So war auch Marianne allein zu Haus und doch nie alleine. Die Beziehung zu Mutter und Schwester wurde in dieser lebenserfüllten Zeitspanne noch zärtlicher und solidarischer.
Auch durch die Aufmerksamkeit einiger guter Freunde und durch die Zuwendung zu meinen anvertrauten Tierseelen hin wurde die Zeit meiner »guten Hoffnung« positiv bestrahlt, was sich im glückhaften Sinne auf unsere so heiß herbeigesehnte Tochter ausgewirkt hat.
Hoffentlich wird diese gute Hoffnung jetzt, am 4. August 1967, gegen 21 Uhr 30, erfüllt, denn es sieht gar nicht gut aus für Mutter und Kind. Meine Herztöne sind geschwächt. Calcium und Strophantin zeigen leichte Wirkung, wie der erschrockene Stationsarzt gerade bestätigt. In meiner Bewusstlosigkeit höre ich meine Herztöne nicht mehr, vernehme aber die Herztöne meines Kindes wie eine Kirchenglocke schlagen und ich weiß ruhig und klar, dass sich ein mutiges, schönes Löwen-Mädchen mit sensibelster Venus-Jungfrau-Konstellation auf den Weg gemacht hat, um sich ins Erdenrund zu stürzen und auf eigenen Wunsch einer in Seenot geratenen Seelenschwester eine treue Weggefährtin zu werden.
»Keine Sorge, Marianne, Daniela weiß, worauf sie sich da einlässt«, spricht da plötzlich die Stimme meiner Mutter zu mir, die zur sel-

ben Zeit schlaflos in meiner Wohnung auf den ersehnten Anruf wartet. Jetzt muss Herr Doktor nur noch seine Doktor-Arbeit abliefern, denn es steht gar nicht gut um die angehende Mutter. Man diskutiert gerade in medizinischer Runde, Wehenhemmer in Calcium-Infusionen einzusetzen, um meine jetzt fast völlig versteifte Muskulatur wieder zu mobilisieren und damit auch den bedrohlichen Erschöpfungszustand zu stabilisieren.

Man setzte uns, kaum war ich von meiner dunklen Seite zurückgetaucht, in einen künstlichen Schlaf, so wurde es mir später berichtet. Es gab auch Traubenzucker und B_{12}-Vitamingaben und man band mir die Beine fest, damit ich nicht aus dem jetzt höheren Bett der Intensivabteilung fiel. In meiner Herzensmitte versteckte sich vor dem Wegschlafen ein großes Angstgefühl vor der grobschlächtigen Hebamme, deren rüdes Eingreifen ich minütlich erwartete. Aber die Hände, die mich gerade bei meinem Aufwachen berühren, tun mir wohl und beruhigen mich, obwohl ich noch nicht wieder richtig sehen kann. Nur langsam hebt sich der Schleier. Es ist zwar alles noch verzerrt, doch jetzt reiten die Töne auf Lichtstreifen durch die enge Türritze in unseren Aktionsraum zurück. Eine Wange streift zärtlich meine Wange, eine kleine feste Hand folgt sanft hinterher und ein Duft von Jasmin, den ich schon einmal einatmen durfte, legt sich zart auf mein Gesicht. »Ich bin wieder da, wir schaffen das schon, es sieht wieder gut aus, zusammen schaffen wir das. Aber Sie müssen uns helfen!«, dringt da die glockenreine Stimme meines erdigen Schutzengels, der jungen Hebamme, die nach heutigem Ausfall der Kollegin zurückgekommen ist, in mein Bewusstsein. Eine warme Welle breitet sich in meinem Herzen aus. Noch eine Welle und noch eine Welle, ich verspüre keine Schmerzen mehr, nur noch Wärme und fühle wieder Licht in meine Seele dringen. Aus grauen Schatten werden besorgte Gesichter und flackernde Lichter haben sich als Zeitzeugen zu Verfügung gestellt.

»Ja, gut, sehr gut, so ist es richtig! Und tief atmen«, höre ich die Stimme meiner guten Fee und zu meiner großen Freude ist kein böses Lachen weit und breit auszumachen. »Ja! Ja! Ja! Und noch ein kleines bisschen, ja, gut so! Jetzt haben wir es geschafft!«, ruft die Hebamme erleichtert. Die Uhr zeigt 22 Uhr 54 … und jetzt höre ich ihn, den ersten Schrei meiner gerade angekommenen Tochter.

»Ist alles dran?«, insistiere ich flehentlich bei meinem erschöpften, aber zufrieden strahlenden Helferteam, das jetzt auf vier Personen angewachsen ist. Ich sehe immer noch verschwommen und bekomme schon bald mein Kind in den Arm, das ganz in sich gekehrt mit großen Augen, das, was sich da Welt nennen möchte, in Augenschein nimmt.

Alles ist weit und licht. Alle Schmerzen sind wie weggeblasen, nur noch Wärme, grenzenlose Liebe und tiefe Dankbarkeit nehmen ihren Platz ein. Mein Augenfeld wird wieder klar. Das kleine Gesichtchen meiner Tochter ist sehr ernst und schön. In die blaugrünen Augen könnte man sich für Stunden versenken, die kleinen, kräftigen Händchen möchte man nie mehr loslassen. Von mir und meiner Mutter hat das Mädchen den mongolischen Augenschnitt geerbt. Das restliche Abbild des neuen Menschenkinds mit Namen Daniela ist nun, nach Vollendung des geheimnisvollen kosmischen und gentechnischen Puzzles, zu unserer Freude ihrem Vater Fritz wie aus dem Gesicht geschnitten.

»Herzlich willkommen, kleine Principessa. Gemeinsam sind wir stark!«

Empfangen, ohne voll zu werden,
Vergossen werden, ohne leer zu werden,
und nicht wissen, wie einem geschieht –
das ist die Kunst der Bewahrung des Lichtes

Laotse

VIVAT CRESCAT FLOREAT
Er – Sie – Es lebe, wachse, blühe.

Mariannes Nähr- und Beruhigungs-Bad mit »Milch und Honig«

300 ml Olivenöl	3 Tropfen ätherisches Lavendelöl
180 ml Sonnenblumenöl	2 Tropfen ätherisches Nelkenöl
180 ml Mandelöl	1 Zimtstange
2 Eigelb	250 ml frische Milch vom Bauern
120 ml Weizenkorn mild	2 gestrichene EL Seifenflocken aus der Apotheke
3 EL flüssiger Bienenhonig	

Die Rezeptur dieses himmlischen Badezusatzes möchte ich Ihnen, liebe Leser, ganz fest ans Herz legen. Ihre Haut wird sich wohlgenährt und geschmeidig zurücklehnen, Ihre Seele wird Wiener Walzer tanzen und Ihr Partner Sie wieder neu entdecken wollen, von der Schnupper-Freude Ihrer Haustiere gar nicht zu sprechen. Zelebrieren Sie dieses Bad nur einmal die Woche und brauchen Sie, wegen der kurzen Haltbarkeit, den kostbaren Inhalt Ihrer Bade-Wonnen-Zauber-Bottle innerhalb von vier Wochen auf. Ein zusätzlich wöchentliches Badevergnügen mit meinen schon angepriesenen Mineralien, Magnesiumsulfat in einer Menge von 20 g, aufgefüllt mit 80 g Natriumbicarbonat, von Ihrer Apotheke in 100-g-Beutel abgefüllt, entsäuert Ihre Körperflüssigkeiten, nährt die Zellkerne und macht Ihre Haut weich und gefühlig. In dieses Bad kommen keine weiteren Zutaten. Eine Ergänzung mit einem B_{12}-Vitaminstoß in Kombination mit dem Mineralien-Bad hat sich als wirkungsvolle Bereicherung herausgestellt.
Die Damen darf ich noch an mein Frauenmantel-Bad erinnern. Nehmen Sie für das Wohlbefinden Ihres Unterleibs einmal monatlich ein präventives Sitzbad mit 200 g getrockneten Frauenmantelblättern aus Ihrer Apotheke. Die Herren des Hauses dürfen vielleicht mit einem Glas Sekt, mit Pinsel und Palette portraitierend, dabeisitzen, aber nur, wenn es der Hausfrau genehm ist.

Einen Abend vorher überbrühen Sie die Kräuter mit 1 l kochendem Wasser, geben dazu 1 kleine Tasse Sonnenblumenöl, lassen das Ganze erkalten und ca. 24 Stunden ziehen. Der heilsame Aufguss wird dem Badewasser beigesellt und findet in einer 30-minütigen Sitzung seine Bestimmung. Vorwarnung: Kraut wirkt durchblutend und stimulierend. *Aber Sie wissen ja, was Sie tun!*

Für mein **Milch-und-Honig-Nährbad** verwende ich 3 verschiedene Flaschen à 300 ml, in möglichst dunklerem Farbton, spüle sie mit kochendem Wasser aus.
Dann nehme ich mir eine Glasschüssel, rühre mit einem Glasstab Olivenöl und Sonnenblumenöl mit Mandelöl zusammen und gebe vorsichtig die beiden Eigelbe darunter. Den Korn erhitzen, darin den Honig und die ätherischen Öle auflösen, die Zimtstange in Stücken dazugeben, kurz mitaufköcheln, danach wieder entfernen und die erhaltene Essenz der wartenden Ölmischung zufügen. Jetzt ist die Bauern-Milch dran. Alles wird unter geduldigem Rühren vermengt, zu guter Letzt mit den geraspelten Seifenflocken beglückt und alles noch einmal zärtlich durchgemischt.
Die Flaschen werden nun mit dem fertigen Badeöl aufgefüllt, mit Etiketten beklebt und diese luftig beschriftet. Dann werden sie dem Kühlschrank in Obhut gegeben.
Ein Flascheninhalt wird mir selbst Gutes tun, die beiden anderen werde ich, wie immer, verschenken.

Meine Badewanne, gefüllt mit dampfendem heißem Wasser, wartet schon. Zur Feier des Tages schütte ich heute meinen schmusigen Badeöl-Überschuss von mindestens 100 ml hinein und rühre »walle, walle« die Zaubertunke mit meiner langen Massagebürste kräftig unter. An normalen Badetagen sind es höchstens 40 ml. Dann hole ich mir, wie vor vierzig Jahren, meine alte Schellack-LP von »Aphrodite's Child« mit der kehligen, gurrigen Stimme von Leadsänger Demis Roussos und der erotischen Offenbarung einer umwerfenden Irene Pappas aus dem nostalgischen Plattenschrank. Mein alter Plattenspieler will es immer noch wissen. Die kleinen Boxen von anno dazumal geben ihr Bestes.
In eine Glasschüssel mit heißem Wasser gebe ich 3 Tropfen eines

Attar-Rosenöls, gewonnen aus der Rosa Gallica, der kleinen, wilden, duftbetörenden Essigrose – erworben in der ortsansässigen Apotheke – und stelle diese anregende Duftspenderin in der goldenen Mitte meines Badezimmers auf. Auf dem Handtuchschränkchen habe ich schon drei wunderschöne, weiße Tafelkerzen aufgereiht. Auf den Spuren von Anita Ekbergs Fontana-di-Trevi-Besteigung klettere ich jetzt hüllenlos in das vorbereitete Badevergnügen.

Schmunzeln Sie jetzt etwa bei dieser Vorstellung? »A bisserl fui Feng-shui!«, dat da Bayer sogn – »Aba ois is fest rundumadum und kannt' se scho sehn loss'n«, so dat i sag'n!

Kater Samson jedenfalls nimmt's gelassen. Das Welttheater muss sowieso draußen bleiben. Bath-wellness à la Cleopatra ist angesagt, nur die Eselsmilch glänzt durch Abwesenheit. Cäsar schippert derweilen übers weite Meer, wie sich's in einer guten Partnerschaft gehört. Marianne muss noch einmal aus dem wohligen Nass heraussteigen, »merde«, denn sie hat den für die Zeremonie unverzichtbaren Piccolo samt Mini-Kanapees mit Lachs, deutschem Kaviar und Zitrone auf dem Küchenbuffet zurückgelassen. Rein in den Bademantel, hurtig das Tablett geschnappt und wieder zurück ins beseligende Badenass.

»Beatus ille qui procul negotiis«
»Glücklich jener, der fern von den Geschäften«

Augentrost Luminella – »Schmeiß die Brille weg«

Trink-Kur:
200 g Augentrost-Blätter getrocknet aus der Apotheke
750 ml weißer Burgunder

Zur äußeren und inneren Anwendung:
100 g Augentrost-Blätter getrocknet aus der Apotheke
750 ml kochendes Wasser

Diese von mir nach Rat und Rezept meines Doktors heute immer noch hergestellten Augentropfen haben mich in der anstrengenden Wartezeit auf die Geburtsstunde meiner Tochter Daniela brav getröstet und große Dienste geleistet. Die getrockneten Augentrost-Blätter besorge ich mir in meiner Apotheke, übergieße sie zuerst mit einer kleinen Dosis Wein, gebe dann die Blätter in ein sauberes Leinensäckchen, hänge dieses für 10 Tage in eine Flasche mit 750 ml trockenem Burgunder. Ich stelle das Duo dazu auf eine ruhige dunkle Stelle meiner Speisekammer. Täglich 125 ml von dem Augentrost-Wein getrunken und das Licht wird in Ihre Augen zurückkehren.

»Mädel, trink meinen Augentrost-Kräuterwein und du schmeißt die Brille weg.« Das hat mein Dottore immer verschmitzt gepredigt. Das dürfen Sie, liebe Leser, aber Herrn Sielmann nicht wissen lassen. Hören Sie nur, auch unser Gedächtnis wird durch das Einverleiben dieser Heilpflanze wieder aufgefrischt und gestärkt. »Sagen Sie das aber nicht unseren Politikern, sonst würde man die unschuldige Pflanze aus den Regalen der Apotheken verbannen. Es könnte sich ja durch eine erfolgreiche Behandlung der eine oder andere gehirnaufgefrischte Rentner an die nicht eingelösten Versprechen der vergesslichen Herren und Damen erinnern«, meinte meine Nachbarin neulich noch verschmitzt, als sie einen kurzen Blick auf mein aktuelles Manuskript riskierte.

Für beruhigende Augenkompressen oder eine wohltuende und desinfizierende Mundwasser-Gurgel-Lösung brühen wir etwa 100 g der Euphrasia-officinalis-Kräuter (lateinischer Name) mit 750 ml kochendem Wasser auf. Eine große Tasse Tee nehmen wir gleich ab, süßen sie mit 1 EL Honig und trinken von diesem ersten Aufsud in kleinen Schlucken. Halsschleimhaut und Lungenflügel werden den fremden Gast freudig begrüßen. Die später abgekühlte Brühlösung geben wir in eine ausgekochte Flasche und benützen dieses Equipment für unsere späteren Augenbäder.

Ich nehme dazu zwei sterile Wattebäusche, tränke sie kräftig mit der Augentrost-Flüssigkeits-Mischung, bringe mich in eine angenehme liegende Position und lege mir die trunkenen Pads für etwa 15 Minuten auf meine geschlossenen Augen. Ach, wie das immer wieder guttut! Sich anbiedernde Tränensäcke kriegen bei dieser Liegekur selbstverständlich eine auf den Säckel. Wollen Sie jemandem extra »schöne Augen« machen, in meinem Falle liegt das schon Jahre zurück, zweigen Sie sich von oben genannter Brühlösung 20 ml in ein steriles Fläschchen ab. Geben Sie 1 TL Rosenwasser aus der Apotheke dazu, schütteln Sie das selbstkreierte Augen-Elixier, ich nenne es »Luminella«, zusammen mit einem kleinen Hexenspruch gut durch, Vorschlag: »Trau-schau-wem-Probatum«, geben Sie einige Tropfen davon auf ein sauberes weißes Taschentuch und benetzen Sie damit die Mitte Ihres äußeren Augenrands. Nehmen Sie das Zaubermittel in einem selbstgenähten Samtstoff-Säckchen einfach mit auf die nächste Party, zu einem Event der anderen Art, oder gar zu einem Vorstellungsgespräch. Nachtröpfeln nicht vergessen, vielleicht bei der Toiletten-Visite, damit Ihre Illusion nicht gleich wieder verfliegt. Haben Sie schon ein Auge, oder auch zwei, auf eine Person Ihrer Träume geworfen? Aua! Das war wieder mal ein Treffer! V i v a t !

Gebets-Plätzchen KYRIE ELEISON

250 g Butter	1 Prise Muskatblüte
250 g Zucker	1 TL Zitronenschale, gerieben
2 Eier	2 EL Rum
75 g Mandeln, geschält	400 g Mehl
1 TL Zimt	200 ml flüssiger Honig
1 Prise Nelkenpulver	30 Mandeln, halbiert

Die Butter in eine Schüssel und schaumig schlagen. Dann ist es für den Zucker an der Zeit: kräftig mit unterrührern, das Eigelb und die geriebenen Mandeln dazu. Jetzt geht es den Gewürzen ans Krägelchen. Nachdem wir das Triumvirat Zimt, Nelken, Muskat der Mischung zugesetzt haben, fehlt jetzt noch die geriebene Zitronenschale und der ergänzende Rum. Der Eischnee wird auf steifes Volumen geschlagen und darf sich jetzt unter die Masse verlustieren. Das Mehl setzt den Schluss-Akkord, ich rühre und schlage, knete alles ruhig und geduldig zu einem geschmeidigen Teig.

Gebet für mein Kind vor der Geburt:
Notiz vom 15. Januar 1967

»Herr und Gott, wir erwarten unser Kind. Wir wünschen uns von Herzen, dass es ein gesundes, fröhliches Kind wird. Aber wir werden es annehmen, so wie Du es uns anvertraust. Schenke ihm Deine allumfassende Liebe. Wir wollen es schützen, so gut wir können, wie wir es schon seit Monaten zu tun pflegen. Steh uns bei in der Stunde der Geburt. Wir werden unser Kind aufnehmen in Deinem Namen und auf seinem Weg begleiten. Wir beten, dass es Dich finden und ehren wird. Auch wenn es einmal von seinem bestimmten Weg abkommen sollte, nimm es bitte immer alles verzeihend in Deinen Schutz. Schenke ihm ein erfülltes Leben und Gesundheit und lass es für alle, die unserem Kind begegnen, zum Segen werden.
Lobe den Herrn, was in mir ist, lobe den Namen. Lob ihn mit allen, die seine Verheißung bekamen. Er ist Dein Licht. Seele, vergiss es ja nicht. Lob ihn in Ewigkeit. Amen.«

Während des Knetens entspringt ein gezieltes Gebet, in Verbindung mit meinem spirituellen Bewusstsein, aus meinem Herzen, hangelt sich auf meine Lippen und verbündet sich kraft des gesprochenen Wortes mit dem Feinstoff der ausgewählten Nahrungsmittel. Das Kneten des Teiges sollte im Stehen vollzogen werden, um die innere Aufrichtigkeit zu unterstützen. Mein Gebet, das ich im Jahre 1967 meinem leckeren Teig mit auf den Weg gegeben habe, konnten Sie sich ja schon, wie oben dokumentiert, ver-

innerlichen. Als gläubige und praktizierende Christin gehe ich sehr respektvoll mit dieser Thematik um. An diesem schwierigen Tag – dem Warten auf mein Kind – haben uns die schmackhaften, geistvollen Plätzchen bestimmt mit unter die Arme gegriffen. Den Hebammen, Schwestern und Ärzten hatten sie bestens gemundet. Das Geheimnis meiner Spiritutuo-Kekse hab ich natürlich niemals preisgegeben. Sie sind die Ersten, liebe Leser. Probieren Sie es aus. Geiz macht arm – aber Glaube kann Berge versetzen!
Ich glaube, ich muss mich erst mal um die Vollendung meines gestarteten Arbeitsablaufs kümmern:

Den ernsthaft durchgewalkten Teig zu einer Rolle formen, außen mit einem Pinsel noch leicht mit Wasser bestreichen und ihn in eine schillernde Alufolie einhüllen. Für mindestens eine Stunde geht's jetzt vor dem Ausbacken ab in den Kühlschrank zum Wallen und Wirken.

So, jetzt hab ich mir noch schnell ein Käffchen gemacht. Wir könnten noch ein bisschen über dieses spezielle Thema »Gebets-Plätzchen« klönen. Der Inhalt des Gebetes ist natürlich jedem Bäcker selbst überlassen. Die weiße Hexenfrau wird dazu die Zeit des letzten Mondviertels vor dem Vollmond wählen oder bis zum 26. November, dem tibetischen Fest aller Götter des Lichtes und des Feuers warten, um die geheimnisvollen Worte SATOR, AREPO, TENNET, OPERA, ROTAS über die Teigschüssel zu sprechen. Laut altchristlichen Unterlagen wären dann diese Plätzchen, couragiert in eine Feuerstelle geworfen, in der Lage, einen Brand zu löschen – ganz ohne Wasser. Durch die Umdrehung der Wortabfolge müsste sich ja eigentlich durch das Anbieten dieser Plätzchen ein Feuer im Herzen des Verzehrers entfachen oder gar ein Feuer legen lassen. O jeggerl, was für eine Verantwortung! Diesen Gedankenblitz muss ich ganz bald mit einer blitzgescheiten weißen Seherin vom Bodensee teilen. Er darf auf keinen Fall in die klebrigen Hände einer machtgeilen Hexe der schwarzmagischen Abteilung gelangen, die vielleicht unsere seit Jahrhunderten praktizierte, sittliche Feuerlöschformel für ihre unsittlichen, magischen Beschwörungen missbrauchen und ihren Teig gar durch Zugaben von Krötenaugen und luziferischen Aussprüchen in eine höllische Melasse verwandeln würde. In den Marquis Stanislas de Guaita, dem französischen Begründer der Rosenkreuzer-Loge in Paris des Jahrzehnts 1870, der sich mit seinen Anhängern und Mitgliedern dem Okkultismus verschworen hatte, mag ich mich jetzt erst gar nicht, wie geplant, hineindenken. Man sieht ja, wohin schon mein kleiner magischer Ausbüxer geführt hat. Mit dem einen oder anderen Bürgermeister, geldknappe Kapitäne der ortsansässigen sauteuren Feuerwehr-Mobilschlachtschiffe, könnte man die Geheimformel doch teilen. Was denken Sie denn von mir, unentgeltlich natürlich! Nein, nein, lieber nicht, das wäre ja wieder rufschädigend und nur Öl ins Feuer! Ich weiß, wovon ich spreche! So viel Lösch-Plätzchen könnte man gar nicht backen!

Der Vorgang der Plätzchen-Besprechung ist ja unzweifelhaft ein metaphysischer und ich glaube ganz fest daran. Schon mein mich ausbildender Ganzheitsmediziner erfand Placebo-Tabletten von der Größe eines 20-Cent-Stücks aus Milchsäure, Maismehl und weißer Kakao-Butter, die bei einigen unserer Patienten bei gebührender menschlicher Zuwendung zickige Migränestiche und respektloseste Magenkrämpfe förmlich in Luft auflösten.

Meine Zeit ist mir ja förmlich davongelaufen. Lasst da mal Muttern ran.

Den durchgekühlten, elastischen Teig rolle ich hurtig messerrückendick in eine quadratische Fläche aus, und zwar mit Gutemines Holznudelwalker aus der Asterix-und-Obelix-Requisite. Den Backofen schmeiße ich an und jage ihn zur Vorheizung schon mal auf 200 Grad hinauf. Das Backblech wird fix mit Butter ausgestrichen, der Teig in Kreise mit 3 cm Durchmesser ausgestochen, die auf dem Backblech ausgelegt, leicht mit Mehl bestäubt und in der Mitte mit flüssigem Honig bekleckst und mit einer Mandelhälfte verziert werden. Jetzt heißt es volle Konzentration, Frau Sägebrecht! Sieben Minuten bei 200 Grad!
Was für ein Aroma! Halleluja!

Schreck in der Abendstunde! Jetzt habe ich vorhin vor lauter Quasseln vergessen, mein aktuelles, vorbereitetes Gebet zur Teigknet-Arie mit beizusteuern.
Ob der ruhende Teig im Kühlschrank von den gleichzeitigen Gesprächs- und Gedankenzügen etwas aufgesogen hat, denn er war ja noch nicht physiomagnetisch aufgeladen, also stand ja auf dieser Ebene die ganze nicht bestrahlte Fläche zur Verfügung. Gott, ist mir jetzt schlecht bei dem Gedanken, die angesprochenen okkulten Praktiken könnten sich in meinen Plätzchen verewigt haben… Die befleckten Plätzchen kippe ich am besten gleich mal in die Bio-Tonne. Sicher ist sicher! Hosianna!

Einen neuen Versuch sind die Gebets-Plätzchen bestimmt wert. Diesmal stelle ich die Plätzchen im Karmeliterinnen-Ritus her: Mund zu! und Konzentration, Marianne. Bitte hier keine morbiden Sperenzchen!
Das Gebet um den Geist der Liebe hatte ich mir vorhin schon ausgesucht:

»Liebe, das heißt, dass wir Gott lieben aus ganzem
Herzen,
und mit allen inneren Kräften,
Komm, Heiliger Geist, und entzünde in uns
das Feuer Deiner Liebe.
Liebe heißt, dass wir auch einander lieben,
so wie uns das Jesus Christus gelehrt hat.
Komm, Heiliger Geist, entzünde in uns
das Feuer Deiner Liebe.«

Auf ein Neues! Man nehme: 250 g Butter…………????? Jetzt hab ich doch glatt den Zettel mit dem Rezept in Kompagnia mit den verunglückten Plätzchen in der Mülltonne versenkt. Das dauert jetzt eine Weile. Ich drücke Ihnen schnell einen Espresso in die Hand, vielleicht einen kleinen Cognac dazu?
Bin gleich wieder zur Stelle! *Crescat!*

Bei Nackenschmerzen – gegen Kreuzschmerzen –
gegen Depressionen

Mariannes verschmähte Skizze – geheime Akupressur-Punkte handgezeichnet

Jeder kann den Schmerz bemeistern, nur der nicht,
der ihn fühlt.

Shakespeare

Rezepte

Marianne kocht auf – Dinner surinam surpriso

Birnensuppe – FROMME HELENE

Für etwa 6 Personen

2 EL Butter	1 gehäufter EL Estragon, Zweige zur Garnierung
50 g geräucherter Speck, durchwachsen	1 Prise Salz
1 Frühlingszwiebel	1 Prise grüner Pfeffer, gemahlen
1 l Hühnerbrühe, selbstgemacht	125 g Schlagsahne
4 große Birnen	1 Zitrone
1 Bund Brunnenkresse, Zweige zur Garnierung	$^1/_2$ TL Zitronenschale, gerieben
	100 g Edamer-Käse, gerieben

In einem Topf die Butter auslassen, den klein gewürfelten Speck dazugeben, zusammen mit der in Scheibchen geschnittenen Frühlingszwiebel anbraten und mit einem kräftigen Schwapp der vorbereiteten Hühnerbrühe aufgießen. Die in Scheiben geschnittenen Birnen hineingleiten lassen, 2 EL gehackte Brunnenkresse und 1 EL Estragon folgen lassen mit dem Rest der Hühner-Boullion auffüllen, salzen und pfeffern und alles zusammen etwa 15 Minuten auf schwacher Flamme köcheln lassen.

Danach gibt man Helenchens verbündete Naturalien in eine Schüssel und püriert die angehende Suppenherrlichkeit, halt, die zweite rohe Portion der Brunnenkresse muss noch mit hinein, mit einem flotten Mixstab, den ja unsere fromme Dern gar nicht so gerne hat, wegen der phallischen Statur, wie sie öfters anzumerken pflegt. Auf diesem Ohr ist unser mixender, ackernder Stabs-Küchen-Feldwebel fast taub, hat er sich doch anschließend sofort,

hups, genüsslich in den Sahnetopf gestürzt und ist da eifrig bei seiner Sache. Die aufgedonnerte Sahne entkommt ihrem Bewirbler durch ein Kopfüber-Manöver in die Schüssel Helenens, und es gelingt der Flüchtenden, im Terrain des Birnenmuses in Deckung zu gehen, um wieder einmal ihre Jungfräulichkeit zu retten. Sie merken schon, lieber Leser, ich bin noch alleine und übermütig bei meinen Vorbereitungen, denn meine gutherzigen Helferleins sind noch nicht eingetroffen.
Bei all meinen hellenistischen Spitzfindigkeiten habe ich jetzt verschwitzt, vor der Sahnezugabe die geriebene Zitronenschale und den ausgepressten Saft einer Zitrone in die Schüssel mit den zermanschten Birnen samt edler Beigaben zuzugeben. Das werde ich einfach nachholen. Klappt doch, Glück gehabt. Übrigens, von der Sahne wird nur die halbe Menge geschlagen. Die zweite Hälfte pur zu den gedünsteten Birnen geben. Von der geschlagenen Sahne ein paar Klackse für die Garnierung beiseite nehmen.
Die aufgezäumte Suppe mit all den sämigen Zutaten müssen wir jetzt wieder in den ersten Topf geben und vorsichtig erhitzen. Bitte, rühren nicht vergessen. »Rührt euch«, ruft der Stab-Mixer befehlsgewohnt, doch er hat heute schon sein Soll erfüllt – ab mit ihm in die Schublade!
Unser Süppchen wird derweilen noch mal nach Gusto mit Salz und Pfeffer abgeschmeckt. Die Suppenschalen warten schon neugierig auf die Kreation.
»Suppe in die Schale, 1 gehäufter EL Sahne in die Mitte, darauf der geriebene Käse gestreut und mit ein paar vorher beiseite gelegten Brunnenkresse- und Estragon-Blättern den letzten Schliff gegeben. Aber zack zack!«, tönt da der Verstoßene aus der Dunkel-Zelle.
»Ruhe im Karton!«, bring ich ihn forsch gleich zur Raison.
Jetzt ist die Zeit des Schnabulierens angesagt – und meinen Gästen schmeckt bestimmt dieses Gericht wie ein Gedicht!

Die Zeit verwandelt uns nicht, sie entfaltet uns nur.
Max Frisch

Wir befinden uns schon bei der zweiten Vorspeise, die meine Freundin Eva für unser Dinner mitgebracht hatte:

Frühlingsrollen auf thailändische Art

Sie schmeckten so la la. Leider war der Küchenchef des Lokals bei seiner Take-out-Überreichung nicht sehr gesprächig, wie Eva zu berichten wusste. Auf die Frage, aus welchen Zutaten sich denn die Füllung zusammensetzen würde, meinte der Meister: »Zutaten ist Flüling und Ingwel, Lollen sehl gut!«
Sie waren knackig anzuschauen in ihrem Blätterteig-Mäntelchen, doch die eingewickelten Bambussprotten konnten ihren mousse-touch nicht mehr unter den Tischläufer kehren. Ingwel war wohl krankgeschrieben und Thymian hatte sich wohl heute frei genommen. Das versprochene Schweinefleisch konnten wir nicht finden. Dafür hatte ein lappiger Austernpilz die Vertretung übernommen. Aber wie heißt es so schön: Einem geschenkten Gaul schaut man nicht in den Blätterteig-Mantel.
Selbst sind die Frauen! Ärmel hochgekrempelt und zum Dipe-didu-happening schnell ein paar gaumenkitzelnde, delikate Saucen in lustigem Wettbewerb aus unseren Ärmeln geschüttelt:

Evas grüne Pfeffersauce

- 1 kleine Zwiebel
- 50 g Butter
- 1/2 Knoblauchzehe aus der Presse
- 1 Prise Zucker
- 250 g Sahne
- 3 EL Brandy
- 1 TL grün gemahlener Pfeffer
- 1/2 TL süßer Senf
- Salz zum Abschmecken

Die Zwiebel wurde in kleine Würfel geschnitten und in der ausgelassenen Butter angedünstet. Dann gab Eva das Knoblauchmus und 1 Prise Zucker dazu, überraschte diese Mischung mit Sahne und Brandy und ließ alles noch mal kurz aufkochen. Die Ration grüner Pfeffer und der süße Senf gab der temperamentvollen Sauce einer temperamentvollen Schöpferin noch eine persönliche Note.
Schmatz!

Renates erfrischende Orangensauce

250 ml trockener Chianti	2 EL Holundergelee
250 ml frisch gepresster Orangensaft	1 Prise Zimt
1 TL Orangenschale, gerieben	1 Prise brauner Zucker
150 g Apfelgelee	Einige Orangenscheiben zum Garnieren

In einen Topf kamen nacheinander der Rotwein aus südlichen Regionen, Orangensaft und Orangenschale und wurden langsam erwärmt. Dann rührte Renate das Apfel- und Holundergelee darunter, würzte noch mit Zimt und Zucker, kochte alles einmal kurz auf und gab zum Finale die in Viertel geschnittenen Orangenscheiben dazu. Nach der Abkühlung stand nun einer Eintauchung mit den braven Röllchen nichts mehr im Wege.

Das war ein Gaumenschmaus, hick, enemenemu – weg war's im Nu.

Mariannes Feigensauce frappiro

250 g Feigen	1/2 TL Zitronenschale, gerieben
1 EL Zucker	2 EL Orangen-Marmelade
1 EL Butter	1 EL Minzeblätter, gehackt, ein paar ganz aufheben für Garnierung
1 EL Honig	Salz
500 ml Weißwein	grüner Pfeffer
Saft von 1 Zitrone	

Die Feigen schnitt ich zügig in kleine Stücke. In einem Topf ließ ich den Zucker karamellisieren, gab die Butter und den Honig dazu und schmorte darin die Feigen an. Mit der Hälfte des Weißweins goss ich auf, fügte nun Zitronensaft, Zitronenschale und Minzeblätter dazu.

Der Rest vom Weißwein wurde jetzt zugegossen, die Minzeblätter untergezogen, Salz und Pfeffer in die Pflicht genommen und alles für etwa 15 Minuten leise geköchelt.

Den Topf vom Herd nehmen und in der noch heißen Mischung 2 EL Orangen-Marmelade abtauchen lassen.

Nach der Abkühlung benannte ich meine Sauce »Die Feige von Chutney« und probierte diese mutig zuerst. Potz Blitz, das schmeckte ja tierisch gut!

Da meine hergestellte Menge etwas mehr Volumen hatte, kam mein gerade neu erfundenes Elixier, das heute so freudig in den Mägen meiner Tischrunde verschwunden war, auch noch als Zurückbringsel zu seinen Ehren.

Mutter Agnes' Kräuter-Senf »herausgeputzt«

125 g Dijon-Senf	2 EL Schnittlauch
Saft von 1 Orange	1 Prise brauner Zucker
1/2 Orangenschale, gerieben	1/2 kleine Knoblauchzehe, püriert
2 EL Zitronen-Thymian, kleinstgeschnitten	

Agnes' Mixtur war sehr couragiert. In einer Glasschüssel vermischte sie Zitronen-Thymian mit geriebener Orangenschale und Zucker, gab dann den Orangensaft dazu. Dann durfte sich der Senf dazugesellen, den ich konstant, neben dem süßen Weißwurst-Senf, im Kühlschrank hatte. Obenauf gab meine Mutter dann den frischgeschnittenen Schnittlauch. Das zog rein, herrlich! Diese Variante sollten Sie ruhig auch mal versuchen, liebe Leser.

Während meine Freunde, meine Schwester, Fritz und ich die reinste Genießer-Freude daran hatten, war Eva von Agnes' Senfsauce zu ihren lappigen Frühlingsrollen nicht so begeistert und machte auch keinen Hehl daraus. Heute war ihr wohl nicht nur eine Laus über die Leber gelaufen, als meine Mutter nämlich das sture Ansinnen der exzentrischen Dame, die Taufpatin meines Kindes zu werden, geradeheraus abschmetterte und dieses Ehrenamt meiner Schwester ans Herz zu legen versuchte.
Mit hintergründigem Lächeln öffnete Mona Eva den ziselierten Verschluss des duftenden Badeöls, das ich ihr und meiner Schwester heute zum Geschenk gemacht hatte. Ein Schwipp auf den Arm meines Göttergatten, ein Schwapp auf die Wange des Hausherrn Bürsch und ein Hupps in das eigene Dekolletee. Ihrer Aufforderung, das Konzentrat auf ihrer bloßen Stelle gleich zu verreiben,

kamen die Herren nicht nach, sondern versuchten sich beide, fast im Gleichtakt, mit den Servietten die öligen Korpus Delictis von ihren freien Flächen zu verbannen. Das geschah nicht zur Freude unserer Aktionärrin, die jetzt ihrerseits frustriert ein Glas Liebfrauenmilch-Wein, ein Mitbringsel meiner Schwester, an ihre schmollenden Lippen setzte und in einem Zug der Neige anheim gab. Einen feuchten Schwall prustete sie aus Jux und Freude, aber nicht zur Freude der Gruppe, auf das verdutzte Antlitz von Che Guevara, der das T-Shirt von Fritz zierte.

Sie ahnen es, lieber Leser, dieses weibliche Exemplar war schon am helllichten Mittag angetrunken und schien sich seit ein paar Monaten überhaupt nicht mehr in seiner Mitte zu befinden. Von unserer über zweijährigen tiefen, vertrauensvollen Freundschaft, von den zärtlichen Momenten des Verstehens ohne Worte, dem Gleichklang der Lebensansichten war momentan nichts mehr zu verspüren, die gemeinsam verbrachte Zeit auf ein Minimum zusammengeschrumpft.

Ich erklärte mir diese Situation durch den für sie befremdlichen Umstand meiner erfüllten Schwangerschaft. Sie hatte ein menschliches Wesen, das Einkehr in ihren Körper gehalten hatte, wieder zurück in das große Welten-All geschickt. Dieser Eingriff in die Natur der Dinge stand jetzt zwischen uns beiden Frauen.

Ich versprach mir, nachsichtig und geduldig mit meiner Freundin Eva zu sein. Mutter Agnes mischte sich nie in meine Entscheidungen und Entgleisungen ein, zeigte aber diesem weiblichen Wesen seit einiger Zeit kommentarlos die kalte Schulter, und das hieß was bei Agnes. Die Gäste schickten wir, Renate, Mutter Agnes und ich, in Begleitung von Fritz, in den Garten, um sich die Füße zu vertreten und die eine oder andere Zigarette zu rauchen. Die weinselig besudelte Tischdecke war schnell ausgewechselt, für den Hauptgang wurde, einschließlich Blumenschmuck, neu eingedeckt. Meine melancholische Stimmung lichtete sich, nachdem ich den Tontopfdeckel das erste Mal lüpfte. Fast schwanden mir die Sinne, als die atemberaubende Duftwolke in meine zitternden Nasenflü-

gel stieg. Das würde bestimmt gleich ein Gaumenfest für meine Gäste-Runde werden, von meinem schon gestern Abend vorbereiteten und von mir vorgekosteten, sinnbetörenden Zitronendessert noch gar nicht zu sprechen. Merken Sie was, liebe Leser?
»Dir geht aber jetzt der Popo auf Grundeis«, pflegte meine Mutter immer zu sagen, wenn mir die Angst in das Gesicht geschrieben stand. Ich war sehr gespannt, wie meine Gäste auf all die fremdländischen Einflüsse in meinen Gerichte reagieren würden! Uns Dreien hatte der Probierteil während der aufgedrehten Küchen-Choreographie nur gemundet. Auch mein Baby unter dem Herzen hatte mir durch einen kräftigen Stüber sein Wohlgemut über die herrlich duftenden Essenzen übermittelt. »Oder, Mama, was meinst du?«, versuche ich mir bei meiner Mutter Rückhalt zu holen, wie so oft in meinem Leben. Die ist schon dabei, die Gäste durch das offene Fenster wieder auf ihre Schmause-Positionen zu beordern. Noch mal über meinen großen tief-fliegenden Bauch gestreichelt, tief durchgeatmet und ohne Peitsche, Netz und doppelten Boden, mutig hinein in die Arena des Zirkulosus homosapio.

PS: Psst, ich habe Wochen nach diesem prägnanten Dinner die Frühlings-Blätterteig-Röllchen mit einer Füllung von Ingwerstiften, Egerlingen, Bambussprossen, Frühlingszwiebeln, Thymianzweigen und gebratenen Rindfleischstreifen, mit Sojasauce und ausgestrichener Sardellenpaste gemacht. Blätterteig in Öl ausbraten! Prima, sag ich Ihnen!

Psst! Nichts verraten, die Gäste kommen zurück! Floreat!

Pesce Espagnol

Spanischer Fisch im Römertopf

1 kg frischer Fisch – weiß gemischt, z. B. Goldbarsch und Heilbutt	1 Knoblauchzehe, geschnitten
1 EL Petersilie, gehackt	1/2 TL brauner Zucker
200 g Pilze, z. B. 100 g Champignons, 100 g Egerlinge	2 EL Zitronensaft
250 g Cocktailtomaten	Salz und Pfeffer, gemahlen
1 große Zwiebel, in Scheiben	2 gehäufte TL Mehl
5 Wacholderbeeren	30 g Butter
	450 ml Cidre
	4 EL Calvados

55 vor Christus, so lang ist's her, da kam Julius Cäsar
über das Meer.
Mit Römernase und Toga statt Hose, auch duftend
wie eine liebliche Rose!
Die Römer mit Parfüm im Haar, seh'n kühn ins Aug
der Keltenschar:
Sie würden Galicien im Nu bezwingen und noch
Legionen aus Rom herbringen. Doch wie sie sich so
in die Riemen legen, schlägt ihnen ein übler Geruch
entgegen. Den Römern wird schlecht, sie schrecken
zurück.
Ist das ein fauler keltischer Trick?
Mary Dobson

Ja, die Römer ließen sich nicht mehr zurückdrängen und tauchten die stacheligelig aufgekalkten Frisuren der Stinke-Kelten in ihre Rosenwasser-Becken. Die geheimnisvollen, archaischen Tätowierungen hielten den Schrubbelversuchen noch stand, als die domestizierten Keltenunikümer im Sklavenstand, rasiert, in luftumflorte Togas gehüllt, auf originären Sandalen, die vielschichtigen Speise-

folgen und Alkoholika zu den Fress- und Saufgelagen der römischen Besatzer aufzutischen hatten. Feste der Sinne nannten die gutbetuchten Römer in ihren Villen diese orgiastischen Festivitäten, die man ja vorzugsweise im Liegen zelebrierte. Die spezielle Straußenfeder, mit der man sich den überdrüssigen Rachen so lange kitzelte, bis … Halt! Jetzt hab ich mich aber verstiegen. Die Feder gehe mir aus dem Sinn, kein gutes Karma! Den verbleiten Kochtöpfen der römischen Herrschaften gab ich in meinem Ehealltag keine Audienz.
Der handsame, bauchige Römertopf, aus schmiegsamem Ton geformt, hatte schon seit meiner Einstiegszeit in die Küchenkombüse mein Herz erobert.

Der Herzspezialist aus Südafrika, Prof. Christian Barnard, sprach gerade stark gestikulierend auf dem Fernsehschirm mit abgezwacktem Ton, als ich meinen sorgfältig verstauten Kumpel aus terracottafarbenem Ton aus dem Küchenschrank – ich hatte erlesene Zutaten erworben – auf die Anrichte hievte. Das so ertrutzte Ergebnis wird meinen Gästen bestimmt munden, und wie das schmecken wird! Der aus Neugier herbeigedrehte Fernsehton wollte mir weismachen, dass es dem Würdenträger, Herrn Barnard, Prof. Barnard, gelungen wäre, im Hier und Jetzt des Jahres 1967 ein lebendig zuckendes Herz auf einen anderen Menschen zu transplantieren. Die Hand mit den noch blutigen Handschuhen zum Siegeszeichen in die Kamera gestreckt, passte mir jetzt nicht ins Konzept. Some other time, Herr Professor, erst mal Gratulation, wir kommen später noch mal auf dieses Thema zu sprechen. Ich bat ihn erst mal um sein Verständnis, den Off-Knopf, Transplantation hin, Transplantation her, auf Sendepause zu drehen.

Jetzt ging's für mich aber ans Eingemachte, hurry up, Marianna!

Die Fischfilets wurden kurz abgebraust, mit einem sauberen Handtuch leicht abgetupft und in etwa 5 x 5 cm große Stücke geschnitten.
Der Boden des Römertopfs wurde mit kleinen Butterflöckchen belegt. Darauf verteilte ich zuerst die geschnittenen Fischstücke. Darüber gab ich gleichmäßig verteilt die halbierten Pilze, Zwiebelscheiben, Wacholderbeeren, Knoblauchstücke und träufelte den Zitronensaft darüber. Obenauf packte ich die halbierten Cocktailtomaten, salzte und pfefferte alles, stellte die sorgfältig aufgefüllte Topfhälfte zur Seite und verschloss sie kurz mit dem zweiten Deckel.
Die Butter wurde in einem Extra-Topf ausgelassen, mit Mehl bestäubt und angeschwitzt. Diese Schwitze dann mit Cidre abgelöscht, aufgefüllt, eine Prise brauner Zucker dazugegeben und die Sauce für etwa 10 Minuten unter stetigem Rühren aufgeköchelt. Zum Schluss gab ich noch den Calvados und zwei halbierte Zitronenscheiben dazu und ließ alles leicht abkühlen.
Das Bratrohr erhitzte ich auf 180 bis 200 Grad, gab die Cidre-Sauce über den Fisch und seine Zutaten im Tontopf und ließ zum Finale kleine Butterflöckchen auf das vorbereitete Gericht regnen. Deckel wieder zu und für ca. 30 Minuten ging's ab in das wartende Bratrohr.
So, und jetzt hieß es hurtig Kartoffeln schälen für die geplanten Salzkartoffeln, die ausgesprochen gut mit diesem Fischgericht harmonierten.
Ja, den Rucola-Salat musste ich noch waschen und die feingeschnittenen geräucherten Schinkenscheiben kurz anbraten, würzen und vor dem Auftragen mit einer Prise frischen Schnittlauch überraschen.

Mutter Agnes hatte sich dieser Aufgabe schon angenommen. Voilà, das lief ja wie am Schnürchen bei uns.

Die Zeit war kostbar, mein Kindlein im Bauch strampelte und boxte mich, als ob es mir dringlich etwas mitteilen wollte. »Du bist erst in einer Woche dran, hab Geduld, meine kleine Seefahrerin«, versuchte ich das aufgekratzte Wesen zu beruhigen. Jetzt hieß es das aufgeplusterte Zitronendessert in den Griff zu bekommen und mich an diese vorgepriesene Nachspeise zu machen:

Mariannes Zitronendessert gefroren:

2 Orangenschalen gerieben	150 g Zucker
Saft von 2 Orangen	150 g Zucker extrafein
1 EL flüssiger Honig	3 Eigelb
Saft von 1 Zitrone	3 Eiweiß
7 Stiele Zitronenminze	10 Löffelbiskuits
150 g Butter	

Eine kleine Kastenform schön sauber mit Alufolie auslegen. In einer Teigschüssel die geriebene Orangenschale mit Zitronenschale, Orangen- und Zitronensaft vermischen, 1 TL Honig dazugeben sowie die Blätter der Zitronenminze und alles für etwa 15 Minuten ziehen lassen.
Die Butter und der Zucker werden jetzt schaumig gerührt, die Eigelbe eins nach dem anderen langsam dazugegeben und alles weiter aufgerührt.
Die Minzeblätter werden aus der Saftmarinade herausgenommen und erst mal beiseite gelegt. Der Saft und die marinierten Schalen werden langsam der schaumigen Zuckermasse zugegeben. Das Eiweiß kann es schon gar nicht mehr erwarten, steifgeschlagen an dem Geschehen teilzunehmen.
Dieser Wunsch ist mir Befehl, der sogleich ausgeführt wird.
In die vorbereitete Form wird nun mit einer Lage Biskuits der Kastenboden ausgelegt. Darauf die verschmolzene Zitronen-Orangen-Creme geben. Diese Schicht wird wieder mit einer Lage Biskuit abgedeckt, dann wird mit einer zweiten Fruchtcrememasse weitergeschichtet. Biskuit on the top.
Finale!

So, diesen zitronig duftenden Zauberpott gebe ich jetzt für etwa $^1/_2$ Stunde ins Gefrierfach. Jetzt hab ich aber ein Päuschen verdient. Unsere Gäste spielen im Garten mit der Bocciakugel und die glucksende und gurrende Eva ist in ihrem Element. Schnell die müden Beine auf den Stuhl gestellt und zur Ablenkung Marika Kilius' und Hans Jürgen Bäumlers unnachahmliche Todesspirale vom Eisparkett auf die Telescheibe gezappt. Ist das eine Harmonie und Ästhetik! Jetzt gönnen wir uns einen Campari mit Soda und Zitrone, dem auch Fipsi, der mitten in meinen Haaren sitzt und zum Schuppenwegpflück-Dienst angetreten ist, nicht abgeneigt ist. Wie wird er auf das neue Familienmitglied reagieren, frage ich mich bang. Meine Tontopf-Überraschung hat noch 10 Minuten zu schmoren, die Beilagen stehen, dank Agnes' Engagement, parat, die Eisbombe friert so vor sich hin. Plötzlich ereilt mich der erste schmerzhafte Stich bäuchlings, unter meinem Narbengewebe. Mein Herz wiegt schwer. Die Erinnerung an den Anblick von Professor Barnard, Schulter an Schulter mit seinem Skalpell, versuche ich mir gedanklich zu verbieten, geht aber nicht mehr.

»Mama, stell dir vor, vor einer Woche haben sie in Südafrika ein junges Herz verpflanzt und ein krankes weggeschmissen. Das macht mir Angst, das Herz eines Menschen ist doch der Sitz seiner Seele. ›Wie töricht sind die, die Gott mit den äußeren Augen suchen, da er doch mit reinem Herzen geschaut wird‹, sagte doch der heilige Augustinus immer. So lange so ein Herz schlägt und zuckt, ist die Seele des Verstorbenen unweigerlich mit dem Empfänger bis zu dessen Ableben verbunden. Wie bei einer seriösen Adoption sollte der Organempfänger wissen, wer sein Spender ist. Er muss auch dessen Familie kennen lernen, denn diese wird ja mit einem neuen Familienkreis bereichert«, sage ich halblaut.

»Weißt noch, was unser Onkel Kurt immer zu diesem Thema sagt«, steigt jetzt Mutter Agnes spontan ein. »›Ich kann doch mein Herz nicht spenden. Stell dir vor, ich muss zum Jüngsten Gericht, und ich hab mein Herz nicht dabei. Wie steh ich denn dann da!‹« Wir zwei lachen herzhaft über diesen feinsinnigen Spruch meines geliebten Onkels. Zum herzhaften Dinner werde ich mir einfach nichts mehr zu Herzen nehmen und mein Herz auch heute niemandem mehr ausschütten. Mutter Agnes bringt es wieder auf den Punkt. Bevor sie die scherzende Spielgruppe wieder zu Tisch bittet, bricht es schelmisch aus ihr heraus:

»DAS HERZ EINER FRAU, DER MAGEN EINER
SAU, DER INHALT EINER WURSCHT BLEIBEN
EWIG UNERFURSCHT! Mahlzeit!«

… und wie wir wissen, fällt Mariannes Mahlzeit gleich aus!

Die Wahrheit ist ein helles Licht.
Man kann sie verstecken,
mit Schleiern bedecken,
mit Halbheiten mischen
und Spuren verwischen.
Man kann sie beschränken,
statt selbst zu denken,
kann Worte mindern,
Gutes verhindern.

Doch irgendwann
beginnt es zu flimmern
und immer deutlicher
zu schimmern.
Als ob die Lüge
nach Entlarvung schreit.
Durchbricht die Wahrheit
die Dunkelheit –
grell tritt sie zu Tage,
stellt nichts mehr in Frage.

Ursula Beckert

Elf Jahre sind ins Land gegangen, die vier Jahreszeiten im jährlichen Zyklus ungerührt vor sich hertreibend. Warum hat sie mir die Wahrheit verschwiegen? Wie habe ich die letzten beiden Monate gekämpft um ein Quäntchen Leben. Tränenblinde Augen starren auf das alte Ofenrohr, über dem eine zerknitterte, rosengemusterte Perlonbluse hängt, die von ihrer Herrin einfach so zurückgelassen wurde. Der Poststempel vom 23. April 1978 in Miami auf das hellblaue Couvert niedergegangen, hat meine Ahnung besiegelt. Das Regenbogenkind, eine Eingießung aus sansalvadorischen und deutsch-kanadischen Genen, ich ahnte eine große Weltenseele anreisen, um die ich so gekämpft hatte, war von den Schicksalsgöttinnen die großen kurvenreichen Himmelsstraßen zurückgesandt geworden. »Lass uns das Kind eurer tiefen, wilden Liebesbeziehung behalten und es in einer Großfamilie, zusammen mit meiner Tochter und der Hilfe meiner Mutter, die ja bald in Rente geht, aufziehen«, bettelte ich meiner Freundin Ruth Wochen vor ihrer hektischen Abreise in die Vereinigten Staaten ins taube Ohr. Ruth hatte eine Fehlgeburt gehabt, wie sie mir traurig mitteilte. Ich hatte klar zu verstehen gegeben, dass wir für das kleine Wesen Sorge tragen würden. Ja, ja, Gott hat uns mit einem freien Willen ausgestattet, wie mich Ruth immer anmahnte »Humpty dumpty sat on a wall, humpty dumpty had a great fall – and all the king horses and all the king men, couldn't put humpty dumpty together again«, so hatte mir meine liebe Freundin noch im Dezember 1977 in mein Poesie-Album geschrieben – was für eine Botschaft! Und ich dachte, sie würde mir, im Nebel einer akuten Depression, einen Sturz von der Mauer prophezeien.

Fast ein Jahr war es mir vergönnt gewesen, mit Ruth in ihrer Münchner Wohnung zusammenzuleben. Meine Freundin war passionierte Theater-Schauspielerin von hohen Gnaden. Nach einem Besuch bei einer Tante in München hatte Ruth beschlossen, ihrem kanadischen Heimatland den Rücken zu kehren. Eine unglaublich starke Bühnenpräsenz und magische Kraft verwandelte sie auf der Theaterbühne in die geheimnisvolle Existenz, die sie darzustellen hatte. Das Thema Reinkarnation basierte für sie auf einer gesicherten Glaubensgrundlage. »Der Lebensweg des Menschen steht bei seiner Geburt fest. Der Mensch setzt mit seinem Weg die vorgegebene Latenz in Wirklichkeit um, es gibt im Leben eines Menschen keinen Zufall«, sagte sie im vollsten Einklang mit sich selbst und ich hörte und staunte. In diese Sicht der Weltenbetrachtung hatte ich in letzter Zeit schon in einigen philosophischen Gesprächen mit Menschen aus Münchener Künstlerkreisen Einblick nehmen können. Auch meine Mentoren, die bis dato meinen Lebensweg säumten, hatten mir schon zu interessanten geistigen Pfaden Zugang verschafft. Die Vertrautheit von glei-

chen Weltansichten machte mich durch die überraschenden Spiegelungen glücklich und ich wuchs durch die neuen Erkenntnisse mehr und mehr zu einem ganzheitlich denkenden Menschen heran. Für die theologische Fraktion unter meinen Lebensberatern und -begleitern gab es ja vom christlichen Gedanken her zwar die Auferstehung des »Leib Jesu Christi«, aber die Fokussierung auf das eine Leben in Verbindung von Körper, Geist und Seele. Eine wiederholte karmische Wiedergeburt hin bis zur völligen Aufgabe des Ichs und einer damit verbundenen Auflösung des persönlichen Wollens und Forderns, mit einer Festmachung der alleinigen Gottheit im stolzen, demütigen Selbst, das im religiösen Katalog des Buddhismus zu finden war, konnte mein letzter weltoffener Religionslehrer so nicht teilen. Für ihn ging die Weiterentwicklung der Seele, nach dem Erdenleben, im mentalen Schutzmantel von Jesus Christus, auf feinstofflichen Ebenen weiter.

»Ich persönlich glaube fest daran, dass das Erdenleben in verschiedenen Reinkarnationen so oft wiederholt werden muss, bis sich durch die gelebte Erfahrung eine erlangte Erkenntnis im Lebenskatalog niederschreiben lässt. Hat der seelische Reifegrad die Stufe des philosophischen dualen Prinzips, also der praktisch ethischen Ausübung des fünften Gebots – Liebe deinen Nächsten wie dich selbst – erreicht, stünde einer Weiterentwicklung der Seele in geistigen, feinstofflichen Sphären nichts mehr im Wege«, legte ich jetzt

meine entsteinte Wissensfrucht auf Ruths selbstgehäkeltes Spitzendeckchen.
»Was glaubst du denn, Marianne, bei der Geburt kommt nicht so ein unbeschriebenes Blatt auf die Welt, eine Seele so rein und jungfräulich, wie wir uns das gerne vorstellen. Da ist Schuld und wieder Schuld eingegossen, die nur noch so nach Karma und Bestrafung schreit, und zwar bei jedem Menschen, der aus dem Paradies vertrieben wurde«, kippte mir jetzt meine weitgereiste Freundin lauthals auf den Scheitel und spritzte dabei aus Versehen mit wildem, von düsterer Zornesfalte umranktem Blick kanadischen Ahornsirup auf meinen molligen Frottee-Morgenmantel.
»Dein so nachhaltig gebrauchter Begriff Schuld macht mir Angst, Ruth. Schuld erzwingt Sühne oder Karma, wie du es nennst. Im Zenit des Glaubens und Handelns von Jesus Christus ruft die Schuld eines Menschen nach Vergebung, die jeder Einzelne von uns in seinem Namen gewähren sollte. Wie steht es schon im Namen Jesus in der Bibel geschrieben: ›Und sprich nur ein Wort, dann wird meine Seele gesund‹«, versuchte ich jetzt meine Meinung mit auf das Tablett zu packen, das ich gerade schwungvoll, mitsamt »Eggs with bacon sunnyside-up and fresh orange-juice« vor Ruths place-set zu landen gedachte.
»Du Naseweis, du. Du immer mit deinem Jesus. Jesus! ›Dschisas‹, was hat es ihm gebracht, seine Hingabe und sein Verständnis, ans Kreuz haben sie ihn genagelt. Schuld schreit nach Rache, nicht nach Vergebung. Das ist ein kausales Prinzip, basta. Go to hell, pain in the neck! Schmoren werden sie bei Pech und Schwefel!«, schüttete Ruth wütend eine Tirade über die zitternde, selbstbestickte Tischdecke, übrigens ein Geschenk von mir.
Meine morgens noch so fröhlichen Märzenbecher hatten sich in ihrer Vase schon vor Angst einen Kopf kürzer gemacht. Immer wenn diese schmerzhaften Ausbrüche kamen, schienen Ruths Haare zu ergrauen und wie in einer Metamorphose tauchte durch das schöne Antlitz einer jungen Frau ein altes versteinertes weibliches Gesicht auf. War es die starre, lebensverneinende Mutter, die

ihrem kleinen Mädchen schon von den ersten Lebensjahren an die kalte Schulter gezeigt hatte?
»Aber denk mal, Ruth, Jesus sagt doch, vergib ihnen, denn sie wissen nicht, was sie tun. Aber wenn du weißt, was du tust, bist du für das, was du tust, verantwortlich. Er spricht nicht von Schuld, sondern von Verantwortung, die aber erst ab einer reifen Bewusstseinsstufe eintreten kann. Vielleicht ist deine Mutter selbst ein Opfer ihrer schmerzhaften Umstände und du solltest versuchen, sie verstehen zu lernen und ihr zu verzeihen«, versuchte nun Schneeweißchen eine inständige Bitte an Schneerosenrots verletztes Herz zu legen.
Ruth entwand sich ruckhaft aus meinen zärtlich um sie gelegten Armen und beförderte ihr Frühstücksgedeck samt Naturalien temperamentvoll in das nostalgische Spülbecken. Der von mir als Überraschungsgast auf den Tisch gebrachte Honig aus braunem Zucker und Fichtennadelspitzen musste ungekostet daran glauben und klebte scherbenumgränzt im Spülsteingrund. »Du regst mich auf mit deinem Jesus-Christus-Getue und deinen psychologischen und soziologischen Verteidigungsstrategien für schuldhaftes Handeln! Es langweilt mich, die Entschuldigungen immer in der Innen- und Umwelt zu suchen. Jeder Einzelne ist für sein Schicksal voll verantwortlich, und zwar von Kindheit an. Schließlich hat uns Gott einen freien Willen vermacht. Da kommt mir meine Mutter nicht aus. Im nächsten Leben wird sie mir büßen, so sagt auch mein Therapeut, wie Recht er haben wird! Außerdem, du tust mir nicht gut mit deiner mütterlichen Umsorgung, das regt mich auf, das kenne ich so nicht und brauche ich auch nicht mehr«, proklamierte sie auf dem Weg in ihr abgedunkeltes Zimmer, in dem sie türenschlagend für die nächsten zwölf Stunden auf Nimmerwiedersprechen abtauchte. Fast hätte ich es vergessen. In ihrer Kemenate schlief noch der angehende Vater ihres ungeborenen Kindes, Carlos – ein junger, körpergestählter Musiker aus San Salvador, vom Schöpfer mit zarten Gesichtszügen beschenkt, die ein wilder Lockenkopf umflorte. Ruth und Carlos machten Liebe, verbrann-

ten für Stunden im Feuer der Sinneslust die eine oder andere Pein frühkindlicher, schmerzlicher Erinnerungen. Du hattest ja so Recht, Ruth, jeder Mensch ist voll für sein Schicksal verantwortlich und du wolltest, wie du mir schon vor Tagen mitgeteilt hattest, das Kind, das du unter deinem Herzen trugst, im Gegensatz zu deiner Mutter, gar nicht erst das Licht der Welt erblicken lassen. Mama Marianne wird ihre Bittgesuche für das werdende Wesen weiterhin an deine Adresse richten, schickte ich ihr meine stille Botschaft durch die immer noch verschlossene Türe, hinter der sich wieder wildes Liebesgestöhne zur alten Schlafzimmerstuckdecke empor hangelte.

Ja, Ruth, ich benützte heute Morgen meinen freien Willen, wie du immer monierst, und goss duftenden Bohnenkaffee in die Thermoskanne, um sie dir und deinem Schatz vor die verschlossene Tür zu stellen. Ich gruppierte dazu frische Croissants, die ich aufgebacken hatte, gab mein auf der Zunge zergehendes, selbstgemachtes Apfelweingelee mit Salbei dazu. Zwei weich gekochte Eier, unter lustigen Warmhaltemützen versteckt, wurden auch dazu gesellt. Und zur Feier des Tages gab es noch eine Mixtur aus Karotten-, Zitronen- und Orangensaft, alles frischgepresst. Zwei Joghurts, linksdrehend, ein aufgedrehter Bavaria-Blue-Käse, ein Schälchen mit Pistazienkernen und ausgelösten Walnüssen, frische Weintrauben und kühles Mineralwasser aus edelsten Quellen komplettierten ein himmlisches Frühstück. »Für die zwei zur Erde zurückgekehrten Liebenden!«, schrieb ich auf einen großen Zettel, den ich dazulegte.

Dann nahm ich mein kleines Köfferchen und machte mich auf den Weg zum Bahnhof, um, wie es sich seit einem dreiviertel Jahr eingespielt hatte, meine Mutter und Tochter Daniela in Starnberg zu besuchen. Nur noch einen guten Monat, dann würden wir drei in der Münchner Wohnung zusammenleben. Das hatten wir beschlossen, als Ruth mir eröffnet hatte, Ende März, zusammen mit ihrem Freund Carlos nach Kalifornien ziehen zu wollen. Der Gedanke an eine Trennung von meiner Seelenschwester, wie ich sie

immer nannte, machte mich traurig. Wie würde ich unsere tiefschürfenden Gespräche und die unauslöschlichen Momente einer tiefen Vertrautheit vermissen.
Ruth jedoch hatte sich in den letzten Wochen durch die radikale Auslebung ihrer neuen Liebesbeziehung seelisch von mir abgewandt, reagierte gereizt und lieblos. Sie gab mir seit Wochen eher Signale, lieber wieder das Weite zu suchen. Das tat sehr weh in einem schicksalhaften Moment der totalen Revierlosigkeit. Die Aussicht auf ein geschütztes Familienleben gab mir jedoch Zuversicht und Mut, meinen Lebenspfad wieder in den geraden vorbestimmten Gang zu leiten.
Seit dem Jahr 1975 hatten mir meine Schicksalsgöttinnen schmerzhaft einschneidende Veränderungen ins Lebensmanuskript diktiert. Eine dreijährige, künstlerische und geschäftlich erfolgreiche Schaffenszeit, die von dem Aufbau und der Etablierung des Kleinkunstlokals Spinnradl in Starnberg gekrönt werden konnte, wurde durch den Verkauf der Besitzer am Zenit des Erfolgs jäh beendet. Mein Ehemann Fritz und ich hatten als Geschäftsführerehepaar und künstlerische Leiter einen großen Anteil an dem Konzept, für eine finanzielle Ablösung unserer Kreativ-Mühle, wie wir den geliebten Platz scherzhaft nannten, waren wir Youngsters zu diesem Zeitpunkt nicht liquide genug. Ein langer Trauerzug von enttäuschten jugendlichen Gästen und Stammgästen älteren Semesters, flankiert von unseren entsetzten, nun heimatlosen Angestellten Biggi, Dizzy, Karli, Margitta, Rike, Ingrid, Ernstl und Schwester Renate, mochte nicht mehr enden.
Ein halbes Jahr darauf ging meine Ehe nach zwölf Jahren in die Brüche. Sollte ich dem Planeten Uranus dafür danken? Es war sehr schwer, allein mit meiner Tochter zu überleben. Mein Exmann war dem Ruf seiner Seele folgend nach Gran Canaria abgewandert und hatte dort eine neue Familie gegründet. Zweimal jährlich, während ihrer Schulferien, schickte ich Daniela dorthin auf Besuch, um so den Kontakt zu ihrem Vater, den sie so liebte und verehrte, aufrechtzuerhalten.

Ein couragiertes Wiedereinsteigen in die Erlebnisgastronomie wurde durch ein Feuerwerk an Lebensqualität und -freude belohnt. Durch die Fürsprache meiner Freundin Cosy, einer legendären Schwabinger Künstlerwirtin, kam ich zum aktuellen Besitzer des nicht minder legendären Mutti-Bräu-Lokals, das nur noch durch einen frequentierten Billardtisch grüßen ließ. So war es uns doch gelungen, die alten Wurzeln des berühmten Platzes wieder zum Wachsen und Blühen zu bringen. War das ein Gebräu von Menschen aller Couleur, Semester und Glaubensrichtungen. Freude an Dichtung, Musik und Schauspielerei war, wie in unvergessenen Spinnradl-Zeiten, auch hier wieder großgeschrieben. Schmackhafte Speisen zu reellen Preisen anzubieten, lag uns sehr am Herzen. Gastköche aus Frankreich oder Trinidad erweiterten das Repertoire und ab Mitternacht wurde der große delikate Suppentopfrest zwischen hungrigen Studentenmägen und unseren beiden obdachlosen Stammgästen Annie und Einstein aufgeteilt, die sich täglich in die plüschige Stammecken-Runde, zu ihrer eigenen Überraschung, mit hineinkuscheln durften … Mein verehrter Dichterfreund Martin Sperr, Schulter an Schulter mit seinem Freund, dem begnadeten Schauspieler Peter Kern, hatte nichts dagegen … Stammgast Tommy Piper, Schauspieler und Temperamentbolzen, entertainte sowieso gerade mit dem rasanten Klaviervirtuosen des Grand magic circus von Jerome Savary, der gerade in München gastierte, auf unserer kleinen Bühne, dass die Wände nur so wackelten … Der surreale Maler Otto Mirtel, ein Meister des metaphysischen Pinselstrichs, konnte heute mit einer Überraschung aufwarten: Seinem alten Lehrer aus Ceylon, Sir Swami Gauri Bala, einem Meister der transzendentalen Meditation, war es durch die großzügige Spende eines dankbaren Schülers möglich geworden, der Stadt seiner Sehnsucht auf seine alten Tage noch einmal einen Besuch abzustatten. Auf nackten Füßen, in ein weißes Wickelgewand gehüllt kam er bei seinem Antrittsbesuch zielstrebig mit blitzenden blauen Augen auf mich zu. Sein aschenloses Haupt wurde von einer gepflegten grauen Mähne umkränzt, sein langer wehender Bart wusste um seine Würde. Dem edlen Tropfen des Chateneuf du Pape schien er sehr zugetan, auch zu einem schmackhaften schwarzen Zigarillo sagte er nicht nein. Blaue Tabakringe untermalten seinen wohlgemeinten Rat, den er mir in mein Weinglas mit einzugießen beliebte: »Mariann, trinke immer nur vom feinsten Wein. Trinke lieber nur ein Glas, aber das Feinste. Genauso machst du es mit den Speisen und der Sexualität. Es ist nicht die Quantität, sondern die Qualität der Sinnesfreuden. Denk dran, immer nur vom Feinsten, Mariann!«

Wem sagte er das! Instinktiv hatte ich mich immer an diese feine Lebensregel gehalten. In vino veritas, im Wein liegt die Wahrheit.

»Prost, Sir Swami Gauri Bala. Und wenn ich jetzt ehrlich sein soll: Was den angesprochenen Libido-Faktor angeht, habe ich mich seit meiner Trennung von meinem Lebenspartner der Qualität der transpirationsfreieren platonischen Liebe verschrieben, libidinöse Anwandlungen im Keim erstickt oder sofort zum Wohl der Allgemeinheit in physikalische Sublimationsquadrate umgewandelt.«

Und ab ging's in die Küche – Töpfe auswaschen, Herd blank putzen, Boden wischen. Heute standen Regenbogenforellen auf kanadische Art, mit Schinkenspeck umwickelt, in einer Raine mit süßer Sahne und Käseflocken ausgebacken und zusammen mit Salzkartoffeln und grünem Salat serviert, auf der handgeschriebenen Speisekarte. Alles war aufgegessen und weggeschmatzt. Der Rest meiner kräftigenden Gulaschsuppe à la Zigeunerbaron, mit einer Zwiebel- und Knoblauch-Ration, dass einem Hören und Küssen verging, Karotten, Kartoffeln, Lauch, Petersilie, Speck, einem kleinen Quantum Sauerkraut, gutem ungarischem Paprika und Pfeffer mit einem Dip saurer Sahne, war sowieso der Renner, kam noch in den Kühlschrank. Da würde morgen der Gusto noch mehr auf die Pauke hauen. Ja und jetzt blieb noch ein gutes Stündlein, um mit meinen Stammgästen und Freunden zu radebrechen und auch einen schönen edlen Tropfen Wein zu heben. Es war der Abend des Besuchs von Sir Swami Gauri Bala im September 1976, als sich Ruth mit ihren Schauspielkollegen aus dem Studio-Theater des

engagierten Direktors Gunnar Holm-Petersen schicksalhaft mit zu uns an den runden Tisch gesellte. Die kanadischen Forellen schwammen leider schon in anderen Gästemägen, aber eine üppige Portion meiner duftenden Gulaschsuppe, mit einem schönen dunklen Nussbrot kredenzt, brachte ich trotz später Stunde noch dampfend auf den Tisch, das kühle Helle zischte die durstigen Kehlen hinunter. Unserem sinnenbekennenden Guru war eine starke Ähnlichkeit von Ruth, die, wie Udine geheimnisvoll in einen milchig grünen Schal gehüllt, genüsslich ihre heiße Gulaschsuppe verschlang, mit der berühmten Bohème-Dichterin Franziska zu Reventlow aufgefallen, die in den Jahren von 1900 bis 1915 im Künstlerkreis Wahnmochings agierte, wie sich das künstlerisch hochstilisierte Viertel damals nannte. Fanny von Reventlow, wie sie von ihren Freunden und Verehrern gern genannt wurde, war als emanzipierte, sexuell freizügige Frau ihrer Zeit weit voraus. Der Name des Vaters ihres Sohnes bleibt bis zum heutigen Tage ein Geheimnis. Die Gräfin verkehrte im Künstlerkreis von Stefan

George, der zusammen mit Wolfskehl, Klages, Hoffmannsthal und anderen in seinem George-Kreis in der ästhetischen geistigen Erneuerung Germaniens die Wiedergeburt der Werte des alten Hellas anstrebte.

Ich bekam eine Gänsehaut, als wir an diesem Abend feststellen mussten, dass Franziska zu Reventlow bis zum Jahre 1915 in München in der Kaulbachstraße 62 gelebt hatte. Ruth wohnte gerade in der Kaulbachstraße 61. In geheimen Treffen, die in den Hinterzimmern von Lokalen oder in den privaten Wohnungen der Künstler stattfanden, übergab man dem menschlichen Leib mit seinem Sinnesinstrumentarium einer alleinigen göttlichen Bedeutung. Der Leib war Gott, und die Sinnesfreude, die der Leib gewährte, wurde als göttliche Ekstase gefeiert. Die Kunst bekam eine sakrale, mythologische Auslegung und bewegte sich in eine Richtung der ästhetischen, aristokratischen Lebensauffassung im Geiste von Friedrich Nietzsche. Stefan George war der Rudelführer und Anstifter. Atelier-Feste verlockten zu obskuren Verkleidungen. Germanische Riten wurden zelebriert, die Abstammungslehre der so genannten Blutleuchte und Johann Bachofens Mutter-Recht in hehren Räumen ausgestellt, geheimnisumwobene Séancen und Beschwörungsrituale abgehalten. Meister Crawleys Zahlenkabbala kroch über die Mauern der Wahnmochinger Hinterhöfe und satanische Verse zauderten nicht ob ihrer Zaubermacht. Wir lauschten atemlos den Ausführungen von Otto Mirtel und Sir Swami, die unseren Wissensdurst, was dieses aufwühlende Thema dieses Künstlerzeitgeist-Syndroms betraf, kaum zu stillen wussten.

»Now I am getting goose-bumps«, meinte Ruth, als man feststellte, dass wir genau auf dem Platz und in der Lokalität saßen, die sich damals für die elitären Treffen der Mitglieder zur Verfügung gestellt hatte. Der junge Herr von Dame aus Berlin war zu dieser Zeit, von München angezogen, als Untermieter bei der Gräfin Reventlow eingezogen gewesen. Er wurde von ihr ermuntert, sie zu den Meetings, so würde man es heute titulieren, Séancen und wild ausufernden Künstlerfesten zu begleiten. Herr von Dame schien überwältigt, aber nicht nur im bejahenden Sinnesrausch. In seinem Tagebuch schrieb er sich seine zu verarbeitenden Eindrücke von der Seele. Das musste aber heimlich geschehen, denn der literarische Erguss schien nun wieder Herrn Wolfskehl nicht zu gefallen, der wohl schon einige Teilnehmer der künstlerischen Aktivitäten mit dem Bann belegt hatte, über die erlebten und erschauten Geschehnisse nicht zu sprechen, schon gleich gar nicht zu berichten. So wurde es auch Herrn von Dame ans Herz gelegt! Zeitzeugen berichteten von einem gutaussehenden, mit markanten Zügen ausgestatteten Dichter Wolfskehl, der, seine beiden Doggen im Schlepptau, ein schwarzes Cape um die Schulter geworfen, mit schwarzem Hut bewaffnet, den auf ihn einstürmenden Geschehnissen zu trutzen wusste. Herr von und zu Dame ging eines Tages sprichwörtlich verloren. Man munkelte, er sei mit einem großen Dampfer nach Indien ausgewandert, sein Tagebuch blieb bei Frau zu Reventlow zurück. Es wurde im Jahre 1919 veröffentlicht, ein Jahr nach ihrem Tod in Locarno am 25. Juli 1918.

Übrigens: Stefan George starb ebenfalls in Locarno – im Jahre 1933.

Sir Swami Gauri Bala machte sich auf die Heimreise. Bei unserem Abschiedstreffen im Theatercafé vom Studio-Theater legte er mir das Tagebuch des Herrn von Dame in den Schoß, malte mir mit seinem langen Zeigefinger einen roten Punkt zwischen die Augen und beruhigte meinen aufgebrachten Sinn, nach dem anstehenden Verkauf des Mutti-Bräu-Domizils, von dem die Unken zu berichten wussten, mit Sack und Pack nach Berlin zu ziehen. »Du bleibst in München«, sagte er klar und bestimmt. »Du bist durch deine Natürlichkeit, Toleranz und gleichzeitige Ganzheit eine gute Gärtnerin, um die Wurzeln von Schwabings Künstlerwelten wieder erstarken zu lassen und diese wunderbaren Pflanzen, die verfault und erstickt waren, wieder zum Wachsen und Blühen zu bringen. Die Künstler des Wahnmochinger George-Kreises haben sich durch ihr Elite-Bewusstsein und durch ihre ästhetische Ausgrenzung selbst von einer Erneuerung und Weiterentwicklung abgetrennt. Ich bin froh, dich hier getroffen zu haben. Du bleibst mein Kind, aber ich hoffe, du kommst mich eines Tages in Ceylon besuchen«, so sprach er mit Berliner Akzent, der mir erst heute aufgefallen war, und stieg in Mirtels Auto, um sich auf den Weg in Richtung Flughafen zu machen. Beim Durchblättern des Tagebuchs des Herrn Dame fiel es mir plötzlich wie Schuppen von den Augen: Sir Swami Gauri Bala war der Herr von Dame gewesen. Im Jahre 1915 achtzehn Jahre alt, wäre er jetzt, 1976, neunundsiebzig. Mein Herz wurde ganz weit bei diesem Gedanken. Sir Swami starb ein Jahr später, wie mir Otto kurz nach seiner Rückkehr aus Ceylon berichtete. Es war mir nicht mehr vergönnt, ihn dort aufzusuchen. Auf meinen Gedankenblitz angesprochen, was die mögliche Identität des großen Meisters betraf, antwortete Otto: »Mag schon sein, es tat in seiner Lebensbiografie nie mehr was zur Sache. War er Herr von und zu Dame oder war er es nicht? Auf deine Frage hätte er immer nur geantwortet: Ich bin Swami Gauri Bala. Er lässt dich grüßen«, übermittelte er mir verschmitzt und gab mir einen sanften Kuss zwischen die Augen.

Ach, oje, es klingelt, es klingelt. Das ist das Telefon. Ich befinde mich immer noch auf meiner Reise in die vergangene Zeit. Meine Mutter und meine Tochter sind schon auf dem Weg, werden in einer Stunde hier mit den Möbeln und Packern eintreffen. Jetzt muss ich mich aber sputen. Den Kartoffelsalat mit der Kräutermischung fertig zu machen. Und, und, und! O Gott, ich sitze ja noch im Morgenmantel da. Aber jetzt allez-hopp, Marianna. Jetzt werde ich mir aber zuerst mit einer gehörigen Portion meines selbstgezimmerten Eau de Cologne aus Zitronenmelisse, Ingwer, Rosmarin und Rosenwasser einen kräftigen Stüber in meine melancholische Magengrube geben, was mich wieder auf einen lichteren Gedankenpfad bringt. Ich kann es gar nicht glauben, denn ich kann schon seit gestern Abend nicht mehr richtig schlafen vor Aufregung und Angespanntheit und warte überglücklich auf die Ankunft von Mutter Agnes und Tochter Daniela, die heute, am

3. April 1978, mit Kater Nicki und ihrem kompletten Hausrat zu mir nach München in die Kaulbachstraße 61 ziehen. Die Blumen muss ich noch holen. Lammkoteletts, Kartoffeln, Salat und eine schöne Flasche Sekt zum Anstoßen wird es geben. Mein Gott, jetzt kommt meine Mutter mit ihrer wunderbaren inneren Ruhe, Toleranz und Selbstverständlichkeit. Lieber Gott, ich werde, nach einem endlos scheinenden Jahr, wieder täglich am Leben meiner Tochter teilnehmen dürfen. Jessas, ich bin ja ganz aus dem Häuschen. Da zwickt mich doch meine kleine Bulldog-Hündin Pippilotta ins Schlafanzugsbein. »Ich bin auch noch da«, kann ich ihre Gedanken lesen. »Ums Haus herum, mein großes Frauchen, Gassi gehen, aber flott, allez-hopp!«, bellt die große, sensible Tierseele bestimmend zu mir herauf.

Was werden wir essen? Was werden wir trinken?
Matthäus

Jetzt hätte ich vor lauter feinsinnigen Rückerinnerungen an meine geliebte Ruth beinahe vergessen, die von unserem Metzger in der Kaulbachstraße liebevoll ausgesuchten Lammkoteletts in die vorbereitete Marinade aus Olivenöl, Knoblauchpüree, Zitronensaft, Salz und Pfeffer, veredelt mit einem Zweig Rosmarin, zu legen und die Kartoffeln für den geplanten kraftspendenden Kartoffelsalat mit Zwiebeln und Kräuterbeilage von Brunnenkresse und Sauerampfer, erstanden beim Münchener Viktualienmarkt, in den Dämpfer zu befördern. Die beiden Reisenden werden hungrig sein, wenn sie in ihrem neuen Lebens-Domizil eintreffen. Auch meine Schwester Renate hat ihre Hilfe zugesagt. Eine Glückauf-Kleeblatttorte mit Aprikosenmarmeladenfüllung und Marzipan-Dach, von mir selbst in Fasson gebracht, wartet schon neben einem saftigen Tulpenblumenstrauß auf ihren Auftritt und ein handbemaltes Türschild preist mit freudigem Willkommen. Die wartenden leergeräumten Räumlichkeiten sind geputzt und gebohnert, die Fensterscheiben blinken und blinzeln um die Wette. Im Badezimmer habe ich neue flauschige pink-orangenfarbige Handtücher aufgereiht. Kleine selbstgemachte Seifen-Kreationen warten darauf, die Haut meiner neuen Mitbewohnerinnen zu verwöhnen. Auch die neue Klobürste weiß um ihre Aufgabe, die sie würdevoll einzulösen gewillt ist. Und ich könnte und werde bestimmt wieder die ganze Welt umarmen, nachdem das Desaster überwunden ist, das über mein Leben nach dem Verkauf des von mir auf Blütestand aufgezwirbelten Mutti-Bräu-Lokals hereinbrach.

Innerhalb eines fast schon hysterisch erfolgreich zu nennenden Geschäftsjahrs war sprichwörtlich die Post abgegangen. Künstler, Studenten, Geschäftsleute, Schüler und ein ausgehaltenes Pennerpärchen bereicherten in diesem unvergessenen Jahr das Ambiente. Ausstellungen, Lesungen, Konzerte, Gastkochessen lockten immer mehr Gäste in die altgedienten, historischen Räume, in denen schon die legendäre Mutti Bräu in den Fünfziger- und Sechzigerjahren die hungrigen Künstlermägen satt bekommen konnte. Man zahlte mit Bildern, die teilweise in den Räumen des Gasthauses auf den Leinwänden ausgestellt wurden. Auch für den kleinen Geldbeutel der Studenten soll das große Herz der Mutti Bräu geschlagen haben, was sich natürlich damals auf die erklecklichen Preise der Getränke und Speisungen niedergeschlagen hatte.

Unser großes Abschiedsfest im Oktober 1976 war nicht mehr zu toppen. Schulter an Schulter tanzten und sangen, weinten und lachten wir alle im dichten Rund des bis zum Bersten vollen Raumes. Unter uns die Truppe des Zirkus Roncalli, die ebenfalls völlig losgelöst das vorläufige Ende der circensischen Attraktion feierten, das durch einen heftigen Streit der beiden Direktoren ausgelöst worden war. Mit aller Kraft und Liebe hatte ich zusammen mit meinen Freunden und meinen engagierten Mitarbeitern nach der großen Enttäuschung über den Verkauf unseres Spinnradls wieder einen kommunikativen Tempel der Freude und einen toleranten

Platz des couragierten Aufeinandertreffens von Menschen aller Generationen und Nationen geschaffen.

»Was sind Sie denn nur für eine undankbare, hergelaufene Person. Wenn Sie nicht gewillt sind, meine weiteren drei nicht gut laufenden Lokale mit einem künstlerischen Konzept auf die Beine zu stellen, um sie danach sofort wieder an den Mann zu bringen, können Sie sich die versprochenen fünfzehn Prozent der Verkaufsablöse an den Plafond malen. Die können Sie sich dann von meiner Anwaltskanzlei ertrutzen. Das Geld, um sich einen eigenen Anwalt leisten zu können, werden Sie ja nicht aufbringen können«, höre ich noch heute die messerscharfe Stimme des Besitzers in meinem Ohr.

»Das Elixier der Freude und der Liebe, das unseren Platz für so viele Menschen attraktiv gemacht hat, kann man nicht einfach als geschäftliches Konzept von einer Lokalität zur anderen verpflanzen, aufpfropfen und dann wieder veräußern, nur um des Gewinns willen, das würden mir meine Inspiratoren von der Milchstraße nie verzeihen und bestimmt mit Misserfolg bestrafen«, höre ich mich mit tränenerstickter Stimme kontern.

Dieser Satz kostete mich 22 500 Mark, denn das waren die besagten fünfzehn Prozent der Ablösesumme von 150 000 Mark, errechnet aus den Umsatzwerten der letzten Monate und der Kalkulation der Käufer, sich mit dem Kauf und der Beibehaltung des Namens auch unseren großen künstlerischen Erfolg und das große Presse-Interesse mit einzuverleiben. Einen sicheren Arbeitsplatz bei einem Verlag, der ein Fotojournal und eine Zeitschrift für eine Gastronomiekette herausbrachte, hatte ich für dieses Abenteuer aufgegeben. Nun konnte ich zum zweiten Mal einen gastronomischen Betrieb, den ich auf dem Nullpunkt, zusammen mit meinem Ehegatten und hier sogar in alleiniger Regie, durch meine kreativen Konzepte und eine leidenschaftliche Hingabe zum Erfolg verholfen hatte, nicht selbst ablösen.

Mein Arbeitgeber ging kurz nach dem Verkauf des Mutti-Bräus mit seinen Geschäften und Abwicklungen nach Atlanta/USA und eröffnete dort eine Waffenfabrik. Die mir zustehende, vertraglich beschlossene Summe habe ich nie bekommen, meine Wohnung in München einige Monate danach verloren. Meine Seele konnte diese erneute Schlappe und Demütigung nicht mehr verkraften und machte sich durch eine körperliche Attacke an meiner Bauchspeicheldrüse Luft. Ich kam schwerkrank ins Krankenhaus und spürte vor Enttäuschung und Schmerzen um den Verlust meiner aufgebauten erfolgreichen Kleinkunst-Gastronomiebetriebe keinen Boden mehr unter den Füßen. Meine Mutter nahm Daniela zu sich, bis ich wieder gesund war. So fand ich bei der Schauspielerin Ruth ein Zimmer zur Untermiete, in Maria, der geschäftstüchtigen Wirtin des Schwabinger »Marienkäfers«, eine neue Geschäftspartnerin, mit tatkräftiger Unterstützung meines besten Freundes, dem Maler Michael Heininger. In diesen gemütlichen seelenvollen Lokalräumen inszenierte ich nach meiner Gesundung im Februar 1977 die erste Aufführung unserer vielumjubelten Opera Curiosa, einem von mir erfundenen Revuetheater-Programm, das unter dem Schutzschild eines imaginären Regenbogens inmitten von Sängern, Tänzern, Kabarettisten, Transvestiten, Pantomimen, Folkloristen, strippenden Hausfrauen und rezitierenden Stripperinnen, im lustvollen Austausch mit dem begeisterten Publikum, auf der Kleinkunstbühne des »Marienkäfers« seine unvergleichliche, imposante Gestalt angenommen hatte. Nach der kargen, stillen Zeit meiner Krankheit und der damit verbundenen Angst, nicht mehr auf die Beine zu kommen, um die schwindeligen Kurven des Lebens alleine bewältigen zu können, tauchte ich jetzt wieder ein in die ganze Farbenpaillette des menschlichen Individuums. Es konnte mir gar nicht schillernd, transparent und farbig genug sein. Herz und Seele tunkten vor neuer Lebensfreude und Dankbarkeit über meine Gesundung alles nur so auf. Ruth hatte ich engagiert und für eine Mitarbeit an unserer Theaterrevue gewonnen. Sie war wunderbar, intensiv und überzeugend wie immer und ich pflegte sie bei meiner Danksagung am Programmende täglich mit den Worten »ein besonderer Dank für ihr Vertrauen geht an unsere klassische Schauspielerin« zu ehren. Ruth ging in die Vereinigten Staaten, um dort ihre Schauspielkarriere anzukurbeln und wurde die Frau eines berühmten Jazz-Bassisten, dem sie ihre ganze Kraft und Liebe in die Waagschale warf und sein Management übernahm. Ein eigenes Kind, dem sie jetzt ein gutsituiertes Leben hätte anbieten können, blieb ihr trotz intensiver Versuche und meiner konstant losgeschickten Gebete leider versagt. Auf einer Europatournee stand meine verehrte Freundin urplötzlich mit eigenen Songs in Begleitung einer grandiosen Jazzband, von den rhythmischen Bassdrums ihres Ehemanns grandios untermalt, auf der Bühne. In ihren Münchener Zeiten und fernen Träumen hatte ihr diese immer die Welt bedeutet. Ruth brillierte brillant, wie immer. Sie hatte mir nach ihrer Abreise in die Vereinigten Staaten so unsäglich gefehlt. Obwohl es mir ihre Launen und die Zeiten von Kälte und Ungnade in ihrer Nähe nicht immer leicht machten, konnte ich mich bei ihr gedanklich ausdehnen und im dualen Erlebnisfeld weite Flüge in alle geistigen Himmelsrichtungen unternehmen. Eine sichere Rückkehr mit weicher Landung auf dem grüngestrichenen großen Bauern-Esstisch war in unseren kostenlosen Reisetickets beinhaltet, es sei denn, es war nicht Humpty Dumptys Tag. Für diese melancholischen Tage hatte ich, hie und da zu Ruths dankbarer Freude, einige wirkungsvolle Rezepte in meiner Küchenzauberbox.

Rezepte

Fichtennadelspitzen-Honig

1 kg frische Fichtennadeln	1 Prise Zimt
1 kg brauner Zucker	

In einem großen Topf übergieße ich die Fichtennadeln mit kaltem Wasser, bis alles gut bedeckt ist. Ein zugehöriger Deckel sorgt für Ruhe, und zwar für ganze zwei Tage und Nächte. Danach werden die angesetzten Fichtennadelspitzen in diesem Wasser für eine halbe Stunde ausgekocht. Die Flüssigkeit durch ein sauberes Tuch in einen neuen Topf abgießen, ich brauche davon 1 Liter, langsam den braunen Zucker und eine kleine Prise Zimt dazugeben und die Melasse für etwa 20 Minuten auf kleiner Flamme unter vorsichtigem Rühren aufkochen. Aufbrausender Schaum wird abgeschöpft und der entstandene Honig in ausgekochte 250-ml-Flaschen gefüllt.

Wenn Sie von diesem Zaubernaturhonig, übrigens ein Geheimrezept meines Großvaters aus schweren Kriegszeiten, jeden Tag vor dem Frühstück nur ein Teelöffel davon zu sich nehmen, bewerben sich Husten und Heiserkeit gar nicht erst um einen festen Arbeitsplatz in Ihren Atmungs-Arealen und Ihre Zungenpapillen werden durchblutet, dass Ihnen beim Schlucken und Schmecken Hören und Sehen nicht vergeht, sondern in eine neue Erfahrungsdimension umgewandelt wird. Rücken und Brust werden nach einer Einreibung damit Flügel verliehen.

Eigentlich wollte ich Ihnen dieses Rezept gar nicht verraten, denn das grüne Frühlingskleid eines Fichtennadelbaumes gerät in Gefahr, wenn er seiner frischen Spitzennadeln beraubt wird. So mische ich nur im Frühjahr die hellgrünen neu hervorlugenden Spitzen meines eingetopften Weihnachtsbaums eins zu eins mit den dunkelgrünen Nadeln seiner Zweige. Die vier gewonnenen Gläser meines heilsamen Honigs müssen über das Jahr reichen. Bei meinem immergrünen Kameraden bedanke ich mich für die gutherzige Spende und revanchiere mich dafür hie und da mit ein paar Eierschalen und einem gehäuften Esslöffel brasilianischen Kaffees.

Mariannes Apfelweingelee mit Salbei

1 kg Äpfel, z. B. Elstar	4 Salbeizweige
Saft von 1 Zitrone	525 g Zucker, Feinstreu
1 Msp Zitronenschale, gerieben	2 EL Salbei, gehackt
500 ml Cidre	($^1/_2$ Tasse Rosenblätter zum Aromatisieren des Zuckers)
500 ml Wasser	

Dieses Apfelweingelee mit Salbei wurde schon im alten Rom zu den Veneralien-Festen zu Ehren der Liebesgöttin Venus um den 1. April mit in das Liebes-Spiel gebracht. In das frischgebadete Nabelgrübchen von Lucilla gegossen, war es für Kaiser Augustus durch den süßherben Geschmack des Gelees und dem betörenden Körperduft eines Weibes, ein Leichtes, dieses Liebeselixier, an den fiebrigen Schauern seiner Gattin vorbei, mit hungrig heißen Lippen wieder in seinen Besitz zu bringen.
Nagte Grimm ob einer vermeintlichen Untreue ihres Angetrauten an Lucillas Hermelin, konnte es schon passieren, dass sie an diesem Abend viel versprechend und gurrend darauf bestand, die Kerzenleuchter zu löschen.
Es war nicht ihr Pläsier, wenn der Ungetreue sich in dieser Nacht den pechgeschwärzten Mund verbrannte. Die Sklavin, die angeblich das von ihrer Herrin in wohl-lüstiger Vorfreude bereitgestellte Glas verwechselt hatte, wurde bestraft und Lucilla lachte sich wieder einmal ins Fäustchen. Diese Geschichte drang alsbald durch die Mauern des Herrscherpalastes und so wurde der 1. April bei den Römern

zum Tag der scherzhaften Spiele unter den Liebenden ernannt, denen aber unsere heutigen Aprilscherze nicht mehr Rechnung tragen – oder wollen Sie es mal testen? Dazu brauchen wir ja erst einmal das unschuldige, wohlschmeckende Apfelweingelee:

Zuerst geben wir die in Scheiben geschnittenen, ungeschälten Äpfel samt Kerngehäusen, Zitronensaft, Zitronenschale, Apfelwein und dem Wasser in einen Topf, fügen die Salbeizweige dazu und beginnen das Gemisch unter sorgfältigem Rühren langsam zu erhitzen. Auf kleiner Flamme wird jetzt alles ca. 20 Minuten gekocht, bis die Äpfel restlos gar geworden sind. Dann den gesamten Topfinhalt durch ein Tuch seihen und langsam abtropfen lassen. Man dreht dazu einen Hocker um und bindet dieses Tuch an den vier Stuhlbeinenden fest. Gut Ding will Weile haben. Lassen wir also unserer hauseigenen Safterei genug Zeit, um sich über Nacht von den Früchtekörpern zu trennen.
Von dem gewonnenen Fruchtsaft nehmen wir uns am nächsten Tag 1 Liter ab. Wir geben alles wieder in einen sauberen Topf, fügen 800 g aromatisierten Zucker (den Zucker für einige Tage vor dem Gebrauch zusammen mit den Rosenblättern in ein Extra-Glas mit Schraubdeckel geben und aufeinander wirken lassen) dazu, erhitzen den Fruchtsaft ganz langsam unter Rühren, bis sich der Zucker ganz aufgelöst hat. Jetzt köcheln wir das angehende Gelee für 10 Minuten und schöpfen dabei den Schaum ab. Wir nehmen den Topf von der Herdplatte, rühren die gehackten Salbeikräuter darunter und lassen das Gelee für etwa 5 Minuten ruhen. In vorbereitete, warme, sterile Gläser gießen wir jetzt das Apfelgelee ein, verschließen die Gläser und stellen diese kurz auf den Kopf. Ein handgeschriebenes Etikett verrät den herrlichen Inhalt.

Bevor ich den Deckel auf die Gläser schraube, gebe ich immer ein kleines Sippchen Korn obenauf, was dem Schimmelpilz von vorneherein die Türe weist. Jetzt plagt mich das schlechte Gewissen! Vielleicht sollten Sie auf Lucillas Spuren lieber nur Buttermilch in das »gefakte« Liebesscherz-Glas Ihres Partners geben. Das wäre ja sonst zu viel des Pechs und ich müsste dann für die Eingebung, die ich Ihnen angedeihen ließ, die Strafe der Sklavin auf mich nehmen! Danke für Ihre Vernunft. Bis zum 1. April ist ja noch lang hin. Da fällt Ihnen schon noch was ein, nicht?

Übrigens, unser gewonnenes Apfelweingelee wird Ihnen als Beilage zu Ihrem Entenbraten wahre Wonnetöne von den Lippen locken, aber auch zu einem Lachssteak in geriebenem Zitronenschalenmantel kann es sich sehen und schmecken lassen. Ein gekochter Schinken, vor dem Aufbacken mit unserem Gelee eingestrichen, wird Sie in Zukunft immer wieder lukullisch auf seine Seite ziehen. Wohl bekomm's!

Honigkuchenpferdchen-Seife für Danielas Heimkehr

Schon 10 Tage vorher hatte ich diese Überraschung für meine Tochter vorbereitet. In der Apotheke wurden dazu 250 g Seifenraspeln für eine Seifenherstellung ohne Sieden geholt, aber auch eine gewöhnliche Seife aus dem Supermarkt hatte ich schon mal veredelt und nach meinem Gusto wohlgeformt. Das war wie immer eine Freude für mich. War gespannt, was meine Tochter zu den fertigen Produkten meiner Seifen-Session sagen würde.

250 g Seifenraspeln aus der Apotheke
2 TL flüssiger Waldbienenhonig
1/2 TL Olivenöl
3 Tropfen Rosenöl von der Apotheke

Die Seifenraspeln werden in der Mikrowelle oder im Wasserbad zum Schmelzen gebracht. Honig, Olivenöl und Rosenöl werden ganz zärtlich tropfenweise zugegeben. So lange rühren, bis alles gänzlich vermischt ist. Wer künstlerisch begabt ist, modelliert jetzt kleine Kunstwerke von Hand. Ich fand eine spezielle Form für ein Honigkuchenpferdchen, die ich mit Olivenöl ausstrich. Nach 10 Tagen kippt man die Form und hüllt die goldigen Objekte bis zum Verschenken in ein buntes Wachspapier.

Lammkoteletts mit Kartoffel-Kräutersalat »welcome«

8 Lammkoteletts	Für den Kartoffelsalat:
4 Knoblauchzehen	1 kg Kartoffeln, festkochend
Saft von 2 Zitronen	1 mittelgroße Zwiebel
1 Msp Salz	1 TL Senf mittelscharf
1 große Prise Pfeffer grün, aus der Mühle	20 ml Weinessig
2 Rosmarinzweige	5 EL Sonnenblumenöl
$^1/_2$ TL Thymianpulver	1 Prise Zucker
3 EL Butterschmalz	Salz und Pfeffer
	100 g Brunnenkresse
	100 g Schnittlauch
	1 EL Petersilie
	1 Blüte von Kapuzinerkresse

Für die Marinade der Lammkoteletts gab ich die 4 Knoblauchzehen durch eine Presse, vermischte das Püree mit dem Zitronensaft, gab Salz, Pfeffer, die klein gezupften Rosmarinstängel und den Thymian dazu. Ich verrührte alles ganz sorgfältig, goss diese kräftige Marinade über die Koteletts und ließ alles mindestens eine Stunde ziehen.

Während dieser Tätigkeit musste ich urplötzlich an den von mir verehrten Dichter Gustav Meyrink denken, der nur für eine kurze intensive Zeit zum Künstlerkreis von Stefan George gehörte, sich dann amüsiert und ironisch distanziert von diesem Zirkel abwandte, nach Tibet reiste und zum Buddhismus übertrat. Vom Bankier in Prag zum okkulten Traumdichter, wie man ihn damals personifizierte. Er war wie Stefan George und Franziska zu Reventlow im Jahr 1868 geboren, Wolfskehls Geburtsjahr schrieb sich im Jahre 1869 in den Kalender. Eine geheimnisvolle Dreieckskonstellation? Gustav Meyrink starb 1932 in Starnberg im Haus mit der Laterne. Darf ich Ihnen etwas verraten? In diesem Haus wurde ich 1945 geboren. Die praktizierende Hebamme hatte den ersten Stock gemietet und dort Kindern, die in Zeiten der Stunde Null das neue Weltengefüge betraten, siegessicher zum ersten, kräftigen Schrei verholfen.

Darf ich Ihnen noch etwas anvertrauen? Fünfundzwanzig Jahre später kehrte ich mit Ehemann und Tochter in dieses Haus zurück. Meine Ehebettseite war zu der Fensterseite gewandt, deren damalige Gardinen Zeuge meiner irdischen Ankunft geworden waren. Der Blick aus dem Fenster umfasste die Votivkapelle, die zu Ehren von König Ludwig II. erbaut wurde, genau an der Stelle seines unglückseligen Todes durch Ertrinken – so sagt man. Die Bücher von Gustav Meyrink, »Der Golem«, »Das grüne Gesicht«, »Der Engel am Westlichen Fenster«, hatten mich vor ein paar Jahren, über den Hinweis eines guten Freundes gefunden, tief berührt und begeistert. Eine Geschichte daraus ging mir immer wieder durch den Sinn, so auch heute. Hatte es mit dem intensiven Geruch der Rosmarinzweige zu tun, der nach der Verschmelzung mit dem Zitronensaft und dem Thymian in meine Nase stieg? In einem Teil von »Der Engel am Westlichen Fenster« hatten sich Wissenschaftler, Dichter und hohe Geschäftsleute in Tibet um einen hohen tibetanischen Mönch versammelt, der sich als Medium für eine geheim durchgeführte Seance zur Verfügung gestellt hatte. In der Männerrunde der aufgewühlten wissensdurstigen Seelen, sagen wir lieber Geister, gab der Eingeweihte, sozusagen als Horsd'œuvre zum big miracle dinner, eine Kostprobe seiner medialen Fähigkeiten. Durch Konzentration und Meditation gelang es ihm, gedanklich erschaffene Imaginationen hologrammverdichtet, visuell bestaunbar, an die hohe Decke des imposanten Vorraumes des Klosters zu projizieren. Dieses Mal war es ein romantischer Teil eines Garten Edens, der die Überraschten mit vor Gesundheit strotzenden Bäumen, sattgrünen Pflanzen, funkensprühenden Wasserfällen, vielfarbigen Orchideen, regenbogenfarben schillernden Schmetterlingen und um die Wette zwitschernden Vogelarten aus dem Staunen nicht mehr herausbrachte. Der Mönch ermunterte nun seine angehenden Meisterschüler, es ihm einfach gleichzutun.

Rotzfrech meldete sich ein Soldat aus Wien, ein Gefreiter der österreichischen Armee, der als Schutzpatron für einen Professor aus Österreich mit auf die große Reise genommen worden war. Er

wurde gebeten, den Platz des Mönches in der Mitte des Raumes einzunehmen und sollte sich nun, wie plastisch vorexerziert, auf die transzendentalen Pfade des Meisters begeben. Der Soldat lachte roh und brachte sich inmitten der intellektuellen Runde in Position. Er versuchte sich zu konzentrieren. Er versuchte es und versuchte es mit ganzer Wucht – nichts regte sich an der Zimmerdecke. Der weise Mönch bat zwei Glaubensbrüder, dem einfältigen Soldaten durch eine emphatische Meditationsübung eine Starthilfe zu geben. Nach etwa zehn Minuten fielen beide plötzlich in Ohnmacht, worüber sich der Soldat ausschütten wollte vor Lachen. Verärgert, aber risikobereit stellte der hohe Mönch noch einmal drei neue Glaubensbrüder zur Verfügung, die sich nun flott in symbolische Startblöcke einreihten und eine neuerliche Konzentrationsübung zusammen mit dem ungläubigen Soldaten-Thomas in die Gänge brachten. Einer Bitte um absolute Stille der anwesenden Besucher wurde dieses Mal nachgegeben. Und das Wunder geschah. Nach einigen Minuten absoluter Konzentration der Agierenden bewegte sich auf dem Plafond des geheiligten Raumes ein kreiselndes Licht, das sich immer mehr vergrößerte und sich zu einer freischwebenden Kugel auswuchs. Die Schläfenadern der meditierenden Mönche schwollen an und Schweißbäche rannen über die Stirne des Soldaten, hinein in den schmierigen Stehkragen einer strammen österreichischen Uniform. Die Kugel berührte eine Blumenvase – und – verschluckte diese, berührte ein Bild an der Wand und verschlang auch dieses. Die Kugel wuchs und wuchs. Jeder Gegenstand, der mit diesem kugeligen Raumsatelliten kollidierte, wurde flugs eingesaugt. Das kugelige Monstrum wurde größer und größer, durchschlug die Wand, deren Bestandteile es komplett absorbierte und an den vor Angst auf dem nackten Boden kauernden Menschen vorbei zog diese jetzt fast haushoch große, alles verschlingende dunkle Kugelattrappe mit Gedonner und Gedöns die Milchstraße hinauf Richtung Saturn und fraß all die herumschwirrenden Meteoriten gnadenlos auf.
Der völlig aus der Bahn geworfene weise Meister richtete nun seine

Worte an die sprachlose Runde. »Meine Damen und Herren, meine Brüder und Schwestern im Zenit des großen Weltenalls. Heute waren wir alle Zeuge einer transzendentalen Sensation. Was Sie sahen, das war das Nichts, das sich im leeren magnetischen Feld des Gehirns eines einfältigen Menschen zu einer bedrohlichen Antipode herausgeschält hat. Ein Menschengehirn ohne Vision, ohne Imagination wird sich als schwarzes Loch polar in unsere materielle Welt eingießen und versuchen, diese unsere Welt aus den Angeln zu heben. Im großen unschätzbaren, schwarzen Magnetfeld würde unsere Mutter Erde unweigerlich zum Erliegen gebracht. Seht euch vor, Brüder und Schwestern im Herrn. Hütet euch vor dieser Spezies Mensch!«

Da nahm der Soldat wutentbrannt seinen Tornister und verließ demonstrativ mit seinen Kameraden den Raum. »Jungs, diese Diskriminierung müssen wir uns nicht gefallen lassen«, schnaubte er wütend. »Ich hab mir während meiner Konzentration das Schlaraffenland mit Schinken so groß wie Wagenräder, gebratene Tauben, die mir geradewegs in den Mund fliegen wollten, und saftigen Trauben, die ich auf dem nackten Leib meiner Geliebten verschlingen sollte, vorgestellt. Ich glaub eher, dass die drei meditierenden Kuttenträger die Hohlköpfe waren!«

Oh, da hat gerade, dank Schinken-Phantasie, der Hunger an meine Magenwände geklopft. In einer halben Stunde werden meine sehnlichst erwarteten Familienmitglieder samt Kater Nicki ihr neues Domizil einnehmen und ich wieder am Leben meiner Tochter teilnehmen können. Von der Ruhe, Toleranz und Aufrichtigkeit meiner Mutter werde ich mir ein dickes Quantum für meine neue Lebensqualität abschöpfen können.

Jetzt heißt's aber schnurstracks in die Küche…

… und den Kartoffelsalat aufbereiten:

Die Kartoffeln werden geschält, in Scheiben geschnitten und in eine Glasschüssel gegeben. Die Zwiebel wird klein geschnitten, mit Salz und

Pfeffer, Zucker, Senf, Essig, Sonnenblumenöl und mit den Kartoffeln vermischt. Brunnenkresse, Schnittlauch und Petersilie werden klein gehackt und locker unter den Salat gegeben.
Kurz vor dem Servieren legte ich noch, zur Überraschung meiner Gäste, eine dreiblütige Kapuzinerblume obenauf, die anfangs von den beiden zaudernd gekostet, dann aber mutig verzehrt wurde.
Die marinierten Lammkoteletts briet ich in dem heißen Butterschmalz auf beiden Seiten für ca. 3 Minuten, gab ihnen mit einer kleinen Prise Salz und Pfeffer den letzten Schliff und gesellte jeweils 3 Stück davon für uns ältere Mädchen zu dem bereits wartenden Kartoffelsalat auf die Teller.

Daniela wollte nur zwei Koteletts, so blieb für unsere kleine hungrige französische Bulldogge ein delikates Teilchen übrig, das sich Pippilotta, ihres Standes wohl bewusst, mitsamt Gewürzen und Kräutern fröhlich zu Gemüte führte.

Agnes' und Danielas Kleeblatt-Willkommens-Torte

Für den Teig:
- 3 Eier
- 4 EL warmes Wasser
- 180 g Zucker
- 1 Päckchen Vanillinzucker
- 120 g Mehl
- 80 g Speisestärke
- 3 TL Backpulver

Für die Füllung:
- 4 El Pflaumenwein
- 6 El Aprikosenmarmelade

Eier und warmes Wasser schaumig rühren, Zucker und Vanillinzucker mischen und in die schaumige Masse einrühren. Mehl, Speisestärke und Backpulver ineinander vermischen, über den Eischaum sieben und geruhsam zu einem Teig verrühren. Den Teig in eine Springform geben, deren Boden eingefettet und mit Pergament ausgelegt ist. Glattstreichen und bei ca. 200 Grad für 20 Minuten ausbacken. Aus der Form lösen, stürzen und das Pergament abziehen. Eine Schablone in Springformdurchmesser zeichnen, in meinem Fall vierblättrig, auflegen und danach die Tortenform ausschneiden.
Den ausgeschnittenen Tortenboden mittig durchschneiden, den Boden mit dem Pflaumenwein beträufeln, kurz einwirken lassen, mit der Aprikosenmarmelade gleichmäßig bestreichen und die obere Hälfte wieder aufsetzen.

Für den Guss:
150 g Puderzucker
4 EL Zitronensaft
1 Tube Lebensmittelfarbe grün
150 g Kokosflocken

Für die Tortenauflage:
120 g Puderzucker
2 EL Zitronensaft
1 Tube Lebensmittelfarbe grün
250 g Marzipanrohmasse
1 Tube Lebensmittelfarbe rot
3 Packungen Silberperlen

Für den Guss den Puderzucker und den Zitronensaft mit der Lebensmittelfarbe vermischen und unter die Kokosflocken geben. Den Außenrand der Torte damit bestreichen.
Für die Tortenauflage den Puderzucker mit Zitronensaft und der grünen Lebensmittelfarbe verrühren und mit dem rohen Marzipan gleichmäßig vermischen. Auf einem bemehlten Pergamentpapier in Höhe von etwa 2 mm ausrollen. Nach der Schablone ausschneiden, auf die Torte geben und andrücken. Den Rand mit Silberperlen und kleinen Marzipanrosettchen, geformt aus den grünen Marzipanresten, dekorieren.
Mit der roten Lebensmittelfarbe beschriften.
WILLKOMMEN wird auf meiner Torte prangen. Also machen wir uns ans Werk, Frau Sägebrecht.

Für den Teig rührte ich also die Eier mit meinem Schneebesen, zusammen mit dem heißen Wasser schaumig, dass es nur so spritzte. Dem Zucker hatte ich schon das Päckchen Vanillinzucker untergeschoben und so gab ich die Vermählten zu meiner Eiermasse und wirbelte alles für weitere 5 Minuten, zu feurigen Flamenco-Rhythmen meiner geliebten Gipsy-Kings-Band, durcheinander. Im temperamentvollen Stampftanzschritt erreichte ich mein Küchenbuffet, um mir Mehl, Stärkepulver und das Backpulverpäckchen aus der Schublade zu holen, als mich die Explosion eines Knallfrosches, dem wohl von Kindern im Hinterhof der Garaus gemacht wurde, fast vom Küchenstuhl riss, auf dem ich gerade balancierte.

Der nächste Schreck fuhr mir in die Glieder, als ich feststellen musste, dass mein Buffet heute kein Weizenmehl anzubieten hatte. Speisestärke und Backpulver gaben sich schuldbewusst. Zusammen mit dem Mehl hätten sie sich gleich von mir über die Eicreme sieben und genüsslich unterrühren lassen wollen.

Dabei war der Boden der Springform schon mit kleinen, glitschigen Butterflöckchen eingefettet und mit Pergamentpapier ausgelegt, um sich, nach Vollschlagen des leeren Blechbauches mit meiner geschmackigen Teigmasse, dem schon auf 200 Grad vorgeheizten Rost freudig hinzugeben.

Pustekuchen! Die Zeit war mir heute einfach davon gelaufen. Der kleine Edeka-Laden im Vorderhaus hatte die Rollläden schon mittags heruntergelassen. – Wochenende war angesagt. Daniela und Mutter Agnes erwartete ich in den nächsten zwei Stunden. Heute Vormittag hatte ich wohl zu viel Zeit bei dem Entwurf meines »Frozen-poems« für meine große platonische Liebe Erich verstreichen lassen:

»Wenn ich einfach nur weiß wäre?
Weiße Hände hätte
mund- und augenlos
Wenn ich einfach nur weiß wäre
Dich stillen und tragen dürfte
mit lautlosem Schnee-Atem.
DU UND ICH
Wenn wir einfach nur weiß wären!«

Für Erich von Marianne am 3.4.78

Sie müssen wissen, mein Seelenfreund Erich hatte mir vor ein paar Tagen, feinstimmigem Klingklang von zwei beschwingten Champagnergläsern zum Trotz, ein Misstrauensvotum auf meinen wartenden Teller mit den verlorenen, russischen Eiern auf eingelegtem Lachs, gekrönt von schmuckem Ersatzkaviar, in ein Nest von grünen Salatblättern gebettet, gelegt.
Wie er formulierte, wollte er sich als homosexueller Mann nicht von einem Wohlgefühl abhängig machen, das ihn in meiner Gesellschaft durchströmen würde. Eine Auszeit von einigen Wochen, um einen kühlen Kopf zu bekommen, war mir von meinem Seelenfreund beim Abschied ans traurige Herz gelegt worden. Aus dem Ansinnen eines kühlen Kopfes entstand mein erfrorenes Gedicht.
Seit meiner Scheidung 1976 war mein Herz noch sehr wund und ich fand mich für eine neuerliche Mann-Frau-Beziehung noch lange nicht bereit. In der Nähe von männlichen Wesen, die androgyne Schwingungen aussandten, fühlte ich mich wohlverstanden und geborgen. Die Anschwingung meiner Seelenkräfte, die sich oft durch Gleichklang der Gedanken zum visionalisierten Sinn des Lebens ausdrückten, beflügelten mich. Eifersucht, der ich in meinen Ehezeiten vonseiten meines Ehegesponses heftig ausgeliefert war, gab es in diesen sehr nahen Freundschaften nicht, Toleranz wurde großgeschrieben. Sich in die Arme eines wohlgesonnenen Mannes zu schmiegen, dessen Wärme und Schutz zu verspüren, ohne eine sofortige polare sexuelle Begehrlichkeit auszulösen, völliges Vertrauen im gegenseitigen Anvertrauen von intimsten Geheimnissen und Lebenseinstellungen, ohne Rollenspiel und die Angst, wieder verlassen zu werden, gaben mir in dieser Zeit die Zuversicht und Kraft, den schwierigen Lebensalltag zu meistern. Hatte Erich Ängste, ich würde ihn als Exehefrau auf längere Sicht unserer freundschaftlichen Beziehung doch eines Tages in eine horizontale, sexuelle Komponente hineintappen lassen? Das wollte ich aus tiefstem Herzen zerstreuen. Das Misstrauen alleine hatte mich damals sehr verletzt. Eine, seit meiner Trennung von

Ehemann Fritz schon langjährige vertrauensvolle, tiefe seelische Verbindung zu meinem besten Freund Detlef, der zu dieser Zeit in Hamburg lebte und ebenfalls sexuell dem eigenen Geschlecht zugetan war, sprach Bände. Der Gleichklang der Gedanken, die gemeinsamen seelischen Höhenflüge, das befreite Lachen und Weinen über die kleinen und großen Dinge des Lebens, das ich so oft Aug in Aug mit diesem Seelenbruder erleben durfte, schenkte mir damals inneren Frieden und tiefe Glücksgefühle in einer Freundschaft und in einer ewigen seelischen Verbindung, die noch immer über den schmerzhaften Tod meines Freundes hinausgeht.
Meine demütige Ode für Erich landete damals als beschriebenes Blatt in meinem Tagebuch, er selbst hat es bis zum heutigen Tage nicht zu Gesicht bekommen. Unsere Freundschaft pegelte sich im Lauf der Jahre auf ein von Erich vorgegebenes Maß, das ja schon durch die auseinanderlebenden Wohnsitze karger bemessen wurde. Das Freudenfeuer bei unseren raren Wiedersehen war immer groß. Die Treffen sind leider sehr selten geworden. Lieber Erich, ich warte sehnsüchtig auf unser nächstes Treffen. Hab Vertrauen, eine transzendentale Kollaboration in Gedanken und Werken wird mir Ehrensache sein.

Herrje, nun hatte ich doch glatt eine ganze Stunde in den Sand gesetzt. Was soll ich Ihnen sagen. Unser kleiner Laden im Vorderhaus hatte ja schon geschlossen, also rauf auf den Drahtesel und schnell noch zur Lebensmittelabteilung von Hertie, um noch das ausstehende Mehl zu ergattern. Erst hieß es noch, sich über die verstreuten Teile eines vormals intakten Fernsehapparates eine Schneise zu schlagen, um zu meinem Perpedum zu gelangen. Stellen Sie sich mal vor, der lauthalse Knallfrosch, der sich beim Teiganrühren noch über die Töne der Flamenco-Musik gestülpt hatte, entpuppte sich bei meiner Ankunft als das Opfer eines tobsüchtigen Nachbarn vom Parterre, der ihn, zur Untermalung seines Ehekrachs vor den glutvollen Augen seiner Angetrauten,

schnurstracks aus dem geschlossenen Fenster bugsiert hatte, was dieser mit einem die Umwelt anstinkenden Urknall quittierte.
Uschi Nerke, die Moderatorin des aktuellen Beat-Clubs, konnte der Rockband Sticky Fingers, die sich der pubertierende Sohn des Hauses heute reinziehen wollte, zu keinem erfolgreichen Finale verhelfen. Vaters angepeilte Fußball-Übertragung, 1860 München contra Hertha Berlin, war gerade vor der Haustüre versandet. Die Mitglieder des Denver-Clans, übrigens die heutigen nicht zum Zug gekommenen Favoriten der Mutter dieses Haushalts, waren dem Tod auf Mattscheibe gerade noch mal entgangen. Gott sei Dank hatte ich das abwesende Mehl erst eine halbe Stunde nach dem Knall entdeckt. Nicht auszudenken, wenn das alte Fernsehmonstrum auf meinem bayrischen Dickschädel gelandet wäre. Aber wie sagte doch der alte Salomon so weise, »alles hat seine Zeit«. Glück für unser angehendes Dreimäderlhaus, summte es durch meinen Kopf, als ich, mit meinem ergatterten Mehlpaket, einer Flasche Krimsekt, einem Päckchen mit frischgemahlenem Kaffee aus Brasilien, einer duftenden frischen Ananas, zum Nachtisch angedacht, und – ich trau es mir gar nicht zu beichten – einem fertigen Tortenboden im Einkaufskorb, einen herrlichen bunten Frühlingsblumenstrauß unter die Achsel geklemmt, bei meiner Rückfahrt in Richtung Kaulbachstraße zügig in die Pedale trat. Schnell huschte ich durch den nun menschenleeren Hof, an dem immer noch ausharrenden, zerborstenen Fernsehveteran vorbei, das Treppenhaus hinauf, da drang beim Öffnen der Türe, nun vom obersten Stockwerk unseres Sechsfamilienhauses her, das Holterdipolter eines saftigen Ehestreits an mein Ohr.
Dieses Mal wurde das Schwert der deftigen Worte in den Kampf mit eingebracht, und das war nicht von schlechten Eltern, wie der Volksmund zu sagen pflegt. Als der Ehemann handgreiflich zu werden drohte, hetzte ich mit zitternden Knien nach oben, meinen Einkaufskorb an unserer Eingangstüre zurücklassend, um dort mutig Sturm zu läuten. Was zu viel war, war zu viel. Die bedrohte

Ehefrau war unsere Hausmeisterin, so war es mir leicht, eine Frage bezüglich des für den Möbelwagen bald benötigten Parkplatzes vehement durch den Türschlitz hineinzurufen und so die ausholende Faust dieses Familienvorstandes auf halbem Wege zum Stehen zu bringen.

Es durchströmte mich ein großes Glücksgefühl, als ich anschließend, in der schützenden Frauen-Kemenate unserer jetzt gemeinsamen Wohnung, den fertigen Tortenboden zu einem vierblättrigen Kleeblatt-Objekt beschnitt. Eine rohe Dominanz durch ein männliches Wesen würde es zukünftig in unserem Lebensraum nicht geben, darüber waren sich meine Mutter und ich einig. Meine Mutter hatte sich ja vor fünf Jahren couragiert von ihrem psychisch kranken Unterdrücker durch eine eingereichte Scheidung befreit.

Ich hatte meiner Tochter Daniela versprochen, dass sie ihren Lebensbereich nie mit einem Stiefvater würde teilen müssen, und das sollten wir auch über die Jahre schicksalhaft einlösen. Männerbesuche waren natürlich gestattet, Übernachtungen ausgeschlossen. Danielas Vater war als Gast immer willkommen. Als er seinen Wohnsitz in Gran Canaria verlor und mit seiner neuen Familie kurzzeitig ohne Obdach war, stellte ich ihm, seiner Partnerin und den beiden Töchtern, nach Absegnung dieses Angebots durch Mutter Agnes, mein Zimmer in unserer Lebensgemeinschaft zur Verfügung, freie Verpflegung mit eingeschlossen, und zwar für drei ganze Monate, bis die Partnerin meines Exmannes in ihrem Heimatland Holland eine Wohnung vom Staat zugewiesen bekam. Es machte mich froh und zufrieden, diese Familie in ihrer Notzeit auf unser Hausboot zu nehmen.

Einige Jahre später konnte Clinton, der erste Freund meiner Tochter, während seines letzten Schuljahres unsere Gastfreundschaft genießen. Agnes hatte ihm diese Einladung ermöglicht und durch morgendliches, pünktliches Wecken und eine fürsorgliche Betreuung und Verköstigung den Boden für seinen erfolgreichen Realschulabschluss mit vorbereitet.

Auch mein platonischer Freund Detlef war in unserer Frauenwohngemeinschaft, die sich nach einem Jahr durch den Zuzug von meiner Schwester Renate noch vervollkommnete, ein gern gesehener Gast. Er hatte die Herzen von Agnes, Daniela und Renate in sanftem Frühlingssturm erobert. Streit und Zank hatten in unserem gemeinsamen Domizil keinen Stand, eine soziale Hygiene, ausgedrückt durch Einlösung von Rechten, aber auch Pflichten eines toleranten respektvollen Miteinanders, betrachteten wir als oberstes Gebot. Daniela bekam so eine sichere Insel, konnte sich über die Jahre stabile Kindheitsfreundschaften aufbauen und war durch die abgesicherte Anwesenheit meiner sich einbringenden Mutter Agnes und die Zuwendung meiner Schwester Renate auch in Zeiten meiner beruflichen Abwesenheit immer abgesichert und geborgen.

Zurück zum 3. April 1978! Meine Blumen musste ich jetzt hurtig in die vorbereitete Vase geben, den Küchentisch eindecken. Der Kartoffelsalat wartete nur noch auf seine Marinade, die marinierten Lammkoteletts auf den letzten Sprung in die heiße Pfanne und meine vierblätterige Glückstorte hieß es jetzt holahopp mit Kokosrand, Liebesperlen und rotem Willkommensgruß zur Vollendung zu bringen.

Der ist am glücklichsten, er sei ein König oder
ein Geringer, dem in seinem Haus Wohl bereitet ist.
Goethe

Mariannes Gulaschsuppe »Zigeunerbaron«

Für 6 Personen

- 125 g Schweineschmalz
- 500 g Rindfleisch von der Schulter, gewürfelt
- 12 Zwiebeln, in Scheiben geschnitten
- 2 Knoblauchzehen, klein geschnitten
- 1/2 TL Cayennepfeffer
- 1 Tl Salz
- 1 TL Kümmel gemahlen
- 1/2 TL Majoranblätter gehackt
- 1 Lorbeerblatt
- 3 EL Sonnenblumenöl
- 1 gehäufter EL Paprikapulver, ungarisch, mittelscharf
- 2 l gekörnte Brühe
- 5 große Tomaten
- 1/2 TL Tomatenmark
- 250 g Kartoffeln, geschält und gewürfelt
- 1 mittelgroßer säuerlicher Apfel, gewürfelt
- 2 grüne Paprikaschoten, gewürfelt
- 1 Msp Zitronenschale, gerieben
- 200 ml Burgunder-Rotwein
- 125 g saure Sahne
- 100 g Petersilie, gehackt

Im heißen Schweineschmalz wird das Rindfleisch angebraten, dann werden die Zwiebelscheiben samt den Knoblauchzehen dazugegeben und mit angeröstet. Jetzt gesellen sich Pfeffer, Salz, Kümmel, Majoran und das Lorbeerblatt dazu und man brät das Ganze unter kräftigem Rühren für 15 Minuten gut durch. Guter Rat von Zigeuner-Mama Romina: Damit das Paprikapulver durch das längere Anbraten keine bittere Miene aufsetzt, vermischt man es jetzt zuerst mit 3 El warmem Sonnenblumenöl, gießt den Topfinhalt erst mit einem Teil der gekörnten Brühe auf und gibt das aufgelöste Paprikapulver dazu.

Jetzt sind die Tomaten an der Reihe, die man kurz mit kochendem Wasser überbrüht, die Haut abzieht, sie schneidet und zusammen mit dem Tomatenmark zu den Zutaten in den dampfenden Topf gibt. Kartoffel-, Apfel und Paprikawürfel packt man obenauf, gibt die geriebene Zitronenschale dazu und füllt die Suppe mit dem Rest der gekörnten Brühe auf. Der Burgunder-Rotwein ist noch das Tüpfelchen auf dem i. Die im Werden begriffene, delikate Gulaschsuppe à la Romina lässt man nun für etwa 25 Minuten auf kleiner Flamme köcheln, rührt alles kräftig durch, ergänzt die noch evtl. fehlende Flüssigkeit, schmeckt, wenn nötig, noch mit Salz und Pfeffer ab.

Auf die Mitte des gefüllten Tellers gibt man beim Servieren noch einen kräftigen Klecks saure Sahne, obenauf die geschnittene Petersilie. Dazu reicht man ein duftendes Sonnenblumenbrot. Getrunken wird dazu Burgunderwein oder ein kühles Helles.
Diese Suppenkreation weckt die Lebensgeister und durchglüht Ihre Körperzellen dermaßen, dass Sie der Firma Yello als lebendes Stromaggregat Ihre Dienste als Anbieter offerieren können, das verspreche ich Ihnen. Von Ihrem aufgeweckten, elektrisierten Partner, nach Genuss der höllisch delikaten Suppe, gar nicht zu reden!
Buon appetito!

Diese Gulaschsuppe, ein berühmt gewordenes Schmankerl unseres Mutti-Bräu-Speisezettels anno 1976, zeichnete sich dadurch aus, dass sie nicht mit Mehl gebunden wurde, sondern durch die Fülle der Zwiebelmenge eine eigene, sämige Bindung bekam, wie das im Originalrezept niedergeschrieben war, das mir kurz nach unserer Eröffnung von Carlos anvertraut wurde. Er war der Sohn eines Zigeunerkönigs der Sinti-Gemeinschaft. Das Reich seines Vaters erstreckte sich von der Südzone über Regensburg, weit in die westliche Region bis nach Brandenburg hin. Durch seinen Onkel, den damals bekannten Teufelsgeiger Nipso Brantner, übrigens ein Spross aus der weitschichtigen Verwandtschaft von Django Reinhardt, der sich mit seinen Familienmitgliedern in München sesshaft gemacht hatte, waren wir uns bei dem unvergessenen Konzert begegnet, das ich in unserem Kleinkunstlokal Spinnradl für unsere Gäste ausgerichtet hatte. Wir engagierten nur Künstler, denen wir selbst heiße Verehrung zollten. Nipso holte, wie immer in seinen Live-Konzerten, in Komplizenschaft mit seinem Geigenbogen nie gehörte mitreißende, musikalische Klänge aus seinem Zauberkasten. Unsere Begeisterung trieb ihn an. Cousar Babis' Gitarrenspiel war nur von der Fingerfertigkeit Jimi Hendrix' zu toppen. Aber der übte damals schon im Musikerhimmel.
Romeo, der smarte, glutäugige Neffe der beiden leidenschaftlichen Musiker, setzte sich mit Sehnsucht erweckenden, gutturalen Tönen und den geschmeidigen Bewegungen eines Panthers gekonnt in

Szene, nicht gerade zum Entzücken seines sich im wilden, solistischen Fidel-Stakkato verströmenden Onkels Nipso. Bei dem folgenden eindrucksvollen Solo von Babis erbat sich Nipsos Geigenbogen durch einen Schlag auf Romeos linke Schulter Aufmerksamkeit, was von dem Angetippten aber nur mit einem ironischen Hochziehen der rechten Augenbraue beantwortet wurde. Als Romeo mit schelmischem Augenaufschlag, wieder mal viel zu früh, mit seinem Gesangseinsatz eine Kerbe in das furiose Gitarrensolo trat, platzte Nipso der nicht vorhandene Stehkragen. Er stoppte die begeistert gefeierte Performance und forderte Romeo auf, die Bühne zu verlassen, was der Charmeur erstaunt und genüsslich verweigerte.

Hahnenkämme begaben sich auf Startposition, Nüstern blähten sich auf und Zornesadern begannen anzuschwellen. Ehrfürchtig hatten die fein herausgemachten, stolzen, schönen Frauen der Zigeunerfamilie mit hocherhobenen Häuptern Platz geschaffen, um einem unausweichlichen Ritual, der Domestizierung eines aufmüpfigen Jungmannes, nicht im Weg zu stehen. Romeo war der jüngere Bruder von Babis und hatte versucht, innerhalb der Sippe eine neue Rangordnung zu ertrutzen, aber nicht mit der Chuzpe von Mutter Sägebrecht gerechnet. Mit einem elfengleichen Schwung hievte ich mich über die Brüstung auf die Bühne und begab mich sofort mutig hinein in das Auge des aufziehenden Orkans.

Es gelang mir ohne Worte, die beiden Kontrahenten auseinanderzudividieren. Nur durch die flehentlichen Gesten einer Ausdruckstänzerin, untermalt von Babis' ungerührten Gitarrenriffs, gelang es mir, die Kampfhähne zur Räson zu bringen und alle vier Musiker – der Schlagzeuger Reno hatte sich die ganze Zeit stoisch ausschließlich auf seine musikalische Schlagfertigkeit verlassen – zu einer fortreißenden heißen Session anzustacheln.

Bei einem aufregenden Konzert oder Theaterereignis geben mir die glückhaften Momente einer kollektiven Verschmelzung immer wieder ein Gefühl der ungeheuren Freude und Geborgenheit. Dieser Schatz ist für mich mit keinem Gold der materiellen Weltenschatztruhe aufzuwiegen.

Carlos, der fachkundig, Daumen hoch, mit schnalzender Zunge, meine gerade fertig abgeschmeckte Gulaschsuppe gekostet hatte, erinnerte sich noch schmunzelnd an den familiären Ausrutscher und an das anschließende, brillante Feuerwerk einer unvergessenen Darbietung. Für meine geplante Opera-Curiosa-Aufführung, die ich als Premiere im Bauch unseres Mutti-Bräu-Lokals, im Stil einer »Juke-in-the-box-Würfel-Dramaturgie«, inszenieren wollte, stand Nipso Brantner mit seinem virtuosen Geigenspiel bereits auf meiner Besetzungsliste.

Achtzehn Jahre später, im Mai 1994, stand ich als Schirmherrin des Europäischen Zigeunerfestivals, das Heinrich von Miller engagiert und enthusiastisch in Szene gesetzt hatte, auf der Bühne im Englischen Garten, um dem frenetisch klatschenden Publikum, das gerade einem begnadeten Auftritt des Jazz-Geigers Zipflo Reinhard, einem Verwandten von Django Reinhardt, und dem Jazzrock-Gitaristen Biréli Lagrène aus Frankreich zujubelte, alle Interpreten und Organisateure ans aufgewühlte Herz zu legen.

»Marian, Marian« drangen hunderte von Zigeunerstimmen laut rufend zu mir herauf. Aus Südfrankreich, Ungarn, Rumänien, Polen, sogar Mazedonien waren die Virtuosen mit ihrer Zigeunermusik gekommen, »dem wertvollsten Geschenk der Sinti- und Roma-Völker an die Menschheit«, wie es Heinrich von Miller liebevoll bei seiner Rede benannte. Es gelang den einmaligen Musikern, die Herzen der zahlreichen Festivalbesucher zu berühren und mit ihren unnachahmlichen Live-Auftritten unauslöschliche musikalische Akzente zu setzen.

Ein tiefes Gefühl der Verbrüderung und seelischen Verwandtheit mit allen Anwesenden kehrte bei meiner Begrüßungsrede in mein Herz ein. Schon in meiner Kindheit hatte ich mich vehement vor die Zigeunerkinder unseres Nachbardorfs gestellt, um sie vor den rassistischen Übergriffen meiner Nachbarin zu schützen. In Kindheitsträumen sah ich mich immer wieder als Kind einer Wanderzirkusfamilie, das im Zirkuszelt zusammen mit Brüdern und Schwestern unter der Zirkuskuppel auf einem Seil balancierte, die Balance verlor, dann wurde es dunkel und ich wachte schweißgebadet auf.

Im Jahre 1974 hatte ich in unserer Spinnradl-Ära Freundschaft mit einer Zirkusfamilie geschlossen, die sich auf einer Gastspieltournee befand. Die älteste Tochter Melanie war im gleichen Jahr wie ich geboren. Ich verbrachte viel Zeit mit der Familie, vor allem in der Zirkusarena bei den Proben für das Zirkusprogramm war ich nicht wegzulocken. Ich balancierte gekonnt auf dem Manegenrand, saß sicher im Sattel und grub dabei meine Nase hungrig in die Zottelmähne des stämmigen Zirkuspferds. Alles schien mir total vertraut und doch so weit entfernt, bis ich mich drei Jahre später, zusammen mit der von mir gegründeten Regenbogen-Artistenfamilie, unter dem Schutzmantel des Familienzirkus Atlas, als zeitbedingte Direktorin für meine Opera Curiosa wiederfand. Mit

Melanie und ihrer jüngeren Schwester Mona bin ich heute noch befreundet. In meinem Fernsehfilm »Bezaubernde Marie«, der 2007 ausgestrahlt wird, habe ich meine Filmfigur Marie als Hommage für den Wanderzirkus und ihre Familien angelegt. Ich spiele ein ehemaliges Zirkuskind, das mit achtzehn Jahren bei einem Auftritt auf dem Hochseil in der Zirkuskuppel abstürzt, zurücktritt und später einen Buchladenbesitzer heiratet. Das Zirkuselement spielt in dem ersten Teil der Triologie eine tragende Rolle.
Vater Alois, der Zirkusdirektor meiner befreundeten Familie, behandelte mich früher, bei meinen Besuchen, immer wie eine Verwandte der Familie. »Du musst auftreten, Marianne, spielen, du hast das gewisse Licht und eine Grandezza«, sagte er mir ganz ernst.
»Grand schon, aber wie's dann mit der ezza aussehen wird?«, antwortete ich ihm damals lachend.
»O mein Papa« Alois kam aus einer österreichischen Artistenfamilie und war selbst Künstler mit Leib und Seele. Mutter Babette, der ich mich, wie dem Vater und den Töchtern, über die Jahre sehr nahe fühlte, war die wunderschöne Tochter einer Sinti-Familie, die der Hochzeit der beiden Liebenden nicht im Wege gestanden hatte. Es war eine Wonne, dieses attraktive Paar anzusehen, dessen Ehe bestimmt schon im Himmel geschlossen worden war. Babettes bronzefarbener Teint, ihre dunklen, melancholischen Augen, das schwarze, lockige Haar mit den blauen, eingewobenen Schattenlichtern und den schöngeschwungenen Lippen prägten sich einem tief in das innere Auge ein. Mit schöngeformten, filigranen Fingern umfing sie täglich, bis zu ihrem Heimgang vor fünf Jahren, ihre Zigarette mit Mundstück, deren Rauchkringel sich wie scherzende Elfenwesen um ihre Gesamterscheinung schlängelten. Beinahe hätte ich Babettes rote, hochhackige Stöckelschuhe vergessen, die sich um weitgereiste, schlanke Fesseln schmiegten. Den betörenden Duft ihrer Haut, durch eine geheimnisvolle Parfümessenz, auf Veilchenbasis?, noch vervollkommnet, nahm man nach den liebevollen Begrüßungen, nach französischer Tradition versteht sich,

am liebsten für immer mit nach Hause. Sie liebte das Leben, feierte die Feste, wie sie fielen. Ihren Ehemann hatte sie um Jahre überlebt. Von ihren Töchtern wurde sie bis zum Tage ihrer großen Heimreise in die weitgeöffneten Arme ihres vorausgegangenen Gemahls mit aufopfernder Fürsorge im trauten Zuhause gepflegt. Ehemann Alois hatte in jungen Jahren seine Schwestern, ausgebildete Artistinnen, vor dem Zugriff der Nazis zu bewahren versucht, die den Mitgliedern des fahrenden Zirkusvolks, wie man es nach dem Zusammenbruch des totalitären Staatsapparates schmerzhaft realisieren musste, nach dem Leben trachteten. Es gelang ihm, zwei seiner fünf Schwestern mit Hilfe eines Offiziers nach Moskau zu schleusen. Sie wurden beide Mitglieder des Moskauer Staatszirkus und eine Schwester brillierte dort, auch noch nach Kriegsende, als Zirkusreiterin. Die zweite verließ den russischen Zirkus bei einer Tournee durch die Amerikanischen Staaten und trat dem amerikanischen Zirkusunternehmen Barnum & Baily bei. Dort fand sie als Artistin und Tänzerin große Anerkennung. Für die drei zurückgebliebenen Schwestern hatte das Schicksal die Karten nicht so gut gemischt. Sie verloren ihr junges Leben als Insassinnen des Konzentrationslagers Dachau. Die jüngste Schwester hatte sich in ein Kloster geflüchtet, wurde aber von den Klosterschwestern an die Gestapo aus- und ebenfalls in das KZ eingeliefert, das sie, wie ihre Schwestern und Hunderttausende der unglücklichen Sinti- und Roma-Kulturkreisangehörigen, nicht mehr lebend verlassen sollte. Tiefer Schmerz bäumt sich in meinem Herzen auf, wenn ich an diese tragischen Lebensmuster der unglückseligen, jungen Frauen denke.
Durch einen Dokumentarfilm, den ich zusammen mit Melanie und Mona auf den historischen Spuren ihrer Tanten auf die Beine stellen werde, hoffen wir, noch mehr Licht in die schicksalhaften Umstände ihrer Familienchronik zu bringen. Aber auch dem Licht der Liebe und Freude, das sich nach den Kriegszeiten über dieser Familie ausgebreitet hatte, wollen wir damit Rechnung tragen.

Damals, in Heiner von Millers Veranstaltungszelt, wollte ich diesen traurigen Gedanken keinen Platz in meinem Herzen einräumen. Glücklich war ich, diese Schirmherrschaft tragen zu dürfen. Meine eigene Mitte inmitten dieser großen Zigeunermusiker und der anwesenden, begeisterten Fans wollte ich spüren und dann nicht mehr verlieren, höchstens später vor Freude abheben und eine Runde unter dem Zeltdach drehen, mal sehen! Diesen Ulm'schen Schneiderinnen-Plan ließ ich aber das Publikum nicht wissen. Die Menschen im großen Zeltenrund riefen laut und klatschten frenetisch, als ich, wieder zurück auf dem Boden der Tatsachen, meine glutvolle Rede mit den Worten des berühmten Zigeunermusikers Yehudi Menuhin beendete:

»Europa ist erst dann zivilisiert, wenn ein Zigeuner
von Istanbul nach Dublin reisen kann, ohne dabei
ständig schikaniert zu werden.«

Kanadische Forelle im Speckmantel

»Truite Etuvee très bonne«

250 g magere Schinkenspeckscheiben	**1 Zitrone**
2 große Regenbogen-Forellen	**50 g Butter**
$^1/_2$ TL Salz	**1 TL Honig**
$^1/_2$ TL Cayennepfeffer	**2 Knoblauchzehen**
1 Bund Petersilie	**250 g saure Sahne**

Man nimmt eine Auflaufform, am besten aus Keramik, und legt den Boden mit einem Teil der Schinkenspeckscheiben aus. Die Forellen werden ausgenommen, gewaschen, Köpfe sollten dran bleiben, es sei denn, Sie haben ein Problem, den Fischen in die erloschenen Augen zu blicken. Wenn das so ist, dann heißt es jetzt gnadenlos »Kopf ab«. Die Fische werden auf der Innenseite gesalzen und gepfeffert. Drei Petersilienstängel und eine halbe Zitronenscheibe legt man dann in die gewürzten Bäuche hinein, legt die beiden artig nebeneinander in die Form, gibt auf beide

Rücken kleine Butterflöckchen, verteilt vorsichtig den Honig in feinen Streifen darüber, deckt die Fischlein mit der zweiten Hälfte der Schinkenspeckscheiben ab, gibt die beiden Knoblauchzehen ungeschält mit hinein – und ab in das Bratrohr für 1/2 Stunde bei 200 Grad.
Danach nimmt man den Deckel ab und lässt die Speckscheiben an der Oberfläche noch für ca. 5 Minuten anbräunen. Kurz vor dem Servieren gibt man die saure Sahne in die Form, kocht alles noch einmal vorsichtig auf und serviert die schmackigen Forellen mit Butterkartoffeln und grünem Salat. Die krosse Haut kann zusammen mit den angebratenen Speckscheiben verspeist werden. Die saure Sahne verbindet den Geschmack der einzelnen Gewürze hervorragend und gibt eine saftige Unterlage für die beiliegenden Kartoffeln.

»Bin ja mal gespannt wie ein Parapluie, ob unsere Gäste heute abend die kanadisch-amerikanische Leibspeise annehmen werden«, bemerkt mein fleißiger Assistent Einstein, ein geheimnisumflorter Stammgast ohne festen Wohnsitz, der sich seit einigen Monaten an unserem Stammtisch einen festen Wohnsitz erobert hatte. Albert Einstein war sein großes Vorbild, er sah ihm äußerlich sehr ähnlich, was er durch seine verwegene, schlohweiße Haartracht noch unterstrich. Mit unserem zweiten Maskottchen, der ebenfalls obdachlosen Tulpen-Paula, die rotzfrech den Stammtischplatz an seiner Seite für sich beanspruchte, pflegte Einstein täglich streitbare Auseinandersetzungen. Sie war ihm mit ihren zerfusselten Blumenstöcken, die sie unter der Hand zu verkaufen suchte, den ungewaschenen Haaren und dem Stuss, der aus ihrem Munde brach, wie er genervt zu bemerken beliebte, nicht würdig genug. Mein Hausgast warf in bunter Tischrunde mit Zitaten und Geschichten seines großen Vorbildes Albert Einstein nur so um sich. Die geistigen Ergüsse verblüfften uns, wirkten überhitzt und oft scheinbar zerfleddert, aber belustigend für meine Gäste. War er aber, so wie heute Nachmittag, mit mir alleine, benahm er sich ruhig und gefasst, von unsäglicher Traurigkeit durchdrungen und wie mir schien, hinter seiner vorgegaukelten Absurdität, blitzgescheit. Nicht selten brachte er sich an den Abenden auf einem

Podest unseres Lokals in eine theatralische Position und zitierte, das schlohweiße Haupt hocherhoben, mit sendungsbewusster Mimik, wie Cicero in seinen besten Zeiten aus Einsteins Lebenserkenntnissen, wie z. B.:
»Eine Analyse der zeitlichen und räumlichen Grundbegriffe hat uns gezeigt, dass der aus der Optik bewegter Körper sich ergebende Satz von der Konstanz der Vakuum-Lichtgeschwindigkeit – uns keineswegs zur Theorie eines ruhenden Lichtäthers zwingt!« – an Paulas fassungslosen Augen und meiner nachdenklichen Stirn vorbei, von der amüsierten Künstlerstammtisch-Runde, die diese reale Aussage Einsteins nicht ernst nahmen, ihren Redner aber hysterisch beklatschten und feierten.
»Du brauchst den Einstein gar nicht so hoch halten, mein Grauschopf«, drang Paula jetzt aus ihrer Reservebank nach vorne. »Der Dotterkopf hat doch dem, dem … wie heißt er denn jetzt wieder, der Verräter«, tastete Paula angestrengt ihre arbeitslosen Hirnzellen ab.
»Du meinst wohl den Präsidenten Roosevelt, der dem Einstein die Pläne zur Herstellung einer Atombombe schnurstracks abgekauft hat. Ich sag nur Hiroshima, so ein entsetzliches Gräuel! Vor dieser großen Schuld wird sich sogar Luzifer auf seinem Feuerross aus dem Sternenstaub machen«, trug unser Dichterfürst Martin Sperr jetzt sein Scherflein bei.
»Ja, aber mein Einstein war ein engagierter Pazifist und Friedenskämpfer, stand gegen die amerikanische Waffenlobby, machte sich große Gedanken, wie man die Menschen vor ihrer radikalen Ausbeutung durch die Wirtschaftsunternehmen retten könnte, war sogar ein Anhänger von Karl Marx und seinen Thesen«, versuchte nun Einstein für Einstein in die Bresche zu springen.
»Ja, nach dem unsittlichen Abwurf der Atombombe. Das Proletariat als Randexistenz interessierte den weltweit verhätschelten Elite-Papst doch nicht, das macht mir niemand weis«, warf Martin Sperr sarkastisch dazwischen. Jetzt fühlte sich unser selbsternannter Philosoph aber auf die weiße Halskrause seines Clowns-Kos-

tüms gestiegen, das er in diesen Tagen gar nicht mehr ablegen wollte, und verschwand in sich hineinschimpfend und mümmelnd in unseren Küchenräumen, um mir bei der täglich anfallenden Töpfereinigungsaktion zur Seite zu stehen. Vorher durfte er sich als Trostpflaster und Nervenfutter die brodelnde, duftende Gulaschsuppe samt Brotstulle zu Gemüte führen, was sein feines Theaterkostüm noch mit ein paar sauberen Flecken bestückte. Am letzten Wochenende hatte ich ihn da hineingesteckt, um ihn im Botanischen Garten, in der Pose eines verträumten, aber wissenden Pierrots in einem Blütenkelch, für das Plattencover der Rockband Sahara abzulichten. »For all the clowns« war der Titel des gerade gepressten Werks, ausgestattet mit feinster Musik, von meinem guten Freund Michael Hofmann exzellent komponiert. Wie glücklich und stolz zeigte sich mein zum Pierrot mutierter Einstein bei dieser Session, die von vielen Besuchern des öffentlichen Gartens, in dem ich mich so gerne aufhielt, bestaunt wurde.

Bei seinem gestrigen Auftritt im vollgepackten Lokal war es ihm schlicht um den ehrenvollen Nachruf seines verehrten Patrons gegangen, da verstand unser geheimnisumwobener Stammgast keinen Spaß. Man munkelte, hinter seiner Person stünde in Wirklichkeit ein ehemals schwerreicher Graf, der durch Fehlspekulation und gelungenem Erbschleichversuch seiner Verwandtschaft in vollkommene Verarmung gestürzt worden sei. Es gelang mir nicht, aus ihm herauszufiltern, wo er nach unserem Lokalschluss die Nächte verbrachte. Immer verschwand er flink auf Schusters Rappen in Richtung Münchener Freiheit. Eine von uns angebotene Heimfahrt wurde rigide abgelehnt, und dies respektvoll akzeptiert, versteht sich.

Seit unserem Fotoshooting nannte ich meinen bizarren Hausgast mit den blauen Augen und den wieseligen Bewegungen, wie viel Jahre zählte er eigentlich, sechzig, siebzig?, sowieso nur noch Pierrotto und er nannte mich Piruetta, wenn ich schon spätnachmittags singend und tanzend durch das Lokal wuselte, um mit meiner Schwester Renate, die mit angeborener Ruhe und ihrer wohltuenden positiven Ausstrahlung, Schulter an Schulter mit Wonneproppen Gabriel, dem aparten Medizinstudenten und Barkeeper, die nötigen Vorbereitungen für den Abendbetrieb zu treffen. Vor allem der große, bauchige Küchenherd beharrte schon ab fünf Uhr nachmittags auf seinen unverzichtbaren Auftritt und verlangte in Hitze versetzt zu werden. Schon abends um sieben Uhr fanden sich die ersten hungrigen Mägen ein und jetzt hieß es, Ärmel hochkrempeln, Mariannchen, und ran an die Bulletten, sprich Forellen. Über mangelnde Arbeit konnte man sich nicht beklagen. »Das Beste an der Arbeit sind die Pausen«, damit versuchte sich unsere weißbeschopfte, geistige Koryphäe vor seiner Aufgabe zu drücken.

Weit gefehlt. Am Pierrot-Schlafittel zog ich ihn wieder in den aufkeimenden Küchendunst zurück. »Lasst uns arbeiten im Küchendunst des Herrn«, bat ich meine Mitarbeiter innigst und los ging's.

Wie so oft im geistigen Umfeld unseres selbsternannten Nobelpreisträgers, stand heute wieder ein Zitatenwortschlachtgefecht auf dem Spielplan. Aber jetzt galt es das Arbeitssoll zu erfüllen. Nachdem wir unsere fertig präparierten Forellen samt Schinkenspeck, es waren gut vier Rainen voll, in das Bratrohr komplimentiert hatten, die Fischköpfe blieben dran, wegen der Nahrhaftigkeit ihrer Bäckchen, war es nun Zeit für einen jeden von uns, ein schönes Gläschen Weißwein zu trinken, das ich liebevoll mit kleinen Käse-Kanapees, Walnüssen und Trauben umsäumt hatte.

Auch die rechte Hand meines Etablissements, Prince braveheart, Richard from England, war nun schon eingetroffen, um das Bierfass in Startposition und den schaumspuckenden Zapfhahn in Stellung zu bringen. Das Spirituosenangebot sonnte sich schon in

Reih und Glied. Sein befreiendes Lachen steckte an, sein englischer Humor traf immer ins Blaue. »England expects every man to do his duty!« Dieser Tagesspruch von Nelson, mit dem er 1805 die Schlacht von Trafalgar ankurbelte, perlte heute als Gefechtsbeigabe zum Arbeitsstart über Richards volle Lippen, während er, beladen mit einigen Coca-Cola-Trägern, schwitzend die Kellertreppe heraufstapfte. Richards Ankunft war Einsteins Chance, seinem Unwillen über die gestrige Verunglimpfung seines großen Vorbildes Luft zu machen: »Albert Einstein wollte die Menschen als Gleichberechtigte vor der Ausbeutung bewahren, er verabscheute den Gedanken, die arbeitende Bevölkerung in Sklavenarbeit zu einer Dauerabhängigkeit erniedrigen lassen zu müssen«, richtete er jetzt bei augentriefendem Zwiebelschneiden vorwurfsvoll an meine Adresse.

Dieser Doppelbödigkeit gab ich aber keine Chance, dafür befreite ich den arbeitenden Intellektuellen flugs von seiner produzierten rohen Zwiebelmasse und ab in den großen Gulaschsuppentopf damit. Danach setzte ich ihm im Ritus sein wohlverdientes Glas mit Bordeaux vor die Nase, Käseteller im Schlepptau, offerierte ihm sein verdientes Taschengeld und die ersten Abzüge unserer entzückenden Pierrotfotos, die das Glänzen in seinen Augen noch verstärkten und seine Backen leicht zum Glühen brachten.

»Ja, ja, das Ganze ist mehr als die Summe seiner Teile«, versuchte nun auch ich zum krönenden Abschluss unseres Zitatengeschwaders mit einem Ausspruch von Einstein zu glänzen, was von unserer Eminenz sofort mit einem »Einspruch, Euer Ehren, dieser Ausspruch ist vom großen Meister Aristoteles« mit liebevollem Augenzwinkern gerügt wurde. Um meinen literarischen Fehltritt wettzumachen, handelte er sich noch ein saftiges Stück Marmorkuchen mit einem kräftigen Schlag Sahne ein, dann war unsere Welt, trotz relativem Theorieprinzip, auch im praktischen Küchenwinkel wieder in Ordnung. Pierrot Einstein mit Grandezza den Küchenstuhl zu seinem Wohnsitz gekürt, sich mit graziler

Bewegung Sandkuchen mit Sahnehäubchen zu Munde geführt, der übliche Klecks vor Ort war Ehrensache, versteht sich.

Das war das letzte Bild, das in meinem Herzen, in das ich diesen einmaligen Menschen ganz fest geschlossen hatte, mein Leben lang gespeichert werden sollte. Er tauchte nach diesem Abend nie mehr auf, obwohl wir alles versuchten,um seinen Verbleib ausfindig zu machen. Seine Abschiedsworte, er wäre über das Wochenende von einer befreundeten Gräfin zu einem Ausflug in die Tiroler Bergwelt eingeladen, halfen uns auch nicht weiter. Große Sehnsucht und Unruhe beschlichen mich die unmittelbaren Tage nach seinem Verschwinden. Ich fand keinen Schlaf und bildete mir ein, ihn rufen zu hören. Hatte der Schlaf mich tröstend umfangen, trat er in meinem geträumten, geräumigen Luftschloss in blütenweißem Pierrot-Kostüm an mein Bett und forderte mich mit eindringlichen, pantomimischen Bewegungen auf, ihm zu folgen. Verzweifelt fuhren wir tagelang durch die Straßen, befragten die Obdachlosen-Clique, zeigten das rührende Pierrotfoto auch dem schon früh resignierenden Polizeibeamten. Auch Paula konnte uns nicht weiterhelfen und vermisste ihren Kontrahenten unsäglich.

Nach etwa vier Wochen mussten wir die traurige Nachricht einer alten Freundin verdauen, dass unser einmaliger Freund auf dem Weg zu seinem Bad in seiner kleinen Sozialwohnung in der Hohenzollernstraße gestürzt war und dort tagelang gelegen hatte, bis ihn der tröstliche Gevatter Tod in die ewig lichten Räume heimgeführt hatte. Mister Einstein, der Graf von Monte Christo oder Herr Erwin Müller, who knows? , war neben dem Wasserhahn verdurstet und keinem Nachbarn in diesem Hause, dessen Adresse er vor uns allen so gekonnt verborgen hatte, war es aufgefallen. So versackten die tagelangen Hilferufe eines universellen Weltenbürgers in der zwischenmenschlichen Weltenzone Zero. Was für ein Schicksal! Ein geheimnisvoll angeordnetes, anonymes Begräbnis verwehrte es uns, seinen Geburtsnamen und den aschigen Verbleib der menschlichen Überreste zu erfahren.

Vorhang auf! Für die Premiere unserer ersten Opera Curiosa ließ ich das Bild des Heimgegangen zur Eröffnungsmusik »ein Memorial für alle Clowns« auf der Leinwand der Bühne des Marienkäfer-Theaterlokals erscheinen. Eine schmerzhaft erfüllte Gedenkminute meiner Rainbow-Künstlerfamilie und der anwesenden Gäste für unseren verlorenen Freund leitete in das Opening der ersten Geburtsstunde unserer legendär gewordenen Theaterrevue über, die 2007 ein Comeback und Revival erfährt.

Eine Gleichung von Albert Einstein, die er uns immer wieder vortrug und auch aufskizzierte, möchte ich Ihnen, liebe Leser, nicht vorenthalten:

»Die Römische Eins als Symbol für das Ganze
Geteilt unter Viele
Ergibt:
Keinem bleibt noch genug zum Leben.
Also Zero!

Das Ganze aber geteilt durch Alle
Erzeugt den Mehrwert
Indem die sozialen Leistungen
für Alle leicht zu erbringen wären!«

Aristoteles hatte also doch Recht, wenn er resümierte:

DAS GANZE IST DOCH MEHR ALS DIE
SUMME SEINER TEILE

Und Gott der Herr pflanzte einen Garten in Eden, gegen Osten hin und setzte den Menschen hinein.

Die Alte
(von Sophie Filgis)

In weiten Räumen träumte sie dann und wann von Möbeln aus einer anderen Zeit, kostbarer als jene, die sie jetzt umgaben. Nächte, in denen sie solches erfuhr, liebte sie geradezu. Immer mehr wollte sie daraus erfahren und seit es ihr gelang, sich die Träume zu merken, lag sie morgens fast steif auf ihrem Rücken, die Augen noch geschlossen, um vor der Wirklichkeit nicht vorzeitig abgelenkt zu werden. Sie hatte schon Übung darin.
Ein bisschen sonderbar kam sie dann auf ihre Beine. Sie hob die Decke beiseite, setzte sich mit dem Oberkörper auf, ließ sich nochmals zurückfallen, hob dabei beide Beine hoch und nützte den Schwung nach rück und vor, um sich seitlich vor ihr Bett zu stellen. Dem Kreislauf zuliebe, sagte sie. Eine erfrischende Art aufzustehen für eine alte Frau, doch sie übte dies ihr Leben lang, so dass es für sie keine besondere Anstrengung bedeutete.
Sogleich öffnete sie das Fenster, hielt Ausschau nach dem Wetter, wobei sie das jeweilige Wetter ausrief. »So ein herrlicher Tag heute!« oder »Du lieber Himmel, die ganze Welt ist ja schon aufgeweicht, Wasser haben wir genug!« oder sie stand einfach da und staunte die weiße Pracht an, hohe Bäume rundum, majestätisch das weiße Kleid tragend. Kalte Morgenluft einatmend, dankte sie Gott für so einen wundervollen Morgen, für die Wärme, die sie im Zimmer umgab, dafür, dass sie Essen hatte und immer schloss sich eine Bitte um Bewahrung der Enkelkinder an.
Sie lüftete ihr Bett, begab sich in die Küche, um Kaffeewasser aufzusetzen. Weil es ihr Freude bereitete, sich an einen schön gedeckten Tisch zu setzen, befanden sich immer ein paar Blumen darauf. Im Winter ein Blumenstock oder eine gekaufte Rose. Auf Fleisch konnte

sie verzichten, auf Blumen nicht. Lange konnte sie diese betrachten, kein Blatt entging ihr dabei, jede Faserung merkte sie sich und kein Blatt war dem anderen gleich, wohl ähnlich, aber nicht gleich. Hatte sie eine Knospe vor sich stehen, so erlebte sie das Aufblühen geradezu mit. Welches Wunder vollzog sich da vor ihren Augen!

Schon immer wünschte sie sich ein Psalmenbuch, ein großgedrucktes, in dem sie ohne Brille lesen konnte. Bis ihr Kaffeewasser kochte, las sie die Losung des Tages oder einen Psalter und ihre Gedanken bewegten sich um Gott, dem sie so viel verdankte. War es kalt draußen oder ein besonderer Tag in ihrem Leben, so zündete sie eine Kerze an, betrachtete das ruhige Licht, das bisweilen durch einen Lufthauch flatterte.

Ja, sie genoss den Morgen auf ihre Weise. Erst dann geht's mir gut, sagte sie öfters, wenn ich diese Stunde ganz allein sein darf. Das gab ihr Mut und Kraft für den ganzen Tag. Ein leeres Gefäß, sagen manche, sei der junge Morgen. Der Tag fülle es und der Abend bringe es heim zu Gott, wo es unverwechselbar aufbewahrt sei. So übergab sie es täglich ihrem Schöpfer, manchmal gefüllt bis an den Rand, manchmal nur eine einzige Freude darin über ein Gespräch, das einen Wandel in das Leben eines Sorgenkindes brachte.

Sie gab nie Ratschläge, deshalb war sie auch ein gern gesehener Gast bei Kindern und Enkelkindern oder jungen Freunden, derer hatte sie einige ob ihres Wesens. Ja, man lud sie gerne ein. Sie konnte zuhören, nickte freundlich ermunternd, wusste auch mal eine Träne wegzuwischen bei einem Gespräch, das ganz harmlos begonnen hatte und wie eine Beichte wurde.

Wie oft hörte sie den Satz, weißt du, du hast mir das letzte Mal etwas gesagt, was ich nie vergessen werde. Die Folge war Gelassenheit.

Während ihrer Haus- und Gartenarbeit begleiteten sie oft Klänge aus Musikstücken oder sie sang ein kleines Lied und es kam vor, dass sie zu den Blumen, die sie sah, Worte sprach oder sang. Sie war ja allein, so hatte sie darin keine Hemmung. Einen Blick hatte sie für alles, was die Erde hervorbrachte. Im Sommer konnte sie stundenlang vor einem ihrer Gartengewächse sitzen und das Werden und Wachsen begleiten. Abends lag sie dann in eine Decke gehüllt im Liegestuhl, bis die Sterne

aufzogen. Die Bilder am Himmel kannte sie gut und die Formen des Mondes zogen sie immer wieder an. Ihr Lieblingsgetier waren Schmetterlinge und Libellen. Deren Tanz begeisterte sie jedes Jahr aufs Neue. Zuweilen träumte sie von kleinen klaren Rinnsalen aus Wasser, die sich um frisches junges grünes Gras wanden und sich langsam in der Ferne zu einem lebendigen Fluss sammelten, dem Leben gleich, denn Kinderseelen gleichen diesen klaren Rinnsalen und im Laufe der Jahre wachsen für sie daraus Kämpfe und Gefahren, welche die dann reißenden Flüsse bergen.
Was den Tod anging, ihren Tod, war sie gefasst. Sie wusste, es ist nur ein Loslassen und ein Hinübergleiten in ein neues Leben, das sie erhoffte und ersehnte und auf das sich jeder Mensch ausnahmslos hier schon vorbereitete. So war sie darauf bedacht, sich ihr Leben einzurichten, auf dass es zu einem guten Neuanfang werden konnte.
Von der Fülle hatte sie gehört. War sie nicht ständig von Fülle und Leben umgeben? Gott gab ihr die Augen zu sehen, einen Willen, zu teilen, Hände, um zu dienen und zu schenken. Nein, die Angst ihrer Mitmenschen vor dem Tod konnte sie nicht teilen, war er doch nur ein Durchgang ins Jenseits und sie empfand Freude bei dem Gedanken, all ihre lieben Freunde dort zu wissen. Was bedeutet da Zeit und Begrenztheit? Es hatte Augenblicke der Seligkeit gegeben in ihrem Leben. Die Liebe zu ihrem Gatten, die Geburten der Kinder, oder draußen in der Natur, Momente, die nur ihr allein gehörten, über die sie nicht einmal sprechen konnte, so heilig waren sie ihr. O ja, Gott hat es gut mit ihr gemeint und sie dankte ihm dafür täglich.
Ganz gewiss war seine Wesenheit immer um das Leben hier auf Erden, also auch um sie. Manchmal wurde sie gefragt, woher sie so viel persönliche Sicherheit habe. Dann konnte sie lächeln und sagen: Aus dem Gebet, woher sonst? Wobei beten nicht nur sprechen, sondern auch zuhören, in sich hineinhören, wortlos schenken, helfen bedeutet.
Dazu bedurfte es zuerst der Stille, aber davon hatte sie ja genug.

Denn wo du Gott einlässt, ist Bewegung und gelassene Stille.
Du bist wohl allein, aber nie mehr allein im Innern.

An den kühlen Stein der Muttergöttin **DANU** gelehnt, die, als Quelle der Lebensfülle und nährendes Kräfteprinzip für Mensch und Land, ihren Platz in den keltischen Mythen einnimmt, habe ich meiner konzentriert lauschenden Enkeltochter Alina, die mich tief berührende Geschichte »Die Alte« von meiner verehrten Autorin Sophie Filgis vorgelesen. Um uns herum grünt es grün, die Apfelbäume stehen in weißem, bräutlichem Blütengewande. Die ungedüngte Wiese, auf der wir uns, zu Füßen eines gezähmten, aber immer noch wilden Gartenteichs einen kuscheligen, schattigen Platz gesucht haben, blüht und duftet mit den Fliederhecken, Sanddorn- und wilden Rosenbüschen nur so um die Wette. Alles reckt und streckt sich der kräftigen Frühlingssonne entgegen. Die fast schon ausgelichtete Sauerampfersippe strotzt vor Stolz, in friedlicher Koexistenz mit den »Von Löwenzahns«, den Spitzwegerischen, Familie Wermut und Krautfrau Tausendgülden, um nur einige zu benennen. In der Mitte der Wiese auf dem Wege zum Wassertümpel, von uns einfach ungefragt heilig gesprochen und zum Brennpunkt der kosmischen Lebenskraft verdonnert, hatte ich nach alter Tradition einen keltischen Bocan-Steinkreis gestaltet und dessen Innenbereich mit duftenden Majoran-, Thymian-, Rosmarin- und Lavendelkräutern ausgekleidet. Das war eine Riech- und Schutzzone für uns Menschenkinder und eine Fundgrube par excellence für Insekten und Bienen. Auch der Jungfrau **AINE,** der Göttin der Ganzheit und historische Quelle des männlichen Impulses, hatte ich am von mir symbolisch gewählten Ort der weißen Linie und der Einweihung, am Saum der prägnanten Sträucherhecke, neben einem Ebereschenstrauch, durch einen imposanten Granitstein ein Denkmal gesetzt.

Die Vollendung der Dreiheit durch die Einbindung von **MORRIGAN,** der Göttin der Wandlung, inneren Einkehr und Selbsterkenntnis, war jetzt Ehrensache und besiegelte fast schon meinen aktuellen Werdegang. Ein weiterer, geheimnisvoll in sich gekehrter, bemooster Granitstein hatte diese Aufgabe übernommen und gab dem Mittelteil unseres geschaffenen Landschaftstempels eine stille Balance.

In diesem Schutzbereich der Göttin Morrigan sollte noch eine Meditationslaube entstehen, die, bepflanzt mit weißen, duftenden Rosen, abwechselnd versetzt mit blühenden Hopfentrieben, durch die Blütendüfte und den ungetrübten Blick auf das Biotop eines satten, reifen Wiesengrunds zur Auslüftung muffiger Psychokammern, für einen besinnlichen Rückzug prädestiniert gewesen wäre. Der eingezäunte Bauerngarten, der dem zweihundert Jahre alten bauchigen, gemütlichen Bauernhaus vorgelagert war, wurde lustvoll zum Ort der Einatmung der kosmischen Kräfte deklariert.
Im Haus haben wir oft gelacht und geprustet, bis wir uns die Bäuche halten mussten, es war immer noch genug Luft da, um weiter zu scherzen. In den Schlafzeiten der stillen Nächte dieser Oase stand Herr Odem parat und versah verlässlich seinen Dienst. Unter seine Fittiche konnte man sich begeben. Störfelder waren in diesem Navigationsfeld Fehlanzeige. Davon profitieren jetzt auch die bei Neumond, im Monat April, die der Gartenerde anvertrauten Samen, die alle aufgegangen sind. Petersilie und Schnittlauch stehen schon stramm, zur Hingabe bereit. Unsere Tomatenpflänzchen sind noch anlehnungsbedürftig, protzen aber schon mit stacheligem Haarwuchs. Die Bohnenpflanzenmütter haben den Zaum für ihre nach oben strebenden Abkömmlinge in die Erdspalte geworfen. Nach zweijähriger Hege und Insistierung brachen jetzt auch unsere Johannisbeersträucher ihre »Mein Bauch gehört mir-Haltung« ab und sind wieder bereit, Früchte zu tragen. Dazu hat bestimmt auch die gute alte Apfelbaumfee mit beigetragen. Meine zweihundert Jahre alte Apfelbäumin ist über und über mit weißen Blüten besät und die jüngeren Semester haben es ihr gleichgetan. Sogar der Grasboden unter den Bäumen hat ein ganzes Bataillon zartblühendes, weißes Schleierkraut zur Hochzeit geschickt.
Der ganze obere Einatmungsteil unseres Gartens erscheint wie ein weißer, luftiger Pflanzenpalast, der zu der satten Wiese mit all ihren natürlichen Kostbarkeiten und der schützenden Sträucherhecke, die bis hinunter zum Teich ihre Aufwartung machen, in wirkungsvollem Einklang steht. Und wieder wird durch die unsichtbare,

energetische Erlebnisebene dieser dreigegliederten Landschaft meine Seele weit und mein Geist vitalisiert. Weit lege ich, wie so oft, meine Arme um den dicken Stamm meiner Apfelbaumbraut, atme tief und umarme die ganze Welt und die Welt umarmt mich. Mein Blick schweift hinunter auf den hinteren Wiesenteil, der sich als Lindwurmfortsatzregion an den Teich anschließt und in Sommerzeiten den Platz der Ausatmung durch ein Café- und Veranstaltungszelt, kombiniert mit einem den Kindern zugeordneten Ereignisfeld, mit Baumhäusern und eigenen zu gestaltenden Gartenbeeten, komplettieren soll. Jetzt nimmt mich meine alte, durch viele Minzaufgüsse, liebevolle Berührungen und einen geheimnisvollen Agens wieder zum Gebären zurückgekehrte Baummutter in die starken Arme, in deren rissigen Schrunden meine heißen Tränen still versickern. Meine Augen sind ganz fest geschlossen, als sich ein Gedanke wortlos durch meine fensterlosen Gehirngänge schlängelt: Ein Mensch kann zwar tun, was er will, aber nicht wollen, was er will, Mariannchen!
Macht sich jetzt auch noch Schopenhauer im kollektiven Urgrund über mich lustig oder tritt meine Baumfee mit mir in eine Interaktion? Ich weiß ja schon lange, die Götter verlangen immer wieder Opfer von Menschen, am besten auf freiwilliger Basis. Uns einsamen Wanderern zwischen den Welten wurde ja der Hirtenstab schon bei der Geburt in die Hände gelegt.
Ich wünsche mir ganz tief drinnen, meine mir noch geschenkten Lebenstage wie die in sich ruhende, zufriedene Alte in Sophies Beschreibung, in stillen Tagen, ganz eins im mitschwingenden Rhythmus der Natur, bei einfachen, existenziell unentbehrlichen Arbeiten zu verbringen, sende ich flehentlich zur blühenden Baumkrone hinauf.
»Wie soll denn dieses bescheidene Wollen zu dem Wulst von Werdegängen passen, die du in deinem Lebensskript noch aufskizziert hast, dessen Schöpferplan dir vor deinem Einstieg in den Geburtskanal unauslöschlich mit auf den Weg gegeben und manifestiert worden ist? Du hast die Kraft und die Liebe zu wandern und wir

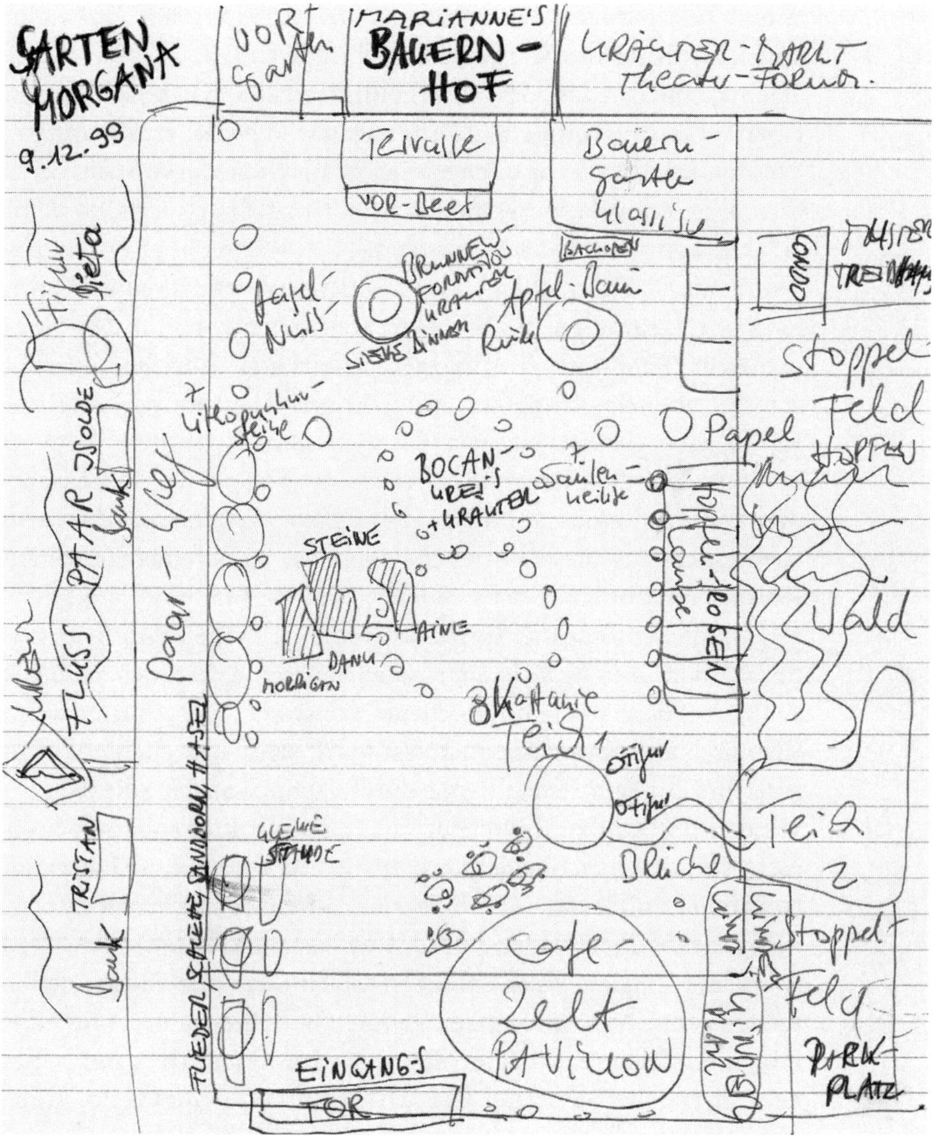

werden dir beistehen«, spricht da Achimael, der Engel der Erdgeister, in meinen Schlaf hinein, in den ich nach meiner Lesung ganz leise und unvermutet, bewacht von meiner Enkelin, hineingeglitten war. Sie hatte währenddessen die Landschaft, die sich vor ihr auftat, mit sicheren Pinselstrichen und schillernden Farben in einem ausdrucksstarken Aquarell gebündelt.

»Halt, Cäsar, lass das! Das gibst du mir jetzt aber wieder zurück, du Hornochse, sonst gibt's heute Abend keine Reggae-Session und das Wippen kannst du dir auch hinter deine Lauseohren schmieren, Cäsi, allez-hopp, ja, wird's bald!«, schallt jetzt eine energische weibliche Stimme durch das Wiesenrund. Das war nicht etwa Cleopatra, die da den göttlichen Cäsar in zeitversetzten, verwunschenen Räumen zusammenstutzte. Nein, weit gefehlt, meine temperamentvolle Enkeltochter Alina, gerade mal acht Jahre alt, versucht gerade gebieterisch meinen zweijährigen Ziegenbock Cäsar zur Herausgabe eines noch von Tinte triefenden Schreibblatts zu bewegen, auf dem ich kurz vor meinem Hinüberschlafen zusammen mit ihr eine Hommage an unsere Apfelbaum-Mama in Gedichtform niedergeschrieben habe. Cäsi, wie ich meinen wilden Racker benannt habe, hat sich jetzt, mitsamt Blatt vor dem haarigen Mäulchen, auf die Spitze des morriganischen Granitsockels positioniert, wie es sich für einen Namensvetter dieser Couleur gebührt. Seine noch untergebene Schwester Cleo, warte, wenn Cleopatra die Zügel übernehmen wird, steht uns geißen-stirnerunzelnd zur Seite. Ich schleppe die Holzwippe an, lege die Reggaekassette der Kultband Dreieier mit Cäsis Lieblingssong »Lovin is easy« (was, kennen Sie nicht, pst morgen, warten Sie noch bis zum November 2007) ein – das holt unsern Master of Ceremony freiwillig vom hohen Ross und unser Gedichtlein ist gerettet. Jetzt sind es unsere Zieglein und Enten, nebst Hundedame Baggy, denen unsere ganze Aufmerksamkeit gebührt. »Meine Damen und Herren, unser Balance-Künstler Cäsarius wird Ihnen heute mit seiner bezaubernden Partnerin, der weltberühmten Seiltänzerin Alina, unter dem wachsamen Auge seiner gestrengen Assistentin Cleopatra und den wundersamen Klängen unseres einmaligen Entenhausen-Chores, dem sich heute die große Interpretin Baggy mit niegehörten Balladen zur Seite gesellen wird, eine einmalige Leistung präsentieren. Ziegenbock und Menschenkind im friedlichen Einklang auf einer Wippe, ohne Netz und doppeltem Boden.« Wenn das der große Gelehrte Faust sehen könnte. Später gibt es in der angehenden Theaterhalle noch das tägliche Training und Wettrennen zwischen Mensch und Tier. Auf die Plätze, fertig, los! Fehlstart! Ohne sanft peitschende Musik bewegt sich das behörnte Knäblein nicht vom Fleck, doch dann ist er immer der erste, der die Ziellinie überschreitet, er würzt sogar voll Übermut seine Schrittabfolgen mit artistischen Sprungkombinationen, gestern z. B. mit einem letzten Ausfallsprung, elegant die Wandmauer hochgesetzt und gewinnt! Doch auch Cleo, Baggy und ich sind immer gewillt, täglich unser Bestes zu geben. Den kleinen Unfall, als ich unsere täglichen Probeläufe für meinen langjährigen Freund Martin und dessen Freund zu einer Vorstellung umfunktionierte und dabei unglücklich über das Saumende eines roten Läufers stolperte, der in diesen Zeiten nicht mehr benützt wurde und so in die Halle verfrachtet worden war, hatte ich schnell verdaut. Mein damals gebrochener linker Ringfinger und das verstauchte Handgelenk, alles komisch und doch so symptomatisch, die danach, nach einem arbeitsreichen Tag, so gerne schmerzhaft aufmuckten, erinnern sich nur noch selten an diese absonderliche Bruchlandung und ich könnte mich totlachen, wenn ich das Bild der fülligen Roadrunnerin Sägebrecht, abgestürzt und hingestreckt vor zwei landeingestaubten Advokaten-Schuhpaaren aus Paris vor meinem inneren Auge wieder auferstehen lasse.

Das Totlachen habe ich mir in dieser Zeit und seit der damaligen Prophezeiung des Erdgeistengels Achimael, bezüglich meines immer noch so starken »Ich-will-noch-Prinzips« und des heimlich eingegossenen, mir nicht bekannten Lebensplans, für immer versagt. Da gab es wohl wollend noch einiges zu tun und Akasha Devos, der Engel der Erdheilung, hatte mir ja in meiner kurzen Traumphase unter dem Apfelbaum im Beisein von Zeuge Achimael seinen immerwährenden Beistand zugesprochen.

»Sie müssen sich halt wieder auf den Weg machen, um so den Weg zu sich selbst zu finden«, hatte mir heute Vormittag eine bangkokverwaiste weise Yogalehrerin süffisant und wissend bei unserem zufälligen Treffen auf der gerade eröffneten Sonnenbank am Ufer des alten Flusses Paar an die Nieren, Gott sei Dank nicht in den gefüllten Gemüsekorb, gelegt.

»Wenn der Weg das Ziel ist, wie euer Buddha so weise spricht, dann stecke ich mir einfach eine Zielflagge an den Platz, an dem ich mich gerade freudig aufhalte und bestimme dank meines freien Willens die Kapazität der Zeit, die ich diesem Platze widmen möchte. Ist es an der Zeit, wie Salomon sagt, werde ich mich wieder auf den Weg machen müssen, aber nicht zu mir in die unendlichen Labyrinthe der liegenden Acht, sondern, im Ich-und-Du-Prinzip des Wassermann-Zeitalters, auf den Weg zu neuen Ufern, die, mit Menschensiedlungen gesäumt, mit weiteren, kommunikativen Aufgaben auf mich warten«, erklärte ich jetzt traurig meinem vollbepackten Einkaufskorb. Nach der Begegnung mit der erdgebundenen Erleuchteten sehnte ich mich nach der erfrischenden Nähe von Alina, die mein Haus hütete. Alina, mit dem sizilianischen Feuer ihrer Ahnen väterlicherseits im Blut und einem ganzen Lichtermeer, als Mitgift der Engelscharen, in der Seele – Sie merken, liebe Leser, die überschäumende Liebe einer Nana-Großmutter geht mit mir durch. Den Spielfluss mit den ausgelassenen Ziegenkindern im Auge behaltend, darf ich Ihnen gleich noch unsere gerettete Ode an den früchtetragenden Baum übermitteln, vielleicht macht sie Ihnen eine kleine Freude:

Ich bin nur der Baum und war immer bereit
Früchte zu tragen. Die Wurzeln ruhen tief in mir.
Gott ist der Boden, dem ich entsprungen bin.
Meine Blüten und Früchte werden
zu ihm zurückkehren und noch
mehr fruchtbaren Boden schaffen.

Von Marianne, am 3. Mai des Jahres 2002, gewidmet
meiner Enkelin Alina, meinem guten alten Apfelbaum

und all den Pflanzen, Kräutern, guten Feen und Göttinnen eines einmaligen Naturbiotops, voll Dank an die treuen liebgewonnenen Freunde dieses schicksalsumwobenen Ortes, am Tage unseres Auszuges.

Gerne hätte ich mit meiner Familie und mit meinen Tieren und Plänen noch Jahre hier verweilt, König Salomon wusste es anders und König Arthur befand sich immer noch, schwadronierend und sich verlustierend, an seiner Heldentafelrunde im fernen Avalun. Göttin Morganas Ansinnen, sie hatte den König mit ihren heilenden Händen gesundgemacht und dann auf die schützende Insel gebracht, Mariannes Platz und Plan zu verteidigen, als Gegenleistung für Transport- und heilende Maßnahmen, samt Verpflegungskosten für nun schon 1500 Jahre, auf die Heldentafel geschrieben, verhallte in von undurchsichtigen Nebelschwaden verstaubten Ohren, kein heldenhafter Retter weit und breit!
Nun waren auch noch dem amtierenden Herrn Bürgermeister die offenen Hände gebunden worden. Wenigstens hatte er sein Herz weiter für mich und meine Tierfamilie offen gehalten. Vor zweihundert Jahren hatte der damalige Bürgermeister der jungen, schönen Tochter der Kräuterfrau, genannt Katzenliesl, die Folter nicht ersparen können, ihr aber als Freundschaftsdienst die Hexenverbrennung bei lebendigem Leibe durch vorherige Köpfung erleichtern können.
Liebe Genossinnen, was beschweren wir uns in diesen Gezeiten über mangelnde Gleichberechtigung, schwitz. Haben oder Sein?, fragt da Erich Fromm so frömmelnd. Ich habe mich immer für das Sein entschieden und so hatte ich nicht die Mittel, die der Königshof der Stiefmutter von Schneewittchen wohl aufbrachte, um das ganze Areal aufzukaufen. Unsere Karawane wird heute noch an die Gestade der Donau, ins verehrte Hopfenland aufbrechen, wohin wir nun nach drei intensiv gelebten Jahren, mit schon gepacktem Sack, in unser neues Domizil, einem alten Gasthof mit Stallungen und Hofraum, weiterziehen werden. Machen Sie sich keine Sor-

gen, liebe Leser, alle unsere Tiere, von den Katzen über die Hasen, Entlein bis zu den quirligen Ziegen, dürfen mit. Sie sind von den neuen Vermietern schon im Vorfeld herzlich willkommen geheißen worden. Der Abschied von meinem alten Apfelbaum und meinem Bauerngarten fällt mir schwer, wird aber durch das heilige Versprechen meiner Seelenschwester, Frau Seidel, gemildert, zusammen mit ihrem Ehemann für das Wachsen, Gedeihen und vor allem für das Ernten weiterhin Sorge zu tragen. Ja, die Trennung von Frau Seidel war traurig. Unsere Herzen schlugen in den letzten beiden unvergesslichen Jahren im Gleichklang, das gemeinsame Lachen wollte nie versiegen, auch gleich vergossener Tränen schämten wir uns nicht. Eine gewachsene Freundschaft wurde unsere besiegelte, beschlossene Sache und kein Umstand konnte dieses Band bis zum heutigen Tage zerreißen.

In meinem letzten Buch ist sie mit ihrer Satire »Die Gerüchteküche« als begabte Menschenbeobachterin und Schreiberin verewigt.

»Nani, Nani, wir müssen loslegen, unsere Jungs und Mama und Papa sind gerade in den Hof hereingefahren, sie haben einen Mordshunger sagen sie«, stürmt jetzt Alina lachend aus dem Haus auf mich zu, um mich von meinem Apfelbaum wegzulocken und an meine Pflichten zu erinnern. Es tut so gut, wenn sie lacht und es ist immer ein Stück Himmel dabei. Ärmel hochgekrempelt, jetzt geht's wieder an das Eingemachte. Die wohlverdiente Pause hatte ein Ende, denn es stand, nach einem arbeitsreichen Tag, von den letzten Räumtagen möchte ich gar nicht erst berichten, nun die letzte Fuhre auf dem Plan. Vor allem der sichere Transport der Tiere machte mir noch schwere Sorgen, die ich erst einmal über Bord werfen wollte, denn jetzt war eine große Brotzeit für alle helfenden guten Seelen angesagt.

Für das mich immer, so auch heute, liebevoll umsorgende Ehepaar Seidel, für die engagierte, mir wohlgesonnene und in den Jahren meines Aufenthalts kompetent assistierende Gärtnerin, Frau Breinlein, für meine Schwester Renate, die über all die Jahre eine

treue Seele war, für meine Nachbarinnen Franziska und Hannelore, die mir beim anstehenden Tiertransport zur Seite standen, für meine sich wieder einmal aufopfernden Familienmitglieder, Tochter Daniela und Schwiegersohn Carmelo, im Schlepptau mit meinen Rettern in der Not, für meinen guter Freund Robert, flankiert von seinen willfähigen, kraftspendenden Assistenten Ringo und Christian, habe ich uns, als Überraschung und erste Danksagung von unserem griechischen Wirt ein nahrhaftes, delikates Buffet, mit Zitronensuppe, Lammfleischgulasch in Auberginen, gegrillten Fischen, Moussaka und einen Tintenfischsalat zur allgemeinen Stärkung herrichten lassen.
Eine große Schüssel mit Tsatsiki-Knoblauchquark wartet nur darauf, sich nach jedermanns Gusto beizugesellen. Der Nachtisch ist schon gebongt. Ein ganzes Tablett voll duftender Schmalznudeln, den berühmten bayerischen Aus'zogenen, von Franziska unnachahmlich in die Welt gesetzt. Sekt, Kaffee, energiespendende Schokolade, aber auch saftige Herzstückchen für die Katzenfamilie, Grünfutter und Karotten für die Ziegen, Enten und Hasen, hat man, zur Wegzehrung und Beruhigung für die Tiere, mitgebracht.
Jetzt schlägt unsere Stunde. Alina und ich waren beileibe nicht untätig, denn wir belieben jetzt unsere Chicken-Wings in das Spiel zu bringen, für einen Tag eingelegt in eine göttliche Marinade von – hören Sie gut hin! – Sojasauce, Sherry, Honig, Zitronensaft, Orangensaft, Sonnenblumenöl, geriebenem Ingwer, geriebener Orangenschale, getrocknetem Majoran, Curry-Pulver, grünem, frischgemahlenem Pfeffer, braunem Zucker und frischer Zitronenminze.
Läuft Ihnen schon das Wasser im Munde zusammen? Der Grill ist schon angeworfen. Tatatata, jetzt werden wir die Wings noch vor ihrer öffentlichen Hinrichtung und vor versammelter Gemeinde in einer Panade aus Eigelb, Maismehl, braunem Zucker, Salz und zerkleinerten Pinienkernen wälzen, noch mit einem kleinen Klecks Honig beträufeln und ab geht's auf die Grillbank. Unser Auftritt ist für alle eine angenehme Abwechslung und man ist gespannt, was wir zu bieten haben.

Ich glaub, mich tritt ein Grashüpfer, und keine Sonnenbrille zu greifen weit und breit. Da hatte ich doch schon gestern Abend unserem bauchigen »Fritschidär« den Saft abgedreht und jetzt haben wir den Salat. Nackt, wie Gott sie schuf, treiben die hängenden Flügel, von ihrer Marinade durch das konstant auf sie eintropfende Wasser meilenweit entfernt, orientierungslos durch die trüben Fluten. Den einen oder anderen hat es schon über den Topfrand in das ungewisse Niemandsland hinausgespült. War das Produkt noch im geruchsfesten Bereich einzustufen? Alina und ich entschlossen uns, den aufkeimenden Spott durch zwei zu teilen und heute lieber mit unserem Apfelgratin in Weißwein mit Marzipansahne und karamellisierten Walnüssen, aus eigener Ernte des Vorjahres, für Erwachsene mit einem Schuss Calvados, für Kinder mit einem Schwapp Cidre, zu punkten. Und was darf ich Ihnen sagen, das hat gemundet! Unsere verlorene Ehre wurde wieder zur Ehrensache.

Der Abschied am Spätnachmittag fiel uns allen schwer, besonders Willi, dem fünfzehnjährigen, deutschsprechenden, jetzt verzweifelten Jungen aus dem Rumänenland, der sich uns in den Weg stellte. »Warum gehen Sie und machen den Platz für diese schrecklichen Leute frei, Sie waren der einzige Mensch hier, der sich mit uns abgegeben hat. Bitte bleiben Sie«, ruft er mir laut zu und rudert verzweifelt mit dünnen, sehnigen Armen durch die Luft.

»Sei tapfer, mein Junge, und vergesse nie unser letztes Gespräch, das unser Geheimnis bleiben wird. Nimm die mögliche Bäckerlehre an, dadurch bekommst du ein eigenes Zimmer, gesunden Abstand von zu Hause und deiner dominanten Clique. Halte die Freundschaft zu deinem zu dir stehenden Freund Martin hoch. Du wirst wieder gesunden und zu einem starken, mitten im Leben stehenden jungen Mann werden, das fühle ich«, gab ich ihm unter dem nervösen Hupen meiner abreisewilligen Helfer mit tränenerstickter Stimme mit auf seinen bis jetzt so beschwerlichen Lebensweg.

Der Abschied von diesem, mir bis heute immer noch ans Herz gewachsenen Platz ist trotz zu vollziehendem Lebensplan und der inneren Botschaft der Schutzpatronin Morgana, dass ich mich zeit meines Lebens auf Wanderschaft befinden werde, von mir bis heute noch nicht wirklich vollzogen worden. Meine Karawane wird ja in diesem Frühjahr schon wieder weiterziehen, so lange, bis König Arthur, auf den Plan gerufen, endlich seiner gedeckten Tafel im fernen Avalun den Rücken zu kehren bereit ist, um einer gierigen Königin Paroli zu bieten. Ich träume schon wieder. Mit den honigsüßen Worten »Im Schatten einer Kirschbaumblüte gibt es keinen Fremden« würde die becircende Feenkönigin Titania, die vernachlässigte Frau des konstant auf sündigen Freierspfaden wandelnden Elfenkönigs Oberon, die geplante Reise schnell zu Fall bringen. Es könnte sich ja auch um die Flussnymphe Sabrina oder Amaltheia, die griechische Nymphe auf der Insel Kreta handeln, auf König Arthur könnte man lange warten. Die Helden sind nicht müde, Morgana meinte, Arthurs Artus-Runde, in ritterlichen Einreihern, tafelnd und schwafelnd, im Hinterzimmer des Europa-Parlaments ausgemacht zu haben. Ja dann können wir uns ja auf einiges gefasst machen. Sie wundern sich über meine connection zu dem tapferen Helden? »King arthur the beast and Mariann the brave«. Diese Story überlasse ich Ihnen im nächsten Buch. Wie sagt doch Goethe so wahr: »Für einen Kammerdiener gibt es keinen Helden.« Bald vergeht Jahr um Jahr und aus Schneewittchen wird Herbstwittchen, das einfach so lange mit ihrer Karawane auf Reisen geht, bis sie laut schöpferischem Planquadrat wie Sophies »Alte« ganz friedlich und selbstbestimmt unter ihrem Kastanienbaum sitzen darf. Auch die gierige Königin dieses Lebensdramas wird eines Tages müde und grau werden, vielleicht auch gelb und ihren Spiegel wegschmeißen, weil sie ihre große, behaarte Warze auf ihrer Nase nicht mehr sehen will und alles wird wieder gut.

»Das Beste, was man von einer Reise nach Hause
bringt, ist eine heile Haut«

sagt ein altes persisches Sprichwort.

Wer sagt's denn, Frau Sägebrecht, Ihre Haut ist nach all den Jahren immer noch heil! Also, wie wir schon vernehmen ließen: Moralische Regressansprüche werden rigoros abgelehnt!

COMPRENDI – king arthuri

Zettel für Zutaten:

Marinade Chickenwings »Fly Robin fly«

100 ml Sonnenblumenöl
5 EL Sherry
3 EL Soja-Sauce
3 EL Honig flüssig
2 EL Zitronensaft
2 EL Orangensaft
1 TL Curry
1/2 TL Pfeffer grün aus Mühle
1/2 TL Majoran
1 TL geriebene Orangenschale
1 EL geriebener Ingwer
1 Bund frische Zitronenminze

Panade:

3 Eigelb
200 g Maismehl
1 TL Salz
1/2 TL brauner Zucker
100 gehackte Pinienkeme
2 EL Honig

Mariannes und Alinas Apfelgratin Surprise

Zutaten für 4 Personen

5 Äpfel
200 ml Weißwein
2 EL Zitronensaft
4 cl Calvados, wahlweise 4 cl Cidre
30 g Zucker
150 g Marzipanrohmasse
120 g Schlagsahne
50 g Zucker zum Karamelisieren
100 g Walnusskerne

Nach getaner Arbeit ging's in der Küche des »Mutti-Bräu« zur literarischen Sache.

Seite 280: Percy Adlon sagte: »Marianne, hättest du die Prostituierte Bella nicht so warmherzig gespielt, wären wir uns nie begegnet.« Er war Premierengast bei »Adele Spitzeder« von Martin Sperr im Studiotheater München 1979.

oh
Juchuuu
BimBam!
Hurra Hurra Hurra!
die Erlöserin
ist daaa!

Trau, schau, wem? »Eisgekühlten Bommerlunder« gab's bei der Videoproduktion der Toten Hosen auch für die Braut Marianne.

Monkey, monkey, punkie – Hongkong, zingzang. Die Sägebrecht hat Schwein und parodiert Liesl Karlstadt.

Seite 282: Jessas, die Sägebrecht als Jesuskind! Diese Idee und Ausführung sind auf einem kreativen Gedankenhügel der Filmemacherin und Allroundkünstlerin, Friederike Petzold aus Wien, gewachsen.

Renate, wie die Zeiten fliegen! Mein erstes Interview mit Hand und Fuß mit Journalistin Renate Rosenthal.

Seite 284, oben links: Manuela Riva, alias Mama Roma – meine große Herzensfreundin und eine der tragenden Säulen der Opera Curiosa.

Seite 284, oben rechts: Daniel Sander, Choreograf und russische Prima Ballerina der Opera Curiosa. Daniel, pack deine Spitzenschuhe wieder ein, das Revival ruft!

Seite 284, unten: Bruno Schmaus, Landvermesser und Charlie Chaplins jüngster Sohn. Erste Opera Curiosa 1977.

Das Original-Filmplakat aus den USA – eine Rarität!

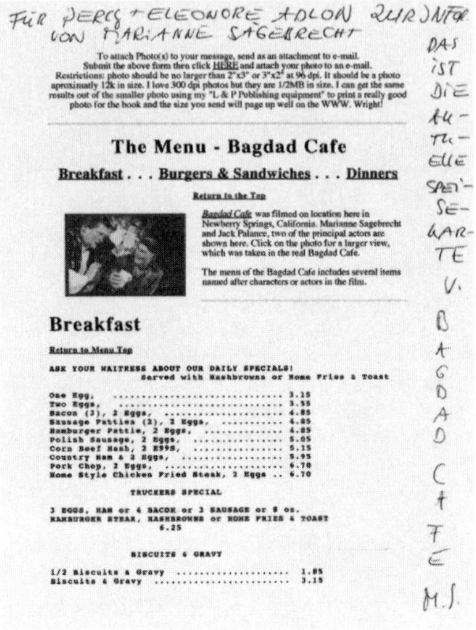

FÜR PERCY + ELEONORE ADLON ZUR INFO VON MARIANNE SÄGEBRECHT

To attach Photo(s) to your message, send as an attachment to e-mail.
Submit the above form then click HERE and attach your photo to an e-mail.
Restrictions: photo should be no larger than 2"x3" or 3"x2" at 96 dpi. It should be a photo aproximatly 12k in size. I love 300 dpi photos but they are 1/2MB in size. I can get the same results out of the smaller photo using my "L & P Publishing equipment" to print a really good photo for the book and the size you send will page up well on the WWW. Wright!

The Menu - Bagdad Cafe

Breakfast . . . Burgers & Sandwiches . . . Dinners

Return to the Top

Bagdad Cafe was filmed on location here in Newberry Springs, California. Marianne Sagebrecht and Jack Palance, two of the principal actors are shown here. Click on the photo for a larger view, which was taken in the real Bagdad Cafe.

The menu of the Bagdad Cafe includes several items named after characters or actors in the film.

Breakfast

Return to Menu Top

ASK YOUR WAITRESS ABOUT OUR DAILY SPECIALS!
Served with Hashbrowns or Home Fries & Toast

One Egg, ... 3.15
Two Eggs, ... 3.55
Bacon (3), 2 Eggs, ... 4.85
Sausage Patties (2), 2 Eggs, ... 4.85
Hamburger Pattie, 2 Eggs, ... 4.85
Polish Sausage, 2 Eggs, ... 5.05
Corn Beef Hash, 2 Eggs, ... 5.15
Country Ham & 2 Eggs, ... 5.95
Pork Chop, 2 Eggs, ... 6.70
Home Style Chicken Fried Steak, 2 Eggs .. 6.70

TRUCKERS SPECIAL

3 EGGS, HAM or 4 BACON or 3 SAUSAGE or 8 oz.
HAMBURGER STEAK, HASHBROWNS or HOME FRIES & TOAST
6.25

BISCUITS & GRAVY

1/2 Biscuits & Gravy 1.85
Biscuits & Gravy 3.15

DAS IST DIE AKTUELLE SPEISEKARTE V. BAGDAD CAFE M.S.

Die Original-Karte des aktuellen Bagdad-Cafés in der Mojave-Wüste.
Der Film »Out of Rosenheim« lief bei den internationalen Aufführungen unter dem Titel »Bagdad Cafe«.

Seite 287: Percy, »I'm calling you«. Drei erwachsene Kinder haben wir ja bereits: Zuckerbaby, Jasmin und Rosalie. Corona-Schattenlicht hat ihre sieben Sachen schon gepackt und fordert unsere elterliche Pflicht ein, um das Weltenrund betreten zu dürfen.

Oben: Ein Foto ging um die Welt: Marianne als Venus von Kilo – abgelichtet von der berühmten Fotografin Annie Leibowitz.

Seite 288: Magst noch an Tafelspitz, Zuckerbaby? – mein wunderbarer Filmpartner Eisi Gulp.

Heart in balance. Sepp Bögle.

Luft

DIE KUNST WÄHRT LANG, DIE ZEIT IST KURZ, NUTZEN WIR DIE GUNST DER STUNDE MARIANNE BAUT WIEDER LUFTSCHLÖSSER!

Kinder, wie die Zeit verströmt!

Wir schreiben den 19. Januar des Jahres 2007. Orkan Kyril, der Herrliche, bläst und tobt mit 160 km/h um das Haus herum und hätte beinahe durch die Fensterritzen hindurch meine Kerze ausgeblasen, deren Flamme heute für den Geburtstag des Dichters Gustav Meyrink züngelt. Auf zum letzten Gefecht! Das Luftgeschwader Ariels hatte noch vor ein paar Monaten Orkan Franz, dem Schwachen, die Gefolgschaft verweigert, wie es auch unserem Landesvater ergangen ist, der heute mit erschrockener, blasser Miene, nach tragischem Widerstand, seinen Rücktritt von einem Blatt ablesen musste. Das roch nach Berliner Luft mit dem ganz besonderen Duft und machte mein Herz schwer, was die seismographischen Umstände betrifft, ja, unsere feuerrote Anzündlerin! Das war kein Strohfeuer, Wahlgang ja, aber diese Gangart hat mit unserer »Bavaria Liberta« nichts gemein und gefällt uns nicht, haben mir gerade auch meine ängstlich zusammengekuschelten Kätzlein zu verstehen gegeben. »Un denn wundern sick de Lüd noch, wo einer Demokrat warden kann. As wi inspunnt würden, wiren wit nich, als wi rute kemen, wiren wit all.« (Katzengeheimsprache aus einem Festungslied des Mittelalters.) Die alten Germanen ehrten an diesem historischen Tag, TIU, den Beherrscher des ganzen Jahres. Wer wird der schon heimlich gekrönte TIU des Jahres 2007 sein?

Was mache ich mir darüber einen Kropf? Meine schicksalsgebeutelte Schilddrüse gebietet »STOP« in the name of peace, den ich parteilose Ganzheitsdenkerin so dringend ersehne. Das Rad der

Geschichte dreht und dreht sich immer schneller durch Felder, Morast und Wüste im Schattenlicht der abendländischen Zivilisation. Der Mensch verpflanzt Herzen, addiert Klone zu unabsehbaren Klonenreihen, erstellt Uterusleihfirmen, entbindet täglich die gleißende Macht des Atoms aus ihrem Formelpalast, entjungferte Frau Luna ganz ohne Erlaubnisschein und spickt das All mit fliegenden Satellitenstädten, der für uns kostenlose Bewachungsdienst inbegriffen. Der Klein- und Großkrieg der internationalen Wirtschaft war und bleibt die legalisierte Form des Wettbewerbs. Selbstherrliche, hochgerechnete Ergebnisse und Erkenntnisse der Naturwissenschaft verdrängen Religiosität und ehrlich geäußerte persönliche Glaubensbekenntnisse werden der Lächerlichkeit preisgegeben, vor allem, wenn es sich um die Ethik des fünften Gebots – Liebe deinen Nächsten wie dich selbst – handelt. Der Glaube an den Götzen Geld und die Zelebrierung eines angefachten und geheiligten Ego-Kults: Ich werde reich sein, werde ganz alt werden und voll jung bleiben!, von geheimen Regenten auf die neuen Tafeln Moses eingegossen, steht in diesen Zeiten in voller Blüte, das Blattwerk voll von Korruption, Expression, Sensation ist dicht und undurchsichtig. Is this the winning generation?
Was zerbreche ich mir schon wieder das bayerisch-surinamische Dickköpfchen … Als ein Kind der Stunde Null lebe ich nun schon seit sechzig Jahren mit Familie, Freunden und Mitmenschen im kriegsfreien Lebensraum, welch glückhafter Lebensumstand, wenn man an die schweren Kriegszeiten denkt, die unsere Eltern und Großeltern zu bewältigen hatten. Die unsäglichen Kampfhandlungen der aktuellen politischen Interessengruppen machen mich hilflos weinen, zwischenmenschliche Kleinkriege habe ich immer tapfer passiv pariert und bisher seelisch überstanden. Ein wenig Sehnsucht der Deutschen nach Krise und Untergang, nach einem Hauch von »Titanic« auf dem Trockendock, von der unser ehemaliger Arbeitsminister Blüm bei einer Talkshow zu berichten wusste, kann ich so gar nicht teilen. Ich werde mir dafür, wie so oft, als tröstende Seelenmassage gleich ein wohltuendes Bad mit Milch

und Honig, einer Handvoll Meersalz und einigen Esslöffeln Lavendelöl einlassen, um bei sanften, musikalischen Sphärenklängen meine aufgestachelte Birne zu entladen und wieder mit friedlichen Zukunftsvisionen auszustatten.
Heute Abend war die Sichel meines geliebten Trabanten unter dem hell leuchtenden Abendstern gestanden. Dieser Anblick erfüllte mich mit stillem Trost, so als bekäme meine Seele die aktuellen Ursache-Wirkungs-Kräfte im Magnetfeld meines kosmischen Zeitplans und deren neue positive »Entsprechungen« just in diesem Moment drahtlos übermittelt, was diese wie einen Kübel Nektar hungrig aufsaugte.
Ja, die geheimnisvollen Beziehungen der Planeten zueinander. Man nennt eine planetarische Beziehung zueinander im Gegenüber »Opposition«, wusste mir mein geliebter Doktor schon vor vierzig Jahren zu erklären. Ja, die Majestät Polarität und das manifestierte Lebensmanuskript.

Wie lang muss ich dies Kreuz noch tragen?
Will ritterlich durch diese Welt mich schlagen.

Ich werde zusammen mit Mama Luna Alexander den Großen in den Dienst nehmen, um den gordischen Mondknoten einfach durchzuschlagen, steigen meine Gedanken wie Luftblasen zur Badezimmerdecke hinauf, während die tröstende Wirkung des mich wohlig umfangenden Wassers, der duftenden Kräuteröle und Essenzen, alle Gedanken-Gespenster zu einer freiwilligen Rückkehr in ihre schaurigen Gemächer veranlasst. Eine tiefe innere Ruhe stellt sich ein und ein Dankeschön aus tiefstem Herzen macht sich auf den telepathischen Weg zu meiner Tochter Daniela, deren Nervendrahtseile meiner Lebensgondel, die in den letzten sieben Jahren öfters fast zum Stehen gekommen wäre, für eine gute Weile Halt und dann wieder Ankurbelung zur Weiterfahrt gespendet haben. Daniela, mein Geschenk des Himmels, ist befugt, mir wenn nötig beizeiten den Kopf zu waschen und ihrem Herzen Luft

zu machen. Dieser Vertrag basiert auf großem Wohlwollen für den anderen und gilt natürlich für Mutter *und* Tochter.

Übrigens, der untergehende Mond ist der Reinigung durch das Wasser und dem Ablassen des alten Wassers zugeordnet. Auf der Erdebene mistet man symbolisch aus, wäscht die befleckte Wäsche, fettiges Haar und riechende Füße, stampft gleich danach das Sauerkraut und schneidet die Hühneraugen, das macht als side-effect jeglichem Kopfweh den kostenlosen Garaus. Die nächsten Tage der Neumond-Phase werde ich in mich gehen und aus meinem Lagerraum Futura die Samenkörner heraussortieren, die ich zwei Tage vor dem nächsten Vollmond in der metaphysischen Muttererde aussetzen werde. Ruhig Blut ist angesagt, Mariannchen, auch wenn ein vielgerühmter Regisseur, trotz angeregt diskutierter Lebenserweckung meiner nächsten Schauspielrolle »Madame Corona Schattenlicht« auf meine segensreichen Wünsche für das Jahr 2007 nicht geantwortet hat und ich dieses Buch gegen sieben Winde und sieben Hörner unseres gestürzten Engels schreiben muss, um erst danach wie alle Menschenkinder als das siebenmal gehörnte Lamm Gottes in den siebenten Himmel hinaufsteigen zu dürfen.

Die Zahl sieben hat's in sich, liebe Leser. Sieben Planeten, sieben Tugenden, sieben Teile hat der Leib, vier werden dem materiellen Körper zugeordnet, drei dem feinstofflichen Geist. Sieben Zwerge versammeln sich um Schneewittchens gläsernen Sarkophag. In sechs Tagen hat Gott die Welt erschaffen, addieren wir den auferlegten Ruhetag, ergibt sich wieder die Ordnungszahl sieben. Die Kabbala-Summe meines Geburtsdatums vom 27.8.1945 ergibt,

hört, hört, die NEUN, obwohl meine jetzige Hausnummer sumerisch noch eine sieben aufzuweisen hat. In zwei Wochen, zum nächsten Vollmond, werden die Würfel gefallen sein. Auf zu neuen Ufern, Mariella, an einem der Neun Seen deines Morgenlandes, unter dem Lichtschutzmantel deiner dich umsorgenden Mutter Agnes, in Gefolgschaft der alten, als weise in die griechische Sage eingegangenen Göttin Hekate in Kompanie mit deiner Familie und der dir anvertrauten Tierkinder. Darf ich Ihnen noch einen guten Rat aus der Schatztruhe meines Gärtnergroßvaters Franz-Xaver mit auf den Weg geben?
Zwei Tage vor dem Vollmond pflanzen wir unser Gemüse oder setzen ihre Samen, dann wird die Ernte saftig, ertragreich, nicht holzig und wir können sie eher einholen. Vertrauen Sie den zu pflanzenden Baum der Erde nie zur Sommerzeit an. Es wird keine Fusion möglich sein und der Baum wird absterben. Blumensamen übergeben wir am besten vertrauensvoll bei zunehmendem Mond dem Erdreich, während Franz-Xaver seinen Garten immer kurz vor Monduntergang mit Düngemitteln beglückte und auch zu dieser Zeit seine Kartoffeln- und Rübenstecklinge aussetzte.
Gleich nach meinem Bade werde ich mich schlafen legen und um prophetische Träume bitten. Von meiner Seelenschwester Hanna Nuber, die am Bodensee lebt und eine exzellente Köchin ist, habe ich gegen meine seelischen Herzschmerzen die Rezeptur eines feinen Mittelchens in die Tat umgesetzt. Das will ich Ihnen nicht vorenthalten: Nehmen Sie 2 Hände voll Wacholderbeeren, zerstoßen Sie diese und sieden Sie den Extrakt in einem Schoppen Weißwein, in den Sie 20 ml Branntwein dazugießen. Nach Abkühlung der Essenz ein vierfach gefaltetes, sauberes Leintuch, das Sie mit der Mixtur getränkt haben, auf Ihre Herzregion legen. Hanna spricht noch das Wort PROBATUM darüber. Der seelisch verschnupfte Magen wird vor dem Schlafengehen noch mit einem Glas heißer Milch mit Honig und dem Mark einer Vanilleschote ausgesöhnt.
Gute Nacht, in ein paar Tagen sprechen wir uns wieder. Ich wünsche euch eine gute Zeit. Sollten Sie noch nicht müde sein, darf ich

Ihnen vielleicht mit einem heiteren Statement bezüglich des gnadenlos herrschenden Schlankheitswahns, das ich letztens für eine aktuelle Zeitschrift verfasst habe, noch eine kleine Freude bescheren:

Frau Schlank verfällt dem Wahn, auf der Suche
nach der Leichtigkeit des Schweins. Herr Rank
stemmt kränkelnd Kraft vor Freude. Von
Diät-Industrie-Managern abgeschöpfte Sahne fließt
flott in Schweizerische Steuerparadiese, um sich
dort mit immer fetter werdenden Diäten der abspeckenden Politiker ins feiste Fäustchen zu lachen.

M. S. 2007

Liebe Leser, hier bin ich wieder, ausgeschlafen und wieder in meiner Mitte. In einem intensiven Traum befand ich mich wieder vor vierundzwanzig Jahren in der gemeinsamen Münchener Wohnung in der Kaulbachstraße. Meine Mutter sah sehr jung aus, trug ein fließendes Kleid mit aufgedruckten Mohnblumen aus Organza, bat Dani, meine Schwester Renate und mich, sie mit Hund Baggy in den Englischen Garten zu begleiten, was wir uns nicht zweimal sagen ließen. Glücklich lachend stand Agnes lichtumflutet auf der steinernen Brücke des Eisbachs. »Dort, wo ich jetzt bin, kann ich euch erst wirklich beistehen«, übermittelte sie in zarter Tonart. »Ruft mich immer, wenn es vonnöten ist. Ich muss jetzt weg, ich habe ein Rendezvous mit deinem Vater Georg, Marianne. Komm, Baggy. Komm!«, ergänzte sie und löste sich in einer Nebelwand wieder auf, als ich sie in meine Arme schließen wollte. Seit ihrem Heimgang sind nun schon elf Jahre ins Land gegangen und die schmerzhafte Lücke, die sie hinterließ, ist nur mit unserem tiefen Glauben und den stillen Erfahrungsmomenten zu füllen, dass sie auf einer metaphysischen Ebene weiter bei uns weilt.
Liebe Leser, wir haben uns das letzte Mal im April 1978 in unserer Wohnung in München ausgetauscht, wissen Sie es noch?, in der

wir mit Tochter Daniela und Mutter Agnes, ein Jahr später zog auch Schwester Renate zu uns, eine schützende Frauenwohngemeinschaft aufgebaut haben.

Unsere damalige Entscheidung war sehr weise und wir haben alle drei davon nur profitiert. Mutter Agnes liebte es, nach dem meistens von ihr zubereiteten Mittagsmahl, von nun an als Stadtmensch zu leben. Jeden Nachmittag verließ sie, zusammen mit der kleinen, französischen Bulldogge Pippilotta, später war die adoptierte Wüstenhündin Baggy ihre Begleiterin, unsere hundsgemütliche Wohnung im ruhigen Hinterhaus, um ihre geliebte Einkaufsmeile der Schwabinger Leopoldstraße unsicher zu machen, was meistens von einem Besuch der Gaststätte Leopold oder einem der zahlreichen Straßen-Eiscafés gekrönt worden war. Um Schlag fünf Uhr verlangte die Crew des Denver-Clans ihr Fernseh-Tribut und Mutters Platz in ihrem Wohnzimmersessel war tabu. Ein Schläflein folgte auf dem Fuße und ab neunzehn Uhr konnte Muttern schon am großen Küchentisch Platz nehmen – ich hatte mittlerweile für alle das Abendessen angerichtet, das, was die phantasievoll eingebrachten Gewürze betraf, meistens experimentell angehaucht war, sich aber von allen freudig einverleibt wurde.

Daniela wuchs zu einem lebensbejahenden, temperamentvollen Teenager heran, kämpfte um Anerkennung ihrer willensstarken Löwenpersönlichkeit bei den ihr vom Schicksal vorgesetzten Lehrkräften und genoss ihre freundschaftlichen Beziehungen, die sich bei einigen, dank der Stabilität unseres Wohnsitzes, über Jahrzehnte als gutes Fundament in ihrem Leben aufbauten. Im Abtausch mit der Großmutter Agnes maß Enkelin Daniela gar oft ihre überschäumenden Kräfte, was dann von mir am geräumigen Küchentisch immer mal wieder durch Mediation wieder in friedliche Kanäle gelenkt werden musste. Ich wurde immer mehr zu Danielas Freundin und großer Schwester und hatte auf ihren Wunsch mein eigenes, größeres Zimmer mit ihr getauscht, was von Daniela mit Erstaunen und herzlicher Dankbarkeit reflektiert worden war. Ihr Deutschlehrer deklarierte mein unverantwortliches

Benehmen, wie er es nannte, als Palastrevolution und bat mich in eine private Sprechstunde, um mir den Kopf bezüglich meiner toleranten Einstellung zurechtzusetzen. Danielas Vater Fritz war, wie gesagt, immer gern gesehener Gast in unserer Frauenkemenate. Schwester Renate ergatterte sich einen Arbeitsplatz im Münchner Rathaus und steht bis heute liebend gern in den Diensten unseres Münchener Bürgermeisters. Ihre Partnerschaft lag in Scherben und sie war jahrelang nicht gewillt, einem neuen, treulosen Keramiktopf als Deckel zu dienen, bis im Jahre 1996 Verehrer Hans ihren Lebensweg kreuzte und ihr Herz eroberte.

In meinem eigenen Leben brach sich über die künstlerische Ader eine schicksalhafte Komponente mehr und mehr ihre Bahn. Unangefochten löste sich Ereignis auf Ereignis ein, von der vorgegebenen planetarischen Bahn bestimmt und erzwang sich durch meine lebendige, bejahende Einlösung erstaunliche Ereignisse und persönliche Erfahrungswerte. Für die Jahre nach meiner Trennung blieb mein Familienstand bis heute geschieden und ich versingelt. Basta. Tiefe Freundschaften und Partnerschaften zu Männern, die zwar sexuell dem gleichen Geschlecht zugetan waren, mir aber auf der seelischen und tantrischen Ebene große Menschenliebe und selbstlose Freundschaft, die sich in zärtlicher Gleichgesinnung badete, entgegenbrachten, wurden die Regel. Ich bin keine lokale Person, sondern eine globale Institution, hatte ich immer spaßettelt und mit kreisformenden Bewegungen um meinen runden Körper einen Globus nachempfunden, als ich, dem roten Schicksalsfaden der Göttin Ariadne folgend, immer mehr in die weite Welt hinaus komplimentiert worden war.

Noch im Sommer 1978 hatte sich durch unser erfolgreiches Zelttheater die Opera Curiosa am Roncalli-Platz, von Theaterimpresario Herrn Pilz eingeladen, liebevoll gemanagt und mit anschließender Fernsehaufzeichnung des Bayrischen Rundfunks garniert, einen einprägsamen Namen gemacht. Das war eine Freude und ein Hallo unter den vielen Mitwirkenden, nie unter vierzig an der Zahl. Dieses Mal waren es der grandiose Georg Ringsgwandl, damals unter dem Namen »Der Gurkenkönig von Mittenwald« brillierend, der unvergessene Hinterhofsänger und Vorhofspänner »Die Nachtigall von Ramersdorf«, sowie unser begabter, unikater, bayerischer Bluesbarde Willy Michl, im Gespann mit Ballerina, Ehefrau Evi, der sich, auf eigenen Wunsch, in den Gewändern Quasimodos unter die Zirkuskuppel hängen ließ. »I am sailing ...« drang die rauchige Stimme unseres fliegenden Isar-Indianers zur Freude ins Publikum, das auch mein Ballettmeister Daniel Sander mit seiner grandiosen Pantomime einer russischen Primaballerina im Sturm eroberte. Manuela Riva, meine große Freundin und begnadete hermaphroditische Mama Roma, war als tragende Säule unserer Theaterkompanie der Regenbogenfamilie neben dem ausdrucksstarken Tänzer und Kabarettisten Rebecca, einem ganz nahen Freund, der in bürgerlichen Kreisen als Kurt Auer zu Buche schlug, nie mehr von unserem jährlich stattfindenden Festival wegzudenken.

Im Premierenjahr 1977 war es mir doch tatsächlich gelungen, Liedermacher Konstantin Wecker, der mir freundschaftlich verbunden war, mitten hinein in das furiose Programm zu dirigieren, mit dem bedrückenden Lied, das er seinem Freund Willy gewidmet hatte, der auf einem Bahnhofsplatz von rechtsradikalen Jugendlichen erschlagen worden war. Meine Idee, die verschiedenen Lebensdimensionen, hier wildes Kabarett, Lachen, Klatschen, Weinen vor Glück – dort reales Leben, blanker Hohn, Schläge, Weinen vor Schmerz, Tod, auf der Bühne in Abfolge umzusetzen, machte Konstantin Angst und er ging erst hinaus, als ich ihn hinter dem Vorhang auf Knien darum bat. Der Plan ging auf. Das Publikum wurde still, nachdenklich, weinte, wurde aber von Künstlermutter Mariannas Folgedramaturgie, einer tanzenden Elfe, bezaubernd umgesetzt von Dana Murray, wieder in den Arm genommen. Padmini Chari, unsere religiöse Tänzerin aus Indien, die mit atemberaubender, ritueller Choreographie den Segen des indischen Gottes Brahma zur seelischen Genesung erflehte, salbte wunde Herzen und ließ unsere Seelen erschauern. Ihr Mann, ein indischer Diplomat, der in Europa wirkte, erlaubte, nachdem ich ihn inständig gebeten hatte, seiner Gattin, die ja sonst nur in Tempeln und auf großen Theaterbühnen auftrat, in unserem verqualmten, aber urgemütlichen Kleinkunstlokal Marienkäfer ihre universelle Botschaft von Liebe und des Schöpfers Segen zu vermitteln.

Im Jahre 1979 leistete ich einer Einladung Franz Baumbauers, dem heutigen Intendanten des Münchener Residenz-Theaters Folge und erstellte unter dem Motto »Panem et circenses« (Brot und Spiele) ein Opera-Curiosa-Programm für das Marstall-Theater, und zwar zu dem Originaldatum, als der große Cäsarius des alten Roms den Plebejern die Räume der Julischen Basilica als Forum zur freien Gestaltung zur Verfügung gestellt hatte. Cäsar spendete Brot und Wein, Herr Meisel, der damalige Intendant des Residenz-Theaters, misstraute dem Unterfangen, ebenso mein Regisseur und Mentor Leo Lorez, der mich bis zu diesem Marstall-Tor professionell begleitet und praktisch ausgebildet hatte. Jetzt überfiel ihn die blanke Angst. »Was ist, Marianne, wenn wir bei diesem Gastspiel in den heiligen Hallen baden gehen?«, fragte er mich Wochen vor Probenbeginn ängstlich.

»Wir kommen als Plebejer, wir sind völlig frei, Leo, wir können auch nur Ringkämpfe stattfinden lassen, hab doch keine Angst um deinen guten Namen, alles wird gut werden, das Publikum wird uns wie immer lieben, Leo«, versuchte ich ihn zu ermuntern.

Er war nicht mehr ansprechbar, stieg aus und ließ mich Organisation und Regie alleine durchziehen, was ich mutig und mit zitternden Knien anging – und es klappte, wie es klappte. Die Besucher standen in Zweierreihen um das Marstall-Theater herum, um Karten zu ergattern. Alles war im Lot. Das Premierenpublikum tobte, Franz Baumbauer strahlte und meine Künstler mutierten vor Glück zu Honigkuchenpferdchen. Der bayerische Rundfunk erstellte nach der ersten erfolgreichen Ausstrahlung des Vorjahres jetzt eine zweite Aufzeichnung aus unserem furiosen Programm und strahlte auch dieses mit großer Publikumsakzeptanz aus. Meine Stimme hatte der unmenschliche Stress verschlagen, tauchte aber nach einer Woche wieder auf. Meine Augen und die unserer höchst zufriedenen Mitwirkenden glänzten glücklich um die Wette. Die Presse, sogar der »Spiegel«, war uns sehr gewogen, bis auf einen lokalen Kulturkritiker, der vermeinte, nur seine Entfernung in der Pause hätte die Entfernung seines Blinddarms nach Programmschluss verhindert, und das alles nur auf bloßen Verdacht einer entarteten Kunstrichtung hin. Seine operative Abtrennung unseres zweiten Showteils hatte wegen der unterlassenen Beurteilung zu einer chirurgischen Entfernung seines Arbeitsplatzes geführt, was ihn aber, uneingedenk jeglicher früherer Konsequenzen, heute als Feuilleton-Chef einer seriösen Tageszeitung fungieren lässt. Warum ich mir darüber den Kopf zerbreche? Im November 2007 werde ich, nach dreißig Jahren, wieder in das Abenteuer einer Opera Curiosa in memoriam, mit dem Titel »Wild Women Romance«, hineintauchen, zusammen mit vielen neu entdeckten Künstlern und früheren Mitwirkenden aus allen Kunstrichtungen, wahrscheinlich wieder auf süddeutschem Boden. Den damals so verschreckten Herrn werden wir selbstverständlich gerne wieder in unsere Mitte nehmen. Vielleicht hat sein Blinddarm ja bis dahin schon das Zeitliche gesegnet?

Drei Kräfte sind im Stein

Der Rückblick auf die erregenden Ereignisse meiner Vergangenheit macht mich unruhig in meinem Seelengrund, vor allem was die Einlösung meiner schöpferischen Planquadrate betrifft, die mich über die Jahre von 1985 bis 1999 durch die ganze Welt reisen ließen. Der amerikanische Kontinent öffnete für uns seine Schwingtüren. Von Seattle bis San Francisco, von Boston bis Chicago, von New York bis Los Angeles taten sich für meine neugierige Pfadfinderseele ungeahnte Eindrücke auf, die ich alle bis auf den letzten Tropfen einsog. Dreharbeiten in Frankreich, Spanien, Weißrussland, Holland, Italien, Polen, Marokko, in der Tschechoslowakei und Südafrika, Wasserburg und Leipzig, München und Schleswig-Holstein, die Promi-Tussi gibt nicht an, drei Finger aufs Herz, it's true, komplettierten den schicksalsbestimmten cineastischen Reigen, stärkten meinen Pulsschlag als Weltenbürgerin und fütterten meinen hungrigen Geist mit Ein- und Abdrücken, bis er sich für weitere Vorlesungstermine einfach unbezahlten Urlaub nehmen musste. »Rien ne va plus«, nichts ging mehr. Die intensiven Begegnungen mit Künstlerkollegen, Regisseuren, obdachlosen Staatsbürgern, gewonnenen Freunden, die zusammen mit mir Wert darauf legten, unsere erfrischenden Interaktionen fortzuführen, gehen ins Unermessliche. Auch mit Passanten, Stewardessen. Roomservice-Ladys, Busfahrern, Bartendern, Taxi-Drivern, Zeitungsverkäufern, Polizisten und Wegelagerern … mit allen diesen Erdenbewohnern habe ich auf dem schwankenden Seil einer vermeintlich selbstbestimmten Lebensform rückhaltlos kommuniziert. So schrieb sich Seite um Seite in mein Tagebuch, das schon bald zu platzen drohte.

Der große Traum der kleinen Marianne, mit einem Fesselballon auf eine große Weltenreise zu gehen, wurde wahr, so wahr. Am kühlen Bächlein ihres Heimatdorfes hatte das kleine Mädchen ihren großen Wunsch den aufgebrachten Windbräuten mit auf die lange Hochzeitsreise gegeben. Mein Anrufbeantworter konnte nach den intensiv gelebten Jahren den vielen Lebens- und Rauchzeichen aus der ganzen Welt, Brasilien und Berlin habe ich ja vorhin ganz vergessen, nicht mehr Rechnung tragen und gab seinen Geist auf und ich die Kompetenz für mein »personal communicative-center« away. So würden meine Freunde in den USA das formulieren. Ja, ja, ich weiß, stell dich deinem Schicksal, Marianne! Planet Uranus befindet sich bei dir im Haus der Öffentlichkeit, und deine Jupiter-Neptun-Konjunktion im zehnten Haus erzwingt ja förmlich eine ausufernde soziale Komponente. Mein Wappentier ist der Fasan, das wusste ich ja noch gar nicht. Was? Auch das gackernde Haushuhn, das erhabene Rebhuhn, der balzende Auerhahn sollen astrologisch meinem Jungfrau-Zeichen zugeordnet sein und in Konstellation mit dem Aszendenten Schützen, den weiten Flug des komischen Vogels Sägebrecht, förmlich erzwingen, brachte eine Astrologin vor Jahren ins Spiel. Ist ja recht, aber was zu viel war, ist zu viel. »Dieser Aszendent sorgt wohl für Ihr Temperament im sonst so nüchternen Jungfrau-Zeichen, Frau Sägebrecht. Wissen Sie, Typen wie Sie gehen oft auf Reisen, um sich zu bilden, finanziell sind Sie großzügig und Sie spekulieren gelegentlich«, ist als Zuordnung meiner Spezies einer astrologischen Fachzeitschrift auszumachen.

Ich spekulierte im Jahre 1999 darauf, *die große Sehnsucht einer Gärtnerstochter und -Enkelin*, mit meinen Tieren auf dem Land zu leben, *meine Zieglein fress ich aber nicht*, mit den Händen in die Erde zu greifen, *aua Glasscherb-*, zu pflanzen und die Ernte einzuholen, *Schneckengang war wieder mal schneller*, die erhoffte Ruhe zu genießen, *Bulldozergedonner und Hahnengeschrei kein Manko*, die so lange vermisste Landluft in meine Lungen zu pumpen, *Misthaufengeruch selbstverständlich eingeschlossen*, barfuß über Wiesen zu laufen, *Wespenstich wieder mal überlebt*, und das alles mit meinen damals vierundfünfzig Jahren in die Tat umzusetzen.

Mutter Agnes, die in ihren schweren Kindheitstagen Großvater Franz-Xaver in seiner Gärtnerei zur Hand gehen und die geernteten Pflanzen auf dem Markt auch noch verkaufen musste, bedankte sich immer ironisch für meine Idee, schon Jahre früher gemeinsam dem Landleben zu frönen. »Damit kannst du mich gern haben, Marianne, ich hab meinen Buckeldienst schon hinter mir, was das betrifft«, meinte sie dann immer verschmitzt. Sie war mit Herz und Verstand Schwabingerin geworden und dieses Privileg ließ sie sich von niemandem mehr streitig machen. Aber mein Kompass schielte gegen Westen, dem irdenen Abschnitt meines Lebenslogbuchs entgegen, auf geheimnisvollen Pfaden, ohne Wenn und Aber! »Schließlich ist ja der bodenständige Teil der Jungfrau-Geborenen der Erde zugeordnet, und in der will ich jetzt buddeln«, erklärte ich meiner staunenden Schwester, die ja noch immer Schulter an Schulter mit mir unsere Wohnung in der Kaulbachstraße teilte. »Das wird dein Wochenendparadies werden«, predigte ich weihevoll und meine Entscheidung begann ihr schon langsam schmackhaft zu werden.

Das Kettchen mit dem sechsstrahligen Stern, gefertigt aus dem jungfräulichen Glücksmetall Bronze, mit zwei ineinandergeschobenen Dreiecken, einem Symbol des kleinen Siegels von Salomonis, das ich damals schon jahrelang als Talisman auf meiner Brust trug, hatte mich bis dahin bestimmt schon vor einigen Missgeschicken bewahrt, nun aber bedenkliche Patina angesetzt und bat damals inständig für sich und mich um eine verdiente Ruhepause. Für die neue Auszeit mussten sich jetzt der bräunliche Bernstein aus dem Polenland, ein gelber Saphir aus den Dünen der südafrikanischen Wüste, der grünschimmernde Smaragd, den ich aus Taiwan mitgebracht hatte, in meinen Beschützerdienst stellen, gute Behandlung und Pflege war Ehrensache. Alle habe ich weiterverschenkt. Es braucht nach brasilianischem Ritual, das anscheinend geheimnisvoll in mir ruht, nur den Ausspruch eines Gegenübers: »Oh, dieser Stein ist aber interessant«, um aus mir eine spontane Schenkung herauszukitzeln, manchmal auch zum Erschrecken meines Gegenübers, der oft gar nicht weiß, wie ihm geschieht. Doch meistens steht ja Freude auf der Stirn des Beschenkten geschrieben, während sich auf der Stirn meiner Schwester dann immer sorgenvolle Linien abzuzeichnen beginnen. Dem fast einen halben Handteller großen Bergkristall, meinen treuen Lebensbegleiter aus achtzehn Jahren, der aus den brasilianischen Minen von Gerais stammt, wird dieses Schicksal für immer erspart bleiben. Ihm habe ich nach all den Jahren einen Ehrenplatz in meiner Glasvitrine eingeräumt. Mit dem Rentnerdasein meines Kristallkomplizen ist aber noch lange nicht zu rechnen. Gerade heute früh wurde mein treuer Messdiener, von mir zärtlich Kristie gerufen, aus seiner Weißweinkaraffe zurück an seinen sonnendurchfluteten Fensterplatz gesetzt, um seine betagten Zellen wieder mit kosmischer Energie aufzutanken. Mutter Sägebrecht hatte sich gleich danach ein Viertele seiner zurückgelassenen Weintinktur hinter die Binde gekippt, ein altes Ritual, seit vielen Jahren in gutem Glauben zelebriert. Dieser Bergkristallwein beruhigt meine hopsenden Herztöne, stärkt durch Hingabe seiner Lichtenergiereserven mein vegetatives Nervenkostüm, motiviert meine müden Knochen. »FIAT LUX«, es werde Licht, bitte ich inständig, um die bestimmt noch heftigen Presswehen bis zur Fertigstellung meines Buchmanuskripts in den vorgegebenen nächsten zehn Tagen bei weiterhin guter Verfassung über die aufgetürmte Rampe zu bringen. Drei Kräfte hat ein Stein intus, so meinte auch Hildegard von Bingen. Sie sprach von einem starken Einfluss der Mineralsteine auf unsere seelische Basisstation, als Ausgangsort der Heilung, die sich in tiefen Schichten eines jeden Menschen verbirgt. Hildegard sagte auch, dass unsere Seelen mit den kosmischen Elementen von Feuer, Erde, Luft und Wasser, in den zusätzlichen, dreigeeinten göttlichen Kräften unseres Schöpfers über die Lebensgeister ihre Vollkommenheit erfahren. Sie ließ uns wissen, dass die kristalline Substanz von Edelsteinen die energiegeladene Gotteskraft symbolisieren, dass die sichtbare Form eines Kristalls für die unsichtbare Gestalt von Jesus Christus und das damit verbundene dynamische Wirken eines allumfassenden Gottesgeistes steht. Es stünden uns ungeahnte Kräfte zur Verfügung, die vitalisieren und heilen könnten, wenn wir nur bewusst mit diesen Kraftquellen in Verbindung treten würden. Ich habe dieser Prophetin schon vor vierzig Jahren mein gebündeltes Vertrauen geschenkt, so ist es auch heute noch.

Du musst verstehen,
aus eins mach zehn
und zwei lass gehen
und drei mach gleich,
so bist du reich.
Die vier verlier
aus fünf und sechs
so sagt die Hex,
mach sieben und acht,
so ist's vollbracht.
Die neun ist eins
Und die zehn ist keins,
das ist das HEXENEINMALEINS.

Goethe

So, hier fabuliere ich wieder, zwar gegen den Strom, aber mit Mut unter dem frischgetauchten Pferdeschwänzchen.
Mein Bergkristall »Kristie« kann sich heute gar nicht durch Sonneneinstrahlung elektrisch aufladen, denn heute Nacht verbannten graue Himmelsbänke unser so ersehntes Sonnenlicht in die Warteschleife. So sitzt nun mein guter alter Begleiter auf seinem guten alten Fensterbrett, Sehnsucht nach seinem brasilianischen Ursprungsland im siliziumdioxidischen Herzen, die ich surinamisches Flüchtlingskind heftig mit ihm teile.
»Weißt du, Kristie, mein Doktor der Medizin konnte durch Messungen bei Versuchsreihen nachweisen, dass deine Silizi-Familie bei Stress, Aufregung, Zorn und Verletzungen durch die stattfindende Ausdehnung auf unser autonomes Nervensystem positiv und ankurbelnd einwirken kann.«
»Darf ich dir was flüstern, Marianne? Frau Madame Curie, nicht die Herren Paul und Pierre-Jacques Curie, war die eigentliche Ent-

deckerin der piezo-elektrischen Eigenschaften, was das Talent der Ausdehnung und eine Transformierung in mechanische Energie betraf. Viagra-Aktienfonds good bye«, übermittelt mir mein guter alter Bergfex funkelnd und verschmitzt. »Kristie, Kristie, was du nicht alles weißt, du alter Quarzkopf«, antworte ich ihm verschämt, ohne es in Worte zu fassen. »Die beiden männlichen Forscher haben sich für die Patente der produzierten künstlichen Laserhealing-Sticks und für die millionenfach hergestellten quarzbetriebenen Uhrwerke unsere Geheimformel unter die Nägel gerissen«, stochert Kristie aufmüpfig weiter.

»Jetzt mach aber mal halblang, Alter, Expansion ist das Los der Welt.« Da fällt mir ein, was der große Sigmund Freud seinem Tagebuch anvertraut hatte. »›Ich bin eigentlich gar kein Mann der Wissenschaft, kein Beobachter, kein Experimentator, kein Denker. Ich bin nichts als ein, *das musst du dir jetzt reinziehen, Kristie*, Conquistadoren-Temperament mit der Neugierde, der Kühnheit und der Zähigkeit eines solchen.‹« Ja, ja, großer Meister Freud, Wissenschaft ist Macht und diese fordert Verantwortung mit ein. Macht ist aber nur die eine Hälfte, Glaube ist die andere, Kristie. So glaube ich und ich glaube, du solltest langsam heimkehren in deine sehnsuchtsvoll herbeigesehnten Heimatgefilde Brasiliens. Auf meinem Weg nach Surinam, den ich bald für einen Dokumentarfilm über die Naturforscherin Maria Sybilla Merian, zusammen mit meiner Tochter Daniela und meinem guten Freund Klaus, einem Dokumentarfilmer aus Leidenschaft, zurücklegen werde, ergibt sich die Gelegenheit. Weißt du, die dreiundfünfzigjährige Maria Sybilla und ihre älteste Tochter sind am Ende des 16. Jahrhunderts als Passagiere auf einem Segelschiff von Holland nach Dutch Guyana, heute Surinam genannt, gesegelt. Am Rande des Dschungels hat sie ein Haus errichten lassen, um von dort aus mit Unterstützung von ortskundigen Sklaven ihre Exkursionen in den undurchsichtigen Bauch des Dschungels anzugehen. Alle gefundenen Schmetterlingsarten wurden gesammelt, registriert und dokumentiert. Ihr unbekannte Raupen ließ sie ausreifen und die sich herausschälenden, schillernden Schmetterlings-Geschöpfe inspirierten sie zu beeindruckenden filigranen Zeichnungen. Ich werde mein Antlitz mit dem von Maria Sybilla verschmelzen und mit meiner Tochter die Motivationen und Gefühlsregungen von beiden Frauen nachzuempfinden versuchen.

»Wo willst du dein Plätzlein haben, mein müder alter Kristie? Vielleicht in Rio de Janeiro, auf der ausgestreckten Gipshand der berühmten Jesus-Statue auf dem Zuckerhut? Oder sollen wir dich heimlich in den Souffleur-Kasten der Bühne des alten Opernhauses in Manaos am Amazonas schmuggeln, um die hauseigene Einflüsterin aufzupeppen? Du, das große Schaufenster des reichen Juweliers Stern an der Copacabana böte vielleicht eine Nische, wo du dich in einer samtausgeschlagenen offenen Präsentierbox den bewundernden Blicken der Kunden …?«

»Nein, nein«, stoppt Kristie meinen Redefluss, »das kommt mir nicht in die Tüte, nach all den Jahren, die wir nun schon zusammengeschweißt sind. Weißt du noch, Marianne, als du im Sommer 1986 auf dem Flughafen mein Plätzchen in deiner kuscheligen Jackentasche verteidigt hattest, und was für ein Respekt mir bei der Röntgenkontrolle gezollt wurde!«, merkt jetzt Kristie stolz an.

»Ja, das haben wir alles bravourös gemeistert, brillant und geschliffen, mein Guter. Ja, und dann erst die Bewunderung, die man dir bei unserer Einladung in Berlin, im Hause meiner Freunde der Literatur angedeihen ließ. Erinnerst du dich noch?«, steuere ich mein Scherflein bei.

Machen Sie sich mal ein Bild, lieber Leser. Hier war erst früher Nachmittag zu verzeichnen. Einen feinen Brunch nach italienischer Art, schmackhaft und leicht verdaulich, kombiniert mit edlen Getränken, hatten wir schon auf dem antiken Buffet des Wohnzimmers aufgebaut. Nach unserer Ankunft am Vormittag und unserem Angebot, uns bei der Zubereitung der Buffet-Leckerbissen fleißig zu beteiligen, versteht sich doch von selbst, wurden wir jetzt von unserem Gastgeber zu Tisch gebeten. Da gab es:

»Crostini alla Siena«, geröstete Schwarzbrotscheiben mit einem Mus aus Hühnerleber, Knoblauch, Sellerie, Zwiebeln, Karotten mit Anchovis und Kapern in Olivenöl aufgestrichen.
»Salsa Verde« aus einer Sauce mit Petersilie, Dill, Schnittlauch, Knoblauch, Zitronensaft, Pfeffer und Olivenöl, auf kalten Rinderbratscheiben angerichtet, mit Weißbrot bestückt.
»Radicchio-Blätter« in Sonnenblumenöl angebraten, mit Zitronen, Tomaten und Radieschen dekoriert.
Die von mir mitgebrachten herzhaften Oliven, nach einem original sizilianischen Rezept eingelegt, sonnten sich schon in der Vorfreude, gleich genüsslich verzehrt zu werden.
Auch mein selbstgemischter Weichkäse in Anlehnung an unsren bayerischen »Obatzd'n« mit Creme frech, Joghurt, Zitronensaft und frischem Schnittlauch bekam von mir einen Ehrenplatz zwischen den hochnäsigen italienischen d'œuvres zugewiesen, wo kämen wir denn da hin.
Auch Pistazienkerne, Fruchtsalat aus Ananas, Birnen, Walnüssen und getrockneten Pflaumen, von mir mit einem kleinen Schwapp Williams getauft, standen für uns Gäste parat. Perlendes Mineralwasser, feinster Espresso, vollmundigster Chianti, auf dem Landgut des Hausherrn in Siena erzogen, vervollkommneten das großzügige Aufgebot noch.
Jetzt schüttelte Mutter Sägebrecht noch ein As aus dem Ärmel: Kürbis-Ingwer-Suppe mit Kokosmilch, Sahne und Koriandergrün, die ich noch in der kochlustigen Küche zusammenbraute und die die verwöhnten, weitgereisten Mitglieder des »Matinee de Literatour« überraschte und entzückte. Mein treuer Begleiter Kristie notierte diesen Umstand mit Vergnügen. Sein Logenplatz wurde am Sonnenfenster durch unser kuscheliges, blaues Samtkissen noch erhöht.
»Kristie, erinnerst du dich noch an meinen Seelenbruder Sebastian? Den Engel der machbaren Wunder aus dem Roncalli-Ensemble, der damals zum Finale mit Direktor und Inszenator André Heller in München auftrumpfte? Wie du den Bastl, so nannte ich

den Tirolerbub'n im trauten Zusammensein, angeglänzt und angeblinzelt hast, der heute wieder in seinem elitären Element war und förmlich in das offene Herz der schönen und ausdrucksstarken Schauspielerin Imke hineinfunkelte. Halb zog er sie, halb sank sie hin. Auch ich fühlte mich von Imke, einer interessanten Persönlichkeit und Freundin des Hauses, sehr stark angezogen, aber jetzt gerade zog es mich zu den Worten aus der Feder von Gertrude Stein. Um 1935 aus den Fängen der Nazis zu entkommen, hatte sie bis zu ihrem Tode im Jahre 1946, im Schutzfeld eines amerikanischen Passports, in Paris gelebt und dort einen Künstlerkreis ins Leben gerufen, dem auch Ernest Hemingway angehörte. Kennen Sie die berühmten poetischen Verse, liebe Leser, die sich durch die Technik rhythmischer Wiederholungen unauslöschlich in das Gedächtnis eingraben können? Das Poem *A ROSE IS A ROSE IS A ROSE* ist mein favourite und weltweit bekannt geworden. Auf dem Friedhof »Père Lachaise« in Paris wurde sie zur letzten Ruhe gebettet. Als wir sie im Jahr 1982 dort besuchten, entdeckte ich zu meiner Freude, dass sich Gertrudes Ruhestätte direkt neben der Grabstätte meiner über all die Jahre still verehrten Schauspielerin Simone Signoret befand. Gertrudes Grab war unbepflanzt und vermoost, das von Simone mit einem hellen Kunstmarmor pflegeleicht abgedeckt, die nun schon erwachsene Birke blickte immer noch ungläubig auf die kalte Fläche zu ihren Füßen. Von den liebevollen Bitten, die Simone in ihren Memoiren an ihre Nachkommen gerichtet hatte, was die ersehnte Bepflanzung ihrer letzten Ruhestätte betraf, wusste nur noch die trauernde Birke zu erzählen. Der zurückgebliebene Gatte Yves Montand hatte sich zu dieser Zeit um seine junge Gattin und den gerade angekommenen Sprössling zu kümmern! »Warte, warte nur ein Weilchen, so setzen halt wir auf das Grab die Veilchen«, sandte ich nonstop eine gewaschene telepathische Botschaft an den nachlässigen Zurückgebliebenen. Eine Antwort blieb bis heute aus, dafür wurde Gertrudes Grab am nächsten Tag entkrautet und ein kräftiger, dreiblütiger Rosenstock im Efeumantel in die zentrale Mitte gesetzt, der bis heute wächst, blüht und gedeiht und von Muttern bei jedem Parisbesuch auf ein Maß zurückgestutzt wird. Für die versiegelte Ruhestätte von Simone Signoret erstand ich eine edle, antike Blumenschale von respektabler Größe, die mit dreifarbigen Veilchen, Hyazinthen und Amaryllis-Pflanzen, die Simones ersehnten Wünschen, auch nach all den Jahren, immer noch gerecht werden sollte. Ganz liebe Freunde in Paris haben die weitere Fürsorge für diese letzte Ehre bei meiner Abwesenheit übernommen. Auch Edith Piaf, die in einsamen Vollmondnächten als Dritte im Bunde den angespannten Canasta-Runden beizuwohnen pflegt und auch deren Grabespflege damals mehr als vernachlässigt worden war, erfährt so über die Jahre unsere Aufwartung und Verehrung.

Aus den letzten Schriften Gertrudes las Hausherr Rüdiger mit sonorer Stimme im Salon seiner Wohnung vor dem offenen Kamin. War das urgemütlich und spannend in diesem feinen Ambiente. Die Sinne waren durch die feine Verköstigung schon mal vorgestreichelt, die hungrigen Mägen zufriedengestellt. Jetzt war es an der Zeit für Rüdiger: »*... es ist so hell, es ist so grell, lass mich zurück in den dunklen warmen Mutterleib ...*«

Diese Worte wühlten mich auf und sollten sich dann Stunden später, in dem vollbesuchten Café des Metropol-Theaters in einer lebensfeindlichen Konstellation Geltung verschaffen! Das alles geschah im Sommer des Jahres 1986. Unser kleiner, aber feiner Film »Zuckerbaby« konnte sich nach der Verleihung des Lubitsch-Preises vor allem in der Berliner und New Yorker Siegessonne aalen. Es fällt mir immer noch schwer, darüber zu sprechen, mein Zeitzeuge Kristie hat ja schon die Luken dichtgemacht.

Tatort: Der Showroom im ersten Stock des Metropol-Theaters am Hansaplatz, wo ich nach diesem ereignisreichen Tag, den ich mir, was die einzulösenden Termine ausmachte, auf vier Ebenen eingeteilt hatte, einen Fluchtpunkt gesucht hatte. Mir zur Seite stand Schauspielerin Imke, die mich seit der Lesung tapfer bis hierher begleitet hatte. Ich höre mich noch sagen: »Weißt du, Imke, wenn ich reflektiere, was wir gerade vorhin im Parterre des Café-Thea-

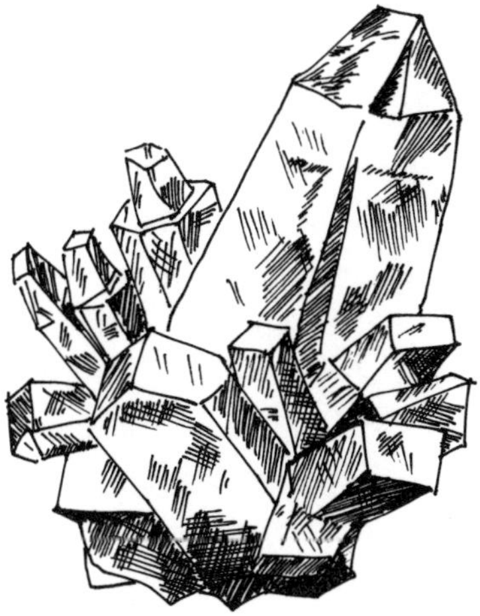

ters überstehen mussten, wenn ich mir dann noch als Beigabe zu dieser lustlos vorexerzierten Sadomaso-Show aus Amsterdam die zerborstene, außer Rand und Band gegangene Laserkanone vorstelle, vor deren Strahlen wir uns laut Aussage des DJs ja hüten sollen, dann weist das ja alles förmlich auf einen dramaturgischen Höhepunkt hin.«

Dabei streichelte ich meinen schrumpfenden Bergkristall, den ich schon seit zwei schrecklichen Stunden fest in meiner schwitzenden Hand hielt. »Erinnerst du dich noch, Kristie, als ich Imke mit verhaltener Stimme an unsere Lesung von heute Nachmittag und den unvergessenen Satz ›es ist so hell, es ist so grell‹ erinnerte?«

Bei dem Wort grell bohrte sich eine rechte Faust, mit einem Totenkopf geschmückt, in mein linkes Auge, dessen Lid sich innerhalb einer Hundertstelsekunde gerade noch schließen konnte. Das unsinnige Attentat eines jungen kleinwüchsigen Skinheads, mit dem er bei seiner Bande Eindruck schinden wollte, stieß mich in ein Meer von nie gekannten Schmerzen und Tränen. Ich befand mich auf einmal auf einem Kriegsschauplatz, mitten unter Soldaten, lag auf einem nasskalten Boden und wurde in meiner Vorstellung mit zig Soldatenstiefeln gleichzeitig traktiert. Ich konnte nicht mehr wahrnehmen, wo ich mich befand und schrie mir die Seele aus dem Leib. Der feige Angreifer suchte nach seinem zynischen Kommentar »So, Alte, du wirst dich für niemanden mehr einsetzen, das schwöre ich dir« das Weite.

Da waren wir beide ganz schön am Boden, Kristie, weißt du's noch, wie ich dich dabei mit meiner rechten Hand in der Jackentasche beinahe strangulierte vor Schreck, Schmerz und Schock. Wie war dir denn dabei zu Mute? Sag doch auch mal was, mein Schutzpatron. Was wäre gewesen ohne deine treue Anwesenheit? Nicht auszudenken! Kristie, Kristie. Jetzt bist du einfach weggetaucht. Kann mir schon vorstellen, dass du dein Silizium-Schnäuzchen zu diesem schrecklichen Abend nicht mehr aufmachen möchtest.

Liebe Leser, darf ich Ihnen etwas anvertrauen? Mein guter alter Bergkristall ist eingenickt, die Erinnerung an diesen Tag ist jetzt wohl eine zu große Tortur für ihn. Lassen wir unseren Freund ausruhen, der mir in meinem Leben schon mit so viel Hingabe gedient hat, um an seinem Kraftfeld zu partizipieren.

Ja, was war passiert? Eine Stunde, bevor der Totenkopf auf dem Schlagring des rechtsgesinnten Vollstreckers meinen ahnungslosen Augapfel angriff, was in meinem Inneren eine ganze Tirade von Blitzgewittern auslöste, gab es im Café-Bereich des Metropols, der mit Gästen prall vollgefüllt war, plötzlich einen unangenehmen Skinhead-Überfall. Ich saß mit Imke, meinem Freund Bruno Ferrari, dem begnadeten Sänger, Gott hab ihn selig, den Filmregisseuren und guten Freunden Rosa von Praunheim und Frank Ripploh, der Furore mit seinem Film »Taxi zum Klo« gemacht hatte, flankiert von Show-Moderator Udo Lindenberg, der eigentlich mehr als müde war, an einem größeren Tisch des Cafés. Unsere Stimmung war ausgelassen, denn im Zelt Tempodrom war heute Abend gefeiert worden. Show-paradox, in Irene Mössingers Zelt von Frank Ripploh inszeniert, hatte beim Publikum abgesahnt, und wie! Im Sinne unserer Opera Curiosa, nur etwas geradliniger inszeniert, waren an diesem Abend mindestens dreißig Künstler, Tänzer, Artisten, Sänger und Musiker auf der Bühne zu bewundern gewesen. Sogar Nina Hagen verausgabte sich vor dem jubeln-

den Publikum für ihren Freund Frank, dem ich dieses Mal mit vielen Ideen und einer Regie-Assistenz dienen konnte. In kleiner Runde hatten wir uns noch gegen Mitternacht eben am runden Tisch des Metropol versammelt, das von unseren Freunden Heidi und ihrem Lebensgefährten geführt wurde.
Durch das herrliche frech erotische Programm aufgeheizt, waren wir alle bei bester Laune und genossen das Zusammensein. Die Speisekarte hatte heute schon die weiße Schürze abgestreift und der Tischservice konnte nur noch mit ein paar Cracker-Packungen aufwarten. Um unsere Laune auf einem Level zu halten, versprach Heidi, jedem von uns einen Drink nach Wunsch zu zaubern. Da sagte nur Rosa von Praunheim nein, er frönte lieber seinem Mineralwasser, die verbliebene Tischrunde nahm die Chefin beim Wort und bestellte ohne Schamröte im Gesicht. Bruno entschied sich schmunzelnd für einen Kaffee-Rum-Sahne-Cocktail namens »Pick me up«, Imke wollte sich noch einen Daiquiri aus weißem Rum mit Zitronensaft und Minze einpfeifen, wie sie lustig orderte, Frank, das Schleckermäulchen, gedachte sich noch an einem Alexander mit Sahne zu laben, wie er zweideutig in die Runde warf, für den ihm Heidi den Mund wässrig gemacht hatte. Udo wollte sich nur mit einem Gin Tonic begnügen, aber mit ordentlich Zitrone, wie er seinen Nachschlag noch lauthals über die Theke setzte. Mein guter Freund Sebastian setzte auf einen doppelten Espresso. Ja, und die Sägebrecht, aufgedreht die Tischrunde zusammenhaltend, bestellte sich als Krönung des unglaublichen Tages, am Spätnachmittag hatte sie noch einen bizarren Casting-Termin verpasst, einen heavy Café Diabolo aus starkem Espresso und einer nicht zu kleinen Dosis Rum, der zuerst mit dem Zucker angezündet wurde und heftig bei kräftig züngelnder blauer Flamme zu unser aller Entertainment brannte.
Plötzlich sprengte ein Pulk von angetrunkenen und verdrogten Skinheads mit einem heftigen Knall fast die Eingangstür und läuteten den dunklen Teil des Weltengefüges ein. In dem vollbesetzten Lokal versetzten sie für die nächste Zeit etwa hundertfünfzig Gäste

in Angst und Schrecken. Zuerst nahmen sie einem älteren Mann den Stuhl weg und schütteten ihm sein noch gut gefülltes Bier über den Kopf. Die Wirtsleute, die den Kopf der Bande schon von früheren Einsätzen kannten, wirkten erstarrt und schienen auf mein dringendes Ersuchen, doch etwas zu unternehmen, nicht zu reagieren. »Keine Punkte, bitte keine weiteren Punkte, keine Polizei holen«, murmelte der kräftige Lulatsch, Chef des Hauses und Heidis Gatte, stoisch vor sich hin und auch Heidi schien vor Angst gebeutelt und weigerte sich, die Polizei zu rufen oder gar selbst einzuschreiten, so wie ich das für nötig befunden hätte.

Die Gang hatte sich schon weiter Richtung Lokalmitte durchgeschlagen und sich jetzt an einem weinenden jungen Mädchen vergriffen, dieses fast nackt ausgezogen auf eine Tischmitte zwischen volle Gläser gestellt und war unter Gejohle und Gepfeife dabei, das total verängstigte Geschöpf zum Tanzen zu zwingen, indem sie es mit den Trinkresten beschüttete. Der ganze Raum war erstarrt.

Jetzt war Mutter Courage aus dem fernen Bayernlande nicht mehr zu halten. Während unsere Tischrundenmitglieder vor Angst und Respekt fast einfroren, sprang ich in meiner Not instinktiv alleine auf die Beine und forderte die Randalierer auf einzuhalten, was diese mit zynischem Gelächter zur Kenntnis nahmen. Meine Freunde versuchten die Situation zu entschärfen und baten mich mit vollen Hosen eindringlich,wieder am Tisch Platz zu nehmen. Das ging schon nicht mehr, der Countdown war im Gange. Zumindest hatte der Rädelsführer, durch mein Eingreifen irritiert, den Aktionsradius erst mal vom misshandelten Mädchen weg, das sich sofort wieder anzuziehen begann, jetzt aber zurück an unseren Tisch verlegt.

»Ihr vergreift euch immer nur an den Schwachen, das ist das, was ich an euch so verachte«, warf ich dem Anführer mutig vor die abgelatschten Füße.

»Halt's Maul, Fotze, sonst machst de heut noch den verkotzten Asphalt mit deine Haare sauba«, quetschte der selbsternannte Zorro filmlike durch seine schlechten Zähne, während er mich an den Haaren, die er nicht mehr losließ, auf den Stuhl niederdrückte. »Tut doch was, steht denn niemand auf in diesem vollgefüllten Raum, stehen wir doch einfach alle auf«, schrie ich aus Leibeskräften, doch der kollektive Sitzkoloss veränderte seine starre Form kein bisschen. Imke gab mir verzweifelte Zeichen, den Mund zu halten. Weit gefehlt. »Das hatten wir doch schon mal, das kenn ich doch, schön eure Suffköpfe in den Sand stecken«, ereiferte ich mich lauthals, während der Skinhead-Gefreite meine Haare immer mehr eindrehte und meinen Kopf dadurch in eine unnatürliche Horizontale zwang. Da überfiel mich blitzhaft eine Idee. Ich steckte meine rechte freie Hand in die Manteltasche und formte eine Faust, würzte diese handgemachte Delikatesse noch mit dem klaren Befehl »Hände hoch!«, was zu meiner Überraschung auch ausgeführt wurde.

»Ich weiß nicht, wen ich in diesem Moment mehr verachte, euch Rohnaturen oder diese stumme Masse«, warf ich mit zitterndem Unterkiefer meine Worte in den vollbesetzten Raum.

»Seid vorsichtig, Jungs, die Alte hat zerknautschte Birne, wa, du, und die hat 'ne Knarre in der Rechten, in der Manteltasche versteckt, globt mia nua, du die is durchjeknallt, die knallt uns noch eene vorn Kopp, haun wa lieba ab, boys«, gibt ein Prolo-Kommilitone besorgt zu verstehen und verzieht sich mit seinem Haufen vor das Lokal.

Udo kann nicht mehr und hat seinen berühmten Hut krampfhaft an sich gedrückt. Frank Ripploh, der ehemalige Lehrer, ganz in Leder, hat realisiert, dass diese Jungs trotz Lederoutfit heute nicht mehr anschwingbar sind. Rosa war schon nach Hause gegangen und Imkes Körper hat sich eine frühere pantomimische erstarrte Haltung aus einem Workshop mit Sammy Molcho aus dem Gedächtnis abgerufen. Ich setzte mich wieder und versuchte mit Kleinkinderstimme durch einen kläglichen Prostversuch mit dem kargen Rest meines Café Diabolo die erfrorene Kommunikation am Tisch wieder anzuflammen, blickte aber nur in weit aufgerissene Augen, als ein ordentlich zusammengezogener Rotz- und

Speichelklacks auf meiner Stirn aufklatschte, demonstrativ vor meinen Freunden natürlich! Es ging ja schließlich um die Wiederherstellung der sowieso schon deformierten Ehre des Sauhaufens. Die Stimmung danach am Tisch war gedrückt, meine tiefe Trauer, wieder mal Zeuge einer erschreckenden Passivität geworden zu sein, ließ mich die Freundesrunde verlassen. So marschierte ich einen Stock höher in den Disco-Bereich, vor allem nachdem mir aus meiner Tischrunde noch Vorwürfe wegen meines Eingreifens gemacht worden waren. Imke schloss sich mir an. Der kleinste Pimpf des jetzt vor dem Lokal tobenden Sauhaufens kam noch einmal zurück und folgte uns unbesehen, um der alten Fotze, wie es ihm sein älterer Kumpel als Mutprobe aufgetragen hatte, eine Abreibung zu verpassen und so schloss sich dieser Kreis im Kreis.

Wenn Sie noch im Saft sind, liebe Leser, darf ich Sie herzlich bitten, nach meinem kurzen Intermezzo in der Notaufnahme – für einige Schutzengel heißt es jetzt Augenklappe auf – mir für meine späte Rückkehr in die urgemütliche Wohnung unserer Literatur-Fans Ihren Geleitschutz zu geben. Es heißt nur Köfferchen holen, vielleicht ein Käffchen trinken und dann geht's ab zum Hotel Interconti, wo ich mir für ein paar weitere Tage zur Nachbehandlung meines verletzten Auges ein Zimmer gemietet habe. Machen Sie es sich erst mal am Fenster der gemütlichen Kuschelecke des Gastgebersalons bequem. Lassen Sie sich erfreuen von diesem einmaligen Blick auf die immer noch nicht formvollendeten, aber in einschmeichelndes Nachtlicht getauchte Türme der Gedächtniskirche. Am Tage herrscht ein multikultes Markttreiben um ihre fest in die Erde gestemmten großen Füße herum. Nach der Lesung von Gertrude Steins Text, die dem respektlosen Eindringen des Menschen in die Geheimnisse einer göttlichen Ordnung und der Erhellung der natürlichen Dunkelheit durch atomare Exkursionen und nie enden wollende Untersuchungsreihen ein mahnendes Zeichen setzen wollte, hatten sich die Gäste mit dem Hausherrn nach der Lesung zusammen in die Küche zurückgezogen, um bei einem kleinen Verdauungsschnaps und klappernden Tellern, die sich gerade in der Spüle abschrubben ließen, über die Aussage und die Dramaturgie des Theaterstücks zu diskutieren und das tun sie jetzt, Stunden später, immer noch. Schon heute Nachmittag war ich wohl sang- und klanglos auf der gemütlichen Chaiselongue weggeknickt, hoffentlich nicht während der Lesung, das wäre ja so was von peinlich. Den letzten verdienten Schlaf konnte ich im Nachtzug München-Berlin nicht finden. Ich war zu aufgeregt, wartete doch neben meiner privaten Einladung hier bei der befreundeten Literatengruppe am heutigen Spätnachmittag noch ein Casting-Termin bei dem zu dieser Zeitperiode hochverehrten und bejubelten Meister des stillen, ausdrucksstarken, lichtbestimmten Bewegungstheaters: Seine Majestät, Regisseur Bob Wilson, in Amerika geboren und aufgewachsen, beglückte 1984 Europa mit seiner Kunst, wartete in den hohen Sälen des leerstehenden Esplanade-Theaters auf mich mit dem Wunsch, mit mir eine Rolle in seiner Forsythe-Saga auszutesten. Das Casting konnte ich mir heute malen. Mit meinem Glupschauge würde ich mich nur noch als das einäugige Monster besetzen lassen können. Das muss ich jetzt erst einmal hintan stellen. Aua, mit dem Zweiten soll man besser sehen, ich hatte für Wochen nur noch das erste Auge zur Verfügung.

Schmeckt's Ihnen, liebe Leser, die Oliven sind doch Spitze, wie? Das Rezept, wie Sie diese selbst einlegen, bekommen Sie gleich im Abspann von diesem Kapitel. Halt, da haben wir ja noch den herrlichen Limoncello, den Rüdiger selbst macht und dessen Rezept er uns trotz inständigem Bitten nicht herausgerückt hat. Darf ich Sie trösten, ich habe aus meinem Rezept-Schatzkistlein ein ganz individuelles Rezept für diesen Zitronenlikör gefunden. Auch dieses Rezept können Sie gleich ein paar Seiten weiter ausfindig machen, viel Glück, gutes Gelingen.

Ach herrje, hier liegt ja noch das kleine alte Reclam-Heftchen mit dem original Theaterstück von Goethes Faust, das heute schon fast zum Zankapfel degradiert worden wäre. Am Ende der heutigen

Lesung hatte eine junge Schauspielerin zusammen mit ihrem Freund, einem Schauspielschüler, Essenzen von Faust und Gretchen aus einem Theatermanuskript des Baseler Theaters beigesteuert. Der junge Mime, der mit der modernen Auslegung von Gertrude Stein nichts anfangen wollte, war unvorhergesehen als Horsd'œuvre in der Pose von Mephistopheles hinter dem Ofen hervorgetreten. »Wozu der Lärm, was steht den Herrschaften zu Diensten?«, zitierte er nasalend, wohl aus dem abgesegneten Text von Goethes Faust.

Ich war zu diesem Zeitpunkt gedanklich noch ganz flott unterwegs und setzte gleich Fausts Paroli dagegen. »Das also war des Pudels Kern, ein fahrender Scholast, der Kasus macht mich lachen«, um ihm als Morgengabe zu seinem baffen Erstaunen flott ebenfalls ein Textrelikt von Goethe an den Karren zu fahren.

»Das Volk ist frei, seht an, wie wohls ihm geht«, antwortete der junge Theaterschnösel in versnobtem Ton, in dem er nun auch noch versuchte, mit fingernägelabgebissenen Händchen meinen Busen und meinen runden Bauch vor versammelter Runde in die Lüfte zu zeichnen, was allseits mit wieherndem Lachen belohnt wurde.

Mit Fausts Worten »Ich hätte Lust, jetzt abzufahren« hatte ich mich in den Raum der durch Abwesenheit glänzenden Hausherrin zurückgezogen, war eingeschlafen und gerade noch rechtzeitig aufgewacht, um den Anfang der Show-Paradox nicht zu versäumen, aber den Casting-Termin hatte ich verschlafen, den musste ich wohl auf morgen legen, wenn es der Herr Regisseur zeitlich noch absegnen konnte. We'll see! Jetzt aber wieder zurück auf den Teppich des Hier und Jetzt. Wissen Sie was, ich schleiche mich mal in den Vorraum zum Salon und stibitze Ihnen von den Resten des herrlichen Buffets. Die Literaten und Schauspieler mit ihren hochfliegenden Themen lasse ich in der Küchenmeile weiter hochköcheln, ich schreibe schnell einen Abschiedsbrief. Sie, liebe Leser, können sich so lange an den Schleckereien laben und mich dann zu Bob Wilson begleiten, um einen neuen Termin zu ergattern.

Oje, aber heute ist es schon zu spät dafür. Dann werde ich mir es erst mal in meinem Hotel gemütlich machen, Kristie muss ich wieder aus seiner Salonecke aufpicken. Da hat ja wieder eine Frau so glockenhell gelacht. Das ist ja Imke und jetzt gurrt… ist das vielleicht der Bastl? Sakra, da wären ja nur noch die beiden alleine. Nein, nein, die zwei hochgestochenen Mimen schlafen auch noch hier, ihre menschlichen Schmuselaute dringen unter der Türritze vor und Rüdiger liegt bestimmt schon auf seinem Wasserbett und träumt von herrlichen Kalbsrouladen, die in einem Meer von Chianti paddeln. Ich werde lieber packen. Hier unter diesen Theatermaniacs geht es mir nicht gut, einseitiges Diskutieren über das Leben spielen und Leben fassen ausgeschlossen bringt mich auf Dauer in eine melancholische Stimmung.
»Uns kann keiner was vormachen! Höchstens der Theaterregisseur«, so ihr O-Ton. Uih, jetzt ist es schon zwei Uhr nachts geworden.
Endlich bin ich auf dem Weg zum Hotel. »Halt!«, rufe ich und der Tachometer des Taxifahrers spielt beleidigt. Ich hab doch versprochen, nach der Sperrstunde noch mal im Metropol vorbeizuschauen. Heidi sitzt bei einem doppelten Espresso, rechtschaffen müde nach Zapfenstreich, mit meinem Freund Bruno, Martini rot ist angesagt, am fast leergefegten Tisch und diskutiert das heutige Fiasko, das ja dank Mariannes Mutprobe noch mal gut ausgegangen ist. Heidi hat ein großes weißes Kuvert, eingesäumt von einem silbernen Kugelschreiber vor sich liegen und bittet mich ungeduldig an die karge Tafelrunde. »Bastl ist mit Imke nach Hause abgezogen«, resümiert Bruno traurig, der ebenfalls Gefallen am Bastl gefunden hatte. »Bruno, das heißt Sebastian hat Imke das Geleit nach Hause angetragen«, korrigiere ich kokett und schiebe Heidi bestimmt das weiße Kuvert neben das Kaffeetellerchen, während meine linke Hand das dick eingepackte, tobende Auge hält. Heidi, ich kann deinen Vertrag, der mir eine Geschäftsführung und Mini-Intendanz deines Theatercafés bei guter Bezahlung gewährleistet hätte, nicht unterzeichnen. Warum habt ihr der rohen Gewalt

gegen wehrlose Gäste als Besitzer dieses Hauses heute Abend nicht getrotzt, nicht einmal den Versuch gemacht, Hilfestellung zu leisten? Das Ereignis hatte für mich ein Luziferisches Gleichnis, was Böses will, das Gutes schafft. Dieser verrohte Zerberus-Pulk konnte auch von Erzengel Gabriel kommandiert worden sein, um mir klar Schiff in meinem Kopf zu machen. »Dein Platz ist in München bei deiner Familie, und nicht nur zum Wochenende, Marianna«, hörte ich die Worte meines unvergessenen Sir Swami Gauri Bala durch meinen abgetauten Braintunnel rauschen. Jetzt wacht auch mein strapazierter Kristie wieder auf.

Mein Gott hat seinen Engel gesandt
und den Rachen der Löwen verschlossen.
Sie taten mir nichts zuleide,
denn in seinen Augen bin ich schuldlos
und auch Euch gegenüber
bin ich ohne Schuld

Dan. 6/23

Rezepte

Crostini alla Siena

5 EL Olivenöl	3 EL Petersilie, fein gehackt und etwas grob gehackte zum Garnieren
1 große Zwiebel, musig gehackt	5 Anchovis aus der Dose, musig gehackt
1 $^1/_2$ Knoblauchzehen, zerdrückt	1 $^1/_2$ EL Kapern
1 Stange Sellerie, gehackt	2 EL Butter
1 Karotte, klein gehackt	1 TL Salz
150 g Kalbsleber	1 TL Pfeffer aus der Mühle
150 g Hühnerleber	ca. 5 Scheiben dunkles, geröstetes Brot
etwas Mehl	
200 ml Chianti	
200 ml gekörnte Brühe	
2 EL Tomatenmark	

Erhitzen Sie zuerst das Olivenöl und geben Sie dann nacheinander Zwiebel, Knoblauch, Sellerie und Karottenstückchen hinein in das Vergnügen und dünsten das Bataillon ca. 5 Minuten, bis die Knochen der Zwiebel weich sind.
Hühner- und Kalbsleber werden gewaschen, versteht sich, in feine Streifen geschnitten, leicht mit Mehl bestäubt und zum Mitbraten in die Pfanne gehauen, ob sie wollen oder nicht.
Wenn sich ihre Lenden mit goldbrauner Farbe brüsten, überraschend den süffigen Rotwein darübergießen und schön einköcheln lassen. Nun Brühe, Tomatenmark, Anchovis, Salz und Pfeffer beigesellen und Deckel zu, Hitze runter und für etwa 15 Minuten debattieren lassen.
Ist die Masse kaum mehr flüssig, Deckel runter und zur Erhaltung eines kürzeren Kopfes in die dunkle Speisekammer: die Geschworenen ziehen sich zurück.
Nach gegebener Zeit dem gefräßigen Schlund der Küchenmaschine überlassen und zu einem Püree verarbeiten. Wenn noch nicht gestän-

dig – zurück in die Pfanne hauen, Butter, Kapern und Petersilie drunterziehen und probieren. Wenn die Butter weich geworden ist, nachwürzen und auf knackigen Brotscheiben, in Öl oder Butter angebräunt, den Gästen zum Fraß vorlegen, ach, sind wir heute wieder anzüglich … servieren natürlich.
Grüne Minna obendrauf, Petersilie genannt. Warm oder kalt, wem das nicht schmeckt, der nie aneckt! Freispruch!
Ohne Wenn und Aber!

Salsa verde »Scappati«

1 Bund Petersilie	1 Prise Zucker
1 Bund Schnittlauch	1 Knoblauchzehe, klein gehackt
1 Bund Dill	2 EL Olivenöl
2 EL Zitronensaft	4 Scheiben kalter Rinderbraten
1 Msp Pfeffer	4 TL beste Mayonnaise
1/2 TL Salz	

Diese erfrischende, aufpeppende Kalt-Delikatesse wird von grünen Jungfern in mediterranen Regionen eisernen Junggesellen immer dann serviert, wenn der Wunsch, einen Heiratsantrag einzukassieren, über die mädchenhafte Hutschnur steigt.
Und was soll ich Ihnen verraten? Italiens Mamas können so manches Jubellied singen, wenn sie nur wollten.

Man nimmt die drei Kräuterbündel beim Schopf und hackt sie klitzeklein. Man gibt die Zusammengestutzten in eine Glas- oder Keramikschüssel, vermischt sie mit Zitronensaft, Pfeffer, Salz und Zucker, erlaubt jetzt den Knoblauchstückchen, über der Schüssel abzuspringen und gibt nach einigen Minuten das Olivenöl darüber.
Jetzt gibt es für die Mitwirkenden kein Halten mehr. Saftsprotz!
Die erkalteten Rinderbratenscheiben werden mit Mayonnaise bestrichen und auf Glanz gebracht. Mit Salsa verde auf dem Rücken bereiten sie jedem Esser Entzücken.
Rotwein unter die Nase, Weißbrot an die Seite, da sucht kein Galan mehr das Weite!

Kürbis-Ingwer-Suppe »Surinam« à la Maria Sybilla Merian

- 70 g Schalotten, gehackt
- 50 g Selleriewurzel, klein geschnitten
- 70 g Staudensellerie, zur Hälfte klein geschnitten, zur Hälfte sehr fein gestiftelt
- 60 g Butter
- 30 g frischer Ingwer, klein geschnitten
- 500 g Kürbis, geschält und gewürfelt
- 300 ml Gemüsebrühe
- 1 Apfel in Scheibchen
- 1/2 rote milde Chilischote
- 2 g Safranfäden
- 50 ml Kokosmilch
- 100 g Sahne
- Salz
- 200 g Hühnerbrust in schmalen Streifen
- 2 EL Sonnenblumenöl
- 1 kleine Knoblauchzehe
- 1 EL Sesamkörner
- Pfeffer
- 3 EL Sojasauce
- 1 kleine Karotte, gestiftelt
- 2 El Koriandergrün, gehackt

Schalotte, Selleriewurzel, Staudenselleriestückchen in ausgelassener Butter anrösten und gut durchdünsten lassen. Ingwer und Kürbiswürfel mit hineingeben, kurz andünsten lassen und gleich mit der Gemüsebrühe aufgießen. Für ca. 15–20 Minuten köcheln lassen.
Apfelscheibchen und das kleine Chilistück, Safran, Kokosmilch und Sahne dazugeben, salzen und nochmals aufkochen und für ca. 10 Minuten sieden lassen.
Nach dem Abkühlen mit dem Mixer pürieren – und jetzt geht's ans Eingemachte!
Die Hühnerbruststreifen in heißem Sonnenblumenöl anbraten, Knoblauchstückchen zugeben, mit Sesamkörnern, Pfeffer und Salz andünsten und mit Sojasauce ablöschen.
In eine Suppenschale gibt man die kurz erhitzte pürierte Suppe, obenauf jeweils eine Portion rohe Karotten- und Selleriestifte, dazu 1 gehäufter EL Hühnerbruststreifen und Sojasauce. Darüber streut man gehackten Koriander.
… Oder bei einer Version von Maria Sybilla Merian: da nimmt man statt der Hühnerbrust 200 g geröstete Urwaldregenwürmer.
Bon appétit!

Ricotta Miracolo

250 g Ricotta	1 kleine Prise Zucker
2 gehäufte EL Crème fraîche	1 TL Meersalz
2 gehäufte EL Naturjoghurt	1 gehäufter EL Koriander, gehackt
2 EL Zitronensaft	1 EL geriebene Walnüsse, 2 Chilischoten, Kurkumapulver zum Garnieren
1 Msp Muskat, gemahlen	
1 Msp Kreuzkümmel	

Zerteilen Sie den Ricotta in kleine Stücke – was sein muss, muss sein – und geben Sie Crème fraiche, Joghurt und Zitronensaft dazu. Tim Mälzers Mixstab kennt kein Erbarmen und macht Mus, auch das muss sein. Muskat, Kümmel, Zucker und Salz gehen zuerst eine Fusion ein und warten darauf, von Ihnen über den »Mansch« gestreut zu werden.
Zwei auferlegte Tage »innere Einkehr« können Sie Ihrem home-made Ricotta jetzt nicht ersparen – also ab in den Kühlschrank.
Vorhang auf – jetzt ist es so weit! Master Koriander lässt sich von Ihnen vor versammelter Mannschaft ungerührt in Stücke hacken, Mohikaner kennt keinen Schmerz, um sich ohne Widerrede auf Nimmerwiedergrünen in die geruchige Käsemischung zu stürzen.
Man streicht kleine runde Formen mit Olivenöl aus und gibt den Käse auf einen kleinen Pergamentboden.
Nach ein paar Stunden wird er gestürzt und der Rand mit einer Mischung aus gehackten Walnüssen und Chilischotenstückchen garniert. Auf der Oberfläche tummelt sich zu guter Letzt etwas Kurkuma-Pulver.
Simsalabim – guten Appetit!

Olive ripieni: gefüllte eingelegte Oliven

1 kg gefüllte grüne Oliven vom Markt	1 Zweig Rosmarin
200 g Zwiebeln	1 Zweig Thymian
2 kleine grüne Peperoni	1 EL Salz
5 Knoblauchzehen	150 g Honig
1 TL Fenchelsamen	1 l Weinessig
1 TL Koriander, gemahlen	40 ml Olivenöl
1 TL Pfefferkörner	200 g Pinienkerne, geschält

Zwiebeln, Peperoni und Knoblauch in feine Scheiben schneiden und zusammen mit den Oliven, die jeweils mit einem geschälten Pinienkern gefüllt werden, und den Kräutern schichtweise in die vorbereiteten Gläser.
Der Essig wird mit $^1/_2$ l Wasser, Honig, Salz und Gewürzen aufgekocht und noch heiß über die eingelegten Schätze gegossen und mit Zellophan abgedeckt.
Nach 2 Tagen gießt man den ertrutzten Sud vorsichtig in einem Topf zusammen, gibt das Olivenöl dazu, bringt alles erneut in Wallung.
Kochendheiß gibt man das Elixier über die Oliven samt Gefolge und verschließt die Gläser ruck, zuck!

Für die nächsten neun Monate können Sie nun auf dieses Schmankerl zurückgreifen, es sei denn, Sie haben das eine oder andere Glas zu frühzeitig Ihren begeisterten Gästen offeriert.

Cocktail Hour Destiny
All recipes just in case for 2 people

Pick me up before you go go

2 TL Zucker	2 cl Rum (Bacardi weiß)
2 Eigelb	2 cl Sahne
1 TL Kakaopuler	

Zucker mit Eigelb verquirlen, bis die beiden Schaum vorm Mund haben.
Kakaopulver in die Wunde streuen, noch einmal aufwühlen.
Mit Rum und Sahne auffüllen. Shake, rattle and roll! Kaltstellen.
In die zwei schönsten Cocktail-Pokälchen über einem Eiswürfel eingießen.
Let's melt, boys!

Daiquiri

2 cl Zuckerwasser	1 Stück Zitronenschale
4 cl brauner Rum	2 Eiswürfel
Saft von 1 Zitrone	Zitronenminze, frisch

Zuckerwasser mit Rum und Zitronensaft vermischen und in einem bauchigen Glas für eine gute Weile im Kühlschrank zur Besinnung kommen lassen. Zum Tête-à-tête nehmen Sie ein silbernes Tablett, kramen Sie zwei nostalgische Cocktailgläser aus Omas Erbmasse aus. Rein mit dem herrlichen Aufguss, ein Stückchen Zitronenschale, ein Minzblatt: klingeling, klingelang …

Alexander der Große

2 cl Cognac	2 TL Schokoraspeln
2 cl flüssige Schokolade	2 Kaffeebohnen
2 cl Sahne	etwas geschlagene Sahne zum Garnieren
1 frische Feige	

In einem Shaker mischen wir den Cognac mit der Schokolade und 2 cl Sahne sehr gut durch und belassen die feine Überraschung so lange im Kühlschrank, bis die Gunst zur Stunde ruft.
Die restliche Sahne schnell geschlagen, gekühltes Gemix in die Gläser – Sahnehäubchen mit Kaffeeböhnchen im Haar und Schokostreusel on top! Eine halbe Feige in den Mund und los geht die Reise ins Schleckerparadies.
Cheerio, hoi, hoi, hoi.

Café Diabolo in Erinnerung für Heidi und Marianne

2 Tassen extra starker Kaffee heiß	4 cl Rum 80%
2 EL brauner Zucker	2 kleine Prisen Zimt

Trinken Sie diesen Kaffee speziale niemals ohne zweiten Konsumenten, vorzugsweise mit Ihrem besten Freund.
In ein kleines feuerfestes Gefäß gibt man den Zucker, gibt den Rum darüber und zündet ihn an.

In die nun aufscheinende blaue Flamme, die geheimnisvoll flackert, entsende ich an den großen Mephistopheles ein besänftigendes Gebet: »Ja, du bist die große Kraft, die stets Böses will und Gutes schafft. Probatum.«
Mein Kompagnon verteilt nun die brennende Mixtur mit einem Esslöffel gleichmäßig in jede Kaffeetasse. Brennt die besprochene Essenz auf Ihrem Kaffee dann weiter und zieht kein Schwefelgeruch unter Ihren Nasen vorbei, hat der große Meister heute seinen guten Tag und die Bahn ist frei!
Das Gebräu schmeckt übrigens formidable, sollte aber nur vierteljährlich zelebriert werden.
Das Ritual könnte so auch bei einer biestigen Ehefrau – oder einem teuflisch zwickenden Rheumaschmerz angewendet werden.
Möge die Übung gelingen!

Limoncello napoli à la Francesco

8 Zitronen	1 kg Zucker
1 Bund Zitronenminze	2 l Wasser
1 l Korn mild	1 kleines Stück geschälter Ingwer

Die italienische Mama, Mutter meines Filmsohnes, der den Kleinen Lord so großartig zum Besten gab, ließ mich einen tiefen Blick in ihre Limoncello-Schatzkiste tun. Ich darf mit ihrer Erlaubnis dieses Rezept an Sie, liebe Leser, weitergeben.

Francescos Mama nimmt erst einmal 4 Zitronen, schält diese, damit die bittere weiße Haut zum Tragen kommt, viertelt die Zitronen dann und legt sie zusammen mit den Zitronenschalen und der gehackten Zitronenminze für 8 Tage in den Alkohol ein, um die ersten Geschmacksstoffe abzurufen.
Nach einer Woche den Zucker in dem Wasser aufkochen, die Hitze reduzieren und so lange rühren, bis sich der Zucker vollständig gelöst hat.
Die übrigen 4 Zitronen halbieren, mit dem Zuckerwasser aufkochen und in Ruhe der Abkühlung anheimgeben.
Eine geräumige 3-Liter-Flasche mit kochendem Wasser ausspülen. Durch einen Trichter, der mit einem sauberen Baumwollläppchen aus-

gelegt ist, zuerst die Zuckerwasser-Zitronen-Flüssigkeit und dann langsam und vorsichtig den angesetzten Zitronenalkohol gießen. Eine feingeschnittene Zitronenspirale oder eine Zitronenscheibe und ein Stück Ingwer dazu, als Krönung noch einen Zweig frische Minze hinein – Flasche zu, ab in den Kühlschrank.

Lassen Sie den Zaubertrank noch weitere 7 Tage ruhen, dann nehmen Sie einen kräftigen Schluck und reisen in das Land *Tir Sorcha*, wo die Zitronen glühn und Helligkeit und Fröhlichkeit im Wechselspiel in Zeit und Raum versinken.

Sao Salvador de Bahia
30. August 1987

Meine liebe Daniela,

weit, so weit haben mich die silbernen Flügel des großen bauchigen Metallvogels auf die andere Weltenseite getragen, jetzt bin ich dort angelangt, wo ich mich als kleines Mädchen so schrecklich hingesehnt habe. Surinam, sum, sum, veräppelte man mich dann in der Schule immer, wenn ein bunter, bizarrer Schmetterling meinem Malpinsel entfleuchte. Meistens in den Pausen: das Butterbrot in der linken Hand hatte nichts dagegen, war ich doch heimlich Linkshänderin, getrimmt auf rechte Handauslegung, wie Du ja weißt.
Und jetzt ist alles riechbar und greifbar geworden! Wir haben heute einen Ausflug zum oberen Teil der Stadt des Erlösers an der Heiligenbucht, so nennt man Sao Salvador im Volksmund, gemacht. Herrje, war das schwül und ich lasse, seit ich Ende Juli in dieses unglaubliche Land meiner Träume gekommen bin, alles einfach laufen, Schweißrinnsale eingeschlossen.
Mit Michele, unserem brasilianischen Zauberwesen, der in unserem Zelluloid-Resultat fast schwerelos durch die Räume des Ersatzdiktators schwebt und mit seinem virtuosen Tanztalent die Herzen und die Bewunderung des ganzen Filmteams gewonnen hat, bin ich an den freien Tagen hierher gekommen, um seiner Familie, das heißt seiner wonnigen Großmutter samt Mutter, Geschwistern, Onkeln und Tanten einen Besuch abzustatten. Hier finde ich das, was meine Seele immer schon wusste. Dieses Gastrecht ist heilig. Herzenswärme und Lebensfreude, das letzte Brot und der letzte Tropfen – alles wird geteilt.
Neben einer bezaubernden Barockkirche aus der Kolonialzeit, an der sich der Zahn der Zeit schon gütlich getan hat, haben wir uns in einem kleinen Park zu einem Picknick im Kreise von Micheles Lieben niedergelassen. Mir sind ein paar Tröpfchen zu viel Piña Colada mit viel zu viel

weißem Rum durch die Kehle geronnen. Meine weichen Knie sagen kusch, sitzen bleiben, Marianne, portugiesisch plätschert die rege Unterhaltung der sich Verlustierenden wie ein Concerto an meinem Ohr vorbei und meine Augen trinken, trinken sich mehr als satt. Unser Blick reicht weit über das azurblaue Meer bis zum Horizont und unter uns breitet sich der große Markt der Stadt aus. Mit Früchten, was für ein Farbenspiel, frischen Fischen und Spirituosen. Vor allem Rum, der große Zauberer, in angestaubten Fässern oder in Flaschen weißer oder brauner Couleur, hat eine ganze Gasse in Beschlag genommen. Direkt daneben warten die einheimischen Maler mit ihren farbenprächtigen Impressionen auf Kunden, meist auf Touristen. Aber auch die Nasen kommen auf ihre Kosten. Es duftet zu uns herauf nach gegrilltem Fisch, nach Eintöpfen mit Pollo, Kokosmilch und Kräutern, die ich gar nicht mehr auseinander halten kann. Auch Weihrauch und Myrrhe kitzeln meine Nasenhärchen. Kann das sein? »MACUMBA, MACUMBA«, klärt mich Michele lachend auf, rollt mit den Augen und stampft neben Großmutter Ella armeschlenkernd mit feingliedrigen Fersen die satte, grüne Erde. Ich wurde zur Freude aller hochgehievt, nahm aber dann wegen eines Schwindelanflugs schnell wieder mein sicheres Plätzchen neben einem großen Baumstumpf ein, den ich zu meinem Schreibtisch, nebst Bar- und Essenstheke umfunktioniert habe. Ach, und unsere Bäuche haben wir alle vollgeschlagen mit herrlich Aufgekochtem aus Oma Ellas Küchenkombüse. Ein Bohneneintopf mit verschiedenen Fleischsorten, Kräutern wie Lorbeer und Oregano, mit einem Schwapp Rum, natürlich immer wieder aufgekocht, war so was von bekömmlich. Ein Fischsalat mit Erbsen, Pilzen, Gewürzgurken, harten Eiern und Tomaten in Mayonnaise angemacht und auf grünen Salatblättern serviert, mutierte zum betörenden Gaumenkitzel.

Erst zum Schluss gab es die Kokosflockensuppe aus einer kräftigen Fleischbrühe mit Sahne, Butter, Muskatnuss, Eidotter, mit feingewiegten roten, frischen Paprikastreifen obenauf. Wie schade, dass Du dieses Mal nicht mit mir kommen konntest und wir unsere beiden Geburtstage, Deinen zwanzigsten und meinen zweiundvierzigsten nicht feierlich zusammen mit unseren Freunden und Familie begehen konnten. Dafür

koche ich all diese Leckereien für Euch zu Hause nach, versprochen! Nur noch eine Woche Dreharbeiten in Rio de Janeiro, dann ist unser Film »Moon over Parador« im Kasten – mein erstes Engagement in Hollywood. Was für ein Aufgebot an großen Kollegen! Richard Dreyfuss spielt das Double des ermordeten Diktators, den die CIA-Mannschaft, im Lande Parador auf- und kaltgestellt hatte. Raoul Julia gibt den Chef der Organisation, die bestechend schöne Brasilianerin Sonja Braga verkörpert die Abgesandte der Revolutionsgarden. Sie soll den Diktator schwächen und die Freunde des Widerstands mit Informationen versorgen. Wie Du ja schon weißt, wuselt um den Diktator herum noch eine eingeschworene Truppe von Faktoten: Sekretär, Hausdiener, Köchin, Friseur und Masseuse, um nur einige zu nennen. Der stramme Friseur im Gefolge mit festwadeliger Gattin sollte mit einem Berliner Schauspieler besetzt werden, den Regisseur und Mitautor Paul Mazursky ins Auge gefasst hatte. Und nach einem erfrischenden, aber erfolgreichem Casting war ich für das Ehegespons mit meiner Fülligkeit im Gespräch. Mann und Frau changierten jedoch kurz vor Drehbeginn zu Vater und Tochter, und was sag ich dir, Dani, schuld war dieses Mal nicht der Bossanova, sondern mein Kinderpopo im Gesicht. Da hatte mir mein Lebensskript mal wieder einen Parcours gesteckt… René, der Schauspieler aus Berlin, gab einen autoritären Vater der alten Schule zum Besten. Wie ein Fels, blauäugig und hoch ins Kraut geschossen, rief er schroff den Hotelgang hinunter, um mich in seine hohlen Macho-Gänge zu bugsieren. »Auf den Plan, Stupida, ab die Seile, hoch die Masten, ahoi«, donnerte es mir entgegen. In den Seilen hatte er zu schweren Kriegszeiten als Soldatenmatrose auf einem Einsatzschiff gehangen. Es erfüllte ihn immer noch mit Stolz, dem Vaterlande so tapfer gedient haben zu dürfen. Meine Gegenargumente kochten in mir, mein eingeschüchtertes Stimmchen hingegen versagte. »What's on, Archi Patri?«, brachte ich noch piepsig auf den Tagesplan. Archi Partri… Archi ohne s…, natürlich, war mein Nickname für diesen Freibeuter. Gebieterisch streckte da der Hans-Albers-Neuaufguss seinen stählernen Arm aus.
Weißt Du, Dani, er sah dem unvergessenen Hans verblüffend ähnlich. Aber René gab seinen eigenen stoischen Charakter in diesem privaten

Schauspielakt, dem ich als Nebendarstellerin nicht entkommen konnte. Dem alten Soldaten fuhr der Hunger durch die Eingeweide und so befehligte er Stupida, das war ich, ihn in das Restaurant des Hotels zu geleiten und ihm natürlich bei Tisch Gesellschaft zu leisten. So hatte es die Produktionscrew um Paul Mazursky herum beschlossen und mir erst danach ans Herz gelegt. Zwei Staatsbürger aus fernen Landen mussten sich ja die Flanken stärken. Ich frage mich nur, wer wem die Flanke schwächt. Wie kam ich zu dem Namen Stupida? So nannte mich der fünfundsechzigjährige Kommandant einfach – das war seine Art von Humor. Kannst Du dir Deine Mutter neben diesem Verbalo-Haudegen vorstellen? Noch hangelte ich mich nicht vor Stress und Wut von Kristalllüster zu Kristalllüster, schließlich residierten wir im besten Hotel am Platze. Für die letzten zwei Wochen wird das ja wieder ein airconditioniertes feines Plätzchen sein, dessen Speisekarte mit der frischesten und delikatesten Fischküche aufzuwarten pflegt. Bekanntermaßen wird die Delphinenmama Marianna bei frischen Fischgerichten schwach. Das ist nur noch von Koriander, Zitronengras und Kokosmilch zu toppen.

Ein kleines Geheimnis verrate ich Dir am Rande, das eigentlich nur Paul, die Produktionsgruppe, und wir Kollegen Richard, Raoul, Sonja und ich klein Stupida wissen durften: René war, als er sich von Berlin mit brasilianischer Luflinie, First Class, versteht sich, auf die große Reise machte, nach einem erlittenen Gehirnschlägelchen nicht mehr so ganz hundertprozentig auf den Beinen, sagen wir mal so. Nach Jahren der beruflichen Windstille hatte ihn nun sein alter Freund Mazursky verpflichtet, mit dem er in den USA schon gearbeitet hatte. In den Siebzigerjahren gab er in europäischen Fernsehserien meist als Kapitän den Ton an. Auch Frauen, es gab davon in Glanzzeiten viele in seinem wilden Leben, hatten zu kuschen, samt Sprösslingen, die zahlreich auf dem Globus verteilt heranwuchsen. Nun gab aber seine jüngere Frau in Berlin den Ton an, wie das Leben so spielt, und die der Ehe entsprungenen Kinder – übrigens seine erste Ehe – nahmen den späten Vater nicht für voll, wie er mit verzweifelten Blicken gen Himmel bei unseren Abendessen immer wieder zu kommentieren pflegte.

Dieses Hollywood-Angebot machte René Flügel, jetzt nahm er sich für voll und verbat sich eine familiäre Eskortierung. Wegen der politischen Brisanz des Filmthemas – stell Dir vor, Daniela, unsere Geschichte erzählt, dass der amerikanische Geheimdienst Länder der dritten Welt, unseres nannte man Parador, mit gecasteten Diktatoren bestückt – drehte Mazursky die komplette Filmstory in Rio de Janeiro, zusammen mit brasilianischen Co-Produzenten. Außer den amerikanischen Schauspielern, dem spanischen großen Mimen Fernando Rey, den ich sehr verehre, und uns beiden deutschen Gastarbeitern, besteht das über hundertvierzigköpfige Team der Produktion und der gesamten technischen Crew nur aus brasilianischen Einwohnern. Das ist eine Freude, das sag ich Dir. Das Lachen wird großgeschrieben in dieser Großfamilie. Kreativität und Pflichtbewusstsein stehen sich nicht im Wege. Wie war ich glücklich und geborgen die letzten fünf Wochen.

Jetzt habe ich René bei meinen Redefluss ganz schön lange in der Lobby des Hotels stehen lassen, sein Magen knurrt mir heute noch ins Ohr, und er der alte Knurrhahn bestellte Ente in Orangensauce, »but without vegetables, I don't eat vegetables at all, I warn you«, shoutete er den erschrockenen Waiter dermaßen vor den Latz, dass sich dieser mit einen Seitensprung erst mal aus der feuchten Linie begab. Ich hatte mal wieder Red Snapper in Cocoanutsauce bestellt, und am liebsten hätte ich den kauzigen Riesen ins Berliner Wadl geschnappt, so verzweifelt war ich. Das liegt mir so auf der Seele, das muss ich Dich einfach miterleben lassen, Dani.

Also stell Dir mal vor, der selbsternannte Brückenkopf-Kommandant René der Große verspeiste seine delikate Ente mit Genuss, und zwar zwei Portionen, wie es sich für ein Mannsbild gehört. Die Gemüsebeilagen in Schälchen hatte ich dem Herrn Ober schnell vom Servierschlitten genommen, um einem Zornesausbruch zuvorzukommen. Einem Bananen-Ananas-Dessert, so köstlich, da könnte man ohnmächtig werden, war er überhaupt nicht gewogen.

»I want the picture, which goes with this duck«, bestellte er forsch seinen nächsten Gang an den ungläubigen Augen des irritierten Obers vorbei.

»Sorry, Sir, I don't understand. Do you want another main course?«, versuchte dieser sich Klarheit zu verschaffen.
Jetzt wurde unser Kapitän ungehalten: »Mister, I want a picture of this duck, where is the picture of this duck, which was on my plate and it's now in my stomach«, pfiff er dem händeringenden Ober hinter die feuchten Ohren.
»Sorry, Sir, it's not usual in this restaurant. I'm working since twenty years in this business, a picture of the duck? Sorry«, ächzte der Zusammengestauchte, während er mit nervösen Fingern versuchte, die leergeputzten Teller einzusammeln.
»I want to talk to your boss, where is the first manager of this reataurant? I want to talk to him«, setzte René ungerührt hinterher.
Mein jetzt vehementer Tritt gegen sein Bein landete am Tischbein und als der Manager sich tatsächlich der kaltschnäuzig vorgetragenen Beschwerde meines völlig aus der Bahn geratenen Gegenübers annimmt, wo nun das Bild sei, das zu der Ente serviert werden müsse, rannte ich nur noch zur Toilette, um mir die überhitzte Stirn zu kühlen und mir dann bei einem kräftigen Mokka und einem doppelten Caipirinha das Schauspiel aus der Ferne zu gönnen.
»Misses, Mister René has finished«, drangen nach etwa einer Stunde die müden Worte des Obers an mein Ohr. René hatte als Ersatz für das vermisste Entenbild eine weitere Ente frei Haus verspeist, aber ohne Gemüse, versteht sich. Wie jeden Abend führte nun Stupida den Kapitän bis vor die Zimmertür. Eins, zwei! Eins, zwei!
Und jetzt, meine Liebe, ist es an der Zeit, dass ich Dir etwas gestehe! Von all den Texten, die wir zusammen einstudiert haben, ist nur noch ein Satz übrig geblieben, wenn ich zum ersten Mal, ausgestattet mit Handtüchern, Cremedosen und Maniküre-Etui vor den hohen Stuhl des Diktator-Doubles trete: »A beautiful day, your excellency«, das muss man sich mal auf der Zunge zergehen lassen. Alle anderen Spielszenen glänzen jetzt durch Sprachlosigkeit, oder mussten durch Edition dramaturgisch der Situation angepasst werden. René hatte wohl durch die Aufregung der langen Anreise, die er sich von den wunderhübschen brasilianischen Stewardessen, mit Drinks und Unmengen von First-

Class-Schleckereien versüßen ließ, einen Blutzuckerhochstand bekommen. So kam er recht komatös in Rio an und sorgte für Unruhe und Chaos. Bei aller Sorge um dieses alte Sorgenkind hatte man ganz vergessen, dass ich mich auch auf dieser Maschine befand, was mir gleich zu Beginn dieses Abenteuers unfreiwillige vierundzwanzig Stunden Alleingang einbrachte, und das auf der Copa Cabana, denn dorthin ließ ich mich erst mal von einem Taxifahrer bringen. Mein Koffer war schon bei einer Zwischenlandung wegen Benzinmangels in Sao Salvador an Land gegangen. Mein Geldtäschchen mit meiner schützenden Amex-Karte hatte ich unter meinem T-Shirt in den Büstenhalter gesteckt. »We'll pick you up at the airport«, war die Devise, die man mir vor meinem Abflug ausgab.

Mein Filmpartner war ins Krankenhaus gebracht worden, seine Filmtochter Magda alias Marianne hatte sich mit hocherhobenen Haupt in ein First-class-Hotel eingecheckt. »My luggage is on the way«, sagte ich so nebenbei. Meine Kleidung war einem First-Class-Flug angedockt, mein Handgepäck versorgte mich mit dem Nötigsten. Die Roomservice-Karte in englischer Sprache wurde meine Komplizin. Tip in Dollars wurde großzügig verteilt, nur keine Blöße geben.

Das Produktionsbüro der Universal Pictures in L.A., das diesen Film produzierte, konnte mir telefonisch die Adresse meines Teams nicht mitteilen, broken lines, wegen eines Erdbebens, das in Los Angeles alle Telefonverbindungen für zwei Tage unterbrochen hatte. Meine Freundin Inge in München ging dann zu meiner Mutter, um dort die verzweifelte Suchmeldung in Englisch abzufangen, denn Mutter Agnes verstand nur Bahnhof. Du und Renate wart ja zu diesem Zeitpunkt im sonnigen Ibiza. »Marianne ist nicht angekommen«, musste Inge Oma übermitteln. »Der Flieger wird doch ned zu de Eskimos g'flogen sein, ist ja kein Flugzeug abgestürzt, keine Nachricht ist eine gute Nachricht. Unsere Marianne ist eine Pfadfinderin, de schlagt sich schon durch«, sagte Agnes da ganz zuversichtlich.

Dieses tiefe Vertrauen und ihr Verständnis für meine Schicksals-Linie geben mir so viel Kraft und Mut, alle schwierigen Aufgaben zu meistern. Nun leben wir schon seit zehn Jahren zusammen in unserer Münchener

Frauenabtei, obwohl ich mir klar darüber bin, dass Du mit Deinen jetzt zwanzig Jahren an einem Tag die Segel setzen wirst und von unserem sicheren Hafen auf eine eigene Bucht, vielleicht mit Mann und Kindern, zusteuern wirst. Ich werde Dir genauso viel Raum und Eigendynamik zugestehen, wie mir das meine Mutter angedeihen ließ, seit ich denken und fühlen kann. Aber zuerst möchte ich die uns zugestandene Zeit zusammen mit Oma und Renate genießen.

Jedenfalls wurde ich nach zwei Tagen im Copacabana Hotel von meiner Produktion aufgepickt. René war auch wieder auf den Beinen, noch etwas schwach absolvierte er ein paar Tage später unter den gestrengen Augen und Ohren der Kollegen eine angesetzte Lesung im Hotel. Ich hatte den Käptn Patri, wie ich ihn ja scherzhaft nannte, auf seinem Zimmer abgeholt und ihn Schritt für Schritt zum Konferenzraum geführt. An der Türe angekommen, streckte sich Käptn Cook kurz durch, sog tief Luft, ging alleine mit festen Schritten zu seinem für ihn vorgesehenen Platz und lieferte eine Vorstellung ab, die sich gewaschen hatte. Mein Stimmchen, vor Aufregung und kollegialem Fürsorgestress auf ein dünnes Fädchen heruntergedimmt, schlug sich tapfer. Aber da saß nur noch eine eingeschüchterte Tochter neben einem übergreifenden Vater. »You were great, René«, klopfte Paul dem altgeprobten, eingesessenen Mimen auf die Schulter, und ich brachte meinen ins Leben hereingeschneiten Vaterarchetypen wieder an den Essenstisch. Dort hatte bereits ein charmantes Geschöpf Platz genommen, die unserem großen Helden heute Gesellschaft leisten durfte. Die Rechnung für beide Essen ging to my room, in dem ich mir schon mal ob der für mich beschwerlichen Umstände die Augen ausweinte.

Am nächsten Tag schrieb sich unser erster Drehtag ins Logbuch, kolossal. Ein ganzer Stadtteil von Rio war auf den Beinen, fast dreißigtausend, ja, Du liest richtig, Dani, Statisten umsäumten die große Zeremonienstätte, wo der Leichnam des ermordeten Diktators aufgebahrt war. Alle unsere Charaktere wurden hier etabliert. Dieser Tag kostete die Produktion hunderttausende von US-Dollars.

Am nächsten Tag hatten René und ich unsere große Stunde. In der Runde zusammen mit den Bediensteten drückten alle ihre Besorgnis über den neuen Dienstherren aus, der uns aber als alter Diktatoren-Haudegen weiterverkauft werden sollte. Renés Text lautete heute: »I don't care if I get my salary and benefits, why rock the boat?«, Fernando Rey hatte zu kontern: »You're scared the boat will be rocked, and you will fall out of it, and be discovered for what you are, a Nazi-SS.« Mein Ausruf darauf: »A damned lie, a slander to my entire family … und, und, und.«

Jetzt läutete die Stunde der Wahrheit, René versprach sich etwa vierzigmal und lieferte regelmäßig die Worte: »Why block the boat?«. Jetzt stell Dir vor, Dani. Alle waren schon ausgelaugt und total angespannt, jetzt entschied unser Regisseur, Tabula rasa, den »block the boat« Versprecher zu akzeptieren. Der Atem stockte uns allen, die Zeit war davongelaufen. Scheinwerfer an!

»René, you make it«, dringt Pauls Stimme nach vorne.

René holte tief Luft: »I don't care, if I get my salary and benefits, why rock the hole?« Fernando Rey steckte sein Gesicht in die vor ihm stehende Tomatensuppe, um nicht antworten zu müssen, die ganze Halle erbebte vor Lachen, das sich immer mehr ausbreitete. Manche satten Lacher schienen ihre Herren fast zu ersticken. Paul Mazursky rang seine Hände zum Himmel, ich war erstarrt, die Tränen liefen heiß die Backe in einem nicht enden wollenden Bächlein hinunter, ich wusste, dass nun für die nächsten Wochen außer meinen jetzt zu erwartenden stummen Szenen kein Raum mehr bleiben würde, um meine Aufgabe einzulösen.

René konzentrierte sich nur auf mich: »Was ist denn los, Stupida, reiß dich mal am Riemen«, herrschte er mich an und jetzt versteckte sich mein tränennasses Gesicht in der Jackenfalte unseres Regisseurs.

So blieb es meine Hauptaufgabe, mich in den drehfreien Zeiten um den egomanen Barbier von Parador zu kümmern, wie es für Kollegen ja Ehrensache ist. Dani, weißt Du, was ich das letzte Mal beim Spaßetteln zu René gesagt habe, als er mich wieder anflehte »Kleine«, hörst Du, er sagte Kleine, nicht mehr Stupida, »du kommst doch wieder zurück aus Sao Salvador, du musst mich doch heil in Berlin bei meiner Frau abliefern. Und wenn ich hier sterben muss«, dramatisierte er, »musst du mich nach Berlin überführen, versprichst du mir das«, witzelte er im halb-

ernsten Ton und es passte ihm gar nicht in den Kram, dass seine Krankenschwester, Gouvernante und Filmpartnerin Marianna mit dem androgynen, jungen, erzengelgleichen Michele ausbüxen wollte.
Ich bring dich schon zurück, versprach ich ihm und auch mir, das hab ich mir fest vorgenommen. Ein liebevoller Pflegeservice kümmert sich in meiner Abwesenheit um das Raubein mit der Polterstimme, der mir fast wie ein echter Vater ans Herz gewachsen ist. Mein Arrangement nehme ich schon lange mit Humor und mache einfach das Beste aus dieser ereignisreichen, erfüllten Zeit, in dem Land meiner Jung- und jetzt auch Altmädchenträume.
»Marianne baut wieder Luftschlösser«, bemerkst Du immer mit einem Blick zu meiner Schwester Renate oder zu Deinen Freunden, wenn ich von meinen weiteren Opera-Curiosa-Plänen, Event-Ideen oder Kunstgarten-Sehnsuchts-Projekten phantasiere. Du, da hat mir mein Seelenbruder Michele gestern einen sensiblen Spruch von Albert Einstein mit auf den weiteren Weg gegeben: »Phantasie ist alles. Es ist die Vorschau auf die kommenden Ereignisse des Lebens.«
Huch, da kitzelte was an meiner Nase. Das war eine duftende wilde Orchidee von Michele, in dessen Schoß mein Kopf die ganze Zeit geborgen lag, während ich wie ein Murmeltier, mit Schreibstift im Anschlag einfach weggesackt und eingeschlafen bin. Wie schön er aussieht, blaugrüne Augen, rotblonde Locken, die bis auf die Schulter fallen, und eine sehr helle samtene Haut, verschweigt uns die Herkunft seiner väterlichen Gene. Oma Ellas Haut ist bronzebraun und schwarze große Augen laden mich zu einem duftenden Kaffee ein, mit braunem Zucker und einem Schuss Rum, versteht sich.
»Hello Ella, hello friends – Marianna is coming to live with us here in Sao Salvador. I'll quit my safe choreographer- and dancer-engagement at the opera house down in Rio and we will open a little theater-cafe here in our hometown«, richtete er seine Rede mit aufmunternden Blicken an seine illustre Freundesrunde.
Oma Ella verkaufte selbstgepresste Fruchtsäfte an Touristen auf der großen Marktstraße, ein Quantum Englisch konnte sie für sich abwiegen. »You are buying a theatre for Michele, Gracias, God bless you, Mari-

anna, and I take the Tapasbar inside the theatro, and Michele's sick mama will have work and my poor grandchildren also ...«, türmte sich jetzt Plan um Plan im großen, runden Kopf der agilen Oma auf, die vor Begeisterung fast zu platzen drohte.

Ich war vor Schreck wieder stocknüchtern, denn so ein Plan weit weg von Euch Lieben wäre mir nie in den Sinn gekommen. Meine Fürsorge, die ich meiner Mutter auf der späteren Lebensstrecke angedeihen lassen will, ist schon beschlossene Sache. Der anstehende schmerzhafte Abschied von meinem leichtfüßigen, warmherzigen Seelenbruder treibt mir schon ein feuchtes Schimmern in die Augen und ich drücke seine schöne feingliedrige Hand an meine Stirne. Einen Gleichklang der Gedanken, eine gleiche Sicht auf das Los der Welt, gemeinsam entzündete, nicht enden wollende Lachtiraden und ein zärtliches Wohlgefühl bei unseren Umarmungen, Sexus, Hexus muss draußen bleiben, habe ich in diesem tantrischen Ausmaß noch nie in meinem erfüllten Leben erfahren dürfen.

Ich sehe Dich schon schmunzelnd den Kopf schütteln, Daniela, weiß aber, dass Du mich voll verstehen kannst. Keine Sorge, Dein Vater Fritz bleibt das einzige männliche Wesen, dem ich mich ganzheitlich hingeben konnte. Obwohl diese Verbindung durch einen polaren Gegensatz der Wesenstrukturen sehr aufwühlend war, bist Du schönes Weib mit edler Seele und lauterem Charakter als Geschenk für Fritz und mich hervorgegangen.

Letzte Nacht träumte ich von Euch. In einem tiefen Übersee-Phantasie-Tunnel war ich in Begleitung angereist. Wir saßen alle am Fuße des Monopteros-Denkmals um eine runde Tafel herum. Mutter Agnes gehörte die Mitte, Uli war da, Dein Exfreund Clinton war anwesend und Renate mit unserem Familienhund Baggy an der Seite.

Ein großgewachsener, neunundzwanzig Jahre alter Papillon-Paradiso-Falter tanzte wie ein junger Gott über die Wiese am Eisbach, alle Spaziergänger und Sonnenanbeter jubelten und Jesus, der Aussteiger, rief Halleluja zu uns herüber. Du musst nicht nervös werden, Dani, dieses Programm schalte ich sogar im Schlaf aus. Mein großes Versprechen habe ich seit zehn Jahren beschwerdefrei und freudevoll eingehalten, wie

Du weißt. Besuche ja, aber keine männlichen Langzeitmitglieder in unserer harmonischen Frauen-WG.

»I come to visit you, Marianna, and if you want I'll stay with you and your familiy forever«, kam gerade vorhin, wie eine frappierende Rückkoppelung meiner Gedanken leise fragend von Michele, während er ein eingefangenes Schmetterlingsweibchen mit dem Namen Catagramma-Mionina, so wollte er mich von nun an nennen, ganz nahe zu einem männlichen Falter setzte, einem langgliedrigen Musterexemplar mit schwarzgrüngelber Musterung mit Namen Papillo-Paradisco, als dessen Heimstatt sich der von Michele mitgebrachte große, blühende Orchideenzweig herausstellte.

Die Schönheit von Mionina, deren braunes Flügelkleid mit gelben und blauen Farbtupfern auftrumpft, schien auf den Paradiesfalter zu wirken, was nun seinerseits einen pheromonischen hormongesteuerten Balztanz auslöste. Das war ein erfrischendes Schauspiel von hohen tänzerischen Gnaden.

Nur gut, dachte ich im Geheimen, dass die Protagonistin Mionina Catagramma, das wäre ein herrlicher Künstlername für mich, die Auserwählte ist und nicht die weitgereiste Gottesanbeterin, die ihre Anbeter zuweilen mit Haut und Haar verspeist. Da hab ich gerade eine Notiz in mein Tagebuch geschrieben: »Schmetterlinge sind Götterboten, ihr wahres Element sind die Lüfte und sie …«

»Ein Schmetterlingsleben ist kurz, lass es uns am Schopfe packen«, tönt Micheles Stimme in fast akzentfreiem Deutsch über meine Schulter, als ironische Antwort auf meinen philosophischen Schreibversuch, den ich gleich abbreche.

Dann schnappte sich Michele aus seiner männlichen Bewundererschar einen Lustknaben, verschwand mit ihm in einem blühenden Oleanderbusch und ward bis zum nächsten Morgen unserer Abreise nicht mehr gesehen!

»Michele was in Germany for ten years, with a brasilian dance groupo, folkloric, you understand, nix Operahouse«, wusste sein Cousin schadenfroh zu berichten und entlockte seiner Gitarre ein paar gequälte Töne, die er der untergehenden Sonne hinterher jagte. »Wo Starkes sich

und Milde paarte, da gibt es einen guten Klang«, sagt schon unser großer Dichter Schiller in seinem Glocken-Gedicht und Du, Dani, bist auch ein Gedicht und der leibhaftige Beweis für Meister Schillers These.

Jedenfalls lud mich Oma Ella an diesem Abend noch zu einer Macumba-Seance ein. Drei ältere Frauen baten, nachdem sie kräftig aus ihren stinkenden Wasserpfeifen inhaliert hatten, untermalt mit dumpfen Trommelwirbeln einen spiritstischen Sparifankerl Geist darum, ihnen die (völlig überschätzen) Rücklagen einer Schauspielerin aus Deutschland zu verraten. Auch das hatte mir der eifersüchtige Cousin verraten. Die Angst, alleine in Ellas zugigem Haus auf Micheles Rückkehr warten zu müssen, hatte mich zu dieser Seance mittippeln lassen. Ich verweigerte Rauchen, Trinken, rührte auch keinen Bissen der mir offerierten Speisen an. Am nächsten Abend kam ich dennoch mit einem großen Brummschädel, eskortiert von einem vor Selbstmitleid zerfließenden Michele, der von seinem Freund die ganze Nacht gefesselt und auch noch beraubt worden war, in der Hallway meines Hotels an, wo mir mein erboster Vaterkandidat schon wieder schallend entgegen donnerte: »Aber jetzt ab auf die Brücke, Frau Kapitän. Essen fassen, Ahoi, Ahoi.«

Hast Du das vernommen, Dani, Frau Kapitän hat er gerufen. Wer sagt's denn, da weiß man wenigstens, wo Frau hingehört.

Wohlauf, die Luft geht frisch und rein. Noch zwei Wochen, meine Lieben, dann werde ich mich wieder in Eurer Mitte sonnen dürfen. Haltet unsere Festung.

Liebe Dani, grüße Renate und unsere Mutter Agnes, umarme sie ganz fest von mir. Ich hoffe, der letzte Brief an beide ist angekommen.

Grüße an meine Hündin Baggy, die Katzen Tutti und Nicki.

Auf die Freiheit!

Ein großer Kuss
Deine Marianne

»Martha und ich« – ein privater Spaziergang über die Karlsbrücke in Prag, Seite an Seite mit meinem großen Vorbild Michel Piccoli.

Seite 344: »Am Ende siegt die Liebe« – mit Filmtochter Denise Zich.

Seite 345, oben: Hier verbinden sich Welten – Bommerang flieg! In »Out of Rosenheim« mit Brendas Tochter, alias Monica Calhoun.

Seite 345, unten: »I don't steal, I just take my personal interest.« Rosalies reuelose Beichte vor dem Pfarrer, alias Judge Reinhold.

Seite 347 oben und unten: »Ich werde Ihnen immer treu zur Seite stehen, Mrs. Rose.« Mein zweites Hollywood-Engagement hat mir großes Glück gebracht. An der Seite von Kathleen Turner im Film »Der Rosenkrieg«, 1989 …

… und bei der umjubelten Premiere in Berlin mit Danny de Vito, Michael Douglas und Drehbuchautor Michael Leeson.

Pour ma Marianna préférée
Jumbo.

Mona, die Surviverin – wieder lebend an den Strand gespült. Szenenfoto aus dem Film: »Ein fast perfektes Verhältnis« mit Uwe Ochsenknecht.

Seite 348, oben: Oh, mein Papa! Drehpause bei »Die Sekretärin des Weihnachtsmannes« mit Roland Giraux und seiner fille grande.

Seite 348, unten: »Ach, du mein Schnäuzelchen!« Gutemine und Majestix in der Drehpause zu »Asterix«, mit Michel Galabru – ein toller Schauspielkollege!

Jetzt heißt's: Leben fassen! Elli in »Ganz unten, ganz oben«. Mein Film, der das Thema Obdachlosigkeit behandelt.

Seite 350, oben: Da bleibst! Eine meiner engagierten Teilnahmen – aber ohne Gage, versteht sich – an einem Independent-Film – hier von Nils Wilbrandt.

Seite 350, unten: Filmszene am Grabe meines alten Babys, gespielt von Mickey Rooney, in dem internationalen Spielfilm »La vida lacter«. Eine außergewöhnliche Geschichte über Immortalismus. Filmfestival Berlin 1994.

Ganz schön eingeschneit, Mister Schneibel. Mein großer Kollege Mario Adorf und ich nach einer lustigen Konfetti-Schlacht in der Drehpause unserer gemeinsamen Filmarbeit zu »Der kleine Lord«, in Italien.

Oben und Seite 353, oben: Das ist Marie, das Zirkuskind. Immer schön die Balance halten.
Rechts: Aus meinem aktuellen Fernsehspiel »Bezaubernde Marie« mit Filmkollege Lenny Kudrawitzky.

Seite 353, unten: Emil Steinberger brauchte nicht zweimal zu fragen – Kraftfutter für die Stars in der Manege.

Ich bin keine lokale, sondern eine globale Persönlichkeit. Auf Promotion-Tour für »Out of Rosenheim«, bei der Ankunft auf dem Flughafen in Tel Aviv.

Seite 354, oben: Es grünt so grün, wenn Schleswig-Holsteins Wiesen glühn. Mit meinem verehrten Sigi Rauch, einem ruhenden Pol, und der begabten Jungschauspielerin Isolde Doauchy während der Dreharbeiten zu meinem gerade fertiggestellten Fernsehfilm: »Das Geheimnis meiner Schwester«. Übrigens hier entstand auch das Titelfoto für dieses Buch.

Seite 354, unten: »Would you ask the same question to buddha?« Auf Promotion-Tour für »Out of Rosenheim« und »Rosalie goes shopping« in Taiwan.

Aether

Unsere Seele, eine Genossin der Engel

So, liebe Leser, darf ich Sie jetzt auf eine Reise in die lichten, feinstofflichen Dimensionen unseres Erden-Daseins einladen, und zwar ins Hier und Heute des 7. Februar 2007, in das ich, trotz aufregender Reiseberichte und einiger dramatischer Tagesabläufe der letzten Jahre, unbeirrt mit heiler Haut und loderndem Herzen hineingesegelt bin. Auch mein Seelchen ist noch gut bei Licht, der eine oder andere graue Flecken wird beim Frühjahrs-Großreinemachen unserem Psychomaster Meister Proper zum Fraß vorgeworfen. Heute ist mein letzter Schreibtag, der mich noch einmal zur vollen Hingabe an die noch zu kurz gekommenen leeren Seiten aufforderte und das natürlich nicht zweimal zu tun brauchte. Was für eine Freude, liebe Leser, dass Sie mir immer noch Gesellschaft leisten und mit mir nach dem »Way of life-google-principle« für einen Tag einen Absprung auf mein bisheriges beschriebenen Lebensband riskiert haben. Hoffentlich sind Sie, so wie ich, immer mit beiden Beinen aufgekommen. Im Sinne von »Carpe diem« habe ich für das Konzept meines Buches mutig der Dramaturgie-Abteilung eines ablaufenden 24-Stunden-Rhythmus vor einer gravierenden Zeitenwende die Zügel überlassen. Es gibt Studien, die besagen, dass der Mensch in seiner Rückerinnerung die Summe seiner Gesamterfahrungen kulminiert und anteilsmäßig speichert. Zwei Drittel der schlechten traumatischen Erfahrungen reißen sich die Hauptladefläche des Gedächtnis-Speichers unter den Nagel … sie drängeln und stoßen sich nur so gegenseitig in das

Display des Brainstorm-office hinein, dem letzten glücklichen Drittel rigide die Schranke weisend.
»Hallo, s'cusi, s'cusi, we are the world, we are the happy moments, lucky Lukes, joyful mamas, pretty women, grateful smashed potatoes, exstatic love-noises, there is space for all of us – open the gate, brothers and sisters«, melden sich die zu kurz gekommenen Glücklichen vehement zu Wort. »And we've got the power, babe and took the light from your happy hours«, triumphieren jetzt die dark moments auf dem Laptopschirm.
Diesem Gestreite und Gezerre über Herrn und Frau Wichtig in meinem Erinnerungspool machte ich mit einem gelungenen Streich, der auf meinem Ideen-Mist gewachsen war, ein Ende. CARPE DIEM! Vermeintlich abgestürzte 24 Stunden wieder hergestellt, nachträglich getauft und mit den heiligen Sterbesakramenten versehen, und siehe da, Freud und Leid halten sich die Waage.
Jetzt ist's an der Zeit, mit meinen einundsechzig Jahren die Reisepläne auf die Körper-Seele-Geist-Gemächer zu verteilen und mit dem versprochenen EWIGEN-LEBEN-ZERTIFIKAT dem Gevatter Tod seelenruhig ein Schnippchen zu schlagen, ihm aber das Ticket für die Bootsfahrt über den Fluss der Unterwelt bis zur Schwelle des Jenseitigen nicht zu verweigern.
Aα, die keltische Druidin, erwartet einen dann beim Feenreich »ANNWYN«, auch die Insel der Seligen genannt. Bei Klang- und Farbenspiel wird man dann, Essen und Trinken inclusive, von den Armen eines schon vorgereisten Liebsten empfangen.
Oder würden Sie lieber Sommerland, die obere Himmelswelt bevorzugen, liebe Leser? Hier herrschen Harmonie und Farbenklang. Pan, Poseidon und Neptun machen ihre Aufwartung, Frau Holle führt Sie über die Regenbogenbrücke der guten Hoffnung zu dem Lichtpalast unseres Schöpfers, begleitet von den Posaunenstößen der Erzengel.
Vielleicht müssen wir ja erst in den Bereich des Spiegel-Schatten-Kabinetts der Hölle. Hier soll der Mensch seinen Auftrag erfüllen,

zuerst annehmen natürlich, ohne zu flüchten. Aufgeladenes Karma auf- und abladen. Ganz schön anstrengend dieser 0-Euro-Job. Flüchten gibt's nicht bei der Mariann, standhalten, wie's uns Erich Fromm eingebleut hat. Ich glaub, da hab ich eine falsche Landkarte, das riecht nur so nach Erdenrund. Lugen wir mal, was wir in Lappland für ein Höllenangebot hätten. Man weiß ja nie, wie oft hat man schon »zur Hölle mit dir« zu mir gesagt, zu Ihnen auch, liebster Leser? Ich hol mal Auskunft ein beim Info-Stand für spezielle Höllenfahrten. So, diese Mystery-Tour ginge dann One-Way, versteht sich, nach POTTJOLA im lappländischen Breitengrad. Dort, wo das Himmelsgewölbe den Erdhorizont berührt, müssten wir bei völliger Dunkelheit einen breiten Strom mit gefährlichen Strudeln überqueren, feuerspeiendem Strom natürlich, uns zuerst vor der alleinigen Herrscherin LOUTTI die Fingernägel abziehen lassen, und danach, wie listig, einen von ihr eisglatt aufgetürmten Weltenberg erklimmen, bevor wir in ihr höllisches Reich eintreten dürfen. Das klingt ja gar nicht gut. Das outet sich ja wie eine Aufnahmeprüfung zu einem Sado-Maso-Höllentempel ohne Wiederkehr in Stuttgart-Waiblingen. Den Prospekt hab ich wieder zurückgelegt, danke der Nachfrage.

Da macht's doch mehr Sinn, wenn sich so viele Künstlerkollegen beizeiten zum betreuten Wohnen im Land der Erleuchteten eingekauft haben.

Friedensgöttin LOCANA in friedlicher Eintracht mit BUDDHA, taufrische Sexualität, wollenlos und egofrei, als Gegenleistung abgewickelt, versprachen das Blaue vom Himmel herunter und verpflichteten sich, das Farbenspiel der ewigen Freude auch noch im Pflege-Center Nirwana einzuhalten. Das taugt mir auch nicht, Ihnen?

Uih, da gibt es noch eine Möglichkeit am Ticket-Schalter des Gezeiten-Reise-Instituts. Das ist ja wieder Polynesien, das ist ja schon fast inflationär. Ob da nicht die Unesco-Zweigstelle des Weltkulturerbes seine Zahlen im Spiel hat? TA TARON, der einsame Schöpfergott, residierte in einem Straußenei, bis er den Hals

davon voll hatte, dem Ei einen kräftigen Hieb von innen verpasste, dass es in alle Teile zerbarst und er ausschlüpfen konnte. Also war da Ei zuerst! Ta Taron machte sich die untere Eihälfte zur Erde, mit der kaputten äußeren Schale baute er seinen Himmel. Er zeichnete sich seine Götter, so steht's auf dem Prospekt geschrieben, schüttelte sein Gefieder, bis es nur so aufflog und erschuf daraus die Tiere, Pflanzen und zuletzt die menschlichen Geschöpfe, was aber nicht geklappt hat, denn sie fielen immer wieder in sich zusammen, vor allem die weiblichen. Kann man nachvollziehen, wer mag schon mit einem Straußenvogel-Götter-Macho auf einer einsamen Insel leben. Die anderen erschaffenen männlichen Geschöpfe musste er wohl konstant eliminieren, denn diese versuchten sich in sein göttliches Abbild hineinzumutieren. So sitzt er wohl seit Hunderten von Jahren an den Felsen TE PAGA gelehnt, die müden Beine in die Quelle TE MUMK getaucht und wartet auf ein Weib, das sich freiwillig auf diese Insel bringen lassen würde, göttlicher Zeugungsakt inclusive, und sich so im Austausch eine anzutretende Höllenfahrt ersparen könnte. So erklärt mir das die Ticket-Vertreterin für das Reich der Anderswelten. Die wirkte gerade ganz schön angetörnt, sag ich Ihnen. »Schaun'S mich ja nicht so durchdringend an«, sagte ich sogleich. Nix ist's mit der Fruchtbarkeit. Ich habe mein Wechselspiel zur friedfertigen Großmutter schon mit Bravour gewonnen. Außerdem, wer sagt Ihnen denn, dass ich durch Luzifers Tretmühle muss? Der hat mir schon im Erdenrund höllisch auf die unschuldigen Fußerl getreten. Karma hin, Karma her. Jetzt hat sich's ausgekarmt, made Moisel!
Sehen Sie, lieber Leser, was ich mit dem gefährlichen, dunklen Gedanken-Potenzial vorhin gemeint hab? Dann würde ich mich auch noch in Ihr Seelenheil einmischen!
Da tauche ich jetzt aber schnell wieder ein in die mittlere Welt des Hier und Jetzt und strecke und recke mich vom Himmel bis zur Erde. Ich bin einundsechzig Jahre jung!
Schnell die Weichen für meinen Lebenszug wieder auf Durchzug gestellt, den Webstuhl meiner Urahnen hervorgeholt und am

Regenbogen-Lebensteppich gewoben, was die Spule hält. Stecker rein in die kosmische Strombuchse und die schimmernden Fäden des morphogenetischen Spinnennetzes leuchten um die Wette. Seelenmorse-Station wieder auf Empfang, neue Prüfungsbögen abgerufen, Schutzengels-Einstiegsluke öffnen, Kinderauge wieder ausfahren, Gras wieder wachsen hören, Seele baumeln lassen – aber nicht zu lange. Naturgeister loben, die wahre Natur nicht vergessen, altes verbrauchtes Feuer in Licht, Wärme, Weisheit und Liebe umwandeln. Wassergeister besänftigen und hüten – Udine sakral aufladen – Erdgeist Virgo seinen Bleicocktail im Zinnbecher servieren – frische Luftbrücke für ARIEL schlagen – die Frequenz meines inneren Lichts ätherisch erhöhen und in die lichte Mitte zurückkehren und das lichtstarke göttliche Schweigen fühlen! Du tust dich leicht mit deinen spirituellen Anweisungen, Erzengel Gabriel, der Feinstoff in meinem Hirnkastl hat sich schon gleich wieder verflüchtigt, so viele Ansprüche werden von euch an ihn gestellt.

Liebe Leser, das gilt ja nur für die alte Seelentante Sägebrecht. Immer diese täglichen freien Entscheidungen. Da hat uns die neugierige Eva im Garten Eden so gar keinen Gefallen getan. Eden heißt im Hebräischen Wonne, und an den Baum des Lebens kommen wir jetzt auch nicht mehr ran. Schade um die ganzen Paradies-Äpfel. Es gibt kein Zurück, also gehen wir's weiter an.

Moment, liebe Leser, mein Erzengel hat mir gerade was Wichtiges gemorst: »Je höher der Mensch auf seinen inneren Berg hinaufsteigt, umso mehr Stille schwingt in ihm.«

Ja, ja, die Essenz des göttlichen Schweigens ist der Ursprung aller Dinge, das hat mir mein geliebter Pfarrer, nein, er war erst mal Kaplan, in der Realschulzeit mit in die Teenager-Manteltasche gesteckt. Und ich red trotzdem weiter, dem Karmeliter-Orden trete ich nicht mehr bei.

Herrje, jetzt ist mir vor lauter Spiritotuo das Badewasser übergelaufen und seine feinstoffliche Substanz durchdringt den Türritz

zu meiner bereits unter Wasser stehenden Garderobe, meine Katzen warten vorwurfsvoll am leeren Fressnapf, das Telefon durchreißt mit schrillem Klingelton die Stille des Raumes und hätte mir die gute Fee und Kuchenkönigin, meine Nachbarin Frau Fuchs heute nicht einen frischen Kugelschreiber und wohlschmeckende Spaghetti Carbonara gebracht, wäre ich jetzt textlich gar nicht so weit geflogen.
Ich weiß, Gott selbst ist Licht und dieses Licht verleiht uns Menschen unsere Schönheit, auch wenn wir übergelaufenes Wasser auftunken müssen. Amen!
Liebe Leser, nun heißt es Abschied nehmen, Frau Ehard und Frau Frei, zwei weitere gute Feen, warten händeringend auf meine heutige Aether-Essenz.
Aufwiederschauen-Sprechen-Freuen
Ihre Marianne Sägebrecht

Darf ich Ihnen noch schnell einen kleinen Aphorismus mit auf unseren Lebensweg geben?

Wenn wir ans Meer gehen und eine Handvoll Sand fliegen lassen, so ist für jedes Sandkorn schon der Platz bestimmt, auf den es fallen wird.
Also dann, einen Korn bitte. Bestimmung ist Bestimmung! Auf die Liebe – auf ein friedvolles Miteinander! Santé!

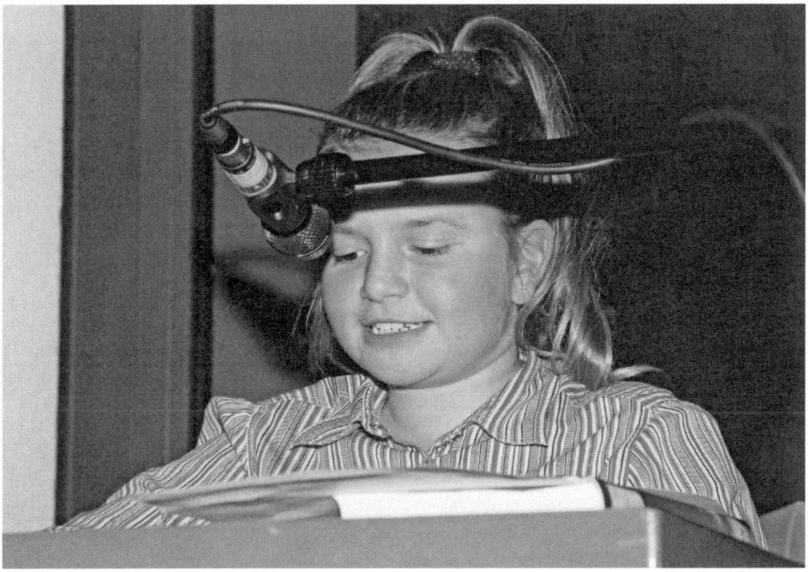

Seite 364: Was für ein herrlicher Abend – und immer noch nicht müde nach einer zweistündigen Lesung mit Musik und Speisung in der Buchhandlung Hugendubel in München.

Oben: »Zur Vergebung den Kuss der Sonne, zum Frohsinn der Vöglein Schall. Im Garten bist Gottes Throne so nah du wie nirgends im All.« (Alan Watts) Alina liest aus dem Buch: »Meine Überlebenssuppen«.

Seite 366: Es ist vollbracht. Große Freude über die gelungene Lesung meines Überlebenssuppen-Buches und das phantastische Konzert im Münchner Literaturhaus mit Akkordeon-Virtuosin Michaela Dietl, mit Jazzmusiker Josef Ametsbichler, Marianne und Alina.

Seite 367, oben: Typisch Sägebrecht: Bayerische Pantomimin in norddeutscher Talkshow, mit Jörg Pilawa.

Seite 367, unten: Olé, Marianna Sierra Rompedora – das war mein Nickname, den ich mir für eine ausgelassene Talkshow in Madrid verpassen ließ.

Seite 368: Was, Herr Stoiber, jetzt sind nur noch 124 Orden übrig? Welche Ehre! Mein Bayerischer Verdienstorden, im Jahr 2002. Den werd ich aber hüten.

Mein Bambi, 1989 zu mir hereingeschneit – ist auch 2007 noch gut im Futter.

Seite 370: Was hab ich gesagt, meine leckeren Knusperhähnchen. Care-Paket Marianne ist leicht wie eine Feder.

Seite 371, oben: Mit Sina aus Colmar/Frankreich, der russischblauen Stammmutter meiner Katzenfamilie.

Seite 371, unten: Liebe Regenbogenkinder, Knoblauchmama Marianne trommelt auf zu einer neuen Opera Curiosa 2007.

Cäsar und Cleopatra auf ihrem Weg zum großen Abendmahl.

Seite 372, oben: Psst, is gebongt, Mr. Clooney, ich nehm die Rolle!

Seite 372, unten: Das fängt ja gut an – Neujahrsfestivität auf der Plaza Mayor in Madrid. Und das alles mit Sahne!

Die Schauspielerin und Kabarettistin wurde am 27. August 1945 in Starnberg geboren.

Schon in ihrer Kindheit beschäftigte sich Marianne Sägebrecht mit der Theaterwelt. Im bayerischen Dorf Bachhausen, in dem sie aufwuchs, baute sie eigene Bühnenbilder, inszenierte selbst erfundene Geschichten auf dem Sperrmüllplatz und mit zwölf Jahren das erste Theaterstück über Judas und den Verrat an Jesus Christus. Ihre Karriere als Schauspielerin nahm den Weg über eine Hintertreppe. Nach ihrem Realschul-Abschluss machte Marianne Sägebrecht zunächst eine Ausbildung zur medizinisch-diagnostischen Assistentin bei einem Internisten und Ganzheitsmediziner, heiratete 1964 und bekam ihre Tochter Daniela. Sie studierte und arbeitete auch bei einem Psychiater und einem Professor für Labor-Diagnostik.

Dann machte sie aus ihrer Neigung zum Theater einen Beruf und übernahm zusammen mit ihrem Ehemann Fritz 1972 die Leitung eines Starnberger Lokals. Dort gründete sie das Kleinkunstlokal »Spinnradl« und wurde 1976 nach ihrer Scheidung Geschäftsführerin des legendären Münchener Künstlerlokals »Mutti-Bräu«.

Ein Jahr später gründete Marianne Sägebrecht ein eigenes Revue-Theater-Programm namens »Opera Curiosa« und zog mit dem meist 40-köpfigen Ensemble ihrer internationalen Regenbogenfamilie von 1977–1984 erfolgreich, zwei Fernsehaufzeichnungen des BR-München eingeschlossen, von München–Hamburg–Berlin bis nach Wien.

Im Jahr 1979 begegnete sie dem Regisseur Percy Adlon, der sie in einer Inszenierung von Martin Sperr als Adele Spitzeder sah. Adlon besetzte Marianne Sägebrecht erstmals in dem Fernsehspiel »Herr Kischott«.

1984 gelang ihr der Durchbruch mit der Komödie »Zuckerbaby«, der in Deutschland der Lubitsch-Preis, beim Film-Festival New York 1985 und dem darauffolgenden amerikanischen Filmstart ein großer Erfolg beschieden war. Dieser veranlasste Percy Adlon 1987, die bayerisch-amerikanische Komödie »Out of Rosenheim, Int. Titel: Bagdad-Café« in der Mojave-Wüste in Kalifornien in Szene zu setzen. Dieser Film erlangte Kult-Status, wurde mit dem Bundesfilmpreis geehrt und war mit der 1989 folgenden deutsch-amerikanischen Film-Produktion »Rosalie goes shopping«, dem deutschen Wettbewerbsbeitrag der Filmfestspiele Cannes 1990, sowohl bei der Filmkritik als auch an den deutschen Kinokassen und bei einem weltweiten internationalen Publikum äußerst erfolgreich. Fortan spielte sie an der Seite von renommierten, internationalen Schauspielern wie Michel Picccoli (Martha und ich), Richard Dreyfuss (Moon over Parador), Michael Douglas, Danny DeVito und Kathleen Turner (Der Rosenkrieg), John Malkovich (Der Unhold), Gérard Depardieu (Asterix und Obelix) u. a.

Seit dem Jahr 1997 hat sich Marianne Sägebrecht mit Herz, Leib und Seele dem Autoren-Fernsehspiel verschrieben, das mit dem Fernsehfilm »Die Frau nach Maß«, einer deutsch-französischen Co-Produktion, seine erfolgreiche Premiere hatte und von »Ganz unten ganz oben«, »Am Ende siegt die Liebe« bis zur »Marga-Engel-Reihe« und der Ausstrahlung des Fernsehspiels »Charlotte und ihre Männer« in diesem Jahr eine große Fan-Gemeinde aufbauen konnte. Die aktuellen Fernsehfilme »Bezaubernde Marie« und »Das Geheimnis meiner Schwester« warten nun darauf, die Herzen der Fernsehzuschauer wieder zu gewinnen. Der Herbig-Verlag München brachte 1993 ihr Buch »Ich trau der Zukunft« heraus. 2002 erschien im selben Verlag »Meine Überlebens-Suppen«. In der gleichen Verlagsgruppe wird nun im Frühjahr 2007 ihr drittes Buch »Mein Leben zwischen Himmel und Erde« herausgegeben werden. In Lese-Veranstaltungen mit Theater-Background, die das Jahr über stattfinden, ist Marianne Sägebrecht für ihr geliebtes Publikum ein Star zum Anfassen.

Für ihre herausragenden Arbeiten wurde Marianne Sägebrecht u. a. mit Schwabinger Kunstpreis (1982), dem Ernst-Hoferichter-

Preis (1986), dem Ernst-Lubitsch-Preis für »Zuckerbaby« (1986), dem Filmband in Gold für »Out of Rosenheim« (1988), dem Bambi (1989), und dem Ciak-Filmpreis in Cannes für »Martha und ich« (1991) ausgezeichnet. Sie erhielt das Bundesverdienstkreuz (1990) und den Bayerischen Verdienstorden (2002).

Vita Michael Heininger

Der Maler und Cartoonist Michael Heininger lebt, lehrt und arbeitet seit vierzig Jahren in München-Schwabing und das mit voller Leidenschaft.
»Meine Bilder sind sozialromantisch, mit erotischen Finessen gewürzt«, erklärt mein alter Freund verschmitzt.
Viele erfolgreiche Ausstellungen und Publikationen zeichnen seinen Weg, der mit einem unerschöpflichen, kreativen Geist gepflastert ist. Michael, New York is calling!

M.S.

Filmographie

Jahr	Film-Titel	Rolle	Regie
2006	Das Geheimnis meiner Schwester	Antonia	Bettina Woernle
	Mirella (bezaubernde Marie)	Marie	Peter Weissflog
2005	Charlotte und ihre Männer	Charlotte	Dirk Kummer
2004	Marga Engel gibt nicht auf	Marga	Karsten Wichniarz
2003	Großglocknerliebe	Finalistin	Joe Duebell
2002	Marga Engel kocht vor Wut	Marga	Michael Günther
2001	Marga Engel schlägt zurück	Marga	Helmut Metzger
	Sesamstraße (TV-Serie)	Momi	
	Scheidung auf amerikanisch – Private Lies	Susan	Sherry Horman
2000	Der kleine Lord-Retter in der Not	Klara	Giorgio Capitani
	Am Ende siegt die Liebe	Anna Linke	Peter Weck
	Lilalu im Schepperland (TV-Serie)	Lukulla	
	Das Findelkind-Sans familie	Barberin	Jean-Daniel Verhaeghe
1999	Asterix und Obelix gegen Caesar	Gutemine	Claude Zidi
	Ganz unten, ganz oben	Elli Schulze	Matti Geschonek
	Ich wünsch Dir Liebe	Uschi	Viktor Grodecki
	Thanksgiving – Erntedank		Michael Pfeiffenberger
1998	Kalmans Geheimnis – Left Luggage	Chayas Mutter	Jeroen Krabbé
	Spanish fly – Den Machos auf der Spur	Rosa	Daphna Kastner
	Kommisar Rex-Das Testament	Tanja Kraus	Bodo Fürneisen
	Die Sekretärin des Weihnachtsmanns	Marlene	Dagmar Damek
1997	Eine Frau nach Maß	Magret	Detlef Rönfeldt
	Sophie-Adams letzte Fahrt	Sophie	Rolf Liccini
	Johnny	Prostituierte	Dylon de Jong
	Luise knackt den Jackpot	Luise	Menachem Golan
	Und plötzlich war alles anders	Marlies Schöne	Dadmar Damek
	Lady Mayerhofer		F.X. Bogner
	Lorenz im Land der Lügner	Martha	Jürgen Brauer
1996	Der Unhold	Tante Neta	Volker Schlöndorf
	Taboo Parlor	Hilde	Monika Treut
	Katrin und Wladimir	Hilda	Jens Becker
	Soleil	Tata Jeanette	Roger Hanin
1995	All men are mortal	Anni	Ate de Jong
	Beauville	Schwester	Rudolf Mesdagh
1994	Eine Mutter kämpft um ihren Sohn	Marion	Karoly Mack

Jahr	Film-Titel	Rolle	Regie
1994	Ein fast perfektes Verhältnis	Mona von Snead	Donald Reiker
	Der kleine Lord	Klara	Gianfranco Albano
1993	Mr. Bluesman	Emma	Sönke Wortmann
	The milky life – La vida lactea	Aloha	Juan Estelrich
1992	Dust Devil	Dr. Leidzinger	Richard Stanley
1990	Martha und ich	Martha	Jiri Weiss
1989	Der Rosenkrieg	Susann	Danny de Vito
	Rosalie goes shopping	Rosalie	Percy Adlon
1988	Mond über Parador	Magda	Paul Mazursky
1987	Out of Rosenheim	Jasmin	Percy Adlon
	Handvoll Vergnügen – Crazy Boys	Frl. Hermann	Peter Kern
1986	Herz mit Löffel	Klientin	Otto Grünmandl
1985	Zuckerbaby	Zuckerbaby	Percy Adlon
1984	Im Himmel ist die Hölle los	Journalistin	Helmer von Lützelburg
	Ein irres Feeling	Alfas Mother	Nikolai Müllerschön
1983	Die Schaukel	Tandlerin	Percy Adlon
1980	Herr Kischott	Fr.Pansa	Percy Adlon
	Anderland	Kaiserin	Boris Marangosoff
	Theaterereignisse		
1992	Ritter in der Not Modernes Theater München		Philip Sonntag
1987	Forsythe-Saga, Berlin	Die reife Frau	Bob Wilson
1980	DaDa Theater Theater Gruppe 80 Wien		Hubert Kramer
1983	Ciriete Palleti Clown-Festival Wien		Marianne Sägebrecht
1979	Adele Spitzeder Studio Theater München Partner Martin Sperr		Jutta Wachsmann

Opera-Curiosa-Produktionen

1982 Theaterfestival Regenbogen München
1981 Markt-Halle Hamburg
1980 Zelt-Theater Hamburg
Tempodrom Zelt Berlin
1979 Marstall-Theater München
1978 Zirkuszelt, Roncalli-Platz München
1977 Marienkäfer, Schwabing
Engl. Garten, Auftrag Stadt München

379

Es ist so, wie es ist!

Einer muss ja die Luftschlösser bauen, damit man später drin wohnen kann …

Good nutritious food
takes time...
Ask Mother Nature...
She took months!
U·R·WHAT·U·EAT
This is not
the End!
There is still room for more!

TROTZDEM

Die Leute sind unvernünftig,
unlogisch und selbstbezogen –
LIEBE SIE TROTZDEM!

Wenn du Gutes tust,
werden sie dir egoistische Motive
und Hintergedanken vorwerfen –
TUE TROTZDEM GUTES!

Wenn du erfolgreich bist,
gewinnst du falsche Freunde
und echte Feinde –

SEI TROTZDEM ERFOLGREICH!

Das Gute, das du tust,
wird morgen vergessen sein
TUE TROTZDEM GUTES!

Ehrlichkeit und Offenheit
machen dich verwundbar –
SEI TROTZDEM EHRLICH UND OFFEN!

Was du in jahrelanger Arbeit aufgebaut hast,
kann über Nacht zerstört werden –
BAUE TROTZDEM!

Deine Hilfe wird wirklich gebraucht,
aber die Leute greifen dich vielleicht an,
wenn du ihnen hilfst –
HILF IHNEN TROTZDEM!

Gib der Welt dein Bestes,
und sie schlagen dir die Zähne aus –
GIB DER WELT TROTZDEM DEIN BESTES!

Mutter Teresa (1910–1997)

estens am